잇스토리 영상화 기획소설 시리즈_8

작가 손건일

일본에서 미술을 공부하고 한국에서 시나리오를 연재하며 창작
활동을 시작했다.
2016년 전쟁 소설 <7연대>로 데뷔 후, 로맨스 소설 <이모지>를
출간하였다.

블러드 다이빙

ⓒ손건일

(본 소설은 영상화를 위해 기획 및 발행된 도서입니다.)

창작공간 잇스토리

목 차

1. 자유낙하

　수십 킬로미터 전방의 산등성이가 안개 위로 삐죽이 고개를 내밀었다. 한 무더기의 구름이 위로 지나가고 강렬한 햇볕이 찾아왔다. 해가 천천히 떠오르고 제주도의 아침은 따스한 기운이 가득했다.

　광활한 푸른 하늘 위로 뚱뚱한 항공기가 서행하고 있었다. 코가 뭉뚝한 항공기의 조종실. 승무원들은 바삐 선글라스를 찾아 썼다. 눈썹이 짙은 승무원 하나가 선글라스를 쓰다 말고 계기판을 확인했다. 짙은 눈썹을 꿈틀거리며 뒤를 돌아보았다. 투박한 집게손가락으로 마이크의 위치를 입술 앞으로 다시 잡았다.

　"떴다, 떴다, 비행기. 눈을 크게 뜨면 전방에 한라산이 보이고 양손을 펄럭이면 제주도의 비와 바람이 당신을 천국으로 보내 줄 겁니다. 금일 우리 흑돼지 오겹살 호를 이용해 주신 승객 여러분께서는 육지에 먼저 도착하시면 꼭 하늘을 향해 손 한번 흔들어 주시고 하트 모양을 만들어 수신호로 안부를 전해주시면 되겠습니다. 물론 여기서는 확인할 수가 없습니다. 관심도 없고요. 그러니까 안전하게 착륙하시면, 곧바로 부모 형제나 애인에게 전화를 걸어, 겨우 살아남았다고 안부 전화나 하시면 되겠습니다. 그럼 헤븐스도어 개방합니다."

　승무원은 입꼬리를 씰룩였다. 전면 특수 강화 유리창을 투영하여 선글라스로 반사되는 강렬한 햇볕이 흔들렸다.

　"활강 준비."

한쪽으로 따닥따닥 붙어있는 작고 불편해 보이는 의자. 천장이 높고 사방이 차가운 느낌의 쇠붙이들. 기체 구석에 벨트로 고정시킨 박스들. 기내는 칙칙한 느낌이 물씬했다.

어둠 속에 형광색의 낙하산 가방 두 개만이 번뜩였다. 날렵하고 다부진 몸에 딱 달라붙는 스포츠웨어의 유정화는 메고 있는 낙하산 장비를 확인하느라 여념이 없었다. 반면에 옆에 서 있는 이선진은 비교적 편안한 얼굴로 여유를 내비치며 도어가 개방되기만을 기다리고 있었다. 비교적 두려움은 적었지만, 항공기의 뚱뚱한 배가 열리기까지, 기다림에서 오는 초조함과 거기에 반하는 기대감이 온몸을 긴장하게 만드는 것은 마찬가지였다.

두근거리는 가슴과 저릿거리는 온몸의 근육이 살갗을 뚫고 나와 에너지를 발산했다. 선진은 그 쾌감에 자꾸만 새어 나오는 웃음을 거친 호흡과 함께 내보낼 수밖에 없었다.

활강 준비를 마친 둘은 말없이 정면만을 응시했다. 그 어느 곳보다 태양과 가깝고, 안개 하나 없는 하늘을 향한 열정은, 답답하고 칙칙한 기내에서의 시간이 뒷받침해주었다.

정화는 압박감을 이기지 못하고 높은 천장을 올려다보았다. 그녀의 다이빙은 결코 자의가 아니었다.

"젠장..."

특수 경호원 유정화. 평생을 무술과 웨이트 트레이닝으로 갈고 닦아온 경호원. 대기업 총수의 딸을 보필하기 위해 스카이다이빙까지 감수해야 하는 경호원. 탄식이 절로 나왔다. 대통령 경호를 해도 이렇듯 앞이 깜깜하진 않았을 것이다. 경호원으로서 경호대상자의 신변을 위해 한목숨 바치는 것은 직업으로써의 의무와 책임이며 명예와 자존심이라고 생각했지만, 4000m 상공에서 스스로 뛰어내려 낙하산 장비가 제대로 작동이 되지 않는 동시에 제주도의 단단하기 짝이 없는 암석에 머리를 처박고 죽는다는 건 생각도 하기 싫은 볼품없는 비극이었다.

속내를 감추고 싶었지만, 쓸데없이 사람 심리를 관찰하며 심기를 건드리는 경호 대상자 이선진님께서 친히 말을 걸어주셨다.

"장비는?"

"문제없어."

선진은 씨익 웃어 보였다. 정화는 순간 선진의 미소가 자신을 사지로 내모는 살인마의 소름 끼치는 유혹처럼 느껴졌다.

선진은 정화의 장비를 훑어보며 중얼거렸다.

"확실해? 혹시라도 뛰어내렸는데 장비에 문제가 있다면 죽어도 그 모습이 아름답진 않을 거야."

정화의 얼굴이 씰룩거렸다. 선진은 그런 정화의 안색을 관찰하느라 바빴다. 선진은 자꾸만 웃음이 벌어진 입술 사이로 새어 나왔다. 여자라고는 해도 경호원으로서 대단한 체술과 체력을 가지고 있으며, 그에 바탕이 되는 강직한 성격과 강단이 그녀 그 자체였다. 그러나 그 어느 강심장도 첫 스카이다이빙을 앞두고 지난밤의 코미디 영화를 상상할 수는 없을 것이다. 이선진은 신이 난 듯 고개를 까딱거렸다.

이어서 굉음이 들려왔다. 푸르른 상공을 향한 출구가 열리고 있었다. 선진은 발끝으로 바닥을 두드리며 리듬을 탔다. 그리고 긴장하여 잔뜩 힘이 들어간 정화의 어깨로 눈길을 돌렸다. 선진이 발끝을 움직였다.

"혹시 모르니까..."

선진이 정화의 낙하산 장비로 손을 더듬어갔다. 자세를 낮추고 장비의 결속 여부를 면밀히 확인했다.

정화는 오히려 불안하기 짝이 없었다. 아무리 긴박한 상황이라 할지라도 선진은 남의 걱정을 해주는 성격이 아니었다. 또한 자신의 신변조차 걱정하지 않는 성질이었다. 정화는 뒤로 한걸음 물러서며 선진의 손을 가볍게 뿌리쳤다.

"문제없다니까."

선진이 눈썹을 씰룩이며 눈을 번뜩였다.

"문제 있네."

선진의 양손은 아직도 낙하산 장비를 더듬거리고 있었다. 정화는 선진의 양손을 내려다보았다. 그녀의 손에는 작은 군용 칼이 쥐어져 있었다. 그리고 장비에 날카로운 칼집이 보였다. 끓어오르는 분노에 역정을 내기도 전에 선진은 어깨를 탁탁 치고 가볍게 돌아섰다.

"오늘은 나 혼자 뛸게."

출구로 질주하는 선진의 발은 한 치의 망설임이 없었다. 정화가 당황하여 얼른 뒤를 따라가 보았지만 소용없었다. 4000m 높이의 상공에서 낙하산 없이는 다부진 근육이 아무짝에도 쓸모가 없었다. 순간 항공기가 기류에 흔들렸는지 덜컹거렸다. 정화는 얼른 항공기 내부 벽 상단에 붙어있는 손잡이를 붙잡았다. 그리고 출구를 딛고 상공으로 뛰어내리는 그녀의 뒷모습을 멍하니 지켜볼 수밖에 없었다.

강한 바람에 볼살이 일그러졌다. 가슴에 묵혀있는 음식물이 단번에 아랫배 아래로 쓸려 내려가는 느낌이 들었다. 몸은 바람의 부력에 산산조각이 나고 영혼만이 하늘을 유영한다. 조금만 더 속도를 내어주어서 영혼마저 타버렸으면 좋겠다. 눈을 살짝 감았다. 나는 무한하다.

그저 이대로 미련 없이 모든 게 끝이 난다면 바랄 것도 없었다.

선진은 수십 초간의 자유 낙하 동안 환한 미소를 짓고 있었다.

"낙하산 펴! 당장!"

선진의 이어링으로 무전이 들어왔다.

"벌써 늦었잖아!"

정화가 출구를 바라보며 무전기에 소리쳤다. 머리가 지끈거렸다. 긴급 상황에 더욱 그 빛을 발하는 선진의 광기가 눈동자의 각막 앞에 점액으로 가득 찼다. 그녀가 낙하산을 펼치지 않을 거라면. 나를 이렇게 혼자 두고 멋지게 끝을 장식할 생각이었다면, 진즉에 나를 이리로 들이지 말았어야지.

정화는 입술을 깨물었다. 제발 그녀가 자유낙하동안 시간개념을 잊어버리지 않았으면 하고 바랐다. 제발 그녀가 땅에 곤두박질치기 전에 낙하산을 펴주었으면 했다. 무전기를 꽉 쥔 정화의 손이 파르르 떨렸다. 출구가 다시 굉음을 내며 천천히 내려와 하늘을 몽땅 가렸다. 정화는 그녀의 생사를 전혀 가늠할 수 없었다.

강렬한 후광에 선진의 미소가 번져갔다. 기꺼이 낙하산을 펼치고 싶지 않았다. 맨 몸뚱어리의 홀가분한 느낌이 좋았다. 기구의 힘을 빌리고 싶지 않았다. 사람이 발명한 안전장치에 손을 대고 싶지 않았다. 몸은 바람을 빌리고 손은 하늘을 만지고 싶었다.

저 멀리 까마득했던 평야가 광활한 갈대밭으로 가까이 보였다. 낙하산을 펴야 되는 시간. 이미 늦었지만 지금 펴면 목숨은 건질지도 모르겠다. 선진은 아슬아슬한 시간 놀음에 최고조에 달하는 스릴을 느끼고 있었다.

갈대밭이 가까워지며 갈대들이 머리를 흔드는 게 보였다. 슬로우 모션처럼 흔들리는 갈대들의 수명은 천년이라고 어디선가 들은 적이 있는데. 천년이라니. 저런 가냘픈 줄기와 기분 나쁜 수염을 달고 있는 갈대도 천년을 사는데. 나에게 한 번만 더 다이빙을 허락하자. 조금만 더 살아보자. 더 위험한 다이빙을 위하여.

선진은 낙하산을 시원하게 펼쳤다. 몸이 빨려가듯 하늘 위로 솟구쳤다. 그렇게 한참을 무기력하게 낙하산에게 이끌려갔다. 선진은 눈을 질끈 감았다. 오늘도 낙하산을 펼쳤다. 오늘도 낙하산을 포기하지 못했다.

낙하산은 커다란 반원을 그리며 평야를 향해 낙하했다. 점차 속도가 붙기 시작했다. 선진은 방향을 잡아 보려고 애썼지만, 제주도의 바람은 만만치 않았다. 빠른 낙하속도에 당황하여 급하게 허공에서부터 발을 굴려 보았지만, 지면에 발이 닿을 때 즈음에 엉성하게도 발을 헛딛으며 앞으로 고꾸라졌다.

선진은 낙하산과 함께 모진 돌무더기가 곳곳에 튀어나와 있는 평야 지대를 데굴데굴 굴러갔다. 몸이 굴러가는 동안 정신을 차릴 수가 없었다. 그러나 살아남았다는 것은 자각할 수 있었다. 다리가 욱신거리며 통증을 호소했기 때문이었다.

폭신한 낙하산 위에 널브러진 선진은 강렬한 햇볕에 눈을 찡그리며 중얼거렸다.

"괜찮아. 다리 하나 정도는 없어도 낙하산은 펼칠 수 있으니까."

날렵한 스포츠 세단은 곧게 뻗은 해안도로를 달리고 있었다. 해안도로는 포장이 잘 된 2차선 도로였고 오가는 차가 적어서 속도를 내기 좋았다. 정화는 운전대를 잡고 한숨을 푹푹 내쉬었다. 선진은 조수석 좌석을 최대한 뒤로 밀어내더니 한쪽 다리를 쭈욱 뻗고, 최대한 부상입은 다리가 불편하지 않도록 세상 편하게 앉아있었다.

"그렇게 한숨만 쉬다가는 공항 가기 전에 숨이 모자라서 질식사라도 하겠는데."

정화가 지나가는 차를 째려보았다. 이어서 기가 찼는지 코웃음을 날렸다.

"내 사인은 정해져 있거든요?"

선진도 코웃음을 치며 대응했다. 정화는 운전대를 돌리며 선진을 살짝 훑었다.

"당신 때문에 스트레스 받아서 머리가 펑하고 터져버리거나, 부아가 치밀어서 심장이 갑자기 정지한다거나..."

정화의 염불은 계속되었지만, 선진은 그 뒤의 말은 귀에 담지도 않았다. 팔짱을 끼고 창밖을 바라보았다. 색을 잃어가는 나무와 낮은 화단이 빠르게 뒤로 지나갔다. 선진은 멀리 해변에 시선을 두고 생각에 잠겼다.

서울로 돌아가는 길이 막막했다. 삭막한 도시의 쾌쾌한 먼지 냄새가 싫었다. 그동안 열심히 일을 하고 밥을 먹어도, 화려한 도시를 걷고 땀을 뻘뻘 흘리며 헬스를 해보아도, 친구들과 수다를 떨고 훤칠한 남자와 데이트를 한다고 해도, 아무런 위로가 되어주지 못했다. 이제는 친구도 없고 남자도 없다. 아무것도 필요 없다. 그저 다이빙을 하지 않는 순간 전부가 지루했다. 지금도 당장 차에서 뛰어나가 저 멀리 해변의 바다로 다이빙 하고 싶었다.

하늘 가운데 관제탑이 보였다. 쓸쓸해 보이기는 하나 뚝심 있어 보였다. 바닥 아주 깊이 뿌리 내리고 서 있는 느낌이 들었다. 선진은 관제탑을 보며 발을 움직여보았다가 짧은 비명을 지르고 말았다. 그 덕에 정화의 염불은 다시 시작되었다.

선진은 차에서 내리고 정화는 그대로 차를 몰아갔다. 렌트한 차를 반납해야 했다. 평소 같으면 공항에 선진을 홀로 방치하는 것이 불안하기 짝이 없는 일이었지만 다리를 다쳤으니 오히려 마음이 편했다. 매일 같이 부축을 하고 간호해줘도 상관없으니까 그녀가 다리를 다치는 것이 차라리 나을지도 모르겠다는 생각까지 들었다. 정화는 차를 반납하고 엘리베이터에 올랐다.

엘리베이터가 공항 2층에 도착하자, 저 멀리 팔자 좋게 의자에 기대 누워있는 선진을 발견했다.

"가자."

선진은 정화를 발견하자마자 자리에서 일어났다. 그러나 다리에 힘이 들어가지 않았다. 휘청거리며 옆으로 고꾸라지려는데 정화가 얼른 양손을 뻗어 받아주었다.

"아...!"

선진은 신음을 흘리며 다리를 절었다. 정화는 재빨리 어깨를 빼고 선진을 부축해주었다.

"걸을 수 있겠어?"

"아니."

"그러게 왜..."

선진이 팔을 도로 빼버렸다.

"그럼 기어서 가지, 뭐."

정화는 한숨을 내쉬며 선진을 팔을 다시 빼앗아갔다. 선진은 내심 안심하며 정화에게 부축을 받았다.

가끔 성가시고 귀찮은 구석이 있어도 사람은 좋다. 그동안 수많은 경호원들이 꼴에 남자랍시고 자존심을 내세우며 금세 그만두었을 때마다, 선진은 통쾌하게 생각했다. 그러나 정화만큼은 달랐다. 그 어느 지난날에 그녀가 그만두겠다고 말했을 때는 가슴 한쪽이 얼음장처럼 시려 왔다. 지금 내 팔을 휘감고 다친 다리를 대신해주는 그녀의 어깨가 든든했다.

"발 좀 맞춰서 걸어."

정화가 발을 내려 보며 지적했다. 선진은 정화에 대한 속마음을 얼른 거두었다. 괜한 생각이었다. 발끝 아래부터 짜증이 피어올랐다. 얘는 그냥 한시라도 입을 다물지 못하는 떽떽이다.

"네가 맞춰 줘야지. 나는 환자잖아."

"서로 맞추는 거야. 나 혼자 애써 봤자라고. 운동회 때 2인 1각도 안 해봤어?"

"업고 갈래?"

선진이 걸음을 멈추고 엄한 표정이 되어 옆을 돌아보았다. 정화는 똑바로 눈을 마주하다가 얼마 버티지 못하고 이내 시선을 돌렸다.

"아니. 내가 제대로 맞춰볼게."

정화는 진지한 얼굴로 발을 내려 보며 열심히 박자를 맞춰갔다.

"자, 먼저 왼발, 다시 또 왼발, 그렇지."

선진은 웃음을 참느라 턱이 쭈글쭈글해졌다.

둘은 발걸음이 틀릴 때마다 투닥거리며 공항을 가로질러 갔다.

기내 일등석은 아픈 다리를 걸쳐 놓을 만큼 넓었다. 그렇다고 국제선 일등석처럼 안락하고 편안하지는 않았다. 선진은 옆자리에 먼저 앉은 정화의 도움을 받아, 다리를 발판에 걸쳐 놓자마자 눈을 감았다. 서울까지 40분이면 도착한다. 눈을 감지 않으면 비상문을 찾아 낙하산 없이 뛰어내리고 싶을 것 같았다. 그래서 선진은 얼른 눈을 감고 잠이 들기를 기다렸다.

선진은 자신의 몸이 높은 곳만 오르면 지면을 향해 한없이 떨어지는 상상을 하는 습관이 있었다. 어릴 적부터 높은 아파트 베란다에서 떨어지는 상상을 하루 온종일 하고는 했다. 그리고 잠이 들면 그것은 꿈으로 연장되었다. 세간에서는 키 크는 꿈이라고 해석했지만 나는 그 꿈이 싫었다. 그래서인지 다이빙이라는 취미에 어울리지도 않는 고소공포증을 안고 살았다.

선진은 지긋지긋한 상상을 멈추기 위해 굳이 피곤함을 머릿속에 상기시키며 잠이 들기를 바랐다.

옆자리의 정화가 자꾸만 읽지도 않는 잡지를 뒤적였다. 펄럭거리는 코팅된 종이가 만드는 소음이 자꾸만 왼쪽 귀를 찔러왔다. 선진은 눈꺼풀에 힘을 주어 눈을 질끈 감았다.

"그... 읽지도 않는 거 좀 내려놔."

정화는 문득 선진을 돌아보았다. 선진은 눈을 뜨지 않아도 두 눈을 멀뚱히 뜨고 바라보는 정화의 얼굴이 생각났다.

"잠이 안 와?"

"응. 덕분에."

"아닐 거야."

"왜."

정화가 잡지의 문장을 손톱 끝으로 긁으며 말했다.

"여기 보면 다 큰 처녀가 불면증에 시달리면 그건 주기적으로 건강한 섹스를 하지 못해서라고 나와 있어. 물론 남자도 마찬가지래. 외로우면 밤에 잠이 안 온다는 건 정말이었나봐."

선진이 인상을 잔뜩 찌푸리며 고개를 반대로 돌리고 구시렁거렸다.

"미안한데 나 주기적으로 아주 건강한 남자들이랑 섹스해. 사람을 뭘로 보는 거야. 내가 자기처럼 남자들이랑 격투기만 하는 줄 아나 보네. 웃기는 생각이야. 그래서 난 하나도 외롭지도 않아. 난 섹스 없이는 못 살 정도로... 아주... 사족을 못 쓴다고..."

선진이 주억거리며 잠이 들어버렸다.

정화는 잠든 선진을 바라보며 잡지를 내려놓았다. 음악을 듣기 위해 좌석 팔걸이에 숨겨진 헤드폰을 꺼냈다. 포장지를 뜯어내고 귀를 덮었다. 그리고 음악을 틀었다. 익숙한 팝송이 흘렀다. 노래 제목은 모르겠고 가사는 더더욱 모르겠으나, 선진의 마음은 알 것 같았다.

정화도 등을 기대며 눈을 감았다. 하늘을 나는 비행기 안에서 음악을 듣는 짓은 참으로 기분 좋았다. 시간과 공간을 거스르는 느낌이 든다. 정화도 눈을 감고 작은 목소리로 구시렁거렸다.

"괜히 찜찜한 소리하고 있어..."

기내의 정적 속에서 띠링. 경쾌한 리듬이 울렸다. 여기서 잠이 완전히 깨지 않았다. 그러나 얼마 가지 않고 배가 꿀렁거렸다. 아마도 비행기가 착륙을 위해 하강 중일 것이다. 선진은 눈을 비비며 창을 열었다.

가까워지는 경치를 내다보며 서울을 실감하고 있는데 뒤통수에서 육식 동물의 코 고는 소리가 들려왔다. 선진은 아랑곳하지 않고 착륙을 기다렸다. 이어서 덜컹. 기체의 바퀴가 땅에 내려앉는 느낌이 발밑으로 전해져왔다.

옆의 정화는 화들짝 놀라며 잠에서 깼다.

"어?"

정화는 자세를 고쳐 앉으며 자연스럽게 다시 말을 건넸다.

"도착했어?"

"침이나 닦아."

정화는 손등으로 입가를 훔치며 주섬주섬 옷가지를 정리하기 시작했다. 반면 선진은 느긋하게 자리에서 기다리고 있었다. 정화는 부랴부랴 짐을 챙기고 승무원의 도움을 받아 간이 휠체어를 펼치고 선진을 앉혔다.

얇은 천과 가벼워 보이는 휠체어의 스테인레스가 못 미더운지, 선진은 몇 번이나 사양했지만 짐 때문에 달리 방법이 없었다. 선진은 하는 수 없이 성미를 굽히고 휠체어에 올랐다.

일찍이 높이가 3m는 되어 보이는 출구 앞에 섰다. 정화가 잡고 있던 캐리어를 놔두고, 뒤로 매고 있던 망치 가방에서 챙이 긴 모자와 선글라스를 꺼냈다. 그리고 선진에게 모자를 씌워주고 선글라스를 건넸다.

사람들이 하나둘씩 출구로 나가기 시작했다. 둘은 인파 속에 묻혀 출구로 나아갔다. 선진은 선글라스를 쓰고 주위를 신경 쓰지 않으려 노력했다. 하지만 양손을 어찌할 바를 몰랐다. 휠체어 바퀴를 굴려 보려고 했지만, 뒤에서 정화가 이미 빠른 속도로 밀어주고 있었다. 선진은 양손을 다소곳이 모으고 까만 선글라스 창을 통해 출구에 모여 있는 사람들을 스캔하기 시작했다.

다국어의 피켓을 들고 있는 사람들. 회사원들로 보이는 사람들도 있고 친구를 기다리거나 가족을 맞이해주는 사람들도 있었다. 의외로 자신을 기다리고 있는 사람은 한 명도 없었다. 선진은 선글라스를 슬쩍 내리며 앞을 째려보았다.

"어째, 한 명도 안 보이네?"

정화가 주위를 두리번거리며 휠체어를 밀었다.

"아쉽나 봐?"

선진을 머리를 쳐들고 힘겹게 정화를 바라보았지만 날카로운 턱과 마주쳤다. 정화는 입술을 오물거리며 말을 준비했다.

"이제 회장님이 한 번만 더 기사에 오르면, 나도 너도 다 잘리는 줄 알라고 일언하셨어. 그래서 나름 신경 좀 썼지. 또 잘리면 남는 게 없잖아? 하나 남은 천우물산이라도 애지중지 챙겨야 할 거 아니야."

"너 실직자 되는 게 무서운 건 아니고?"

"것도 맞고."

"이중적이시네. 고생이 많아."

정화가 밀고 있던 휠체어의 손잡이를 놓았다. 휠체어는 앞으로 미끄러져 멀어져갔다. 선진이 당황하며 휠체어 바퀴를 급하게 쥐어잡았다. 다행히 휠체어가 멈추었다. 조금만 늦었으면 공항 입구 쪽에 비치되어있는 단단한 의자에 부딪힐 뻔했다. 선진은 낑낑대며 휠체어를 정화 쪽으로 간신히 돌려놓았다. 오늘은 저 목석을 너무 건드렸나 보다. 적당히 해야지.

"고생이 많다고, 격려의 뜻이었는데 왜 이래?"

정화는 화가 나면 무표정한 얼굴이 특기였다.

"진짜 서울까지 올림픽 해볼래?"

선진이 어색하게 웃어 보이며 고개를 좌우로 저었다.

"후후... 아니."

***

껌을 딱딱거리며 씹는 소리가 병원의 좁은 내실에 울려 퍼졌다. 귀가 따가울 정도의 딱딱거리는 소음은 옆 병실에서도 들릴 것만 같았다.

선진은 개인 병실의 낮은 침대에 누워 껌을 씹고 있었다. 손을 뻗으면 닿을 곳에 작은 냉장고가 있고 정면을 바라보면 천장에 텔레비전이 붙어있다. 병실 내부는 단출하기 짝이 없었다.

텔레비전 아래로 발가락이 보였다. 조금 부은 것 같기도 해서 움직여보려 했지만 아직 정강이와 무릎에 통증이 심했다. 선진은 눈을 찡그렸다.

왼쪽으로는 작은 화분 너머로 널찍한 창이 하나 있었다. 정화는 창밖으로 시선을 던지며 통화 중이었다. 말할 때마다 굽히는 등만 보아도 그 대상을 알 수 있었다. 선진은 괜히 화분의 꽃잎을 손으로 만지작거리며 정화를 관찰했다. 살짝 비치는 정화의 안색이 좋지 않았다. 정화는 시선을 느꼈는지 곧 전화를 끊고 걸어왔다.

"사장님?"

정화가 고개를 끄덕였다. 그리고 말없이 침대 옆 의자에 앉아 다리를 꼬았다. 어떤 지시를 받았는지, 또 어떤 명령을 따라 나를 어떻게 대할 건지, 앞으로의 운명을 저 둘의 통화내용에서 정해진 다는 것이 서글펐다. 물론 곧이곧대로 따를 성격은 아니지만 친해진 사람들은 전부다가 회사나 아버지 영향을 받았다. 그게 가끔 서글펐다. 내 인생은 온전한 나로서 살아가고 싶었다.

정화는 곤란한 질문이 튀어나올까 봐, 눈을 마주치지 않으려 주위가 산만해졌다. 병실 벽을 손가락으로 눌러보고 걸어가서 냉장고도 열어보고 화분도 이리저리 옮겼다. 마지막에는 화분 옆의 책을 하나 집어 들었다. 정화는 책의 알 수 없는 표지 디자인을 이리저리 살펴보았다.

"아서라."

선진의 날카로운 한마디에 정화는 민망했는지 입꼬리를 당겼다.

"그치?"

무관심하게 책을 툭 내던진 정화는 다리를 떨기 시작했다. 그리고 선진은 껌을 씹으며 멍하니 허공을 응시했다. 정적 속에 서로 하고 싶은 말들을 머릿속으로 굴리고 있었지만 정작 입 밖으로 꺼내진 않았다.

누군가 문을 열고 들어왔다. 그가 침대 앞까지 다가왔을 때까지 선진도 정화도 각자의 생각에 잠겨있었다. 그는 대뜸 들어오더니 인사도 않고 차트만 펄럭였다.

선진은 그를 흘끗 바라보았다. 눈썹이 짙으며 코가 높고, 턱이 야무졌다. 깔끔한 인상과 다르게 하얀 가운은 주름이 많고 지저분했다. 가운 위로 이름표를 확인했다. 김수호. 의사로서 든든한 이름이라는 생각이 들었다. 그는 차트 위로 능숙하게 펜을 돌리며 무관심하게 물었다.

"다리는 좀 괜찮아지셨죠?"

순간 딱딱거리던 껌 씹는 소리가 멈췄다. 선진과 정화가 일제히 수호를 모아보았다. 수호는 여전히 차트만 뒤적이며 말을 이었다.

"며칠 후에는 뛰어다닐 만큼 괜찮아질 겁니다."

선진은 어이가 없었는지 눈을 끔뻑거렸다. 선진의 눈치를 살피던 정화는 자리에서 일어섰다. 그리고 고개를 살짝 숙였다.

"오랜만이세요."

수호는 그제 서야 고개를 쳐들고 정화를 바라보았다. 정화의 반가운 첫인사와 달리 수호는 냉담했다. 대충 주억거리더니 다시 차트를 만지작거렸다. 그리고 인사에 대한 답은 한참이나 늦었다.

"아, 예."

보는 사람이 다 민망했다. 저딴 식의 인사는 어디서 배웠는지 의사는 저 혼자 태연했다. 정화 역시 뻘쭘했는지 억지 미소를 짓고 있었다. 그녀가 안쓰러워 보였다.

수호는 그런 정화를 무시하고 병실을 나가면서 한 마디 던졌다.

"퇴원은 지시가 있을 때까지 기다리세요."

그렇게 수호는 병실을 나가버렸다. 그리고 문이 닫혔다. 뭔가 대단한 여운이 남았다. 선진은 닫힌 문을 살펴보았다.

정화는 머리를 긁적이며 의자에 다시 앉았다. 열린 창으로 바람이 들어왔다. 바람이 선진의 머리를 쓸어갔다. 선진은 머리를 시원하게 위로 쓸어 넘기며 물었다.

"뭐야? 저 밥맛은?"

정화가 쭈글쭈글해진 턱을 긁어댔다.

"네가 회사 병원은 싫다고 개인병원으로 가자고 해서 안면 있는 사람 병원으로 온 거야. 원래는 아주 유망한 의사였는데 사에서 병원까지 손을 뻗치니까 못 버티고 나온 사람이야. 뭐 대충 남자라면 뻔한 오기 같은 거겠지. 박차고 나와서 조그마한 병원을 겨우겨우 운영하고 있나 봐. 저 혼자서 잘난 척을 했으니 당연히 주위에 미움을 샀을 테고, 이런 병원을 차렸다 해도, 직원 하나 구하기가 힘들었겠지. 의료계에서 완전히 외면받은 모양이야."

선진의 얼굴에서 궁금증이 피어났다. 심상치 않은 인물이다.

"어떻게 알게 됐는데?"

"당연히 의사니까 병원에서 봤지."

총을 쏘듯 딱딱거리는 소리가 다시 이어졌다. 선진은 그가 남긴 여운을 더해 껌을 세차게 씹었다. 정화는 다시 화분 옆의 책을 집어 들었다. 표지를 이해하려고 애쓰는 것 같았다.

"안 어울리는 짓 그만두라니까."

정화는 다시 책을 툭하니 던져버리고 다리를 떨기 시작했다.

어둠으로 가득 찬 병실에 커튼 틈 사이로 강렬한 햇볕이 들어왔다. 병실 침대에 누워있는 선진은 책을 펼쳐서 얼굴을 덮고 몸을 뒤척였다. 등 뒤로 협탁 위에 화분이 놓여 있었는데, 화분 앞의 의자는 텅 비어있었다.

선진은 이리저리 몸을 뒤척이다가 다시 잠이 들었다.

툭툭. 문 쪽에서 노크 소리가 들려왔다. 잠이 완전히 깨지 않아서 정신이 몽롱했다. 그러나 그는 대답할 시간도 주지 않고, 들어온다는 말도 없이 문을 열어 재꼈다. 그리고 역시나 차트에 눈을 못 박아두고 있었다.

수호가 물었다.

"괜찮으시죠?"

손끝으로 책을 가볍게 튕겨냈다. 그리고 몸을 일으키지도 않고 천장을 올려보았다. 쉽게 대답해서는 반응조차 하지 않는 사람이라는 건, 어제 이미 알아차렸다. 선진이 대답을 하지 않자, 수호는 결국 선진에게 눈길을 주었다. 하지만 얼마 가지 않았다. 그는 무덤덤하니 다시 차트 위로 시선을 옮겼다. 그리고 그대로 뒤돌아섰다.

그대로 나가버릴 것만 같았다. 몹시 아쉬운 마음이 들었다. 초조한 건 내 쪽이었다. 선진은 억지로 몸을 일으켰다.

"대단한 의사 선생님이었다고 들었는데."

수호는 나가던 걸음을 멈추었지만 아직 뒤를 돌아보지는 않았다. 선진은 호기심을 발하며 대답을 끈질기게 기다렸다. 수호의 대답은 한참이나 걸렸다. 그리고 대답보다 먼저 몸이 반응했다. 수호가 다시 뒤돌아섰고, 강렬한 햇볕이 그의 얼굴을 때렸다. 훨씬 더 깔끔하고 반듯해 보였다.

"몸은 괜찮으시죠?"

조금도 흔들리지 않는 그의 너무 일관된 언행에 어이가 없어서, 하마터면 피식하고 웃을 뻔했다. 안 되지. 벌써부터 웃는 얼굴로 대면하고 싶지는 않아. 선진은 수호를 가만히 노려보며 볼을 혀끝으로 밀어냈다. 그리고 손으로는 주섬주섬 껌을 찾았다. 껌 종이를 천천히 벗기고 입안으로 껌을 구겨 넣었다.

"회사가 어쩐지 대단한 사람을 이 지경까지 몰아넣은 것 같네요."

선진은 말을 끝내고 껌을 딱딱거리며 소리 내어 씹었다. 그리고 다시 말을 이어갔다.

"내가 다 미안해지네. 어떤 일인지는 자세히 못 들었지만은 대충 감이 잡히거든요. 그러니까 부탁인데요..."

선진이 고개를 살짝 내빼며 수호를 올려보았다.

"그 부담스러운 적대감 좀 감춰주실래요?"

"누가 대단해요?"

"글쎄요."

수호의 얼굴은 무표정한 게 냉정하고 대단히 쌀쌀 맞아 보였다.

"그쪽이야말로 대단한 분이라고 들었는데, 그 지경으로 우리 병원에 와서 누워계시네요. 누가 여기까지 몰아넣은 거죠?"

곰곰이 생각해보았다. 누가 여기까지 몰아넣은 거냐고? 내가 했던 질문에 내가 대답을 고민하고 있었다.

"제가요."

대답을 듣자마자 기다렸다는 듯이 수호가 대꾸했다.

"저도요."

잠시 동안의 정적이 무겁게 느껴졌다. 그의 대답이 몸의 구석구석까지 저릿하게 만들었다. 몸은 미동도 하지 않고 눈동자만 살아 움직였다. 선진은 한 방 먹은 듯 순간 사고가 멈추었다.

먼저 움직임을 보인 건 그였다. 그는 또 그 쌀쌀맞은 등을 보이며 병실을 그대로 나가려고 했다. 이대로 대화를 끝내기가 싫었다. 얼른 다시 말을 붙이기 위해 십분 노력했다.

"그러니까."

일단 그의 걸음을 멈추게 만들었다.

"제 말은 우리 회사와 싸웠으면 정답은 그쪽일 거라는 얘기였어요. 적어도 환자들 속에서 돈과 자격을 찾을만한 사람으로는 안 보이니까요."

수호가 문을 밀며 살짝 옆을 돌아보았다. 콧대가 높아 얼굴의 옆선이 터프했다.

"착각하지 마요. 난 실패한 거예요."

아주 잠깐, 퍽이나 잠시 동안이었지만 그의 눈동자에는 자책감이 서려 있었다. 자신과의 싸움, 거대 기업과 대적하는 혼자만의 싸움에서 서러움에 북받치고 너무나도 외롭고 고독했던 그간의 감정들이 분명 아주 찰나의 순간에 그의 눈동자를 촉촉하게 적셔 주었다.

***

황량한 공터 중심에 천우물산의 거대한 간판이 허공을 채웠다. 간판 아래로 덤프트럭 네다섯 대는 동시에 오갈 수 있는 출입구가 있었다. 똑같은 조끼를 입은 사람들이 바삐 오가는데, 지게차가 경보음을 울리며 날카로운 뿔을 내밀었다. 정화는 주위 사람들과 함께 얼른 옆으로 비켜섰다.

후줄근하니 다 늘어진 트레이닝바지와 어깨가 축 처진 후드를 뒤집어쓴 정화는 후드 모자를 벗어 재꼈다. 정화는 편안한 트레이닝복이 차림이었다. 평소에는 정장을 즐겨 입지만 물류센터로 올 때는 트레이닝복이 제격이었다.

직원들이 조끼에서 담배를 꺼내며 정화를 흘끗거렸다. 지게차의 카랑카랑한 경보음에도 잠이 덜 깼는지 부스스한 머리에 눈이 게슴츠레했다. 정화는 후드 주머니에 양손을 꽂고 안으로 걸어 들어갔다.

박스들이 산을 이루고 트럭들이 한쪽에 즐비했다. 그 사이를 지게차들이 바삐 오갔다. 정화는 한 가운데로 터덜터덜 걸으며 주위를 구경했다.

오전 일찍이 땀을 흘리며 일하는 수많은 아저씨들에게서 나오는 에너지가 기분 좋았다. 바로 옆으로 지나가는 아저씨는 팔뚝을 걷었는데 알통 위로 튀어나온 핏줄이 팽팽하니 보기 좋았다. 근육을 알아본 몸이 근질거렸는지 정화는 스트레칭을 하며 걸었다.

건물 안으로 진입하자 왼쪽 벽에 붙은 문이 하나 보였다. 정화는 멈춤 없이 문으로 향했고 세차게 문을 열어 재꼈다.

벨트 컨베이어가 여러 방향으로 끝없이 펼쳐진 광대한 물류 창고였다. 직원들은 컨베이어를 따라 쉼 없이 쏟아지는 가지각색의 박스들을 트럭 뒤로 옮기고 있었다. 정화는 창고 안을 크게 둘러보았다. 한쪽 벽 한가운데 선진을 발견했다. 선진은 만만한 상자 위에 떡하니 앉아 멍하니 벨트의 움직임을 추적하고 있었다. 그녀는 앞의 작은 상자 위에 있는 노트북 화면을 빠끔히 들여다보았다가 고개 들어 움직이는 컨베이어 벨트를 올려보았다가를 반복하고 있었다.

선진에게 걸어가는 동안 그녀의 눈치를 살피는 몇몇의 직원들도 발견할 수 있었다. 정화는 머리를 도리도리 흔들었다. 정화는 선진 앞으로 가서 섰다.

"왜 퇴원까지 일찍 해서 사람 잠도 못 자게 하는 거야. 이제 쉬는 것도 귀찮아?"

선진은 대꾸도 안 하고 계속 돌아가는 벨트를 눈으로 쫓았다. 꼭 어릴 적에 장난감 상점에 갈 때면 마음을 빼앗겼던 기찻길 장난감이 생각났다. 사기에는 너무 컸고 저 혼자 돌아가는 게 마음에 안 들었다. 가지고 노는 것보다 백화점의 잘 꾸며 놓은 기찻길을 달리는 장난감 기차를 구경하는 쪽이 현명하다고 생각했다.

선진은 지금 그 몇백 배나 크기가 커진 장난감을 구경하는 느낌이 들었다. 장난감만큼은 아니지만 선진도 그때보다 몇 배나 커 있었다.

생각에 잠겨서 대답을 하지 않는 선진 때문에, 정화는 잔소리만 늘어놓는 신세가 되었다.

"그리고 현장에 나오면 사무실에 좀 들어가 있어. 지금 직원들 전부 불편해서 얼굴이 울상이잖아. 사무실에 들어가 있으면 난방도 따뜻하고 얼마나 좋아."

"그렇게 안 춥잖아. 그리고 너무 건조해."

"그건 네가 거기 가만히 앉아있으니까 그런 거고. 밖에는 겨울 끝자락에도 양팔 걷어 재끼고 힘쓰느라 땀범벅인 직원들이 얼마나 많은데. 숨만 쉬니까 코가 건조하겠지."

"어차피 사무실 들어가서도 다를 거 없을 텐데. 여기 있는 모두가 나를 눈치 본다해도 그건 어쩔 수 없어. 그게 사회생활인걸."

할 말이 없었다. 정화는 화제를 돌리기 위해 노트북 화면의 환한 불빛으로 시선을 돌렸다. 노트북 화면에는 익스트림 스포츠 중에서도 가장 위험천만하다는 베이스 점프의 동영상 장면이 멈춰있었다. 정화는 입을 비죽거렸다.

"이번에는 또 뭔데? 다이빙 말고 또 뭐가 있어?"

정화는 검지로 노트북의 스페이스 바를 탁하고 내려쳤다. 화면 중앙에 세모가 사라지면서 동영상이 재생되었다. 신체 건강한 외국인들이 짙은 눈썹을 휘날리며 각지 건물 꼭대기에서 낙하산을 매고 뛰어내리는 아슬아슬한 장면들이었다. 보는 입장에서도 가슴이 다 철렁였다. 정화의 얼굴에는 저절로 인상이 꽃피었다.

"조금 있으면 낙하산 타고 아주 우주로 날아가겠네."

정화가 선진을 보란 듯이 나무랐지만 선진은 반응하지 않았다. 그녀의 공허한 눈빛은 텅 비어있었다. 지나간 무언가를 그리듯이.

"그 사람이랑 친해?"

선진이 입을 열었다. 정화는 선진의 기습질문에 당황했다.

"뭐?"

"그 사람이랑 친하냐구."

정화는 선진의 톤과 말투에서 그 사람이 누구인지 단번에 알아차렸다.

"아니."

"만약에 친하면 그 사람 좀 말려야겠더라."

선진은 그 사람을 찾은 후에도 계속해서 멍하니 앉아있었다. 정화는 당황한 기색을 감추고 몸을 큼큼거리며 안정을 되찾기 위해 노력했다. 그리고 적당한 시기에 선진의 얼굴을 옆에서 빤히 관찰했다.

질문의 참뜻을 해석해보고자 했다. 그 의사가 선진의 마음을 움직인 걸까. 아니면 선진은 다른 이와는 다른 그의 태도에 호기심이 생겨나는 걸까. 둘 다 아니라면 회사 병원 쪽 비즈니스에 관심이 생겼나. 정화는 마지막의 경우는 절대로 아닐 거라며 주억거렸다.

이어서 확신을 가지고 선진과 함께 거대한 창고 안 허공을 유영하는 먼지들을 쫓았다.

선진은 회사나 주식, 여자들이 좋아할만한 쇼핑이나 커피, 아니면 살고있는 거대한 저택이나 지방에서 가장 전망이 좋은 별장까지, 아무런 감흥이 없었다. 그리고 남자들은 가끔 답답할 때 외출 겸 만나는 것은 몇 번이나 봤어도 그 누구와도 교제 한 적이 없었다.

적어도 서울에는 그녀의 가슴을 뛰게 해줄 만한 것이 그 무엇도 없었다. 선진은 매일같이 붙어 다니는 자신에게조차 대단히 무관심한 사람이었다.

그런 그녀가 겨우 며칠 전에 처음 본 남자에 대해 물었다. 것도 그를 걱정하며.

하늘에서 실 같은 비가 추적추적 내려와 거리를 적셨다. 거리의 사람들은 준비했던 우산을 하나둘씩 활짝 펼쳤다. 바닥은 축축하게 젖었고 도로의 코팅된 방지 턱은 미끈거렸다. 정화는 인도와 인도 사이 짧은 횡단보도를 걸으며 미끈거리는 방지 턱을 밟아갔다.

횡단보도 맞은편으로 높이가 아찔하고 면적이 거대한 빌딩이 솟아있었다. 빌딩 안에서 사람들이 몰려나왔다. 정화는 손목시계를 확인했다. 점심시간임을 확인했다. 쏟아져 나오는 인파들을 피해 빌딩의 입구로 향했다.

키가 큰 문을 지날 때에는 나오는 사람들 덕에 걸음을 멈추고 얼마간 기다려야 했다. 걸음을 멈추자 더욱 긴장을 감출 수가 없었다. 정화는 다부진 주먹을 꽉 쥐었다가 폈다. 피가 혈관 속에서 응고되어버린 느낌이었다.

사람들이 한차례 빠지길 기다렸던 정화는 회전문을 포기하고 그 옆의 문을 밀고 들어갔다.

로비를 한참을 걸어가서 엘리베이터가 모여 있는 곳으로 향했다. 엘리베이터는 각기 정해진 층으로 도달하는데 정화는 아무도 타지 않는 가장 왼쪽의 엘리베이터의 버튼을 눌렀다. 엘리베이터가 도착하고 오르는 동안 주위 사람들의 시선이 느껴졌다.

땡. 엘리베이터가 도착을 알렸다. 정화는 옷매무새를 한번 다듬고 내려섰다. 기다란 복도를 쭉 들어가면 정면에 목재로 만들어진 아주 단단해 보이는 사무실 문과 만날 수 있었다.

"저기..."

옆쪽으로 나있는 공간에 비서실이 존재했다. 그곳에서 책걸상을 허벅지로 밀치며 급하게 마중 나오는 여비서가 보였다. 정화는 자리에 서서 잠자코 기다렸다.

"제가 안내해 드릴게요."

여비서는 말을 끝내고 사무실 문을 두드렸다. 그녀는 침을 꼴깍 삼켰다.

"사장님. 손님 오셨습니다."

이어서 여비서가 문을 천천히 열어주었다. 고개를 숙인 그녀의 오똑한 콧날이 부러웠다. 정화는 안으로 들어서며 여비서에게 인사를 건넸다.

"고마워요."

여비서는 정화가 들어서자, 문을 천천히 닫아주었다.

탁. 문이 닫히자 등줄기로 땀이 흘렀다. 정화는 으리으리한 천우기업 본사 사장실 한가운데 서 있었다.

차가워 보이는 대리석 바닥으로 걸음을 조심스럽게 옮기며 소파와 테이블이 있는 쪽으로 향했다. 사장 이배용은 다리를 꼬고 소파에 앉아 정화를 맞아주었다. 이배용은 천우그룹 회장의 장남이었다.

정화는 소파에 앉기 전에 이배용에게 공손히 고개를 숙였다. 이배용은 여유 있게 팔을 뻗어 자리를 안내해주었다. 뽀드득거리는 가죽 소파에 조심스럽게 앉았다. 테이블에는 미리 준비한 차가 올려져 있었다. 차 위로 김이 모락모락 피어올랐다.

정화는 차를 한입 가져갔다. 그리고 시선은 옆으로 흘겼다. 이배용은 막내 선진의 안위에 걱정이 많았다. 이렇게 나를 위해 미리 차를 준비한 이유는 보기 힘든 막내 동생의 소식을 듣기 위함이었다.

"오늘 또 출국한다고요?"

그의 질문이 그 어느 때보다 날카롭게 귀를 찔러왔다.

"네."

이배용은 좀 더 구체적인 대답을 원했다. 팔짱을 끼고 잠자코 기다려주었다. 그의 의도를 인지한 정화는 찻잔을 얼른 내려놓고 스스로 대답을 이어갔다.

"맞습니다. 일본에 가서 기분전환이나 할 모양입니다."

"옛 생각이 나는가 보군."

"그런가 봅니다."

이배용은 천천히 찻잔을 입술에 붙였다. 그의 침착한 행동거지가 예리하게 보여 압박감을 주었다. 정화는 이배용을 흘끗 바라보았다. 그가 싫진 않지만 이렇듯 찾아올 때면 부담스럽기 짝이 없었다. 차라리 선진에게 배운 베이스 점프를 십분 발휘해서 빌딩 끝자락에서 뛰어내리고 싶었다.

사실 이배용과 만나는 것이 두려운 건 혹여나 선진이 이 만남을 알게 될까 봐서였다. 정화가 염려하는 것은 오로지 선진의 심신이었다.

"이번에 돌아오면 꼭 아버지를 찾아 봬야 할 거라고 전하세요. 언제까지고 아버지를 피해 살 순 없다는 걸 깨달아야만 합니다. 방황이 계속되면 정말로 천우일가에서 도태되어 버릴지 모릅니다. 막내를 좋지 않은 시선으로 보는 자들이 많으니까."

정화는 입술을 꾹 다물었다. 그리고 이배용과 눈을 마주쳤다. 눈이 깊다. 그의 커다란 눈으로 기가 다 빨려 들어가는 것 같았다.

"그렇게 전하겠습니다."

이배용은 탁탁 탁자를 두드리며 자리에서 일어섰다.

"방황이 길어질수록 돌아오는 길도 그만큼 멀어지는 겁니다."

이배용에게 선진을 대신하여 잔소리를 들은 정화는 엑셀레이터를 꾹 밟았다. 투박하게 각진 정화의 suv는 뻥 뚫려있는 공항 고속도로 1차선을 질주했다.

2. 군용칼

정화는 금일 선진을 따라 일본행 비행기를 타야했다. 근래 한
달의 반은 비행기를 탔다. 이제 답답하고 숨 막히는 기내라면 지긋
지긋했지만 도리가 없었다. 선진은 꼭 익스트림 스포츠를 즐기기
위해서만 해외로 떠나는 것 같지는 않았다. 선진에게는 한국에서
피하고 싶은 것들이 많을 거라고 생각했다. 정화는 생각 중에 공항
에서 기다리고 있는 선진의 모습이 떠올랐다. 정화는 그녀를 생각
하며 다시 엑셀레이터를 힘껏 밟았다.

쌀쌀맞은 인사로 맞아주는 선진은 정화를 고깝게 대했다. 아무래
도 제 오빠와 밀회를 가졌다는 것을 눈치챈 듯했다.

정화는 다정하기 짝이 없는 그녀의 핀잔을 뒤로하고 비행기 시
간에 맞추어 걸음을 서둘렀다.

기내에서 책을 읽는 선진의 모습을 확인하고 부족함 잠을 청했
다. 선진은 어쩐지 그때 그 질문 이후로 기분이 다운되어 보였고,
오늘은 왠지 더 틱틱거렸다. 정화는 그런 그녀가 일본 여행으로 기
분전환이나 되었으면 하고 바랐다. 정화의 눈꺼풀이 닫혔다.

눈 깜짝할 사이에 일본에 도착했다. 선진은 비상등이 꺼질 때까
지 책을 놓지 않았다. 옆에서 코를 고는 경호원이 신경 쓰였으나,
곤히 자는 그녀의 어깨를 흔들어 깨울 수는 없었다.

정화는 단잠이 개운했는지 기지개를 펴는 동시에 선진의 책을
살펴보았다. 그녀의 눈길을 느낀 선진은 얼른 책을 덮었다. 그리고

창을 통해 다른 비행기들을 구경했다.

둘은 입국심사 통과해 오사카에 도착했다. 이제 간사이공항에서
열차를 타고 텐노지 역까지 가야했다. 일반열차보다 몇 배는 빠른
라피트 열차에 몸을 실었다. 일본어에 능통한 선진이 직접 나서서
티켓까지 끊어 주었다. 그러나 좌석은 한참이나 동떨어져 있었다.
"중간에 혼자 내리는 건 아니지?"
정화가 좌석표를 확인하며 물었다.
"호텔이 같잖아."
"그거로는 전혀 안심이 안 돼."
선진이 눈썹을 치켜올렸다.
"그럼 코골이를 고치든가."
정화는 민망해져서 괜히 코를 찡그려보았다. 선진은 한숨을 내쉬
며 자리에 앉았고, 정화는 계속 코를 찡그리며 좌석으로 향했다.
이런 취급이 하루 이틀도 아니고 그러려니 넘어가야겠다고 생각하
며, 선진의 자리에서 한참 뒤쪽으로 걸어갔다.
자리에 털썩 앉았다. 창 쪽이었으면 했지만 이미 머리가 산발인
젊은 일본인 남자가 앉아있었다. 그의 독특한 청바지에 잠깐 시선
을 뺏겼지만 금세 두 눈은 선진을 찾았다. 정화는 턱을 쳐들고 열
차칸 선두를 쳐다보았다. 좌석 등받이 위로 올라와있는 선진의 뒤
통수를 확인하고 자리에 다시 앉았다.
정화는 이번 여행이 더욱 마음에 걸렸다. 선진이 익스트림 스포
츠에 빠져 처음 다이빙을 하는 순간부터 지금까지 그녀가 낙하산
을 펼치지 않을 것에 대한 걱정이 상당했다. 동영상으로 베이스 점
프를 알게 된 후, 그녀가 절대로 그딴 미련한 짓은 시도하지 말았

으면 했다.

거리를 걸으면 화단의 꽃잎을 살랑이게 하는 것도 바람인데, 찬란한 햇살 아래 해변의 따뜻한 짠 내음을 실어다주는 것도 바람인데, 바람은 주위 어느 곳에서 불어와도 기분 좋아지는 것인데, 어찌 그녀는 건물 꼭대기에서 뛰어내려야만 바람을 느끼는가 싶다.

정화는 의자에 편히 머리를 기대었다. 눈꺼풀이 닫히며 생각을 거두었다. 옆자리의 일본인 젊은이가 정화를 홱하니 돌아보았다. 그리고 눈동자가 골프공만큼 커졌다. 정화의 코골이가 시작된 것이다.

선진은 단신으로 사람들이 북적이는 건물과 건물 사이 골목을 걸어나갔다. 인도 곳곳에 귀여운 카키색의 쓰레기통들이 자리하고 있었고, 짧은 횡단보도가 도로 곳곳에 존재했다. 일본은 걸음을 막는 것들이 많은 편이었다.

선진이 신호를 기다리며 횡단보도 앞에 섰는데 문득 정화가 보이지 않는 것이 신경 쓰였다. 뒤를 돌아볼까 했지만 그만두었다. 기분이 좋지 않은 나를 대하는 방법을 아는 그녀는 생각보다 똑똑했다. 그녀는 거리를 두고 천천히 내가 기분이 풀릴 때까지 기다려주었다.

횡단보도를 건너서 낮은 빌딩 사이를 오갔다. 그리고 끝이 안 보이는 거대한 하루카스 빌딩 앞에 도착했다. 목적지였다. 선진은 가만히 양팔을 허리에 기대고 서서 빌딩을 올려다보았다. 선진이 먼저 입을 열었다.

"인사해. 난 내일 이놈을 뛰어넘을 거야."

이제야 정화가 한걸음 다가왔다. 그리고 같이 빌딩을 올려다보았다.

"저기..."

그 다음 말은 듣지 않아도 예상되었다. 선진은 눈을 살짝 감았다.

"나도 베이스 점프에 대해 조사를 좀 해봤는데... 이번에는 너무 위험한 것 같아."

선진은 몸을 돌려 옆으로 걸어가려 했다. 아주 잠깐이라도 동감해주었으면 했는데.

"역시 안 되겠어. 오기 전에..."

정화는 선진의 발과 맞추어 걸으며 말을 이어갔다.

"오기 전에 사장님을 만나고 왔는데 걱정이 이만저만이 아니시더라고. 나로서는 그저 기분전환 겸 바람이나 쐬다가 귀국했으면 하는 아주 작은 바람이 있네."

"나는 아주 큰 바람이라고 생각이 들어서 여기까지 기어코 찾아온 거였는데, 그쪽은 아주 작은 바람이었네. 사장님께 눈치가 보이시면 실종신고라도 미리 하세요. 저 혼자 사라져서 손 쓸 길이 없다고."

선진의 차가운 얼굴이 정화마저 얼음장으로 만들었다. 정화는 꼿꼿이 서서 다음 말을 찾았지만, 적당히 둘러 댈만한 말이 생각나질 않았다.

정화는 선진의 따가운 눈길을 피해 다시 한번 하루카스의 아찔한 높이에 시선을 두었다. 건물 꼭대기 주위로 새 한 마리 날아다니지 않았다. 저 끝에서 뛰어내린다는 생각을 하니까 저절로 한쪽 눈이 찔끔 감겨버렸다.

"마음대로 해."

선진은 말과 달리 호텔의 카드 키를 전했다. 납작한 카드 키를 받아든 정화는 서글픈 표정이 되어 선진을 눈을 찾았지만, 선진은 매몰차게 호텔 안으로 걸어 가버렸다. 선진은 곧장 객실로 향했고 그녀가 엘리베이터에 오르는 모습을 끝까지 지켜본 정화는 로비의 카페로 향했다.

커피를 주문하고 폭신한 패브릭 소파에 주저앉았다. 이렇다 할 짐이라고는 어깨에 메고 있던 여행 가방이 전부였다. 지금 당장은 짐을 풀고 정리하는 것보다 커피가 더 절실했다.

정화는 커피를 마시다가말고 새까만 커피가 담겨있는 잔을 지긋이 바라보았다. 커피라 함은 술을 진창 마신 다음 날, 해장국을 먹고 출구 자판기에서 뽑아먹는 믹스커피 외에는 몰랐다. 커피에 동전 이상의 돈을 들이고 싶지 않았다.

그러나 지금은 선진의 반협박으로 처음 맛본 드립 커피를 하루도 빠짐없이 마셔야 했다. 그렇지 않으면 하루종일 정신이 몽롱했다. 혼자 피식거리며 다시 커피잔을 들어 올리는데, 잔 너머로 선진의 뚱한 얼굴이 나타났다.

"웃었어?"

선진이 자리에 앉으며 물었다.

"아니."

정화는 얼른 얼굴을 바꿔 정색을 했다.

"웃었는데 뭐."

"아니라고 했잖아."

선진이 손가락질을 하며 정화를 꼬집었다.

"그사이 재밌는 일이라도 있었나 봐?"

"웃는 것도 뭐라고 해? 웃으면 안 돼?"

"웃은 거 맞네."

선진은 카페의 전면 유리창으로 시내 전경을 감상하며 중얼거리듯 읊었다.

"좋겠다. 남의 가슴에 비수를 꽂고도 웃음 지을 수 있는 강단이 있어서."

정화는 입을 비죽거렸다.

"비수는 무슨..."

정화는 선진과 반대로 카페 내부로 눈을 흘겼다. 카페에는 노트북을 꺼내어 업무를 보고 있는 회사원부터 줄줄이 소시지처럼 한데 묶여 여행 온 중국인들, 그리고 저 멀리 카페 입구에서부터 다소 흐느적거리는 걸음걸이로 다가오고 있는, 느끼한 턱수염의 일본인까지 보였다. 그의 턱수염은 구레나룻과 만나 두꺼운 선을 이루었다. 그는 방향을 틀지 않고 정면으로 계속 다가왔다.

정화는 시선을 피했다가도 다시 그 남자를 보면 자기를 향해 걸어오고 있었고, 괜히 큼큼거리며 소리를 내어보아도 그는 걸음을 멈추지 않았다. 정화는 의아한 얼굴로 한 발 앞에 선 그를 올려다보았다. 어깨를 으쓱 해보였다.

"안녕하세요. 우에다 카즈아키라고 합니다."

정화는 선진을 돌아보며 눈썹을 치켜올렸다.

"뭐?"

뒤늦게 발견한 선진이 우에다에게 자연스럽게 손 인사를 건넸다. 정화는 눈을 수차례 깜빡이며 물었다.

"아는 사람이야?"

"응. 방금 저 사람이 자리 좀 비켜 달래."

정화는 떨떠름한 표정이 되어 선진을 째려보았다.

"누가 들어도 그냥 평범한 인사 같은데."

"아, 일본어 할 줄 알아?"

정화는 마지못해 자리에서 일어서며 우에다를 아래위로 훑었다. 행색을 보아하니 이제야 알 것 같았다. 몸이 다부졌고 꽤나 편안한 복장으로, 낙하산만 있으면 바로 빌딩 꼭대기로 뛰어가서 점프를 준비할 것 같이 보였다.

우에다와 정화는 오묘한 경계의 눈빛을 서로 주고받았다. 이어서 정화는 자리를 피해주었다.

우에다는 자리에 앉자마자 꽤나 요란을 떨며 자기소개를 시작했다. 선진도 최대한 반갑게 말을 받아주려고 노력했다. 우에다는 말 끝마다 부담스러운 미소를 보여주고는 했다.

"다이빙 경험은 많으시죠?"

우에다가 자상한 톤으로 조심스럽게 물어왔다. 선진은 대충 고개를 끄덕이며 대답했다.

"걱정할 것 없어요. 그저 점프를 위해 준비해야 하는 장비와 그 과정에만 신경을 써주셨으면 해요."

"전혀 걱정 안 하셔도 됩니다. 그보다 일본 내에서는 물론 외국 어디에서도 베이스 점프는 불법이기 때문에, 낙하 후 탈출이 가장 중요합니다. 내 친구들이 확실하게 도움을 줄 것이지만 그 전에 많은 이야기를 나누는 편이 좋겠습니다."

우에다는 말을 끝내고 또 익살스러운 웃음을 보여주었다. 선진은 얼굴을 살짝 찡그리며 어색한 웃음으로 대응해주었다. 허우대도 멀쩡하고 얼굴도 훈훈하게 생겼는데, 저 수염과 그의 부담스러운 미소가 느끼하게 다가왔다. 선진은 얼른 커피를 입으로 가져갔다. 입 안으로 쓴맛이 돌자 느글거리는 속이 조금 나아지는 것만 같았다.

한숨 돌리며 카페를 둘러보았는데, 멀리 카페 구석에 앉아 잡지를 들고 이리저리 둘러보는 정화가 보였다. 읽지도 않는 거 자꾸 왜 그렇게 책이나 잡지에 관심을 두는지 바보 같았다. 선진은 자기도 모르게 정화를 보며 입가에 미소를 띠었다. 우에다는 선진의 미소를 놓치지 않고 포착하였다.

"친구분이십니까?"

우에다도 정화를 돌아보았다. 선진은 고개를 갸웃거렸다. 그리고 고민했다.

"가끔은요."

우에다는 흥미로운 대답이라며 웃음을 지었다.

"가끔은 친구라니 재미있는 말이군요. 저 친구는 점프에 가담하지 않을 겁니까? 굳이 하지 않는다면 나중에 괜한 문제라도 생길지..."

선진은 우에다의 말을 칼같이 잘랐다.

"그런 문제는 만들지 않는 친구예요."

우에다는 당황한 듯 테이블 위의 양손이 순간 방황하다가 이내 물이 담긴 잔을 들며, 납득한 듯 의구심을 접고 물을 마셨다. 그리고 주머니에서 조그맣게 접혀 있는 지도를 꺼냈다. 지도를 몇 번이나 펼쳐대더니 낙하지점에 대해서 설명했다. 그때만큼은 익살스런 웃음을 보여주지 않았다. 그의 손도 눈도 방황하지 않고 차분하고 진지했다.

친구들이 낙하지점에서 차를 대기 시켜놓고 기다릴 것이라고 했다. 낙하 후에 낙하산 줄을 잘라버리고 빠르게 몸만 빠져나갈 것이며 낙하산 때문에 그 일대 도로가 마비되어도 어쩔 도리가 없다고 말했다.

공중도덕에 무자비한 설명을 듣자하니 실감이 났다. 선진 또한 진지하게 설명을 들으며 머릿속에 들어온 내용을 차곡차곡 정리했다. 대충 설명이 끝나가자 카페 구석의 정화가 노골적으로 힐끗거리며 관찰하는 것이 느껴졌다.

우에다도 자꾸만 정화를 뒤돌아보게 되었다. 그가 불편한 기색으로 말을 더했다.

"오늘 밤에 우리를 도와줄 친구들과 만남이 있습니다. 꼭 와서 더 많은 이야기를 나누었으면 좋겠다고 생각합니다."

우에다가 구사하는 애매한 3인칭 화법은 애매하게 예의 바른 일본인들의 특징이었다. 선진도 애매하게 대답을 돌려주었다.

"아, 가게 되면 좋을 거라고 생각해요."

우에다는 역시 찡긋 웃어 보이더니 자리에서 일어났다. 선진은 따라 일어서지 않았다. 우에다와 눈인사만을 주고받았다. 우에다는 그대로 카페의 테이블들을 가볍게 피하며 정화에게도 가볍게 인사를 하고 나갔다.

정화는 우에다의 뒤통수를 끝까지 노려보았다. 저 사내가 영 마음에 들지 않았다. 지이이이잉. 주머니의 휴대폰이 울렸다. 정화는 얼른 휴대폰을 집어 들었다. 때 늦은 로밍 데이터 알림 문자 메시지였다.

선진은 휴대폰을 들고 있는 정화에게 뚜벅뚜벅 걸어갔다. 그리고 정화의 손에 있는 휴대폰을 날카롭게 낚아챘다. 정화는 뻘쭘한 손을 흔들어 보이며 황당함을 알렸다.

"뭐야?"

"네가 핸드폰을 들고 있는 이유는 우리 둘 다 잘 알고 있다고 생각하는데."

정화가 아니꼬운 얼굴을 하며 한쪽 발을 남자처럼 무릎에 걸쳤다.

"조사를 해봤다니까 하는 말인데..."

선진은 정화를 내려 보며 눈을 가늘게 뜨고 말을 이어갔다.

"그 어느 때보다 위험하다는 건 알고 있잖아? 성공 확률이 희박해. 그러니까 점프를 하고 난 후에 결과를 지켜보고 보고하는 게 한갓질 거야."

정화는 무표정한 얼굴을 한껏 쳐들었다.

"난 이거 진짜 안 했으면 하는데."

"그럼 내가 안 할 것 같아서 이래?"

"네 목숨을 걸고 운명을 시험해 보고 싶은 거야? 그렇다면 하지 마. 내가 볼 땐 얼마 못 갈 것 같으니까. 너 상당히 위태로워 보인다고 지금."

또다시 이야기는 점점 지루하게 흘러갔다. 선진은 어금니를 꽉 물었다. 정화는 선진의 사정은 봐주지 않고 오히려 다리를 풀고 일어섰다. 둘은 카페 구석에서 서로를 마주 보고 한 치도 물러서지 않았다.

"아까도 말했지만 오기 전에 사장님과 만났었는데 더이상 널 봐주지 않을 작정이야. 귀국하면 회장님을 봬야 해. 보고 드릴 천우물산의 실적이라든가 앞으로 회사의 비전 따위를 걱정하고 돌아가는 게 맞는 거야."

"관심 없어."

"넌 관심 없겠지만 네 주위 사람들은 아니야. 너와 네 사업에 아주 관심이 많아. 유감스럽게도."

정화는 선진의 코앞으로 삿대질까지 해가며 심각한 상황을 강력하게 피력했다. 이어서 손을 거두고 얼굴을 가까이했다.

"네 주위는 온통 적이라는 걸 알아둬. 방심하지 마."

선진은 심드렁한 얼굴이 되었다.

"잔인하면서도 따가운 충고 고맙네."

선진은 뒤로 한 걸음 물러섰다. 정화가 다시 말을 꺼내려고 하는데, 한 걸음 또 뒤로 물러섰다. 두 눈은 정화의 얼굴에 못 박은 채로. 선진은 정화와의 거리를 만들고 입을 뗐다.

"넌 아니야?"

정화의 얼굴이 울그락붉으락했다. 감정을 감출 수가 없었다. 이런 나쁜 년. 감정을 다스리고 말을 받아치고 싶었는데 마음을 추스르기가 힘들었다. 속으로 계속해서 나쁜년에게 바치는 욕을 지껄였다.

선진의 발걸음은 보다 더 가벼워졌다. 카페를 나가 로비를 지나는 경쾌한 발걸음이 정화의 귀까지 전해졌다. 정화는 아직도 분이 삭히질 않았다. 선진이 엘리베이터를 타는 모습이 멀리 보였다. 정화는 긴 한숨을 내쉬었다.

그래도 그녀가 밖으로 뛰어나가지 않은 것에 감사했다. 그래도 그녀가 무사히 엘리베이터를 타고 방 안으로 들어가는 것에 감사했다.

지이이이잉. 메시지가 도착했다. 알아보지도 못하는 휴대폰 로밍에 대한 문자가 짜증이 났다. '저녁때까지 차 한 대 준비해줘.' 정화는 고개를 들어 엘리베이터 쪽을 바라보았다. 선진이 엘리베이터에 오르고 있었다. 정화는 카페에 다시 앉았다. 그리고 손바닥으로 이마를 감쌌다. 열기가 이글거렸다. 정화는 탄식 섞인 긴 숨을 한참이나 내뱉었다.

"알았다."

어렵게 끊었던 담배가 생각이 났다.

***

하루카스 빌딩 주위로 어둠이 깔렸다. 주위와 견줄 수 없는 높이 덕에 하루카스 빌딩만이 어둠 속에서 빛났다.

하루카스 빌딩 건너편으로 지붕이 둥그렇게 생긴 백화점이 있었다. 그 옆으로 안내원이 멋진 제복을 입고 경광봉을 요란하게 흔들며 차를 안내해주고 있었다.

그 안으로 날렵한 스포츠카가 미끄러져 들어갔다. 백화점 주차장은 밖보다 훨씬 환했다. 오가는 사람들은 없지만 차들은 빼곡했다. 하루카스 빌딩에 주차장이 없는 까닭이었다.

백화점으로 오르는 입구로 후드를 뒤집어쓴 사내가 걸어 나왔다. 사내는 주위를 살피지 않고 곧장 목적지로 향했다. 많은 차들 사이로 멈춤 없이 걸었다. 상하의가 흑색 루즈핏의 추리닝이었기에 눈에 띄지 않았다. 그는 스포츠카의 창문을 똑똑 두드렸다. 그리고 차에 올랐다.

"카노."

요스케가 초조한 듯 운전대를 양손으로 꼭 쥐어 잡고 불렀다. 고무줄로 묶은 긴 머리가 말할 때마다 촐랑거렸다. 요스케의 선글라스에 카노의 지친 얼굴이 비쳤다. 카노는 턱을 들고 씩씩거렸다.

"한참을 걸었네. 아, 저만한 건물에 주차장은 왜 없는 거야."

카노가 투덜댔지만 요스케의 관심은 다른 곳에 있었다.

"어땠어?"

카노는 슬쩍 요스케 쪽으로 고개를 돌렸다.

"현금 적당하고 한도 없는 신용카드는 아주 볼만했고."

"카드는 복사 가능해?"

"복사 안 되는 카드가 있었어?"

요스케는 씨익 웃으며 신난 듯 운전대를 두드렸다.

"녀석들한테 갖다 주면 다 알아서 처리해 줄 거야. 걱정말고 파티 준비나 하자. 우에다 혼자 준비하고 있을 거야."

"오케이. 가자."

요스케는 엑셀레이터 페달에 발을 아주 살짝 올렸는데도 스포츠카는 굉음을 내며 굉장한 순간 속력을 뽑냈다. 흡족한 얼굴을 하고 있는 둘은 백화점 주차장을 빠져나오자, 서로 마주 보며 승리의 미소를 주고받았다.

스포츠카는 대로를 쏜살같이 빠져나갔다.

대낮에 습기가 대기에 서려 있었다. 찝찝한 날씨에 하릴없이 거리를 걸어 다녔다. 하루카스 빌딩 근처는 번화가인데다 동네가 좋아서 어딜 가나 비슷한 풍경이었지만, 지하철을 타고 니뽄바시 쪽으로 빠지면 볼만한 구경거리들이 있었다. 대부분 화려한 네온사인의 전자상가였고 AV판매점이 즐비해있었다. 그리고 좀 더 안쪽 골목으로 들어가면 빠칭코 머신에 매달려 있는 사람들도 구경할 수 있었다.

선진은 골목 자판기 앞에 섰다. 도저히 안의 내용물을 가늠할 수 없는 음료수 캔의 디자인들이었다. 선진은 목이 말랐다.

어느새 뒤로 따라붙은 정화가 말을 걸어왔다.

"뭘 그렇게 고민해?"

선진은 정화에게 물어볼까 하다가 그만두었다. 일본어를 알아도 모르겠는데 정화가 알 리가 없었다. 정화는 자판기를 이리저리 살펴보고 있었다.

"도무지 어떤 음료수인지 알 수가 없게 해놓았잖아."

"마셔봤던 걸로 골라."

선진은 고개를 갸웃거렸다.

"많이 변했어."

선진은 대뜸 주위를 한번 천천히 둘러보았다. 변해버린 건 안의 내용물일 뿐 자판기 위치나 건물을 통틀어 주변 환경은 전혀 변하지 않았다. 서글프다. 나는 아주 조금이라도 더 늙었을 건데. 반대로구나.

"뭐가 마시고 싶은 건데?"

정화가 추억을 방해하고 끼어들었다.

"아무거나."

"커피로 하자."

정화는 망설임 없이 버튼을 쿡 눌렀다. 덜컹거리는 자판기가 음료수를 뱉었다. 너무 간단하게 눌러버린 정화의 손가락이 황당해서 그녀를 쳐다보았다. 정화는 무덤덤하니 캔을 주워들었다. 그리고 캔을 넘겨주었다.

선진은 캔을 받아들고 이리저리 살펴보았지만 음료에 대한 설명이 없었다. 정화는 얼른 마셔보라며 호기심을 발했고 선진은 정화를 째려보며 음료수 캔을 땄다. 그리고 음료를 한 입 가져가는데 놀란 마음에 눈이 동그래졌다.

"어떻게 알았어?"

정화가 씨익 웃었다.

"감이지. 내가 감이 좋잖아. 그러니까 이렇게 혼자 홀랑 나가버려도 너를 항상 찾아낼 수 있는 거지."

"방문이나 잘 잠그고 말해. 감이 좋아서 여행 오자마자 방을 털리나?"

"항상 방심하게 되는 것도 너에게 온갖 정신을 집중하기 때문이지."

"자랑이야?"

"아니, 수고 좀 알아줬으면 해서."

"직업에 고충이 다 있는 거지."

"난 심하잖아. GPS라도 사둬야지. 너 찾아 헤매는 시간이 하루에 절반이니까."

선진이 비웃으며 맞받아쳤다.

"그럼 하는 일이 없어서 해고될 수도 있겠다."

"GPS사게 되면 꼭 네 엉덩이에 심어줄게."

"웬만하면 소리도 들리는 걸로 사. 화장실 생중계해 줄게."

정화는 얼굴을 장난스럽게 찡그렸다.

"그건 안 되겠다."

선진은 커피를 홀짝거리며 걸어가 버렸다. 정화도 말장난을 끝으로 다시 거리를 두고 선진을 따라 걸었다. 선진은 골목골목을 계속 돌아다니며 무언가를 찾는 듯 가끔 골목과 골목 사이를 기웃거렸다.

유학 시절 항시 먹었던 우동을 파는 트럭이 보이지 않았다. 위치는 분명히 기억하는데 아무래도 바퀴가 달렸으니 목이 더 좋은 곳으로 달아나 버렸는가 싶었다.

한참을 걷다가 허기가 져서 걸음을 멈췄다. 그리고 멀리 공원

펜스에 기대고 서 있는 정화에게 걸어갔다. 정화는 피우지도 않는 담배를 손에 쥐고 있었다.

"피우지도 않는 담배는 왜 들고 있어?"

"덕분에 어제 간절했거든."

선진이 지친 듯 한숨을 내쉬며 물었다.

"배 안 고파?"

"고파."

"나 없으면 밥도 못 먹어?"

정화는 잠깐의 고민 후에 대답했다.

"안 먹는 거지."

선진은 귀찮은 듯 정화를 스쳐가며 손을 까딱거렸다.

"차 어디 있어? 가자."

정화는 얼른 쥐고 있던 담배를 상의 주머니에 집어넣으며 물었다.

"어디로?"

"파티."

둘은 함께 걸어왔던 길을 돌아 걸어갔다.

저녁노을이 저 멀리 수평선에 드리워졌다. 한가로운 해변 구석에 원목으로 지어진 단층 건물이 있었다. 쇼윈도로 서핑보드가 비쳐 보이고 간판 대신 입구 위로 서핑보드를 덕지덕지 붙여놓았다.

건물 뒤로는 넓은 주차 공간이 마련되어 있었다. 정화는 그곳에 미끄러지듯 능숙하게 주차했다. 차 시동이 꺼지기도 전에 선진은 먼저 차에서 내렸다. 그리고 정화를 기다려주지도 않고 가게 뒷문으로 향했다.

가게 뒷문으로 들어서자 좁고 기다란 복도가 있었다. 복도를 걸어가다 보니 부엌으로 보이는 공간이 있었다. 선진은 좀 더 걸어들어갔다. 그러자 부엌 너머로 이미 파티를 시작하고 있었다. 아무렇게나 놓여 있는 소파에서 일본인들이 각자 개인 접시를 들고 타코와 피쉬앤칩스를 야무지게 발라먹고 있었고 선진을 초대한 우에다는 맥주를 손에 들고 신나서 떠들어대고 있었다.

선진은 한 걸음 더 내딛었다. 그러자 파티 중의 모두가 모아보았다. 뒤늦게 선진을 발견한 우에다는 부랴부랴 다가왔다.

"왜 그쪽에서 나와요?"

"이쪽에도 문이 있네요?"

우에다는 미소로 반겨주며 주위를 주목시켰다. 부담스럽기 짝이 없었다.

"오늘의 주인공이니까 정중히 모실 수 있도록."

선진은 웃지도 않고 손을 대충 흔들었다. 작은 몸짓에도 파티장의 일본인들은 박수치고 환호를 지르며 환영해주었다. 모두들 다부진 몸이었고, 차림새로 보아하니 전부 익스트림 스포츠를 즐기는 동족 같이 느껴졌다. 그리고 구석에서 맥주를 마시며 선진에게 관심을 주지 않는 카노와 요스케도 있었다. 물론 선진은 못 알아보았지만, 그들은 기어코 얼굴을 숨기기 바빴다.

생각보다 사람이 많고 기대보다 소박한 파티였다. 선진은 벽에 기대고 서서 우에다를 쳐다보았다. 우에다는 맥주 두 병을 준비했다.

"준비는 됐어요?"

우에다가 맥주를 들고 흔들어댔다.

"그쪽은 준비가 돼야 뛰어내려요?"

선진은 우에다와 맥주병으로 건배하며 대답했다. 우에다는 한 방 맞은 듯 머리를 긁적이며 음흉한 미소를 지었다. 선진은 무관심하니 맥주를 들이켰다. 허기질 때는 맥주가 또 효과만점이라고.

"친구분은 안 왔어요?"

우에다는 눈썹을 자유자재로 움직이며 말을 붙였다. 선진은 대답 대신 맥주병 끝으로 복도 쪽을 가리켰다. 어두운 복도에는 정화가 팔짱을 끼고 벽에 기대서서 앞을 뚱하니 쳐다보고 있었다. 선진은 돌아보지 않아도 알겠는데 우에다는 어두운 복도의 정화가 잘 보이지 않았는지 눈을 잔뜩 찌푸리고 목을 빠끔히 내밀었다. 그리고 암흑 속에 빛나는 정화의 눈과 마주쳤는지 순간 몸을 잔뜩 움츠리며 신음 소리를 냈다.

"어우...!"

선진은 피식 웃었고 우에다는 황당한 듯 선진에게 시선을 보냈다. 선진은 맥주병을 들이켰다.

"도깨비 같은 분이시네..."

우에다는 조심스럽게 선진의 귀를 빌렸다.

"두 분 혹시 커플이에요?"

선진이 풉하고 웃어버렸다. 하마터면 우에다의 얼굴에 맥주를 뱉을 뻔했다. 선진은 우에다의 어깨를 잡아끌며 귓등에 대고 말했다.

"한 번만 더 그딴 질문을 그런 진지한 얼굴로 물어보면 그때는 정말 죽여 버릴 거예요."

우에다는 눈치를 살피며 수차례 미안하다고 사과했다.

둘은 한참을 수다 떨며 그 자리에서 맥주병을 비워나갔다. 우에다는 준비해둔 안주를 내왔고 선진은 생각보다 입맛이 까다롭지 않아서 접시들을 차례로 비워나갔다. 우에다는 눈치를 살피며 정화에게도 아주 조심스럽게 다가가 안주와 맥주를 건네주고는 했다.

정화는 파티장 안을 수색하듯 관찰하였다. 취해가는 젊은 일본인들과 외국인인지 혼혈인지 헷갈리는 사내들이 안 어울리는 일본어를 주고받았다. 오늘 살고 내일 죽어도 되는 사람들이라 단순한 건지 웃음소리가 워낙 큰 건지 유난히 파티가 떠들썩했다. 정화는 빈 맥주병을 만지작거리며 더 마실까도 했지만, 마음을 거두었다. 바에 앉아서 빈 맥주병을 쌓아놓고 하이볼을 한숨에 들이켜고 있는 선진이 많이 취해가고 있기 때문이었다. 그녀의 눈동자에 초점이 없었다.

정화는 무료함에 못 이겨 주차장으로 향했다. 찬바람이라도 쐴까 했다. 뒷문으로 나가자 커다란 쓰레기통 옆으로 주차되어 있는 차가 보였다. 정화는 차에 기댈 요령으로 걸어가는데, 차 유리에 비친 우에다의 모습이 보였다. 그는 휴대전화를 들고 다른 손으로는 맥주병을 둥글게 원을 그리며 흔들고 있었다.

우에다는 통화에 한창 열을 올리는 모습이었다. 정화는 최대한 인기척도 내지 않고 차에 기대서 담배 한 개비를 꺼내 쥐었다.

주위에 건물이 없어 찬바람이 얼굴을 쓸어갔다. 차갑고 시원해서 정신이 도로 말짱해지는 바람이었다. 정화는 어둠 속에 담배를 손가락 사이에 까딱거리며 은근히 우에다의 통화를 엿들었다.

그는 진지한 어투로 심상치 않은 분위기의 대화를 이어갔다. 일본어를 알아듣지는 못하지만, 그의 행동이나 목소리 톤으로 분위기는 알아차릴 수 있었다. 예감이 좋지 않았다. 평소와 상반되는 우에다의 얼굴은 어두운 미래를 확신해주었다.

정화는 선진을 데리고 이곳을 빠져나가야겠다는 생각이 들었다.

정화가 몸을 돌리는데, 외국인 같이 생긴 주제에 일본어를 능통하게 구사하던 덩어리 두 명이 뒷문에서 정면으로 걸어 나왔다. 물론 덩어리들의 목적은 본인이었다. 정화는 그들의 위협적인 걸음에서 그들의 타겟을 캐치했다. 정화의 담배가 땅에 툭하니 떨어졌다.

정화가 팔짱을 풀고 앞을 째려보았다. 선진의 안위가 걱정되었다. 얼른 덩어리들을 치우고 선진에게로 달려가고 싶었다. 다리를 풀며 시동을 거는데 어느새 우에다가 전화를 끊고 걸어왔다.

우에다는 두 덩어리를 앞에 두고 그 사이로 고개를 내밀며 장난스러운 얼굴을 보여주었다.

"인기척도 없이 남의 전화를 엿듣고 그러면 곤란한데."

정화는 대답을 하지 못했다. 이런 중요한 때에 말을 알아듣지 못했다. 속없이 웃음을 흘릴 수밖에 없었다. 우에다는 정화의 웃음에 발끈했다.

"웃었어?"

우에다 앞의 덩어리 한 명이 움찔하자, 정화는 순간 재빠르게 움직이며 놈의 정강이를 차버렸다. 덩어리는 허리를 굽혔고 정화가 그 옆의 놈의 목을 손날로 후벼 팠다. 목을 잡으며 괴로워하는 동안 정강이를 붙잡고 있던 다른 덩어리가 어깨로 정화를 들이받았다. 뒤로 구르며 재빨리 일어선 정화는 다시 전투태세를 취했지만, 덩어리 둘이 일제히 뿌린 페퍼 스프레이에 당황했다.

정화는 눈을 제대로 뜨지 못하고 덩어리들과 싸웠지만 결국에는 시야가 불편해서 얻어맞기 시작했다. 정화는 끝까지 눈을 닦아 내려고 비벼보았지만, 증상은 더욱 악화되어 더 괴로워질 뿐이었다.

그제야 우에다는 덩치들을 양쪽으로 밀어내며 나섰다.

"죽이지는 마시죠."

우에다가 쓰러져 있는 정화를 부축해주었다.

"애인이 걱정되면 옆에 꼭 붙어있어야죠. 이래서 뭐 자기 몸이나 하나 간수 하겠어요?"

정화는 빨갛게 충혈된 눈을 깜빡이며 우에다를 노려보았다. 하지만 아직도 눈을 제대로 뜨기가 힘들었다.

"이야, 그렇게 맞고도 눈빛이 살아 있잖아? 내가 사람 잘 못 봤네. 훌륭하네."

우에다는 비아냥거리며 두 덩어리에게 손짓을 했다. 그들은 정화의 양손을 케이블 타이로 묶어버리고 테이프로 입을 막았다. 그래도 정화의 기세는 죽지 않았고 우에다만을 죽일 듯이 노려보았다. 참다못한 우에다는 덩어리의 손에 들려 있는 페퍼 스프레이를 뺏어 들었다. 그리고 앞을 노려보던 살기 어린 정화의 눈에 뿌리는 시늉을 했다. 정화는 눈을 질끈 감아버리며 피하려 몸을 비틀었다.

우에다는 정화의 모습을 보고 웃음을 참지 못했다. 큰 웃음을 터뜨린 우에다는 다시 정색을 하며 정화를 흘끗거렸다.

"별..."

우에다는 냉소를 흘렸고 정화는 수치심에 이를 악물었다. 평생을 갈고닦은 특공무술이 페퍼 스프레이 앞에 무릎을 꿇고 말았다. 크게 방심했다. 오함마 대가리 만 한 주먹을 가진 덩어리들이 주머니에서 페퍼 스프레이를 꺼낼 줄은 상상도 하지 못했다. 정화의 눈에서 피눈물이 흘렀다.

덩어리들은 뒤뚱거리며 정화를 질질 끌고 주차장 입구를 막고 있는 트럭으로 끌고 갔다. 우에다는 다시 건물로 들어가다 말고 홱 돌아섰다. 그리고 트럭 안으로 정화를 욱여넣고 있는 덩어리들을 말렸다. 우에다는 급하게 정화의 몸 곳곳을 더듬거렸다.

기분 나쁜 우에다의 손길을 피하려 정화는 안간힘을 썼지만 역부족이었다. 우에다는 정화의 옷 주머니에서 차 키를 꺼냈다. 그리고 정화를 보고 차 키를 달랑달랑 흔들었다.

"네 애인은 계획대로 하루카스 꼭대기에서 점프를 해주셔야 합니다."

우에다는 말하면서도 혀를 꺼내 날름거렸다.

"펴지지 않는 낙하산을 메고 말이죠."

정화의 눈이 살벌하게 커졌지만 덩어리들이 가차 없이 트럭 뒷문을 닫아 버렸다. 걸쇠까지 단단히 걸어 잠근 후, 덩어리들은 트럭 앞으로 향했다. 트럭은 미련 없이 주차장을 떠나가 버렸다.

우에다는 트럭의 든든한 뒤태를 감상하며 담배를 태웠다. 그리고 차 키를 달랑이며 만족한 미소를 띠었다.

술에 취해 자신들의 무용담을 랩 하듯 쏟아내다가 지친 사내들이 여기저기 넋이 나가 파티의 끝을 알리고 있었다. 그럼에도 카노와 요스케는 구석에서 아직도 조곤조곤 이야기를 나누며 맥주를 마시고 있었다.

선진은 바에서 나와 마시던 맥주를 부엌 안 선반에 올려다 놓았다. 그리고 주위를 몇 번이나 두리번거렸지만 정화나 우에다가 보이지 않았다. 우에다는 그렇다 쳐도 정화가 보이지 않는 것이 의외였다. 선진은 복도로 향했다.

발끝에 힘을 집중하고 걸어가려는데 자꾸만 무릎이 휘청거렸다. 결국 비틀거리며 복도 벽에 기대고 섰는데, 멀리 바 닷지 위로 여태 마셔댔던 술병들이 보였다. 빈 맥주병들이 한 가득이었고, 하이볼을 타 마신 위스키 병과 데킬라 병도 즐비해있었다. 선진은 자신의 주량에 감탄하며 고개를 끄덕였다.

다시 발끝을 째려보며 버티고 섰다. 심호흡을 하고 머리를 흔들어보았다. 정신을 차리려 해보아도 자꾸만 비틀거리며 벽에 부딪혔다. 벽을 쿵쿵 어깨로 부딪히며 겨우 뒷문 앞에 도착했다. 선진은 숨을 헐떡였다.

뒷문을 열었다가 깜짝 놀랐다. 들어오던 우에다와 마주친 것이었다. 우에다는 선진의 상태를 살펴보다가 자상하게 부축을 해주었다. 선진은 우에다의 부축을 뿌리치며 뒷문으로 나가버렸다.

"괜찮아요?"

우에다는 뒷문에 서서 선진의 위태로운 걸음걸이를 바라보며 소리쳤다. 선진은 말도 없이 대충 머리 위로 손을 흔들어 보였다.

"당신만 괜찮다면 데려다줄 수 있어요."

선진이 살짝 고개 돌려 우에다를 바라보았다. 그리고 웃음 지었다.

"웃기는 소리 하지 말고 내일 봐요."

우에다는 선진을 가만히 바라보며 기다렸다. 어차피 곧 자신을 찾을 것이다. 우에다는 주머니 안으로 차 키를 주물럭거렸다. 차 키가 여기 있으니.

선진은 차 앞에 서서 차 키를 찾았다. 주머니도 찾아보고 괜히 주위 주차장 바닥도 둘러보았다. 그리고 깨달았다. 차 키와 동시에 정화도 없다는 것을.

"내 친구 못 봤어요?"

우에다는 기다렸다는 듯이 앞으로 걸어왔다.

"봤어요."

선진은 겨우 눈꺼풀이 잠기는 것을 참고 우에다의 눈을 찾았다.

"어디 있어요?"

"일이 있다면서 내게 차 키를 건네주더군요. 급한 일이 있으니 당신을 부탁한다고 했어요."

선진은 초점 없는 눈이 되어 우에다를 아래위로 훑어보았다. 우에다는 태연한 척 어깨를 들썩여 보였다.

"거짓말."

우에다는 당황했다. 최대한 내색하지 않으려 했지만 걷던 다리가 우뚝 서버렸다. 이 여자가 당최 어떤 게 거짓말이라고 하는지 가늠할 수 없었다. 모든 일을 아는 것 같은 눈빛을 하고 의심하듯이 나를 훑어보았다. 우에다는 다시 한번 그 말의 의미를 확인하고자 했다. 여기서 발각된다면 일이 전부 틀어질 게 틀림없었다.

"거짓말이라니요? 차 키가 여기 있는데."

우에다는 손바닥을 자신만만하게 펼쳐 보이며 차 키를 선진에게 보여주었다. 선진은 가만히 우에다를 바라보았다.

"걔는 당신한테 나를 부탁할 만한 사람이 아니에요. 파티가 루즈해서 가버렸다고 하면 그냥 가버린 거겠지. 좀 있으면 다시 올지도 모르겠다. 어차피 내일 귀찮게 할 테니까 차는 내가 가져가 버려야지."

선진은 배시시 웃었다. 우에다도 멋쩍은 웃음으로 대응해주었다. 선진은 의미심장한 웃음을 흘리며 다시 한번 강조했다.

"그리고 미안하지만 나 일본에서 연애할 맘 없어요. 그나마 추억으로 남는 곳이 이곳뿐인데 그거 망칠 생각 없거든요."

선진은 우에다의 손에 들려있던 차 키를 낚아채 버렸다. 그리고는 비틀거리며 차 안으로 들어갔다. 부르릉. 차에 시동이 걸렸다. 제정신이 아님에도 주차장에서 차를 능숙하게 빼갔다. 그리고 차는 속도를 내어 도로로 접어들었다.

홀로 남겨진 우에다는 어이없는 헛웃음을 내뱉었다.

"미친년."

우에다는 담배에 불을 붙이며 멀리 해안도로를 응시했다.

"음주운전으로 죽지 말라고. 넌 내일 독수리처럼 멋지게 날아서, 비둘기처럼 우아하게 길바닥으로 머리를 처박고 죽어줘야 하니까."

우에다는 담배를 뻐뻐 거리며 휴대폰을 꺼냈다.

해가 중천에 떠올랐다. 서울 외곽 도시의 낡은 담벼락 틈 사이로 강렬한 햇빛이 투영되었다. 낡은 주택들이 다닥다닥 붙어있고 몇몇의 주택은 철거된 채 방치되었다. 주택들 주위로 광활한 공터는 황량했다. 공터 너머로 낮은 단층의 병원 건물 하나가 자리를 지키고 있었다.

수호병원. 초라한 간판 아래로 새하얀 단층 건물은 색이 많이 바랬다. 후미진 동네 가운데 자리 잡은 병원의 허름한 건물은 으스스하기 짝이 없었지만, 병원 주위로 편의점이나 소소한 식당들이 붙어있어 다행이었다.

인적이 드문 병원 앞 도로에 고급세단이 조용하게 들어섰다. 따로 주차장이 없어 도로 가에 차를 세우고 내리는 사내는 황량한 주위를 한 번 둘러보았다. 그는 커피색의 거친 피부가 꽤나 남자다운 인상을 풍겼다. 훤칠한 외모에 깔끔한 정장 차림도 한몫을 해주었다. 그는 병원으로 곧장 들어갔다.

입구 정면으로 병원 로비를 지키고 있던 간호사들이 반갑게 맞아주었지만, 그는 병원 내부를 구경하며 대뜸 의사를 찾았다.

"의사 선생님 좀 만날 수 있습니까?"

"네?"

간호사들은 황당했지만 그의 훤칠한 외모에 호감이 먼저 생겨났다.

"혹시 예약하셨나요? 성함이...?"

"김수호씨 안 계세요?"

"선생님은 지금 해외로 출장 중이십니다. 대신 수습 의사 선생님이 계신데요."

그는 초조한 듯 손가락으로 데스크를 톡톡 두드리며 간호사들을 훑어보았다. 오른쪽의 간호사는 탈락. 병원 데스크에 어울리지 않는 육중한 그녀의 몸은 전혀 이쪽의 취향이 아니었다.

"하수연씨, 잠시 이야기 좀 나눌 수 있겠어요?"

사내는 왼쪽의 간호사를 택했다. 하늘색 유니폼 상의 위로 하수연이라 적혀 있었다. 청초한 외모의 하수연은 자리에서 일어섰다. 그리고 옆의 간호사 눈치를 살폈다.

"무슨 일이시죠?"

"저쪽에서 잠시만..."

사내는 그대로 돌아서서 비상구로 향했다. 가는 그의 모습을 멍하니 바라보던 하수연은 따라가고 싶은 마음에 다시 앉지는 않았다.

"형사나 기자라도 되는 건가..."

옆의 간호사가 턱살을 흔들며 대답했다.

"제가 지키고 있을게요. 갔다 와요."

간호사는 양손으로 턱을 괴며 부러워서 얼굴의 모든 살을 오그리며 중얼거렸다.

"설마 잡아먹기라도 하겠어요?"

하수연은 마음을 먹은 듯 경쾌한 발걸음으로 사내를 따라 비상구 쪽으로 향했다. 시시한 사람 같지는 않은데 범상치 않은 기운에 겁이 조금 났다. 그래도 어디서 꿀릴 만한 외모나 성격은 아니니까. 하수연은 비상구의 무거운 문을 자신 있게 밀어냈다. 사내는 계단 난간에 기대서 기다리고 있었다. 쿵. 하수연 뒤로 문이 닫혔다.

"강성이라고 합니다."

하수연은 명함을 건네받았다. 강성. 천우건설 전략실장. 빳빳하고 고급스러운 느낌으로 코팅된 명함이 자신의 명함과는 한참 결이 달랐다. 하수연은 천우기업의 명함에 기죽지 않으려 고개를 빳빳이 세웠다.

"아, 네."

강성은 계단을 한 칸 내려오며 하수연과의 거리를 좁혔다.

"일전에 특실에 묵었던 이선진씨를 기억하십니까?"

"네, 기억하죠."

"환자 진료 기록 좀 알아 갈 수 있을까요?"

하수연은 시선을 흘기며 적대심을 드러냈다.

"그건 왜요?"

강성이 미소 지으며 안 주머니에서 돈 봉투를 꺼냈다. 하수연은 더욱 기분 나쁜 듯 강성을 째려보았다. 강성은 고개를 끄덕이며 돈 봉투를 도로 집어넣었다. 그리고 유난히 짤랑거리는 고가의 금장 시계를 풀며 하수연에게 물었다.

"혹시 빈 병실 있어요?"

좁은 내부의 병실에는 아주 낮은 침대와 작은 냉장고뿐이었다.

하수연은 아무도 없는 빈 병실에 들어오자 긴장이 풀렸고, 강성은 병실 문이 닫히자마자 다짜고짜 스킨십을 시도했다.

하수연은 빼는 척 뒤로 물러나면서도 그의 손길을 뿌리치지는 않았다. 첫 만남부터 범상치 않았던 그가 다소 일방적으로 밀어붙였지만 느낌이 나쁘지 않았다. 언행이 시원스럽고 잘생긴 외모와 더불어 터프하게 이끌어가는 힘이 좋았다. 하수연은 직장에서의 낯선 사나이와의 섹스에 짜릿함을 느꼈다.

강성은 병실의 낮은 침대에 쿠션을 대놓고 그 위로 하수연의 얼굴을 파묻었다. 그리고 유니폼은 벗기지 않고 뒤에서 허리띠만 풀었다. 이어서 강성은 힘차게 허리를 튕기기 시작했다.

하수연의 눈동자가 흔들렸고 이로 입술을 질끈 깨물었다. 강성은 능숙하게 하수연의 둔부를 쓰다듬어 가며 정사를 계속했다.

아. 아아. 새어 나오는 신음에 하수연은 재빨리 입을 막았다. 강성은 사정을 봐주지 않고 절정으로 이끌어갔다.

절정을 맛본 하수연은 급하게 병실을 나와 문을 닫고 거칠게 숨을 몰아쉬었다. 그리고 뚜벅 뚜벅 복도를 걷다가도 다리를 꼬며 벽에 기댔다. 하수연은 긴 숨을 몰아 내쉬었다. 주머니에 있는 그의 명함을 잠깐 꺼내 보았다. 그리고 수줍은 미소를 지으며 다시 복도를 걸었다.

고급세단의 내부는 달리는 중에도 무엇 하나 흔들리지 않았다. 강성은 운전을 하며 느긋하게 네비게이션 옆으로 거치된 휴대폰을 손가락 끝으로 누르기 시작했다. 신호가 걸리고 강성은 의자에 편히 앉아 운전대를 잡았다. 이어서 상대의 음성이 들려왔다.

"어디야?"

"방금 병원에서 나왔습니다."

"그래?"

"네. 예상이 맞았습니다. 스카이다이빙을 시도했고 낙하 당시 무릎에 충격이 있었다고 합니다. 큰 부상은 아니었습니다만 반복되었던 낙하 충격으로 다리를 좀 절었던 모양입니다."

강성은 목을 큼큼거리며 물을 찾았다.

"아직도 계속해서 그 미친 짓을 하고 다니는 게 맞는 모양이구나. 아무튼 알겠어. 물론 지금 일본으로 나간 것도 뭐 비슷한 이유가 되겠군."

"그럴 겁니다."

"계속해서 일본 쪽에도 확인해봐."

"예."

강성은 전화를 끊고 차 문 하단에서 물을 찾아 마셨다. 목이 탔는지 꿀꺽 꿀꺽 한참을 마셨다. 그리고 빈 생수통을 대충 조수석으로 던져버렸다. 조수석에는 여자의 속옷과 간호사의 명찰이 널브러져 있었다. 강성은 운전을 하며 흘끗 바라보는데 속옷을 보고 웃음을 참지 못했다.

강성은 담배를 꺼내 물고 불을 붙였다. 그리고 팬티를 집어 들어 창밖으로 던져 버리며 한 번 더 웃어 재꼈다.

차는 도로를 질주했고 버려진 속옷은 바람을 타고 허공으로 펄럭이며 날았다.

하루카스 호텔 특실에서 내려다보이는 전경은 그야말로 장관이었다. 경치를 감상하는 선진은 곧 뛰어내릴 생각에 흐뭇했다. 샴페인으로 입을 헹구며 전면 유리창으로 뛰어내릴 것처럼 몸을 가까이했다. 투명한 유리창에 눈을 가까이하자 하늘과 호텔 방을 가로막고 있는 유리가 느껴지지 않았다. 선진은 몇 번이고 점프를 뛰어내리는 상상을 했다.

거울 탁상 위 휴대폰이 울렸다. 하루 종일 정화가 내심 신경 쓰였던 선진은 급하게 휴대폰을 확인했다. 기대와 달리 우에다의 연락이었다.

"어디에요?"

선진은 초조한 듯 넓은 호텔 방안을 이리저리 걸어 다니며 통화했다. 선진은 방문 앞으로 다가갔고 때마침 노크하는 소리가 들려왔다.

"문 좀 열어주세요."

선진은 문을 열어주었다. 문밖에는 우에다를 포함한 남자 셋이 기다리고 있었다. 우에다 뒤에는 요스케와 카노가 독특한 차림새로 둘 다 선글라스를 끼고 있었다. 선진은 그 둘을 흘겨보며 방 안으로 안내해주었다. 선글라스 때문에 그들의 표정을 읽을 수 없었다.

우에다는 안으로 들어서자마자 창 쪽으로 낙하산 장비들을 나열해 놓았다. 베이스 점프를 위한 낙하산 장비는 생각보다 단출했다. 선진은 장비들을 만져보며 캠과 카메라를 한쪽으로 빼놓았다.

"그건 왜요?"

선진은 머리를 도리도리 흔들었다.

"마지막이 될지도 모르는데 굳이 남기고 싶지 않아요."

우에다는 멍한 얼굴로 선진의 말을 곱씹어보았다. 보통 낙하산을 등에 메고 단신으로 하늘을 향해 뛰어내리는 사람들은 동영상이나 사진으로 남기길 원했다. 그들에게는 도전이고 열정이며 대단한 기록이었다. 하다못해 남에게 과시하길 원하는 부류들도 있었지만, 이렇게 아무런 기록도 남기고 싶어 하지 않는 사람은 선진이 처음이었다.

우에다와 선진이 장비에 대해 이야기를 나누는 동안 카노와 요스케는 방안을 선글라스 안의 감춰진 눈동자로 빠르게 훑어갔다. 그들은 장비나 점프 따위에는 별 관심이 없었다.

"낙하산 장비는 이미 확인이 된 겁니다. 펼쳐보지는 않을 거죠?"

우에다는 시답잖은 농담을 하며 긴장을 풀어주려고 했지만 선진은 조금도 웃어주지 않았다. 선진은 점프의 시간을 코앞에 두고도 대단히 무덤덤했다.

우에다는 카노와 요스케의 이목을 집중시키며 그들을 뒤늦게 소개했다.

"그리고 이 친구들은 낙하지점에서 탈출을 도울 녀석들입니다."

선진의 안색이 바뀌었다. 그들을 경계하는 듯했다.

"어제 파티에서 본 적 있는 얼굴이죠? 항상 행동을 같이하는 오래된 동료들입니다. 경험도 상당한 베테랑들이고요. 그리고 말씀드린 바와 같이 낙하지점을 대충이라도 맞춰주어야 이 녀석들이 낙하지점 근처에라도 가서 대기 할 수 있을 겁니다."

카노와 요스케는 저마다의 인사법으로 취했다. 카노는 고개를 살짝 숙였고 요스케는 두 손가락을 들어 올려 보였다. 선진은 평범하게 인사를 건넸다.

"잘 부탁해요."

선진은 서둘러 다음 질문을 꺼냈다. 사실 처음 우에다와 마주친 순간부터 묻고 싶은 말이었다.

"제 친구는 다시 파티장으로 오지 않았어요?"

우에다는 놀란 얼굴로 되물었다.

"친구가 아직 안 왔어요?"

선진은 입을 꾹 다물었다가 몇 초간의 정적 후에 입을 열었다.

"네..."

우에다는 능숙하게 연기를 이어갔다.

"어제 선진씨 가고 나서 바로 문을 닫았어요. 오늘 작업을 준비 하기 위해서 말이죠. 어쩌면 친구분이 오늘 가게 근처에서 방황하고 있을지도 모르겠네요."

선진은 납득이 가지 않았다. 방황을 하기 전에 먼저 호텔로 돌 아와서 확인을 했어야 맞는 거 아닌가 싶었다. 어디서 사고당할만 한 사람은 아니지만 괜스레 마음이 쓰여 속상했다. 선진의 얼굴이 일그러졌다. 우에다는 선진의 눈치를 살피며 너스레를 떨었다.

"친구는 일이 끝나자마자 꼭 찾아줄게요. 별일 없을 거예요. 보 니까 어디서 길을 헤매고 있을 만한 사람은 아닌 것 같았으니까 요."

우에다는 선진이 안심하도록 미소를 지어 보였다. 선진은 마지못 해 수긍했다. 점프를 위해서는 시간이 별로 없었다. 우에다를 따라 서둘러야 했다. 우에다는 보란 듯이 손 바삐 장비들을 챙기고 있었 다. 선진도 장비들을 가방에 차곡차곡 담기 시작했다.

선진과 우에다가 호텔 방을 나가고 그 뒤를 카노와 요스케가 따 랐다. 카노와 요스케는 선글라스를 벗지 않아도 서로 눈빛을 주고 받을 만큼 손발이 맞았다. 둘이 복도를 걸어나갈 때 요스케가 카노를 살짝 가려주었다. 카노는 재빨리 호텔 방을 나오며 문이 닫히기 전에 작은 카드지갑을 끼워놓았다. 문은 완전히 닫히지 않았다.

엘리베이터가 도착하고 문이 열렸다. 우에다와 선진은 엘리베이터에 올랐다. 우에다가 정면을 보고 말했다.

"자 그럼, 내려가서 보자고."

반대편 엘리베이터에는 카노와 요스케가 타고 있었다. 우에다와 선진은 위로 향하는 엘리베이터였고, 카노와 요스케는 지상으로 향하는 엘리베이터였다. 서로 마주 보는 넷 사이에 오묘한 눈길이 오고 갔다.

선진이 먼저 눈길을 돌리며 버튼을 눌렀다. 문이 서서히 닫히는데 반대편 선글라스의 사내에게서 비릿한 웃음을 보았다. 선진은 순간 눈을 번뜩였지만 우에다의 수다에 다시 마음을 놓았다.

이제야 실감이 났다. 엘리베이터를 타고 옥상으로 향하는 순간 땅에서 점점 더 멀어진다는 느낌에 실감이 났다. 선진은 엘리베이터와 함께 상승했다.

타다닥. 다다닥. 비상구 계단 위로 바쁘게 발을 굴리는 소리가 울려 퍼졌다. 카노와 요스케는 계단을 두세 개씩 훌쩍 뛰어넘으며 한 층을 올라갔다. 요스케는 재빠른 발재간을 보여주며 속도를 내었고 카노는 엉거주춤하니 뛰어오르는 게 어설펐다.

요스케는 뒤를 돌아보며 재촉했다.

"서둘러."

카노는 마지막 계단을 힘차게 뛰어오르며 필요 이상으로 과장된 착지자세를 잡았다. 그리고 장난스럽게 요스케를 바라보았다.

"한 층 올라오는데 그렇게 힘들어 하냐?"

"계단이 싫어."

요스케는 앞장서서 이전에 나왔던 호텔 방으로 향했다. 카노가 요스케의 바짝 뒤따랐다.

"문이 닫힌 건 아니겠지?"

요스케는 문 앞에 서서 문틈에 끼어 있는 작은 카드지갑을 가리켰다. 그리고 씨익 웃어 보였다. 카노는 요스케의 등을 두드려주었다. 그리고 선글라스를 머리 위로 올리며 요스케의 등을 떠밀었다.

"자, 시작해보자구."

요스케와 카노는 거침없이 방 안으로 들어섰다. 그리고 방안을 쥐 잡듯이 탐색하기 시작했다. 요스케가 침대 밑을 찾아보고 있는데, 옆의 카노가 소리쳤다.

"오오."

요스케가 카노를 돌아보았다. 카노는 구석 선반 위, 망치 가방 안에서 현금다발을 펄럭여 보였다.

"현금 뭉치요."

요스케도 분발하려 침대 커버 곳곳을 주무르고 있는데, 카노가 핀잔을 주었다.

"선글라스를 벗어, 이 멍청아."

요스케가 선글라스를 벗고 다시 탐색을 시작하는데 카노가 현금다발이 들었던 망치가방을 살펴보며 걸음을 멈추었다. 그리고 주위를 둘러보며 호텔 방 내부를 살폈다. 카노는 가방을 양손으로 펼치며 털어보았다. 가방에서는 비타민제가 들어있는 통과 악력기, 그리고 담배와 무거운 듀퐁 라이터를 발견했다. 카노의 미간이 찌푸려졌다.

"이상해..."

요스케는 현관의 신발장을 뒤지다가 움직임을 멈춘 카노에게 반문했다.

"뭐가?"

카노는 곰곰이 생각에 빠졌다.

"이방에 왔던 기분이 들어."

요스케는 뚱한 얼굴로 카노에게 걸어갔다.

"무슨 소리야?"

"여기 그 여자애 방이라고 하지 않았어?"

"맞아. 방금 위로 올라간 그 멍청한 년."

"생각해보면 할수록 내가 이전에 털었던 방이 이 방인 것 같은데..."

"뭐?"

요스케는 놀란 얼굴로 방을 둘러보았다. 점프를 하고 탈출하는 사람 방 치고는 너무 너저분했다.

"그럼 여기가..."

카노가 금장 듀퐁 라이터를 꺼내 보였다. 요스케가 확신했다.

"라이터?"

카노와 요스케는 멍하니 서로 마주 보며 기억을 복기했다. 그들이 기억하는 선진은 담배를 피우지 않았고 연신 껌만 딱딱거리던 모습이 기억났기 때문이었다. 카노는 아쉬운 듯 현금다발을 집어들었다.

"이렇게 현찰과 가방을 두고 갈 리가 없지."

요스케가 현금다발을 낚아채서 얼른 품 안으로 집어넣었다.

"몰라. 아무러면 어때. 어쨌든 털어 가면 되는 거잖아."

카노는 일이 틀어진 것을 깨닫자 온갖 상상을 하기 시작했다.

요스케는 불안한 얼굴을 하고있는 카노가 답답했다. 요스케가 카노의 팔을 이끌며 얼른 나가자며 재촉했다. 둘은 현금을 챙기고 발길을 돌려 문으로 걸었다.

덜컥. 저절로 문이 열렸다. 카노와 요스케는 뒷걸음질을 쳤다.

머리는 산발하고 얼굴에 상처나 여기저기 나 있었다. 여자였지만 키가 상당했고 어깨가 단단해 보였다. 더러워진 그녀의 구두는 유난히 뾰족해보였고 선혈의 흔적이 남아있었다.

쿵. 그녀 뒤로 문이 닫혔다. 하마터면 문 닫히는 소리에 카노는 다리에 힘이 풀려 엉덩방아를 찧을 뻔했다.

정화는 앞을 죽일 듯이 째려보고 있었다.

"뭐하냐? 니들?"

그녀의 표정에서는 멀리 있어도 날카로운 쇠붙이로 배를 찔린 듯 살기가 전해졌다. 한국어인 줄은 알지만 당연히 뜻은 몰랐다. 뜻은 중요하지 않았다 그녀의 어투에서 그 성질과 패기를 느꼈다.

문이 닫혔을 뿐인데 분위기에 완전히 압도된 카노와 요스케는 숨이 턱 막혔다.

정화는 손끝에 놓고 있던 담배를 입에 물었다.

"그거 줘봐."

정화가 손을 내밀었다. 카노는 가지고 있던 듀퐁 라이터를 만지작거렸다. 그리고 눈치를 슬슬 살피며 정화 쪽으로 조심스럽게 던져주었다. 요스케는 얼빠진 얼굴로 카노를 바라보았다.

"그걸 왜 줘...?"

카노는 멍하니 눈을 깜빡거릴 뿐이었다.

퐁. 경쾌한 소리와 함께 라이터는 작은 불을 만들어냈다. 정화는 입에 문 담배 끝으로 불을 만지며 한껏 빨아들였다. 그리고 깊게 숨을 들어 마셨다가 연기를 길게 내뿜었다. 담배 연기는 그녀의 소름 끼치는 살기를 전해주었다.

정화는 점점 방 안쪽으로 걸어왔다.

"아주 개판을 만들어놨네."

정화는 담배를 뻑뻑거리며 카노와 요스케에게 다가왔다.

"그럼 니들도 개 취급해도 되는 거지?"

카노가 멍 때리고 있는 사이 요스케는 재빨리 주머니에 손을 넣었다. 정화가 어느새 발을 딛고 요스케의 배를 밀어 차버렸다. 요스케가 몸이 붕 뜨며 테이블이 있는 쪽으로 날아가 곤두박질쳤다. 그리고 페퍼 스프레이가 바닥에 나뒹굴었다.

"너희 그 덩치에 치한이라도 만날까 봐 전부 그걸 가지고 다니는 거냐?"

정화가 말을 이어가는데 카노가 옆에서 정화에게 주먹을 휘둘렀다. 정화는 얼른 허리를 접으며 주먹을 피했고 재빨리 몸을 뒤로 뺐다. 정화가 대충 자세를 잡는데 카노가 마구잡이로 덤벼들었다. 정화는 어설픈 카노의 주먹질을 살짝 피하며 그의 급소를 걷어찼다. 그리고 그의 턱에 주먹을 냅다 꽂아 주었다. 카노는 그 자리에 쓰러졌다. 쓰러지는 동안 아주 잠깐 정신을 잃었다.

정화는 목을 풀며 쓰러져 있는 둘을 번갈아 보았다.

"아, 이 새끼들. 어제 두들겨 맞은 거 생각하면 내년까지 천천히 갚아주고 싶은데 지금은 용무가 급하니까 바로 골로 보내 줄게."

카노와 요스케가 끙끙거리며 몸을 일으켰다. 그리고 사색이 되어 정화를 경계했다. 무슨 말인지 하나도 못 알아먹겠는데 계속 저 혼자 나불거리며 타오르는 저 여자를 상대하고 싶지 않았다. 절대로.

정화의 얼굴이 무섭게 일그러지며 눈이 찢어졌다.

고급 카펫이 깔린 마지막 층 복도는 유난히 더 길었다. 호텔 방은 네 개뿐이었고 엘리베이터 옆으로 비상구 계단이 있었다. 선진이 비상구로 나가려는데 우에다는 돌아섰다.

"이쪽이에요."

선진은 우에다를 따라 긴 복도를 걸어갔다. 복도 끝은 막다른 벽이었고 우측으로 작은 공간이 존재했는데 그 안에 무거운 철로 만들어진 쪽문이 하나 있었다.

우에다가 두꺼운 손잡이를 힘껏 잡아당기며 악을 썼다. 도와줄까 생각했지만 문에는 남은 손잡이가 없었다. 선진은 뒤에서 우에다가 힘을 내어주길 기다렸다.

텅. 쪽문을 입을 열었다. 우에다는 얼른 그 문틈 사이로 몸을 잔뜩 움츠리며 들어갔다. 선진 역시 그를 따라갔다.

쪽문으로 들어서자 바로 앞에 마주 하고 있는 건 높은 난간이었다. 다행히 높은 난간에는 사다리가 붙어있었다. 우에다가 사다리를 움켜쥐고 몸의 무게를 실어 흔들어보았다. 사다리가 삐걱거렸다. 선진은 우에다의 팔을 움켜잡았다.

"그거 안 하는 게 좋을 것 같은데."

둘은 사다리를 타고 올라가기 시작했다. 선진은 사다리 중간에 멈춰 서서 옆을 돌아보았다. 기분 좋은 바람이 세차게 불었다. 선진은 한 손을 사다리에서 떼고 매달린 채 바람을 느끼며 고글을 꺼내 썼다.

사다리를 다 올라서자 꽤나 널찍한 옥상이 존재했다. 우에다는 몸을 돌려 아직 못 올라온 선진을 위해 손을 뻗었다. 그녀는 고글을 쓰고 바람을 느끼며 사다리 한가운데 멈춰 있었다. 그녀의 머리가 바람에 찰랑였다. 우에다는 그녀가 작전에 희생되기에 아까운 인물이라는 것을 다시금 깨달았다.

옥상에는 환풍기가 정신없이 돌아가고 있었고 환풍기 곳곳에 굴뚝처럼 네모진 벽돌담이 올라와 있었다. 선진은 옥상 끝 난간으로 다가갔다. 두터운 난간을 두고 까마득한 지상을 내려 보았다.

가슴이 철렁이고 발끝에 힘이 잔뜩 들어갔다. 사실 누구보다 높은 곳을 무서워했다. 어릴 적에는 놀이터의 녹슨 그네를 탈 때에도 너무 높이 올라가면 두려움에 비명을 지르던 나였다. 누구나 고소공포증은 가지고 있다. 하지만 그것을 이겨내고 자유로이 하늘을 나는 꿈 역시 누구나가 가지고 있다. 선진은 난간 끝에서 하늘에 그림을 그리고 있었다.

우에다는 선진의 뒷모습을 흘끗거리며 낙하산 장비를 나열하고 정비했다. 선진이 돌아볼 생각을 하지 않았다. 우에다는 슬쩍 휴대폰을 꺼냈다. 그리고 상공을 마주하고 있는 선진을 찍었다.

사진에 난간은 찍히지 않았다. 오로지 푸른 상공과 순수한 선진뿐이었다. 선진이 돌아섰다. 우에다는 얼른 휴대폰을 주머니 속으로 집어넣었다.

선진은 순진한 얼굴로 낙하산 가방을 팡팡 두드리며 아이처럼 미소 지었다. 우에다는 당장이라도 선진의 어깨를 붙잡고 고백하고 싶었다. 뛰지 말라고. 모든 게 다 음모라고. 당신은 지금 위험에 처해있다고. 빌딩 옥상에서 지상의 딱딱한 보도블럭 바닥까지 수십 초면 추락하지만, 낙하산은 펴지지 않을 거라고.

우에다의 가슴이 요동을 쳤다. 얼굴에는 망설임이 가득했다.

선진은 가방을 메고 호크를 걸었다. 그리고 난간으로 거침없이 걸어가서 올라섰다. 난간 바깥쪽으로는 세찬 바람이 불었다. 그녀에게는 딱 5초간의 자유 낙하를 허락할 높이가 주어졌다. 그 이상

자유 낙하를 지속한다면 낙하산을 펼친다 해도 목숨을 건지지 못할 것이었다. 그러나 낙하산이 펼쳐지지 않으리라는 것은 우에다 본인이 가장 잘 알고 있었다.

선진은 슬슬 난간 끝으로 발끝을 옮겼다. 고글을 끼고 점프할 준비를 마쳤다. 자세를 잡고 있는데 우에다가 카운트를 세기 시작했다. 우에다는 자꾸만 피어나는 갈등이, 오히려 작심에 불을 당겼다.

"셋..."

어차피 오늘 밤이면 잊을 사람이야.

"둘..."

내일이 오면 완전히 잊혀질 거야.

"하나...!"

괜한 동정심은 개나 줘버려.

선진이 양팔을 벌리고 점프를 하려고 하는 그때, 어느새 옥상 꼭대기까지 추격한 정화는 이선진의 낙하산 가방을 덥석 잡았다. 선진이 앞으로 고꾸라지려 하는데 정화가 난간 안쪽으로 힘껏 집어 던졌다. 그 반동에 정화도 난간에 몸을 부딪치며 쓰러졌다. 정화의 상체가 난간 밖으로 빠져있었다.

정화는 눈을 뜨자 그 아래의 높이가 실감 됐다. 정화는 재빠른 움직임으로 난간에서 벗어났다.

정신을 차리고 보니 옆에 우에다가 멀뚱히 서 있었다. 정화는 어금니를 깨물었다.

"너 누구야?"

우에다는 널브러져 있는 선진과 마주 보고 있는 정화를 번갈아 볼 뿐 대답을 찾지 못했다.

"누가 이런 짓을 시켰어?"

정화는 무서운 얼굴로 다그치며 우에다에게 다가갔다. 쓰러져 있는 선진이 머리를 도리도리 흔들며 정신을 찾았다. 우에다와 대치하고 있는 정화를 보고도 사태가 파악이 되질 않았다.

우에다를 몰아가는 정화가 보였다. 그녀의 꼴이 말이 아니었다. 분명 점프 직전에 나를 집어 던진 건 정화였다는 기억이 났다. 선진은 정화에게 소리쳤다.

"무슨 짓이야!"

정화는 우에다와 대치하고 있을 뿐, 대답하지 않았다. 선진은 다시 한번 더 소리쳤다.

"이게 무슨 짓이냐니까!"

정화가 선진의 날카로운 부름에 못 이기고 돌아보았다.

"그 낙하산은 펴지지 않아. 불량이야. 네가 메고 있는 그 낙하산 말이야."

불량이라니. 장비 확인도 꼼꼼히 했는데. 그리고 또 그걸 네가 어떻게 알아. 선진은 주섬주섬 낙하산을 벗어 재끼고, 핸들을 힘차게 잡아당겼다. 반응이 없었다. 선진은 안간힘을 다해 다시 한번 더 핸들을 잡아당겼다. 낙하산은 개방되지 않았다. 이를 악물고 아무리 당겨봤자 핸들이 너무 가볍다는 걸 느꼈다.

정화는 선진의 모습을 안타깝게 바라보았다. 우에다라는 적을 앞에 두고 잠깐 한눈을 팔았다.

우에다는 재빨리 전기 충격 봉을 꺼냈다. 촤륵. 전기 충격 봉은 정화의 옆구리를 찔렀다. 정화는 신음을 흘리며 힘없이 무너져 내렸다. 우에다는 가차 없이 정화의 머리를 향해 전기 충격 봉을 휘둘렀다.

선진이 인정사정없이 우에다를 어깨로 들이받았다. 우에다는 지휘봉을 놓치며 난간으로 나가떨어졌다. 정화는 아직도 휘청거리며 제대로 서질 못했고, 선진은 정화를 부축해주었다.

그러나 약이 바짝 오른 우에다가 뒤에서 선진의 머리채를 붙잡았다. 이전과는 달리 악귀 같은 얼굴로 선진의 배를 사정없이 때리기 시작했다. 선진이 뒤늦게 막아보려고 했지만 역부족이었다. 이미 배를 맞아 호흡이 가빠왔고 몸을 제대로 펼 수가 없었다. 그의 주먹은 멈출 줄을 몰랐다. 선진은 뺨을 맞고 다시 쓰러졌다.

"으아아아아!"

우에다는 갑자기 허공을 향해 소리를 내질렀다.

"네까짓 것들이 발악해봤자 어차피 죽게 되어있어. 이래 죽나 저래 죽나 마찬가지라고. 어째서 사람을 곤란하게 만드는 거야."

우에다가 이번에는 정화에게 다가갔다. 제대로 일어서지 못하는 정화의 등을 봉으로 내리치기 시작했다. 쾅. 쾅. 콰앙. 정화는 두 팔을 기대고 일어서다가 엎어지기를 반복했다.

쾅쾅거리는 둔탁한 소리가 선진의 가슴을 때렸다. 선진은 무작정 우에다에게 달려들었다. 우에다가 상체를 돌리며 선진을 막아서려 하는데, 선진의 손이 우에다의 목을 후볐다.

우에다의 눈동자가 움직임을 멈추었다. 동공이 확장되고 눈물이 차올랐다. 대량의 피가 분수처럼 허공으로 솟구쳤다. 우에다는 손에서 봉을 떨어뜨리고 자신의 목에서 뿜어져 나가는 피를 양손으로 소중히 감쌌다. 그의 양손은 진한 선혈로 뒤덮였다.

우에다는 뒤로 고꾸라지며 머리를 바닥에 찧었다.

선진의 손에는 5.11mm 택틱컬 군용 칼이 들려있었다. 그녀의 눈이 새빨갛게 충혈되었다. 자꾸만 숨이 모자라 헐떡였다. 피를 쏟아내며 쓰러져 있는 우에다가 선명하게 보였다.

죽음의 문턱에서 헤매고 있는 우에다의 모습을 가만히 지켜보았다. 그는 끝까지 목을 붙잡고 피를 아까워했지만 곧 절명했다. 발버둥을 치는 그의 모습을 지켜본 선진은 양다리를 부르르 떨었다. 선진은 맥이 끊기듯 자리에 주저앉았다. 손에 쥐어진 두껍고 날이 선 군용 칼은 그의 피로 물들어 있었다.

선진은 칼을 가만히 보며 생각했다. 언젠가 정화가 선물해준 군용 칼은 참 여러 가지로 쓰잘머리 하나 없었지만, 이번만큼은 쓸모가 있었다.

"선진아!"

바닥을 기다시피 네발로 기어오는 정화는 간신히 몸을 가누며 다가왔다. 선진은 완전히 넋이 나가서 죽은 우에다의 모습을 응시하고 있었다. 그의 주위로는 한 사람의 몸에서 나왔다고 믿기지 않을 정도로 많은 피가 쏟아져 있었다.

그 검붉은 피는 고스란히 선진의 눈동자로 옮겨졌다.

"선진아! 너 괜찮아? 너 다친 데는 없어?"

정화는 쓰러지다시피 선진의 앞으로 미끄러졌다. 정화는 선진의 앞을 가로막으며 시야를 몸으로 가렸다.

"보지 마, 안 봐도 돼. 나가자. 내가 다 정리할 테니까. 일단 여기서 나가자. 어? 정신 차리고 일단 여기서 나가기만 해. 다른 건 걱정하지 마. 다 쓸데없는 생각이야. 어서 가자, 응?"

선진은 대답하지 않았다. 정화는 억지로 선진의 몸을 일으켰다. 부상 때문에 선진의 무게까지 감당하기 힘들어 잠시 휘청였지만 이를 꽉 깨물고 버텼다.

선진은 그 와중에도 자기 발밑에 떨어져 있는 군용 칼을 집어

들어 주머니에 넣었다.

　우중충한 하늘에서 비가 주룩주룩 내렸다. 굵고 얇은 빗방울들이
별장 지붕 아래로 떨어졌다. 별장 앞으로 넓은 공터가 있었고 그
주위 일대가 전부 나무와 수풀로 뒤덮여있었다. 목재로 만들어진
별장이 비에 젖었다. 별장에서는 어떤 소리도 나오지 않았다. 고요
함 속에 쏟아지는 빗소리만 가득했다.

　별장 현관을 지나면 코팅된 마룻바닥이 드넓게 펼쳐져 있었다.
왼쪽으로 꺾어 들어가면 널찍한 거실이 나오는데 커다란 소파 위
로 갖가지 옷가지들이 아무렇게나 널려 있었다.

　거실의 탁상 위, 부엌의 싱크대와 식탁 위, 화장실 욕조 위, 침
실 침대 옆 탁상과 그 주위로 수많은 술병들이 즐비해 있었다. 대
부분 빈 병이거나 반 이상 먹다 남은 것들이었다.

　선진은 침대 이불 위에 누워서 천장을 바라보고 있었다. 눈도
감지 않았다. 자는 것도 지겨웠다.

　하루 종일 누워있는데도 이따금씩 온몸이 부르르 떨리며 경련이
일었다. 침대에 시체처럼 누워있어야 했다. 조금만 걸어도 다리가
말을 듣지를 않아 제자리에 주저앉아버렸다.

　선진은 하루 종일 걸어도 보고 매일 같이 술도 마셔보았지만,
머리만 아플 뿐 잠이 들 수가 없었다. 간신히 잠이 들면 겨우 한
두 시간 후에 눈을 떴다. 그마저도 아침이 되어 햇볕이 방안을 환
하게 비춰주어야 그나마 눈을 붙일 수 있었다.

　현관문을 거칠게 두드리는 소리가 들려왔다. 선진은 침대에서 몸
을 일으키는 것만 해도 고역이었다. 그렇다고 침대에 가만히 누워
서 문을 열어주지 않는다면, 저 현관문과 정화의 주먹 둘 중에 하

나는 박살이 나겠다 싶었다.

한 걸음 한 걸음 힘주어 걸어갔다. 방 벽을 짚어가며 현관문을 향해 걸어갔다. 팔을 뻗어 문고리를 돌리자마자 발목이 휘청거리며 현관 대리석 바닥에 주저앉고 말았다. 문을 열고 들어오던 정화는 놀란 얼굴로 쭈그려 앉았다.

"선진아!"

걱정스러운 그녀의 얼굴이 보기 싫었다. 선진은 고개를 돌렸다.

"아직도 그래? 더 심해진 것 같은데? 약은 먹고 있어?"

하나씩 물어봐도 말 한마디 하기가 힘든데. 저렇게나 많은 질문을 쏟아 내다니. 선진은 정화의 부축을 받으며 일어났다. 정화는 굳이 눈을 마주치며 자꾸 말을 걸어왔다.

"들어가자. 너 좋아하는 것들로 잔뜩 사 왔어."

현관 밖에 내려놓았던 장바구니에는 온갖 음식이 양껏 들어있었다. 선진은 소파에 가서 간신히 앉았다. 정화는 장바구니를 양손에 들고 부엌으로 향했다. 그리고 식탁에 식재료들을 하나둘씩 꺼내 나열하기 시작했다.

희미하지만 식재료의 냄새들이 선진의 코를 찔렀다. 벌써 나흘 넘게 제대로 먹은 게 없는 선진은 헛구역질을 해댔다. 정화는 선진의 등을 어루만져주었지만 선진은 짜증이 났다.

"치워!"

갈라진 목으로 쉰 소리 같은 음성이 튀어나왔다. 동시에 선진은 정화의 손을 거칠게 뿌리쳤다.

"그럼 좀 앉아있다가 갈게."

정화는 반대편 소파에 가서 앉았다. 그리고 바닥에 엎어져 있는 책을 하나 집어 들었다. 책의 내지가 갈기갈기 찢겨져 있었다. 읽지도 않으면서 책장을 넘겨보며 시간을 때웠다.

선진은 추적추적 내리는 비에 시선을 두고 밖의 수풀 너머로 먼 산을 바라보았다.

둘 사이에는 어색하지 않은 정적이 흘렀다.

"나갈게. 쉬고 내일 보자. 부엌에 음식 좀 해놨으니까 챙겨 먹고."

벌써 나흘째 똑같은 작별인사를 하며 현관을 나섰다. 선진은 정화가 나가자마자 문을 쾅 닫아 버렸다. 그리고 뒤돌아서 중얼거렸다.

"내일이 또 와...?"

선진은 부엌으로 비척거리며 걸어갔다. 현관에서 부엌까지가 왜이리 멀게 느껴지는지 여기서 기력이 조금만 더 딸렸으면 기어갈 뻔했다. 선진은 부엌에 정화가 준비해둔 음식들을 마주했다.

평소 본인이 자주 먹었던 음식에서 익숙한 냄새를 맡았다. 시큼한 맛의 발사믹 드레싱을 뿌린 샐러드와 훈제 연어, 초밥 도시락 등 오늘따라 냄새가 비릿했다.

속이 부글부글 끓었다. 손이 본능적으로 음식들을 집었다. 그리고 자신도 모르게 입으로 가져가다가, 느닷없이 들고 있던 초밥을 다시 식탁에 던져버렸다. 무엇으로 속이 끓는지 정확히 알 수가 없다. 증오. 분노. 갈증. 아니면 최소한의 양심.

선진의 안색이 어둡게 그늘졌다. 순간 구차한 양심이 들어 앞의 음식들을 팔로 치워버리기 시작했다. 음식들은 부엌 바닥이나 대리석 벽에 날아가서 뭉개지고 망가졌다.

한껏 성질을 부리고 나서야 다시 정신을 차린 선진은 침실로 향했다. 손과 팔에 묻은 음식물을 씻지도 않고 이불을 껴안았다. 천장에는 화려한 샹들리에가 달려있다. 불을 켜지 않아 빛을 발하지는 않았지만, 끝이 문어발처럼 말아 올라간 저 쇠붙이에 목을 걸고 싶었다. 선진은 술을 찾았다.

팔을 뻗어 침대 옆 탁상에 술병을 집어 든다는 게 술병 옆의 군용 칼이 잡혔다. 그녀는 군용 칼의 그립감이 좋아 계속 만지작거렸다. 적당한 크기의 묵직한 무게감이 기분 좋게 만들어주었다. 끓듯이 울렁거렸던 속이 깨끗이 나아지고 초조함과 설레임을 동반한 두근거림이 생겨났다.

선진은 몸을 일으키고 독한 꼬냑을 병째 들이켰다. 독한 술이 가슴을 진정시켜 주었고 뜨거운 기운이 온몸 곳곳으로 퍼져나갔다.

선진은 군용 칼을 안주 삼아 꼬냑을 계속 목구멍으로 들이부었다. 진정되는 듯하나 더욱 흥분이 되고 몸이 안정을 찾는 듯하나 더욱 경련을 일으켰다.

선진은 이불을 확하니 걷어차며 침대에서 튀어나와 벌떡 일어섰다. 칼을 더 꼬옥 쥐었다.

눈을 감자 사건 당일 코앞에서 붉은 선혈이 허공으로 솟구치던 장면이 떠올랐다. 생생했던 기억에 눈을 번뜩 떴다. 그리고 술을 한 번 더 마시고 다시 눈을 감았다.

피가 솟구치기 전에 우에다의 목을 후비는 촉감이 기억났다. 그러자 무의식적으로 칼을 쥔 손이 허공을 허우적댔고, 두 다리가 부르르 떨렸다.

술에 취해 기절할 때까지 선진의 상상은 끝날 줄을 몰랐다.

고르게 포장된 8차선 도로에 비가 흥건했다. 쥐색의 낡고 허름한 세단은 도로를 크게 유턴해서 대로변에 주차했다. 세단의 하단 범퍼와 바퀴에는 진흙이 덕지덕지 묻어있었다.

문이 열렸다. 수호가 십년지기의 낡은 차 앞으로 내려섰다. 차에 비해 수호의 캐주얼한 셔츠와 면바지의 차림은 유난히 깔끔해 보였다.

수호는 비가 내리는 하늘을 쳐다보았다가 다시 차 안으로 몸을 구겨 넣어보았지만, 우산이 보이지 않았다. 수호는 그냥 비를 맞으며 걸어가기 시작했다. 차 너머로 보이는 레스토랑이 수호의 목적지였다.

수호는 한걸음에 레스토랑 입구로 이어지는 계단을 올라섰다. 그리고 휘황찬란하게 금박을 입힌 손잡이를 시원하게 열어 재꼈다. 레스토랑 안은 손님이 별로 없어 한적했다.

레스토랑의 구석진 곳에서 와인 잔에 담긴 물을 투영하듯 밖을 구경하고 있는 정화의 모습이 보였다. 수호는 곧장 정화에게로 향했다.

정화는 수호가 가까워지자 시선을 느끼고 손을 흔들어 인사했다. 수호가 자리에 앉았다. 가까이서 보니 물이 아니라 화이트 와인이었다. 정화가 와인을 홀짝이며 물었다.

"식사는 안 하셨죠?"

수호는 입을 비죽거렸다.

"누가 밥집 오면서 밥을 먹고 온답니까?"

멋쩍은 정화는 속으로 애써 민망한 자신을 위로하며 달랬다. 그리고 음식을 주문했다. 수호는 자리가 불편한지 자세를 고쳐 앉았다.

"그래서 날 부른 용건이 이선진 씨의 주치의가 되어 달라는 거 맞습니까?"

정화는 초조한지 양손을 깍지 끼고 엄지로 장난쳤다.

"너무 성급하게 재촉하지 마세요."

정화는 어색한 미소를 보여주었다.

"천천히 해요."

그러나 수호는 틈을 주지 않았다.

"이선진 씨가 많이 아픈 겁니까?"

정화는 인정사정없이 파고드는 그의 질문 공세에 한숨을 푹 내쉬었다. 그리고 그를 보며 주억거렸다.

"증상은요?"

"의사가 아니라서 잘 모르겠네요."

수호는 저 혼자 생각에 잠겨서 한동안 말을 잇지 않았다. 정화는 그의 호의적인 대답을 기다렸지만, 그는 음식을 애타게 기다렸나 보다. 서빙되어 오는 음식을 아주 반갑게 받아주었다.

설익은 스테이크에 야채를 곁들였다. 수호는 몇 번 썰지도 않고 큼지막한 스테이크 조각을 입으로 가져갔다. 그리고 방심하고 있는 사이 포크로 허공을 찔렀다.

"마음의 병이군요."

정화는 대답하지 못했다.

"그럼 정신과 의사를 찾으셔야지. 난 외과 의사예요."

정화는 한층 더 진지한 얼굴을 들이대며 말했다. 이 인정머리 없는 의사에게 본인의 의사를 더 강력히 피력할 필요가 있다고 생각했다.

"그녀는 잘 걷지도 못해요. 그리고 몸에 균형 감각이 점점 없어져요."

정화는 수호가 먹고 있는 스테이크 접시를 가리켰다.

"이렇게 먹지도 못해요. 책도 못 읽어요. 산책도 못하구요."

정화의 눈이 서글퍼졌다.

"아무것도 못 해요. 아무것도 안 해요."

수호는 이야기를 듣는지 마는지 고기를 썰어내며 입을 쉬지 않았다. 칼에 썰린 고기에서는 육즙을 흘러나왔다. 수호는 윤기 나는 스테이크를 크게 한 조각 집어 입에 욱여넣었다.

정화는 괜히 침을 꿀꺽 삼켰다. 참 잘도 먹는다. 그의 호쾌한 포크질의 먹방이 부러웠다. 선진이는 물론 본인도 입맛이 없어진 지 오래였다.

그러나 절망적인 사람을 앞에 두고 태연히 고기만 처먹는 김수호라는 이 의사선생을 데려갈 수 있을지 확신이 없었다. 그녀를 위해서라면 꼭 데려가고 싶었다. 이 남자로 인해 그녀의 심경 변화를 기대했다. 그때와 같이.

수호는 고기를 질겅대며 화이트 와인까지 바닥내버렸다. 그는 지나가던 웨이터를 불러 잔을 다시 채웠다. 바라만 보던 정화는 답답한 마음에 입을 떼려는데 그가 먼저 선수를 쳤다.

"왜 나죠?"

핵심을 찔렀다. 그러나 이런 질문도 하나 준비하지 못한 정화가 아니었다.

"우선 이 일이 밖으로 새어나가면 안 되구요. 둘째로는 선진이가 선생님 이야기를 했었거든요."

"내 얘기요?"

정화는 와인 잔을 슬슬 돌렸다. 생생히 기억난다. 뻔한 입에서 나오는 아주 의외의 대사. 처음 들었던 선진의 수줍은 목소리.

"선생님과 친한 사이라면 당신을 말려주라고 했었어요."

수호는 드디어 질겅대는 입을 잠깐 멈추었다. 그리고 정화를 똑바로 응시했다.

"말리다니요?"

"무슨 뜻이었는지는 저도 잘 모르겠어요. 워낙 뭘 생각하고 사는지 종잡을 수가 없는 친구니까요."

수호는 맹하니 와인 잔을 돌렸다.

"그게 다예요? 나에 대해 물어본 거?"

수호는 와인을 한 모금 마시고 다시 물었다. 눈에는 아직도 의구심이 가득했다.

"그게 날 택한 이유가 돼요?"

"선진이는 한 번도 다른 사람에 대해서 나에게 물어본 적이 없어요. 자신 이외에는 전부 관심 밖이거든요."

수호가 피식 웃었다.

"아 그런 대단한 이유가 있으셨구나."

정화는 수호의 반갑지 않은 태도에도 평정심을 잃지 않으려 노력했다. 오히려 이전까지의 수호와는 많이 다른 느낌이었다. 냉담하고 무뚝뚝한 사내다운 남자라고 생각했지만, 오늘 같은 경우는 적대감이 느껴지고 감정이 불안정해 보였다. 어쩌면 선진이와 닮은 구석이 있다고 느꼈다. 이 남자도 전혀 속을 모르겠다.

수호가 식사를 끝냈는지 새하얀 천으로 입 주변을 닦으며 앞을 째려보았다.

"그래서 지금 어디에 있다구요?"

창을 세차게 때리던 비가 멈추었다. 동시에 잠에서 깬 선진은 간밤에 잠이 든 것을 깨닫고 안도했다. 아침에 깨어나자 기분이 썩 나쁘지 않았다. 눈이 엉겨 붙은 것만 같아서 세수를 하기 위해 방 한쪽 끝의 화장실로 들어갔다. 걷는 것은 이제 조금 괜찮아졌나 싶었지만 자꾸만 무릎이 후들거렸다. 선진은 허벅지를 손으로 부여잡고 걸어야 세면대까지 도착할 수 있었다.

찬물로 얼굴을 마구 씻어냈다. 간밤에 든 잠이 정말 오랜만의 숙면이었는지, 밤새 잠자리 도깨비가 찾아와서 눈을 꿰매 버린 것만 같았다. 비누칠을 하고 다시 찬물로 씻어냈다. 그리고 방으로 나왔는데 눈이 뜨이며 뿌옇게 보이던 내부 풍경이 선명해졌다.

거실로 나와서 커튼을 양쪽으로 걷었다. 밝은 햇살이 그녀의 얼굴로 쏟아졌다. 커튼 틈 사이로 별장 밖 주차장에 정화의 차가 보였다. 부지런하기도 하다. 선진은 본능적으로 커튼을 다시 닫았다.

선진은 소파에 조심스럽게 앉았다. 그리고 찢어진 책을 펼쳐보며 정화를 기다렸다. 현관을 두드리는 소리가 나자마자 선진은 소파에서 엉덩이를 들었다.

선진은 문만 열어주고 바로 돌아서서 소파로 향했다. 문을 열고 들어온 수호는 그녀의 비척거리는 걸음을 뒤에서 가만히 지켜보았다.

당당한 걸음걸이와 거침없는 언변으로 적잖이 자기를 몰아세웠던 그녀가 저렇게 무너지다니. 사람이 한 번의 실패나 실수로 인해 혹은 자존심과 오기로 인해 한없이 나락으로 떨어질 수 있다는 것은, 누구보다 잘 알았다. 그녀의 뒷모습은 너무나 안쓰러웠다. 내가 그랬다고 해서 누구나가 그 지옥을 겪을 필요는 없다고 생각했다. 사정은 다르나 심연의 깊이는 같다.

선진이 자연스럽게 소파에 다시 앉았다. 그리고 자연스럽게 뒤를 돌아보는데, 숨이 넘어갈 뻔했다.

현관에서 수호가 구두를 벗고 있었다. 선진은 몸이 따라주지 않아 허우적거리며 커튼을 열어 재꼈다. 차는 정화의 차였다. 틀림없었다. 정화는 오랜만에 아주 성가신 일을 해내주었다. 두통이 찾아왔다. 선진은 이마를 짚고 돌아섰다.

수호는 태연하게 소파에 앉았다. 그리고 또 그 빌어먹을 차트를 가방에서 꺼냈다. 선진은 어이없는 얼굴로 수호를 바라보았다. 그러다가 소파가 꺼질 듯이 털썩 주저앉았다. 저 멋대가리 없는 남자는 혼자 있을 때도, 차트 보고 혼잣말을 주고받을 거야. 선진은 그의 차트를 째려보며 인상을 구겼다.

"음식을 먹으면 구토를 한다고 들었는데 얼마나 지속 됐어요?"

수호는 차트에서 눈을 떼고 흘끗거렸다. 선진은 마른침을 꿀꺽 삼켰다.

"어떻게 해서 오게 된 건지는 묻지 않을게요. 알 것 같으니까."

선진은 몸을 앞으로 숙이고 보기 힘든 듯 눈살을 찌푸렸다.

"그래서 말인데 제발 그 빌어먹을 차트 좀 치워 주실래요?"

수호는 의아한 얼굴로 차트를 옆으로 내려놓았다.

"잘 걷질 못하시던데요?"

선진은 대답을 고민했다. 진찰하는 건가. 저런 표정으로.

"다리에 힘이 잘 안 들어가요."

수호는 대답을 찾은 듯 고개를 끄덕였다.

"당연한 겁니다. 먹은 건 토해내고 술로 배를 채우는데 잠은 못 들고. 저 같으면 아예 저세상 갔을 겁니다. 건강하신 편이네요."

선진은 의외의 진찰 내용에 피식하고 웃어버렸다. 사건 후 첫

웃음이었다. 웃고 나서는 민망함에 금세 표정을 바꾸었다. 그녀의 핏기 없는 미소에 수호는 기분이 좋아졌다.

눈이 퀭하니 움푹 들어갔고 볼은 깊숙하게 패였다. 머리도 산발이고 팔과 다리가 깡말랐다. 이전의 대단한 미모는 어디서도 찾아볼 수 없었지만, 수호는 마음속 뿌듯함을 가졌다.

"복용하시던 약이 있었다고 들었는데 무슨 약이죠?"

"진정제에요."

"수면을 유도하고 긴장을 완화 시키는 효과가 있는 약이죠. 그래서 효과를 좀 보셨어요?"

선진은 고개를 비스듬히 비틀었다.

"그래 보여요?"

수호가 미소를 지으며 고개를 저었다.

"아니요."

선진은 팔짱을 가볍게 끼웠다.

"그런데..."

"네?"

수호가 문득 턱을 들었다.

"그건 무슨 부적이라도 돼요?"

수호의 손에서 진료 차트가 떠날 줄을 몰랐다. 그의 차트 집착증에 둘은 피식거리며 웃음을 주고받았다. 그리고 대화는 계속되었다. 수호는 기본적인 질문들로 그녀의 대답을 능숙하게 이끌어냈다. 말문이 트이자 선진은 이야기를 쏟아냈고 수호는 주로 듣는 역할을 맡았다.

그녀의 이야기 속의 증상이 생각보다 심각했다. 그래도 수호는 불안한 기색 하나 내비치지 않고 그녀를 미소 짓게 만들기 위해 노력했다. 마음의 병은 웃음보다 좋은 것이 없다. 게다가 그녀가 웃을 때면 그 어느 누가 웃을 때보다 환해 보였다. 진료라기보다는 서로 알아가는 대화를 많이 나누었다.

해가 중천에 떠오르자 수호는 식사를 준비했다. 그러나 선진은 소화가 쉬운 죽을 먹고도 화장실로 뛰어가기 일쑤였다. 그녀는 먹은 죽을 도로 토해내기 바빴다. 그녀의 비명에 가까운 신음이 희미하게나마 들리면 수호도 같이 속이 쓰라렸다.

속 쓰린 식사를 마치고 재회를 약속했다. 수호와의 작별인사를 나누던 중에 선진이 어려운 말을 꺼냈다. 양손의 손가락을 꼬물거렸다. 그녀의 손끝에는 망설임이 묻어 있었다.

"정화한테 미안하다고 좀 전해주세요."

수호는 신발을 신다가 말고 어리둥절해서 대답했다.

"알고 있었어요?"

"냄새만 맡아봐도 알아요."

수호가 눈썹을 치켜올렸다.

"상황이 안 좋아지면 저보고 뛰어나와서 자기를 불러 달래요. 자기가 와서 수습하겠다고요. 대체 뭘 수습하겠다는 건지..."

수호는 입꼬리를 올리며 옆으로 고개짓을 했다.

"거절했지만 아직도 차 안에서 혼자 저러고 버티고 있네요."

"그러니까요. 그러니까... 미안하다고 전해주세요."

"직접 말..."

선진의 눈가에 눈물이 맺혔다. 수호는 그녀의 눈을 바라보자 덜컥 목이 막혔다. 여자들은 알 수 없는 신호를 주고받는 게 분명하다. 그게 대화나 행동이 아니라 텔레파시나 알기 어려운 모스 부호 같은, 외계인의 외계어 같은, 초음파 해독이 필요한 영혼들의 대화 같은 종류일 수도 있겠다. 남자들은 죽을 때까지 모르는.

그녀는 고맙다는 말을 미안하다고 전해달라고 했다. 답답한 마음에 직접 말하라며 딱 자르고 싶었지만, 그녀와 눈을 마주치자 그럴 수 없었다. 더 이상 말을 나누지 않아도 마음이 느껴졌다.

수호는 얼른 현관문을 밀어 재꼈다.

"전해줄게요."

수호가 나가고 현관문이 닫혔다.

선진은 기다렸다는 듯이 침실로 비틀거리며 들어갔다. 그리고 침대에 앉아 술을 찾았다. 술병에 닿기 전 손가락이 파르르 떨렸다. 그리고 손에 쥐어졌을 때는 잔에 따를 겨를도 없이, 바로 입으로 향했다. 벌컥벌컥 술을 마셨다.

쓰라린 속이 무감각해졌고 복잡한 머릿속이 깨끗이 비워졌다.

위스키 한 병을 다 비우고 나니까 해가 지기 시작했다. 선진은 술에 쩔어 다시 술을 찾았지만, 전부 빈 병들 뿐이었다. 빈 병들은 선진의 손가락에 밀려 와르르 무너졌다. 찢어지는 소리에 선진은 무심코 군용 칼을 들었다.

밤이 깊어지고 방 안에 빛이 사라졌다. 그녀는 다시 망상 속에서 칼을 휘둘렀다.

3. 사냥개

수풀의 아주 작은 잎사귀까지 쨍쨍한 햇볕에 빠싹 말랐다. 내린 비에 젖었던 흙바닥은 깡마르고 푸석해 보였다. 그 덕에 걸을 때마다 지나치는 마른 수풀이 부스럭거리는 소리, 한 발 딛을 때마다 마른 진흙이 무너지며 와그작거리는 소리가 났다.

강성은 수풀 안으로 바짝 주차한 차를 돌아보았다. 조금 더 걸어가면 차는 완전히 모습을 감추겠다 싶었다.

강성은 다시 조심스럽게 수풀 사이를 헤치고 들어갔다. 왼편 나무 사이로 보이는 포장된 도로가 아쉬웠다. 발걸음을 옮길 때마다 광이 나는 구두 사방으로 진흙이 덮칠 것만 같았다. 그리고 자꾸만 떨어지는 잎사귀들이 정장 품속으로 들어가 손을 집어넣어 빼내기 바빴다. 강성의 얼굴에 짜증이 가득했다.

앞의 시야를 막고 있는 잎사귀들의 나뭇가지를 꺾어버렸다. 그리고 수풀 건너편을 볼 수 있게끔 시야를 만들었다. 강성은 주머니에서 조그마한 망원경을 꺼냈다.

멀리 별장이 보였다. 별장에 비해 광활한 주차장에는 차가 한 대도 없었다. 잘 다듬어진 목재로 이루어진 별장은 틈이 없이 촘촘했다. 거실의 창으로 시야를 옮기는데 암막 커튼으로 내부를 꼼꼼하게도 가렸다.

강성은 망원경을 집어넣고 이번에는 작은 휴대폰 크기의 GPS 추적기를 꺼냈다. 깜빡거리는 점이 별장의 위치를 가리켰다. 강성은 입을 비죽거렸다. 안에 있으면 기별이라도 줘라.

강성은 추적기를 넣고 망원경을 다시 꺼냈다. 그리고 그녀의 흔적을 찾아 감시를 계속했다. 정적이 흘렀다. 수풀 사이에 묻혀서 건너편 별장을 감시하고 있는 강성은 몸을 움직일 줄을 몰랐다. 강직하게 뚝심으로 때를 기다렸다.

문고리가 미세하게 움직였다. 강성은 눈을 다시 떴다. 이어서 현관이 살짝 열렸다. 그리고 그녀의 가녀린 팔이 쓰레기봉투를 내놓았다. 내용물은 알 수 없었지만, 그녀가 집 안에 있다는 것은 확신할 수 있었다.

강성은 망원경에서 눈을 떼고 담배를 하나 꺼내 무는데, 선진이 현관을 활짝 열고 나왔다. 강성은 얼른 담배를 땅에 버리고 구두로 비벼 껐다. 그리고 다시 망원경을 들었다.

선진은 초췌한 몰골로 담요를 망토처럼 뒤집어쓰고, 빵빵한 쓰레기봉투를 현관 앞으로 몇 개나 내놓았다. 그리고 얼른 모습을 다시 감추었다.

강성은 긴 한숨을 내쉬었다. 그리고 휴대폰을 꺼내 들어 메시지를 작성했다.

'사장님. 소재 파악했습니다. 남양주 별장입니다.'

강성은 휴대폰을 쥐고 수풀을 헤치며 도로 빠져나갔다. 그리고 차를 향해 걸어갔다. 몇 걸음 안 되는 곳에 수풀 뒤로 삐져나온 차 후미 등이 보였다. 강성은 차 키를 꺼내며 차로 다가가는데 일순 멈칫했다.

단출한 추리닝 차림의 여자가 새까맣게 썬팅 된 차창에 붙어서 안을 살피고 있었다. 강성은 정화를 한눈에 알아보았다. 머리를 대충 뒤로 묶은 포니테일과 큰 키만 보아도 누구인지 가늠할 수 있었다. 강성은 얼른 나무 뒤로 모습을 숨겼다.

정화는 눈을 찡그려보기도 하고 양손으로 그늘을 만들어 안을 들여다보기도 했다. 아무리 용을 써보아도 내부가 보이지 않자 정화는 투덜거리기 시작했다.

"누가 이딴 데에 차를 처박아 놓았을까나. 아주 대놓고 염탐한다는 의도를 보여주시네."

정화는 이내 두 눈으로 주위를 탐색하며 더 크게 소리쳤다.

"누굴까! 차가 낯이 익은데!"

정화는 수풀이 무성한 곳을 쳐다보며 소리쳤다.

"번호판이라도 떼어가서 추적해볼까!"

강성은 나무에 머리를 기대고 눈을 질끈 감았다. 아. 저 또라이 같은 게.

"하..."

강성은 마지못해 모습을 나타냈다. 고래고래 소리치며 차주를 애타게 찾던 정화는 수풀 쪽의 강성을 발견했다. 정화는 도끼눈을 뜨고 허리춤에 양손을 걸쳤다. 반면에 강성은 무관심하니 차로 향했다.

"여기서 뭐 해요?"

정화는 질문과 동시에 강성이 걸어 나온 수풀 쪽을 둘러보았다.

"뭘 뭐해요. 뻔히 알 거 아니에요."

"왜 왔는지는 아는데 무슨 짓 했냐구요."

강성이 무시하고 문을 덜컥 여는데, 탁하고 문이 다시 닫혔다. 정화가 발로 툭 밀어 닫아 버렸다.

강성이 고까운 인상으로 정화를 마주했다.

"뭐하자는 거요?"

"얘기 좀 하자는 건데요. 얘기 하다말고 어디 가요?"

"할 말 없어요."

"사장님 지시에요?"

강성이 무시하고 다시 문을 여는데, 정화가 발을 스윽 들었다. 강성이 홱 뒤돌아보며 입술에 힘을 꽉 주었다.

"발 내려요. 한 번만 더 차 문 건드리면..."

강성이 경고하고 차 안으로 들어가려는데, 다시 탁하고 문이 닫혔다. 강성은 화를 간신히 참아내며 정화를 노려보았다.

"대답 좀요."

정화는 팔짱 낀 손을 풀지도 않았다. 그녀의 확고한 태도에 강성은 담배를 꺼내 물었다. 그리고 연기를 길게 내뿜었다.

"그쪽 생각이 다 맞아요. 둘러댈 핑계거리도 없고. 그럴 생각도 없고."

정화는 강성이 내뿜는 담배 연기를 보며 의심의 눈초리를 만들었다. 그리고 다시 강성의 두 눈으로 시선을 옮겼다.

"딱 물어볼게요."

강성은 대충 턱짓으로 대답했다. 바쁘니까 빨리 물어보라는 듯이. 정화는 턱을 내리고 눈을 위로 치켜떴다.

"안부 때문에 온 거예요? 아니면 정탐하러 온 거예요?"

"같은 말 아닌가?"

"엄연히 달라요. 대답을 골라 봐요."

정화가 자세를 삐딱하게 잡았다. 그리고 질문을 더 했다.

"그쪽 사장님 말고도 친한 사람 많잖아요."

"아까 말했잖아. 사장님이 보낸 거라고요."

강성이 이번에는 힘을 주어 차 문을 열어 재꼈다. 아직 불만 가득한 정화를 뒤로하고 차에 오르려다가 잠시 동작을 멈추었다. 그리고 괜히 차 천장 너머 멀리 산을 보며 말을 꺼냈다.

"그리고 나도 이해가 안 가네. 사장님이 어째서 이렇게나 챙기시는지. 우리 모두가 납득이 힘든데 말이야. 사장님 아니었으면 진즉에 자리 뺏기셨어요. 그러니까 설령 정탐이든 탐정이든 뭐든 그것도 당연한 일이니까, 너무 억울한 얼굴 하지 마시고 들어가서 일 보세요. 알 만한 사람이 그래."

강성이 차에 올라탔다. 그리고 차 문을 닫고 시동을 걸었다. 정화는 가만히 팔짱을 끼고 차가 후진하는 모습을 지켜보다가 다가가서 운전석의 유리창을 가볍게 두드렸다. 강성이 창을 열고 귀찮다는 듯 얼굴을 찌푸렸다.

"또 뭐요?"

"말조심하세요."

"말조심?"

강성은 입을 비죽거리며 탄식의 한숨을 내쉬었다.

"우리 같은 사람들은 서로 시키는 일만 합시다. 난 그분한테는 사적인 감정 전혀 없으니까."

"아니. 나한테 말할 때 중간중간에 반말 섞지 말라고."

정화가 양손을 주머니에 꽂으며 허리를 굽히고 강성을 깔아보았다.

"거슬리니까."

정화와 강성의 눈싸움은 몇 초간 지속되었다. 그리고 먼저 차가운 눈길을 거둔 것은 강성이었다. 그는 대충 고개를 끄덕이며 창을 닫았고 빠른 속도로 산길을 빠져나갔다.

사이드 미러로 차가 모습을 감출 때까지 지켜보는 정화의 모습이 섬뜩했다. 강성은 헛웃음을 내뱉으며 엑셀레이터 페달을 더욱 세게 밟았다.

"하. 또라이 같은 년."

침실의 바닥이나 협탁 위로 술병이 보이지 않았다. 거실의 엔틱
풍이 물씬한 소파나 테이블 콘솔 위로 술병이 보이지 않았다. 화려
한 샹들리에가 천장에서 쏟아질 듯한 부엌 역시 술병이나 음식물
의 흔적조차 보이지 않았다. 깨끗하게 청소한 별장 거실 소파 위로
선진이 앉아있었다.

그녀는 찢어진 책을 마저 읽기 시작했다. 앞의 내용이 전혀 기
억나지 않았는데 뒷장을 넘길수록 주인공의 일생이 기억나기 시작
했다. 우연히 크나큰 죄를 짓게 되었는데 죄책감을 짊어지거나 죗
값을 치르기는커녕 대죄를 기회로 새 삶을 살아가는 일생. 새 삶에
서 새 꿈을 향해가는 주인공이 사뭇 대단해 보였다. 찢긴 부분은
주인공이 죽기 전에 새삼 죄책감을 느끼기 시작하는 후반부였다.

선진은 현관을 두드리는 소리에 화들짝 책을 다시 테이블 위로
집어 던졌다. 문을 열어주러 가는 도중에 깨끗해진 집 안을 둘러보
고 무안해졌다. 정화의 반응이 예상되었다.

정화는 문을 밀고 들어오며 문밖에 내놓은 쓰레기봉투들을 훑어
보았다. 그리고 알 수 없는 애매한 눈빛을 보냈다. 말 안 해도 알
겠는데 굳이 짓궂게 꼬집었다.

"응? 오늘 선생님 오는 날이야?"

정화의 옅은 미소가 음흉해 보였다.

"몰라."

선진은 돌아서서 부엌으로 향했다. 그녀가 점심을 준비해왔을 거
라고 생각했다. 두꺼운 원목으로 만들어졌으며 곳곳에 거칠게 갈라

진 부분이 멋스러운 식탁에 걸터앉아서 기다렸다. 점차 먹은 걸 토하는 증상이 사라졌고 죽 대신 밥이나 빵도 먹을 수 있게 되었다. 그래도 혼자 밥은 먹기 싫었으니 정화가 찾아올 때마다 같이 밥을 먹었다. 이틀을 꼬박 기다린 밥상인 셈이었다. 그러나 정화는 빈손이었다.

"그 대단한 이탈리안 쉐프의 취할 것 같은 스파게티와 맛보면 기절한다는 스테이크는 어디 있어?"

정화는 양손을 들어보며 저도 빈손이 황당했는지 뒤를 획하니 돌아보았다.

"아, 오는 길에 정신이 없었네. 차에 있어 가져올게."

선진은 팔짱을 꼈다.

"맨날 오는 길인데 뭐가 정신이 없어? 아무것도 없는 시골길을."

"오다가 불쌍한 사냥개를 만났거든."

"어?"

"그런 게 있어."

정화는 급히 집을 나갔다. 선진은 식탁에 아예 올라가 앉아서 기다렸다. 식탁에 올라앉자 소파 너머로 정화의 모습이 보였다. 차에서 포장된 음식을 부랴부랴 챙겨 오던 정화가 뭘 빼먹었는지 다시 차로 가서 조수석으로 머리를 구겨 넣었다. 그리고 팔뚝만한 스탠드를 꺼냈다. 음식과 스탠드를 양손에 들고 뿌듯한 기색으로 걸어오는 정화가 귀엽게 느껴졌다.

선진은 부엌으로 돌아와서 식기를 준비했다. 그녀는 일회용 플라스틱 식기를 싫어했다. 크고 작은 접시를 꺼냈다. 이파리가 접시 끝을 두르고 있고 중앙에 커다란 꽃들이 박혀있는 접시들. 평소 좋아하던 접시들이었다.

정화는 음식을 식탁에 올려놓고 스탠드를 조립했다. 색이 화려한 스탠드는 불이 들어오자 주위로 은은한 주광색 빛을 발휘했다. 정화는 얼른 부엌 불을 끄고 흡족한 미소를 지었다.

스테이크는 숙성이 잘 되었는지 몇 번 씹기도 전에 녹아내렸고 풍부한 육즙과 함께 입안으로 미끄러졌다. 크림스프가 담백한 스파게티는 정화가 포크로 돌돌 말고 있었다.

정화는 스파게티가 둘둘 말린 뚱뚱한 포크를 입안으로 우악스럽게 집어넣을 때마다 선진의 눈치를 살폈다.

"몸은 어때?"

선진은 포크로 스테이크를 찔러가며 대답했다.

"나쁘지 않아."

"속도 괜찮아? 두통도 괜찮아졌고?"

"응. 뭐."

정화는 맥주를 캔으로 들이켰다. 그리고 짧은 탄성과 함께 옆으로 돌아앉아서 거실 창을 바라보았다. 얼굴에는 불안한 기색이 역력했다.

"자리를 너무 오래 비웠나 봐."

정화는 돌려 말하는 성미가 아니었다. 선진은 한 마디의 짧은 말이어도 잘도 알아들었다.

"알아. 나도 생각하고 있어."

"네 공석에 대해 염려가 많아. 얼른 복귀해야 할 것 같아. 아니면 얼굴이라도 비추는 방향으로 가자."

선진이 스테이크를 질겅질겅 씹어댔다. 입안에서 가지고 놀다가 꼭 뱉어버릴 것만 같았다. 정화는 맥주를 시원하게 들이켜고 빈 캔을 찌그러뜨렸다. 선진은 나이프를 이리저리 잡아보며 스테이크를 노려보고 있었다.

"이제 치료는 병원에 다니도록 하고 출근을 해야겠어."

정화는 선진에게 중요한 조건을 내걸었다.

"물론 병원은 수호씨 병원으로 다녀야겠지."

선진은 대답 대신 헛 씹어대던 고기를 꿀꺽 삼켰다. 그리고 나이프를 내려놓았다.

"그래. 알았어."

정화는 대답을 들은 것처럼 혼자 묻고 혼자 대답하였다.

그녀는 안도의 한숨을 내쉬었다. 이전과 다르게 선진이 음식도 먹고 건강을 되찾았다. 그리고 감정을 조율할 줄 알며 안정을 되찾았다. 그녀가 치료되고 있음에 감사했다. 김수호 의사선생께 감사했다. 호시탐탐 그녀의 상처를 노리고 주위로 사냥개들이 몰려들면 내가 상대하면 되었다. 그들이 매서운 눈을 가졌고 상대를 물어 뜯을만한 날카로운 이빨을 가졌다 해도, 내가 지켜주면 되었다. 그녀가 평안하면 되었다.

선진이 식기를 치울 동안 정화는 전화를 걸며 거실로 나갔다.

"선생님한테는 내가 전화해볼게."

정화는 신호 연결 음을 들으며 별장 이곳저곳을 돌아다녔다. 상대가 전화를 받아주지 않았다. 오고 있는 중 인가 싶었다. 그래도 다시 한번 전화를 걸었다. 하릴없이 걷다가 선진의 방문이 살짝 열려 있는 것을 보고 다가갔다.

침실 방문을 스윽 열었다. 안심하고 방심했던 정화의 순수한 눈이 다문 입과 함께 크게 벌어졌다. 툭하고 휴대전화가 바닥에 떨어졌다.

침실은 불이 꺼져 있었지만 온 벽지에 칼부림이라도 난 듯 갈기갈기 찢겨 있었고 깨진 술병들이 방 한 가득이었다. 발 디딜 틈이 없었다. 침대에는 혈흔이 낭자했다. 얼른 가서 이불을 들쳐 보았다.

이불 안으로 가려져 있던 검붉은 혈흔들이 침대 시트 곳곳에 만연했다.

절망과 공포가 정화의 눈 속에 담겼다. 소름 끼치는 공포영화의 가장 끔찍한 장면 속에 갇혀 있는 것만 같았다.

정화는 깨진 술병들 사이에서 그대로 주저앉아버렸다.

투명한 눈물이 정화의 턱을 타고 흘러갔다.

가까운 곳에 낡은 시골집 하나 존재하지 않는 산기슭에는 해가 빨리 뉘어져 갔다. 어둑해지는 하늘에 좁은 길만이 길게 늘어져 있었다. 정화는 길이 좁아 보일 정도로 덩치가 커다란 SUV를 터프하게 몰아갔다.

쿵쾅거리는 가슴은 아직도 진정되지 않았고 방에서 나와 선진과 눈을 마주쳤을 때는 어떠한 말도 이을 수 없었다.

정화는 상기된 얼굴로 엑셀레이터를 더욱 세게 밟았다.

길 반대로 차가 마주 왔다. 속도를 줄이고 거리가 줄어들수록 상대 자동차의 허름한 외관에서 차주가 예상되었다. 정화는 라이트를 깜빡여 신호를 보냈다. 그리고 달리던 길 중간에 차를 천천히 세웠다.

정화가 차에서 내려 허름한 세단으로 향했다. 한동안 새 차를 하지 않았는지 보닛에 먼지가 가득했다. 수호는 차에서 내리며 의아한 얼굴로 고개를 쳐들었다.

"무슨 일이에요?"

정화가 비교적 깨끗한 자차의 보닛에 기대고 섰다.

"죄송해요. 갑자기 물어보고 싶은 게 있었어요. 괜찮죠?"

수호는 심상치 않은 정화의 안색을 살피며 질문을 기다려주었다. 제아무리 눈치가 없어도 정화가 단단히 뿔이 나 있는 건 알겠다. 정화는 자세를 바꾸며 첨예한 질문을 던졌다.

"수호씨, 혹시 선진이 방 보셨어요?"

질문 끝에 눈썹을 씰룩거렸다. 허튼 말 하면 혼쭐이라도 날 것 같은 얼굴이었다. 수호는 침착하게 바지에 양손을 꽂고 심호흡을 했다. 경솔한 대답 전에 질문의 의도를 알아차려야 했다. 그러나 성격 급한 건 수호도 마찬가지였다.

"봤어요."

정화의 낯빛이 급격히 어두워졌다.

"알고 있었어요? 저만 모르고? 저한테 말씀하실 때에는 많이 좋아졌다고 말하지 않았어요? 그게 좋아진 거예요? 아니면 저만 바보 만드는 거예요?"

수호가 정화를 진정시키려 손바닥을 펴 보였다. 그리고 눈을 똑바로 마주치는데 정화의 눈동자가 불안하게 흔들렸다.

수호는 마치 따라 하라는 듯 깊게 심호흡을 했다.

"하나씩 물어요. 이런 반응을 예상했으니까 말하지 않은 거예요. 선진씨의 증상이 그렇다고 해서, 모두가 작은 지적을 하나씩만 해도 선진씨에게는 엄청난 부담이에요. 끝에는 증상을 더 숨기고 말하지 않을 겁니다."

수호는 주위를 손으로 가리키며 말을 이어갔다.

"그리고 이곳보다 더 사람이 없는 오지로 숨어들고 싶을 겁니다. 증상을 알았다고 해서 즉각 강경하게 처세할 수 있는 게 아니에요. 오로지 환자 입장에서만 움직여 주어야 치료입니다. 그쪽 생각 말고요. 이제 알았으니까 더욱 행동을 조심하세요. 마치 판도라의 상자를 연 것처럼 질린 얼굴로 열혈 형사 흉내 내면서 소란 떨지 말고요. 알겠어요?"

수호의 일장 연설은 정화의 머릿속을 복잡하게 헝클어놓았다. 정화는 세상 무안해졌고, 생각이 깊지 못한 자신이 감정적으로 치우쳐져서 선진에게 냉대했던 것이 상처가 되었을까 반성했다.

수호는 차로 돌아가며 덧붙였다.

"치료는 저에게 맡기시고 조심히 들어가세요."

수호의 차가 흙먼지를 흩뿌리며 떠났다. 제대로 허를 찔린 정화는 쉽게 돌아서지 못했다. 그의 차가 뿌연 시야에서 사라질 때까지 움직이지 못했다.

정화는 둘만의 비밀스러운 진료 시간이 질투가 났다.

시골길을 빠져나가 6차선 도로를 시원하게 달렸다. 차가 속력에 뒤뚱거렸다. 몸이 시트로 쏠리고 주위 차들이 빠르게 뒤쳐졌다. 아무리 엑셀레이터를 짓밟아도 얼굴이 화끈거렸다.

소외감. 무력감. 그들과의 괴리감이 배신감을 만들었다. 이성적으로 생각해보려 해도 섭섭한 감정이 앞을 가렸다.

정화는 운전대를 잡던 손을 재빨리 뻗어 조수석 앞 글러브박스를 열어 재꼈다. 그리고 담배를 꺼내 물었다. 창문을 열고 팔을 내둘렀다. 찬바람을 맞으며 연기를 하염없이 뿜어 보아도 속이 개운해지지 않았다.

정화는 서울에 도착하기까지 속이 울렁거려 차를 세웠을 때, 창을 열고 헛구역질을 했다. 곧장 만만한 술집을 찾아 내처 달렸다.

서울 시내 구석진 골목에 차를 대고 건물 지하로 내려갔다. 입구에서부터 은은한 조명이 마음을 달래주었다. 이름 모를 가수의 포크송도 나쁘지 않았다.

정화는 바 끝에 가서 앉았다. 머리가 희끗한 중년의 바텐더가 다가왔다.

"오랜만이시네."

정화도 바텐더에게 손을 들어 보였다.

"아저씨. 오랜만."

"뭐로 드릴까?"

정화는 고민 중에 중얼거렸다.

"속이 아주 타 버렸으면 좋겠는데."

바텐더는 눈썹을 치켜올렸다.

"웬일이야. 위스키로 드려?"

정화는 미소 지었다. 아저씨의 구수한 존댓말이 왠지 편안하게 느껴진다. 술병을 꺼내오는 아저씨의 느긋한 움직임도 아저씨의 넓은 등도 안락하게 느껴진다. 아저씨는 독한 위스키 한잔을 내어주고 카운터의 컴퓨터 마우스를 잡았다. 이어서 바에는 즐겨 듣던 팝송이 흘러나왔다. 제목이나 가수는 몰랐다. 그저 지나치다가 좋다는 한마디 말을 아저씨는 아직까지 기억하고 그 음악을 틀어주었다.

"천천히 해요."

아저씨는 바 맞은편에서 새빨간 천으로 씻은 컵의 남은 물기를 닦아내며 넌지시 말을 건넸다.

"병째로 시켜야 할까 봐요."

"급할 거 없는데. 아직 시간은 자정 막 넘었고 술은 차고 넘치잖아요."

정화는 채워진 술잔을 연거푸 입으로 때려 넣었다. 정화의 쓴 얼굴을 지켜보던 아저씨는 아주 작은 크리스탈 접시를 꺼냈다.

"체리 좀 꺼내줄까?"

"고마워요."

정화는 체리를 똑 베어 먹었다. 먹고 나서 씨를 뱉을 때는 먹던 술잔에 담가 버렸다. 아직 남은 술잔에 체리 씨가 몇 개나 가라앉았다. 정화는 저 혼자 키득거리며 잔을 빙글빙글 돌려댔다.

한 모금 마시고 씨를 뱉고 한 모금 마시고 씨를 뱉고를 반복하다가 이내 아저씨에게 들켜 군소리를 들었다.

"오늘 많이 심심하신가 보네."

정화는 취기가 살짝 오른 얼굴로 천진난만한 미소를 지었다.

"네. 오늘 여기가 많이 답답해요."

정화는 명치를 엄지로 꾹꾹 눌러 보였다. 아저씨는 미소를 머금고 입을 다물었다. 그리고 새로운 잔을 꺼내 술을 한잔 가득 따라주었고 검붉은 체리를 더 꺼내주었다.

"많이 마실 것 같으니까 많이 따라드려야지."

정화는 귀엽게 고개를 숙였다.

"고맙습니다아."

"잠깐 갔다 올 테니까 혼자 너무 취하지 마세요."

아저씨는 손님들이 모여 있는 구석 쪽 테이블을 가리켰다. 정화는 얼른 허리를 곧추세우며 씩씩하게 대답했다.

"넵."

아저씨는 자리를 떠났고 정화는 홀로 위스키를 홀짝거렸다.

괜찮아질 줄 알았는데 술에 취할수록 서운함은 더욱 심화 되었다. 알 수 없는 공허함에 애꿎은 체리씨만 와그작와그작 씹어댔다. 딱딱해서 씹히지도 않는 체리씨는 결국 다시 술잔으로 골인했다. 벌써 빈 술잔에 체리씨가 가득 찼다. 정화는 남은 잔의 술을 단숨에 들이켜고 휴대폰을 꺼냈다.

"나한테만 숨기고 말이야. 못 잡아먹어서 안달이더니 이제는 둘이서 잘도 논다."

딸꾹. 사레가 들렸는지 딸꾹질이 시작됐다.

"안 되겠어."

딸꾹.

"없어져 버릴 거야."

정화는 휴대전화를 만지작거리며 노래에 묻혀 혼자 중얼거렸다.

일단 비행기 시간을 정하고 목적지를 정해야지. 목적지에 도착하면 다 때려 부셔버릴 거야. 딸꾹. 한 놈도 남김없이. 딸꾹.

마지막으로 휴대폰 화면을 터치하는 정화의 손가락에는 단호함이 묻어 있었다.

좋았어. 바람도 쐬고 화도 푸는 거야. 내가 골라주었던 커피도 혼자 마시고. 같이 먹었던 장어구이도 혼자 먹어야지. 그리고 같이 묵었던 호텔에서 가장 좋은 방을 얻을 거야. 알겠어? 너도 혼자야... 이제는 아닌가...

정화는 휴대폰을 내려놓고 빈 술잔을 확인했다. 아저씨는 테이블에서 손님들과 떠드느라 여념이 없었다. 정화는 슬쩍 몰래 일어나서 바 안쪽에 손을 집어넣어 그렌피딕 위스키 병을 꺼내 들었다. 술병이 둔탁하니 손에 착 감겼다.

정화는 빈 술잔에 술을 가득 채웠다.

아침이 밝았다. 커튼을 치고 편안한 트레이닝복으로 갈아입었다. 문밖을 나서자 주차장에 오가는 타이어 자국이 굳어있었다. 흙바닥에 서리가 껴있어서 밟을 때마다 사브작거렸다. 선진은 별장을 나가 시골길을 걷기 시작했다.

조금만 더 걸어가면 근처 무의산이라는 작은 뒷산이 있었다. 산 따위 타는 짓을 좋아하진 않았지만, 어제의 진료결과였다. 수호는 다가오는 출근을 위해 준비 운동이 필요하다고 말해주었다. 격한 운동보다 걷는 것이 좋으며 오르막이 있는 산을 타는 것이 가장 좋다고 했다. 그리고 내리막을 내려올 때는 아주 조심히 아주 천천히 내려올 것을 당부해주었다. 선진은 그의 사소한 걱정이 뿌듯했다. 다시 생각해도 발걸음이 가벼워졌다.

산 초입은 우거진 수풀이 가로막고 있었다. 길이 나 있는 것 같기는 한데 한동안 인적이 없었는지 수풀을 헤치고 들어가야만 했다. 선진은 얇은 장갑을 꺼내 손을 집어넣었다. 새빨간 장갑은 거침없이 길을 막고 있는 나뭇가지와 잎사귀들을 치워갔다. 선진의 이마에는 어느새 구슬땀이 흐르기 시작했다.

얼마 걷지도 못했는데 허벅지가 당겨오고 숨이 가빠왔다. 선진은 자신의 체력을 한탄했다. 나름 다른 건 몰라도 신체 능력이나 지구력에는 자신 있다고 생각했는데, 산 중턱에도 못 오르고 지쳐왔다. 게다가 경사는 점점 더 심해졌다. 이러한 경사에 의지할 만한 로프 하나 없다는 것이 믿기지 않았다.

중간중간에 만나는 표지판을 보며 애써 지친 심신을 위로했다. 처음에는 여유가 있어 생각도 정리하고 바람도 느꼈지만, 이제는 머릿속에 걸음을 멈출까 말까 이 두 가지의 선택지뿐이었다.

광활한 시골풍경이 산 아래로 깔렸다. 조형물같이 아기자기한 색색들이 지붕의 집들. 푸른 밭과 커다란 나무들. 도로 위를 달리는 장난감 같은 자동차들. 선진은 숨을 깊게 들이마셨다.

역시 높은 곳은 기분이 좋다. 바지라도 벗어 재끼고 싶다. 비 오 듯 흘러내리는 땀 때문인지 바람은 더없이 상쾌했고 몸은 붕 뜨듯 가볍고 편안했다.

선진은 전화를 들었다. 그리고 이 순간 가장 생각나는 사람에게 전화를 걸었다.

"어어."

"어디야?"

"잠깐 어디 좀 나왔어."

"나 오늘 출근해."

"오늘 바로?

"응. 언제까지고 자리를 비울 수는 없으니까."

"철 들었네."

선진은 피식 웃으며 산 아래로 시선을 두었다.

"지금 별장 바로 뒤에 있는 산에 올라왔어. 시원하고 좋네."

정화의 대답이 느렸다. 홀로 신났던 선진은 무안해서 입을 비죽 거렸다.

"그런데 어디야?"

"그게..."

"어?"

"나도 바람 쐬러 나왔어. 나 지금 급한 약속 있으니까 나중에 다시 전화하자."

뚝. 전화가 끊겼다. 선진은 어이없는 얼굴로 휴대폰을 노려보았 다. 입이 대빨 나왔다.

"뭐야. 데이트라도 하시나."

이내 선진은 고개를 절레절레 흔들었다. 그리고 휴대폰을 주머니로 집어넣으며 중얼거렸다.

"아니지. 얘가 바람 쐬러 갔으면 어디 도장 깨기라도 갔나 보다."

선진은 양팔을 크게 벌리며 기지개를 폈다. 아. 열심히 올라왔더니 개운하다. 선진은 뿌듯한 기색으로 돌아섰다. 다시 내려가려는데 앞의 표지판이 눈에 들어왔다. 정상 3.6km. 선진은 입 끝을 당기며 미소 지었다. 정상 아니면 어때. 개운하기만 한데.

선진은 수호의 충언을 떠올리며 조심조심 하산을 시작했다. 근래 느껴본 적 없는 상쾌한 아침을 시작했다.

선진은 외출을 준비하고 별장 앞으로 나왔다. 그리고 자연스럽게 공터 주차장으로 내려왔지만 아차 싶었는지 문득 멈춰 섰다.

멍하니 두 눈으로 휑한 공터를 휘저었다. 차가 없었다. 애초에 정화가 데려다주었고, 그 이후로 한 번도 외출한 적이 없었다. 당황한 선진은 휴대폰을 들었다. 정화는 부재중이었다.

회사에 전화해서 차를 한 대 보내 달라 할까. 아니면 택시를 부를까. 아니, 이것을 핑계로 그를 부르는 게 좋겠다. 아침 진료가 없으시길.

휴대폰을 터치하는 손에 긴장했는지 땀이 찼다. 선진은 손을 바지춤에 대충 비비며 땀을 닦아내었다.

"네."

"저기요."

"네. 선진씨, 말해요."

선진은 머뭇거리며 괜히 땅을 발로 찼다.

"제가 오늘 출근을 하려고 하는데 나와 보니 차가 없네요."

"네?"

선진은 목을 큼큼거리며 가다듬었다.

"그래서 말인데... 저 좀 태워주실 수 있어요? 달리 부탁할만한 사람이 없어서."

"그래요. 지금 갈게요."

수호는 의외로 쉽게 승낙했다. 선진은 전화를 끊고 그가 오는 동안 커피를 끓였다. 테라스에서 커피를 마시며 한가롭게 뉴스 기사나 찾아보고 있었다. '정점 향하는 비서실장 수사, 압수수색 대면조사 어떻게?' '조사위해 靑행정관 소환' '특검 수사에 대한 집념' 선진은 경제란을 터치했다. '패스트푸드, 커피가격 줄줄이 인상' '세계 톱 해운사의 파산' '천우물산 사장 행방 묘연'

선진은 커피를 한 모금 가져갔다. 주식 쯔라시로는 자신도 모르는 합병 소식이 돌고 있으며 점점 악화되어가는 경제 사정에 패션과 건설업의 비전이 좋지 않다. 상쾌했던 아침이 망가질 것만 같다. 선진은 급습하는 두통에 관자놀이를 꾹꾹 눌러가며 휴대폰에서 눈을 떼었다. 그리고 고개를 쳐들고 훈훈한 시골풍경을 둘러보았다.

두통이 말끔히 사라졌다. 평범한 풍경을 돌파하고 자신에게 달려오는 그의 차가 보였다. 두통약을 대신해주는 그 장면은 전혀 평범하지 않았다.

선진은 자동으로 엉덩이가 들렸다. 커피를 마지막으로 한입 마시고 부랴부랴 가방을 챙겼다. 그의 차는 미끄러지듯 공터 주차장으로 들어섰고 수호가 차에서 내렸다. 깔끔하지만 요즘 스타일과는 동떨어진 폭이 넉넉해 보이는 정장 핏이었다.

선진은 인사를 나누며 아직 물기에 젖은 듯 부스스한 수호의 머리를 보았다.

"너무 갑작스럽죠. 미안해요."

수호는 머리를 손으로 대충 털어냈다. 그의 몸이 뒤에서 쏘아오는 햇빛에 이글거렸다. 선진은 정신을 빼놓고 수호의 후광을 감상하고 있었다.

"타요."

"아, 네."

선진은 정신을 차리고 얼른 조수석으로 올라탔다. 손에는 커피가 두 잔이 들려있었다. 차 안에서 그에게 커피를 건네주었다. 직접 손수 내린 드립커피인데 마셔 봐요. 그 맹맹한 반응 좀 접어두고.

수호는 속마음을 인지했는지 출발하기 전에 커피를 한 모금 마셨다.

"좋네요. 따뜻하고."

"그래요? 다행이다."

"출발합니다."

선진은 수호의 눈치를 살폈다. 슬쩍슬쩍 훔쳐보는 그의 옆선이 탐났다. 나도 모르게 양손을 꼭 말아 쥐었다. 수호는 어깨에도 눈이 달렸는지 그녀의 상태를 확인했다.

"오늘 느낌은 어때요?"

"나쁘지 않아요. 선생님 말대로 오늘 출근 전에 산을 올랐거든요."

"아, 그랬어요? 어쩐지."

"왜요?"

수호는 운전대를 돌리며 백미러를 확인했다.

"그냥요. 사람은 사람을 상대할 때 에너지를 느끼는 법이니까."

"누구나 느끼지 않았으면 좋겠는데. 그 에너지."

수호는 피식 웃으며 대답해주었다.

"그 에너지. 아무나 느낄 수 있는 건 아니죠. 허나, 나쯤 되면 환자만 마주해도 어떤 병인지 알 것 같단 말이죠."

"아하. 왠지 허세같이 느껴지지가 않네."

수호는 차분히 차를 몰아갔다. 마음의 병을 가지고 있다면 자동차나 비행기같이, 타인들의 운전 실력에 한 몸 맡겨야 하는 교통수단에서 불안장애가 찾아오기 쉽다. 수호는 차량 안전거리유지를 최대한 지켜내며 그녀의 몸이 흔들리지 않도록 노력했다.

선진은 어느새 턱을 가슴에 묻고 잠에 빠져있었다. 아무래도 아침의 등산에 몸이 노곤했나 보다.

수호는 그녀의 목이 아프지 않게 고개를 젖혀 주었다. 두 눈을 감은 그녀의 편안한 얼굴은 수수했다. 수호는 그녀의 자는 모습을 가만히 바라보다가 하마터면 신호를 무시하고 달릴 뻔했다. 입으로 커피를 가져가며 정신을 차리기 위에 눈을 끔뻑거렸다. 사이드 브레이크 위에 올려 두었던 손끝이 꼼지락 거렸다. 그녀의 허벅지 위에 고이 둔 손이 보였다. 망설이던 손끝을 움직였다.

그리고 다시 커피를 입에 가져갔다. 그녀가 내려준 커피만으로도 당장은 따뜻하다.

선진은 덩그러니 천우물산 본사 빌딩 앞에 섰다. 물류센터로 출근을 할까 했지만, 일단은 사장실에 자리하는 편이 낫겠다 싶었다. 끝이 뾰족한 검정색 구두와 잘빠진 명품 정장을 폼나게 차려입고 정정한 모습을 광고해주어야지. 그래야 백안시하는 경영진들에게도 잔소리를 듣지 않겠지. 이래야 가족 친지 회사 사람들에게 자리를 뺏기지 않겠지.

빌딩 앞의 광장을 걸어가고 있는데 파라락 돌아가는 회전문으로 사람들이 무리 지어 나왔다. 선진은 옆으로 비켜서는데 사람들 중에 반갑지 않은 얼굴을 발견했다. 그놈도 나를 발견하고는 화들짝 놀라며 회전문에서 빠져나오지 못할 뻔했다.

넉살도 좋은 놈이 놀라움을 반가움으로 둔갑하고 인사를 건네왔다.

"누나!"

사내새끼가 머리 꼬라지가 단발이라니. 선진은 세영을 마주하자 절로 인상이 꽃피었다.

"무슨 일이야?"

세영은 말꼬리를 잡듯이 질문을 뺏어갔다.

"누나야말로 무슨 일이야?"

"뭐?"

세영은 선진의 단정한 용모와 깔끔한 의상을 노골적으로 훑어보았다. 그리고 웃을 듯 말 듯 입꼬리를 씰룩거렸다.

"아니... 누나 몸이 좋지 않다고 들었거든."

세영은 말을 하면서도 주위를 두리번거렸다. 주위 오가는 사람들 중에 직원들은 대부분 회사 직원들일 것이다. 세영은 사람들을 피하며 내게 가까이 몸을 밀착했다. 기분 나쁜 향수 냄새가 코를 찔렀다.

"누나. 진짜 오랜만인데 들어가서 얘기할까?"

선진은 본능적으로 코를 만지작거렸다. 그리고 고민했다. 이놈이 왜 내 회사에서 나왔는지. 어째서 출장을 핑계로 시간을 벌어놓는데 내가 몸이 안 좋은지를 알았는지. 추궁할 게 많았다. 그러나 놈과 사이좋게 차를 나눠 마실 만한 사이는 아니었다.

선진은 고민 끝에 회전문 옆의 거대한 유리문을 턱하고 터프하게 밀어 재꼈다.

"들어가자."

세영은 누이의 승낙에 신이 났는지 양손을 주머니에 꽂고 요란스럽게 졸졸 뒤를 따라갔다.

사무실 안은 시간이 멈춘 것처럼 이전과 같았다. 좋아하는 디퓨저 냄새가 문을 열자마자 한 가득이었고, 가끔 앉아 밖을 바라보던 전면 유리창 앞의 나무 의자에는 먼지 하나 쌓여있지 않았다.

선진은 비서가 준비해준 대추차를 테이블에 내려놓았다. 세영과 마주하고 소파에 앉았다. 세영은 찻잔은 쳐다보지도 않고 담배부터 꺼내 들었다.

"금연이야."

세영은 과장된 행동으로 어깨를 들썩이며 담배를 도로 집어넣었다. 그리고 얼굴을 긁어 보이며 피식 웃었다. 선진은 다리를 꼬고 앉아서 냉정을 찾고 세영을 바라보았다. 그리고 첫 질문을 꺼내었다.

"회사는 왜?"

세영은 말하기 전에 온갖 행동과 표정으로 감정을 표현하는 버릇이 있었다. 어릴 적 외국에서 생활했던 탓이었는지 모르겠지만, 겉멋을 부리는 걸로 보였다.

"왜 그래. 섭섭하게. 동생이 누이 회사에 놀러 올 수도 있지."

"네가 회사로 놀러 올 사람이 아니니까 하는 말이야."

세영은 말을 듣는 중에도 손을 가만히 두질 못했다. 찻잔을 만지다가도 긴 앞머리를 넘기고, 책상 모서리를 손끝으로 긁어대다가도 대추차를 한 모금 마시고 얼굴을 찡그렸다. 그리고 말을 툭하니 내뱉었다.

"아는 사람 좀 만났지."

"누구?"

"알고 싶어?"

"그냥 말해."

"친구야. 어렸을 적에는 친했는데 요즘은 통 얼굴 보기가 힘들더라고. 그래서 같이 점심이나 먹을까 하고 찾아왔어. 오해하지 말라구."

"네가 친구랑 점심 먹으려고 직접 여기까지 찾아왔다는 거야?"

세영은 쓸쓸한 표정을 지었다. 일분일초에 변색하는 저 얼굴이 삼류 연기처럼 느껴졌다.

"형편이 아주 어려운 친구였거든. 그래서 내가 꽂아 주었던 거야. 사실 누이한테는 말하지 않았지만, 그 정도는 괜찮잖아?"

선진이 무덤덤한 얼굴로 대답을 해주지 않자 세영은 상관없다는 듯이 입을 비죽거리며 저 혼자 말을 이어갔다.

"그런데 찾아와보니까 그 친구가 이미 오래전에 회사에서 쫓겨났다네. 부당해고라나 뭐라나. 나름 어려운 형편에 열심히 공부한 녀석이라 똑똑해서 실적도 괜찮고 해당 부서 직원들 중에서는 꽤나 유망주였는데, 하루아침에 해고를 당한 거야. 물론 내 친구라고 해서, 날 미워하는 누군가가 뒤에서 부당한 힘을 쓴 건 아니겠지. 난 그렇게 믿어. 그래도 사람이라는 게 실상을 알고 싶어 하는 법이니까. 오늘 와서 이것저것 캐고 다녔지. 뭐 별거 없어. 그러니까 섭섭하게끔 너무 차갑게 대하지 말자. 응?"

어이가 없었다. 자꾸만 사내 네트워크에서 권한 밖의 결재문서들을 뒤적이는 사원이 있었다. 전산팀에서 거르고 추적해보니 그 시도가 한두 번이 아니었다는 것을 알게 되었다. 전산팀의 보고를 받고 당장 법적 대응을 하려 했지만, 이놈의 친구라는 것을 알고 손을 뗐다. 그 친구의 이름이 기억났다.

"그래서 이형수씨는 지금 잘 지내고?"

세영이 꿈틀거렸다. 안색이 바뀌었다.

"아니. 아주 힘들어해. 걔가 집안의 가장이거든."

선진은 자세를 바꿔 앉았다. 양 무릎에 팔꿈치를 받치고 고개를 쳐들어 앞을 노려보았다.

"안 그래도 내가 그때 다른 짓 때문에 정신이 없어서 그냥 넘어갔는데 말이야. 말 잘했다. 세영아. 있잖아."

선진의 눈매가 한층 더 날카로워졌다.

"너 한 번 만 더 그런 장난질 하면 혼날 줄 알아라."

세영의 표정이 없어졌다.

"장난 아니야."

둘 사이에 무거운 기류가 흘렀다. 표정 변화도 없이 서로의 수를 읽기 위해 눈을 밝혔다. 세영은 이 전과 달리 눈을 피하지도 않았고 몸을 흔들거리지도 않았다.

무거운 중압감 속에 먼저 입을 뗀 건 선진이었다.

"내 몸이 안 좋다는 건 누구한테 들었어?"

이제야 세영도 긴장을 풀고 몸을 소파로 기댔다.

"왜 다 아는 사실을 가지고 트집 잡고 그래."

"너만 아니까 하는 말이야."

"난 누이가 건강을 되찾을 줄 알았어. 옛날부터 누구한테 뺏기고 다니는 성격이 아니었잖아."

세영은 말을 끝으로 테이블을 짚고 일어섰다. 선진은 골머리가 아팠는지 이마를 손바닥으로 감쌌다.

세영이 윗옷을 여미며 선진을 깔아보았다.

"아무튼. 무사해서 유감이네."

선진의 따가운 눈총을 피해 세영은 그대로 사장실을 빠져나갔다.

빌어먹을 놈이 못된 것만 일찍 배워 가지고. 하, 벌써 퇴근하고 싶어지네. 선진은 불끈거리는 속을 진정시키기 위해 대추차를 마셨다.

쉴 틈 없이 전화가 울렸다. 비서의 업무보고는 끝이 날 줄을 몰랐고 간만의 출근 첫날부터 이사진과의 미팅도 잡혀있었다. 충격적인 사실은 사장인 자신도 모르게 본사에서는 계열사와 합병을 준비했었다는 소식이었다.

선진은 이를 갈았다. 아버지의 이른 은퇴가 저주스러웠다. 휘장을 달고 있는 이배용은 빈 강정 같아서 속을 모르겠고 막내 세영은 능력보다 욕심이 하늘을 찔러 어리숙했다.

선진은 이 엿 같은 상황 속에서 아래위로 압박을 받는 고립된 느낌이 싫었다.

저녁까지 이어지는 결재 안 때문에 컴퓨터 앞을 떠나지 못했다. 그 와중에 비서가 챙겨준 커피만 벌써 여섯 잔째였다.

선진은 마지막 결재 창을 승인하고 창가로 향했다. 거대한 전면 창으로 멀리 한강 다리가 보이고 차들로 꽉 막힌 도로가 보였다.

수많은 높고 낮은 건물들과 빽빽이 가득 찬 도로 위 자동차들이 가슴을 답답하게 만들었지만, 그것들이 만들어내는 불빛이 저녁 야경을 멋지게 수놓았다.

선진은 창틀에 걸터앉아서 각진 언더락 잔을 들고 술을 홀짝거렸다.

수많은 사람들의 기대와 시기 질투를 받는 위치. 높은 빌딩 꼭대기에서 세상의 주인처럼 회사 직원들과 같은 평범한 사람들이 만들어내는 저녁야경을 즐길 수 있는 위치. 그리고 누구의 이해를 바랄 수 없는 위치.

선진은 오랜만의 출근 동안 미치지 않았음에 감사하고 홀로 축배를 들었다.

***

칠흑 같은 어둠이 찾아왔다. 외진 길옆으로 거대한 창고형 컨테이너 박스가 자리하고 있었다. 주위에 의지할만한 거라고는 전력이 약해 깜빡거리는 가로등 하나뿐이었다.

창고는 폐쇄된 공장으로 보였고 주위로 오랫동안 쓰지 않아 먼지가 뽀얗게 쌓인 포크레인이나 지게차들이 자리를 차지하고 있었다.

폐공장 입구에는 검은 세단이 머플러로 추운 겨울에 입김을 내뿜고 있었다. 시동을 켜둔 채 운전석이 비어 있었다.

"읍..."
검은 정장의 사내들이 청테이프로 변호사의 입을 봉했다. 이미 변호사의 머리는 먼지로 물 들었고 얼굴과 온몸에는 옷이 찢기고 상처투성이었다. 사내들이 번호표를 뽑았는지 차례를 돌아가며 얼굴과 몸을 구타했다. 중년의 변호사는 구타에 질려 지친 기색이 다분했다. 변호사의 고개와 몸이 힘없이 자꾸만 쳐졌다. 사내들은 억지로 변호사의 몸을 일으키며 주먹과 발을 내질렀다.

찌익. 강성이 그의 입을 풀어주었다. 변호사의 입에서 대량의 피가 쏟아져 나왔다. 그리고 거칠게 숨을 몰아쉬며 얼굴에 핏발이 팽팽하게 섰다. 강성은 깜짝 놀라며 뒤로 물러섰다.

정장 바지에 튄 변호사의 피가 눈에 들어왔다. 강성은 화를 참으며 바지를 털어보았지만, 인내심에 한계에 다다랐다.

"입을 처 막아 놓고 복부를 신나게 때리면 어떻게 되겠어?"

강성은 주위 사내들을 몰아붙였다.

"어?"

사내들은 바싹 긴장하고 열을 맞춰 섰다. 강성은 얼굴을 무섭게 일그러뜨리고 사내들의 정강이를 구두 앞코로 걷어찼다. 사내들은 맞아도 얼굴색 하나 변하지 않고 꾹 참아냈다. 변호사는 강성을 노려보았다.

"사짜 들어가는 분들은 잘 못 건드리면 아주 좆된다고."

변호사의 눈에 분노가 가득했다.

"특히 이런 열혈 변호사님께는 대우를 제대로 해드려야지. 그깟 주먹으로 굽힐 사람 같으냐? 대단한 신념을 가지고 계시잖아."

사내들 중 한 명이 변호사 앞으로 의자를 가져다주었다. 강성은 사내의 머리를 쓰다듬으며 의자에 앉았다. 변호사는 온몸에 피칠을 하고도 강성을 노려보는 눈을 거두지 않았다.

강성은 변호사를 가리키며 감탄했다.

"이거 봐. 오히려 이런 분들이 더 근성 있단 말이야. 보고 배워."

사내들은 고개를 숙였고 강성은 다시 변호사를 마주했다. 그의 입에서는 아직도 피가 주르륵 흘러내리고 있었다. 강성은 정장 소매로 피를 닦아 주려다가 포기했다.

"에이. 피는 수급 받으면 되잖아. 내 수트가 당신 피보다 훨씬 비싸서 안 되겠다."

농담이라고 했는데 변호사가 전혀 웃질 않았다. 강성은 농담을 거두고 입맛을 다셨다.

"말로 풀자고요. 변호사님."

강성은 안 주머니에서 사진을 꺼내 변호사 발 앞으로 하나씩 툭툭 내던졌다. 사진이 한 장씩 바닥에 떨어질 때마다, 변호사의 눈동자가 심하게 흔들렸다.

"자, 당신 그 대단한 신념. 아니, 그 뭐야, 그 엄청난 직업정신. 그런 거. 그거 얼마짜리야?"

강성이 사진 중에 아직 앳된 남자아이를 가리켰다.

"얘야?"

강성이 변호사의 눈을 쳐다봤지만 변호사는 대답하지 않았다. 강성은 수긍하고 다음 사진을 가리켰다. 애를 안고 있는 유부녀 사진이었다.

"그럼 이 년이야?"

강성은 차분한 목소리가 소름 끼치게 들려왔다. 뒤의 사내들은 긴장했고 변호사는 다리를 벌벌 떨기 시작했다. 강성은 그런 변호사의 다리를 잡아주었다. 그리고 힘을 주어 변호사의 다리를 이리저리 흔들어주며 물었다.

"얼마짜리냐고? 그거."

변호사가 입술을 깨물었다. 입술에서 피가 새어 나왔다. 강성은 연기하듯 경악하는 표정을 지었다.

"오. 생각보다 무시무시한 분이시네. 둘 다 죽여도 안 되겠어?"

변호사는 울분을 참지 못하고 씩씩거리며 눈물을 흘리기 시작했다. 강성은 그의 눈물을 닦아주다가, 와이셔츠 소매에 묻은 피를 보고 짜증을 내며 뺨을 때려버렸다.

변호사는 맞아서 얼얼한 뺨보다 머리에 충격을 받은 듯, 눈을 튀어나올 정도로 크게 떴다. 정신이 번쩍 든 모양이었다.

강성은 혀를 차며 와이셔츠의 혈흔을 지우려고 애썼다.

"아이, 진짜..."

강성은 사내들에게 손을 들어 보였다.

"전화기 가져와."

사내들 중 한 명이 휴대폰을 꺼내 번호를 찍었다. 강성은 전화를 받으며 사진을 발로 밟았다.

"어. 잠깐만."

강성은 휴대폰을 한 손으로 막고 사색이 된 변호사를 쳐다보았다.

"어떡할래요? 아들 전화 좀 받아볼래요?"

변호사가 떨리는 손으로 전화를 받으려는데 강성이 휴대폰을 도로 뺏어갔다. 강성은 변호사의 표정을 관찰하듯 뜯어보았다. 변호사는 점점 구걸하듯 전화기를 애원했다.

강성은 그의 처절한 모습을 고깝게 생각했다.

"어차피 이렇게 될 줄 알면서 뭐 한다고 그리 했어요? 몸 상하고 서로 맘 상하고 이게 뭡니까."

강성은 사내들에게 손짓했다.

"확약서 가져와."

강성은 자리에서 일어나서 거의 바닥에 엎드리다시피 전화기를 구걸하는 변호사의 등을 지르밟았다. 변호사 앞에는 구깃한 확약서와 펜이 놓였다.

강성은 발을 까딱거리며 단호하게 지시했다.

"우리는 이런 일에 돈 안 써. 먹여 살리는 식구가 몇인데 당신 같은 사람한테 돈을 쓰겠어. 우리가 데리고 있는 애들 중에 매일같이 술 빨고 뽕 맞아서 사람하나 보내버리는 거, 그거 장난같이 해치워버리는 애들 많아. 그래서 우리는 돈을 그 애새끼들 술값 약값에 쓰는 거야. 그쪽이 훨씬 싸게 먹히잖아. 이제야 좀 알겠어? 당신들 일은 나한테 안 통해. 그러니까... 얼른 싸인하고 지장 찍고 처자식이나 살리세요."

싸인을 주저하는 변호사의 눈물이 하염없이 확약서 종이 위로 떨어졌다. 곱게 나올 거라는 생각은 하지도 않았지만, 이 정도까지 무자비한 놈들일지는 몰랐다. 이렇게 될 줄 알면서 뭐 하러 노조 변호사로 일했냐고. 이럴 줄 알았으면 태초에 태어나는 것부터 고민했을 거다. 빌어먹을. 젠장. 처자식의 문제라면 간단하겠지만 내 손모가지 하나에 수백 명의 목숨이 달려 있단 말이다. 이 개자식들아.

뚝뚝 떨어지는 눈물에 확약서에 번져갔다. 결국 강성은 참지 못하고 전화기에 대고 명령했다.

"고기. 먹어치워."

변호사는 괴성을 지르며 힘겹게 싸인을 갈기고 지장을 찍었다. 그리고 호소하듯 무릎을 꿇고 강성을 올려다보았다. 변호사의 얼굴이 솔직해졌다. 광기가 어려 있으며 눈빛에 살기가 가득했다.

　강성은 북받치는 웃음을 참기 힘들었다. 힘도 미약한 주제에 알량한 정의감으로 둔갑한 얼굴은 봐줄만 했지만, 금세 제 얼굴을 찾았다. 강성은 쓴웃음을 흘리며 뒤돌아섰다.

　변호사는 강성의 바지 끝자락을 잡아끌었다.

　"가족들은 살려주셔야죠..."

　"아. 깜짝이야."

　강성은 입을 비죽거리며 전화기를 들었다.

　"어. 고기야. 상황종료다. 귀대해."

　강성은 전화를 끊고 같잖아서 비웃었다. 변호사의 눈물이 너무나도 하찮게 느껴졌다.

　"이기적인 새끼."

　변호사는 울음을 그쳤고 멍하니 강성의 말을 곱씹었다. 정신이 빠졌는지 꼼짝도 하지 않았다.

　강성이 폐공장을 빠져나가자 변호사의 비명이 칠흑의 밤을 채웠다.

　강성은 하늘 꼭대기로 유난히 영롱하게 빛나는 달을 보며 담배를 꺼내 물었다. 일이 풀려 개운했는지 목을 스트레칭 했다. 그리고 입김을 내뿜으며 대기하고 있던 차에 올라탔는데 조수석에 손님이 앉아있었다.

　강성이 무시하고 차에 시동을 걸려는데 손님이 말을 걸어왔다.

　"형."

　"그렇게 부르지 말라고 했잖습니까."

　"일이 좀 생겼어."

강성은 사이드 브레이크를 시원하게 잡아당겼다. 그리고 차를 몰아 폐공장 옆길로 빠져나갔다.

“이렇게 불쑥 찾아오시면 곤란합니다. 행여나 누구 눈에 나기라도하면 좋지 않아요. 뭐 좋은 일 하는 곳이라고 여기까지 찾아옵니까.”

조수석에서 안전벨트를 잡아당기던 세영이 심각한 얼굴로 되물었다.

“내가 얼마나 불안하면 찾아왔겠어.”

강성은 천천히 운전대를 돌리며 흘끗 세영의 표정을 읽었다.

“무슨 일입니까?”

“오늘 누이를 회사에서 만났어.”

강성은 별일 아닌 듯 코를 킁킁거렸다. 이어서 차 히터를 껐다. 세영은 초조한 듯 입술을 물어뜯으며 차 문 위에 달린 손잡이를 꽉 잡았다. 차는 전방의 서행하는 다른 차들을 추월해갔다.

“그래서 뭔 일 났습니까?”

“멀쩡하더라고. 성질머리도 여전하고…”

세영이 말하는 중간에 고개를 갸웃거렸다. 짐을 가득 실은 트럭이 앞을 가로막았다. 세영은 인상을 쓰며 트럭 옆으로 시야를 찾으며 말을 계속했다.

“그래서 누이 상태를 좀 알아보려고 여태 여기저기 찔러봤지. 그런데 그 년이 안 보이는 거야.”

강성은 앞의 트럭을 피하기 위해 좌측으로 운전대를 휙하니 돌렸다.

“누구요?”

세영이 옆을 돌아보았다.

"유정화."

강성의 발이 브레이크 페달을 힘껏 밟았다. 트럭을 피하다가 하마터면 시야에 가려 있던 경차를 박을 뻔했다. 둘의 몸이 앞으로 쏠렸다. 세영의 머리가 휘날렸다. 강성은 다시 차를 천천히 몰아가며 물었다.

"어디 갔답니까?"

세영이 흐트러진 머리를 정리하며 대답했다.

"일본."

강성과 세영은 오묘한 눈길을 주고받았다.

"일본에는 왜 갔답니까?"

"몰라서 그래? 왜 갔겠어?"

세영의 절박한 얼굴을 마주하자 강성은 웃음이 터졌다.

"최대한 빨리 정리하겠습니다. 언제 갔답니까?"

"이틀 전에."

세영은 피식거리는 강성을 살펴보며 반문했다.

"뭐가 웃겨?"

강성은 운전을 하며 창밖을 바라보았다. 멀리 어둠에 깔린 산등성이 위로 달이 밝았다.

"기특해서요. 자꾸 자리에 있어야 할 것들이 허락도 없이 떠돌아다니네."

강성은 다시 속도를 내며 시야를 방해하는 차들을 거침없이 피해갔다. 클락션 소리가 미미하게 뒤로 멀어지고 세영은 속도에 몸을 움츠렸다.

강성은 1차선으로 차를 몰아갔고 끝없는 밤의 도로를 질주했다. 어둠 속에 광기 어린 강성의 눈이 더욱 매서워졌다.

같은 어둠이라 할지라도 그 종류가 다르다. 우리 모두가 어둠 속에서 살아가지만, 개중에도 빛나는 것들이 있다. 어둠은 깊을수록 광채를 찬란하게 만들어준다. 그녀의 반짝이는 무모함이 기특했다.

강성은 피식거리며 속으로 지껄였다.

또라이 같은 년.

4. 원정

생소한 히라카나들이 밤하늘 한가득이었다. 빌딩 옆으로 바싹 붙은 네온사인들이 거리로 은은한 조명이 되어 무드를 만들어주었고 맥주를 들고 거리를 오가는 수많은 젊은이들이 활기를 불어넣어주었다. 거리는 젊음과 여행의 활기로 꽉 차 있었다.

단 한 사람만 빼고.

정화는 트레이닝복 차림에 양손을 주머니에 꽂고 도톤보리 일대를 기웃거렸다. 작은 명함을 손바닥에 올려놓고 골목골목을 들쑤셨다.

지나치며 걸리적거리는 행인들은 눈빛으로 쫓아주었고, 필요한 순간에는 나름 일본어와 몸짓을 섞으며 길을 물었다.

심기가 불편했다. 선진의 쾌유를 바라고 바랐지만, 기분이라기보다 느낌이 이상하다. 의사선생을 붙여 준 것도 자신인데 그가 한몫을 하는 게 이제 와서는 께름칙했다. 정체불명의 불쾌함이 자꾸만 옆구리를 찔렀다.

정화의 지금 이 순간 모든 불만은 오로지 목표물을 향해있었다.

명함에 적힌 유케츠. 가게 이름인 것 같은데 사전을 찾아보니 수혈이라는 뜻이다. 놈들이 좋은 일에 피를 공급해 주는 자선단체인 것 같지는 않고, 기껏해야 사케나 양주를 파는 이자카야 쯤 되겠지.

시내에서 아주 후미진 골목으로 접어들었다. 지나가는 노파를 붙잡은 정화는 명함을 보여주며 약도를 가리켰다. 노파는 정화를 아래위로 훑으며 무시해버렸지만, 그 모습을 지켜보던 젊은 여고생이 다가와 위치를 정확하게 손가락으로 짚어주었다.

후미진 골목 사이로 온통 검은색으로 둔갑한 단층 건물이 자리하고 있었다. 앞에는 일제 바이크와 요란한 체인의 자전거들이 주차되어 있었다.

정화는 거침없이 건물 입구로 걸어갔다. 그리고 유리문을 퍼억. 자신 있게 밀쳤지만 끄덕도 하지 않았다. 당황해서 문 주위로 버튼을 찾았는데 문을 열 만한 도구는 보이지 않고, 왼쪽 벽에 작은 벨이 붙어있었다.

벨을 누를까 말까 고민하는 찰나에 낯익은 얼굴이 입구로 걸어 나오고 있었다. 일본어가 어색했던 외국인. 짧은 머리와 더불어 눈썹까지 노랗다. 정화는 그를 기억했다. 정화는 명함을 다시 들여다보았다. 이름은 프랭크.

프랭크가 문을 열고 나와 주었다. 정화는 옆으로 비켜서며 어색한 인사를 건넸다.

"하이."

프랭크는 눈썹을 치켜 올리며 정화를 마주 보았다.

"에?"

"프랭크?"

"그렇습니다만..."

프랭크의 외모에 일본어는 아직까지도 적응이 안 되었다. 정화는 빙긋 웃어 보이며 프랭크에게 명함을 보여주었다. 프랭크는 명함을 받아 들고도 영문을 몰랐다.

정화는 웃기지도 않는 몸짓으로 영어를 구사했다.

"당신 친구... 카노, 요스케."

프랭크가 인상을 쓰고 정화를 아래위로 훑어보았다.

"일본사람이 아닙니까? 어디서 왔습니까?"

프랭크의 능숙한 일본어에 당황해서 정화는 눈을 흘겼다. 그리고 이 난국을 헤쳐 나갈만한 묘안을 고민했다. 일본어나 영어를 잘하는 사람이 누가 있을까나. 내 주위에 그런 사람이 있었나.

정화는 결국 전화를 걸었다. 프랭크는 담배를 꺼내 물고 그런 정화를 의아한 얼굴로 관찰했다. 정화는 전화하면서도 프랭크에게 시선을 못 박아 두었다.

"어어. 잠시 일본어 통역 좀 해줘."

"뭐라고?"

"급하니까 잠깐 간단한 통역 좀 해달라구."

"너 어디야? 일본이야? 뭐하는 거야 지금?"

"미안. 급하니까 일단 일부터 하자. 카노와 요스케가 어디 있는지 좀 물어봐 줘."

"..."

정화는 전화기를 프랭크에게 건넸다. 프랭크는 정화를 경계하며 전화기를 받아들었다. 그리고 국경을 뛰어넘는 전파를 통해 선진과 프랭크의 대화는 이어졌다.

프랭크는 심각한 표정이 되어 대답을 얼버무리려 했다.

"난 잘 몰라요. 이름은 들어 본 적이 있지만, 그들이 어디에 있는지 따위는 전혀 모른다고요."

프랭크의 능숙한 일본어를 알아들은 척 정화는 고개를 끄덕였다. 프랭크가 정화에게 전화기를 넘겼다.

"모른데."

정화가 프랭크를 무섭게 노려보며 전화기에 대고 말했다.

"죽어도 모른데?"

"죽을 만큼 때려줘 봐. 그럼."

정화는 골목 멀리에 있는 봉고차를 가리켰다. 프랭크는 반사적으로 멀리 봉고차를 바라보았다. 정화가 다시 전화기에 대고 말했다.

"당장 불지 않으면 저 차 안에서 칼을 갈고 있는 내 친구들이 전부 다 뛰쳐나와 당신과 당신 가게를 묵사발 내줄 거라고 통역해 줘."

"너 진짜 뭐 하고 다니는 거야? 그때 걔네들 찾아다니는 거야? 말도 안 하고 뭐 하는 짓이야?"

"일단 통역부터."

정화는 다시 프랭크에게 전화기를 건넸다. 이번에는 프랭크가 전화기를 받아들지 않으려 손을 뺐다. 그리고 주위 눈치를 살살 살피며 봉고차를 의식했다. 정화는 프랭크의 손을 잡아당기고 전화기를 넘겼다.

통역된 일본어를 전해 듣는 프랭크는 흠칫 멀리 정화가 가리켰던 봉고차를 쳐다보았다. 그리고 전화기를 다시 건네주었다. 프랭크가 슬슬 뒤로 물러나려는데 정화는 전화기를 끊자마자 그의 옷깃을 잡아챘다.

그리고 무서운 얼굴로 짧은 영어를 뱉었다.

"너부터 죽을래?"

프랭크는 덩치에 안 어울리게 울상을 지었다. 정화와 봉고차를 번갈아 보았고 사태파악이 됐는지 고개를 절레절레 흔들었다. 정화는 다시 한번 강조했다.

"카노, 요스케."

프랭크는 손가락을 세워 건물을 지목했다. 정화는 프랭크를 입구로 밀치며 겁박했다.

"열어."

"젠장, 빌어먹을..."

프랭크는 이제야 어울리는 영어로 욕을 지껄이며 문을 열었다. 정화는 그의 뒤를 따르며 쾨쾨한 페인트 냄새에 코를 킁킁거렸다.

좁은 계단을 따라 올라가면 우측으로 꺾어진 벽을 따라 해괴한 포스터들이 덕지덕지 붙어있었다. 정면으로 암막 커튼이 가로막고 있었다. 프랭크가 먼저 커튼을 치우며 문을 열고 들어섰다. 정화는 도무지 정체를 알 수 없는 곳으로 들어갔다.

앞이 분간이 안 갈 정도의 낮은 명도의 조명과 온 벽을 삼류 갱단의 포스터로 도배해놓았다. 바닥에는 붉은색 카펫이 깔려있고 천장은 새까맣게 페인트칠을 해놓았다. 음울한 정도를 넘어서 암울한 기운이 물씬했다. 중앙에는 컴퓨터와 노트북을 케이블로 덕지덕지 연결되어 있었고, 몇몇의 사내들이 모여 앉아서 자판을 두드리느라 사람이 찾아온 줄도 몰랐다.

정화는 컴퓨터 옆으로 수많은 카드리더기를 훑겨보았다.

"여어."

프랭크는 컴퓨터 귀신들에게 대충 인사를 전하며 지나쳤다. 그리고 건너편의 방문으로 다가갔다. 그리고 뒤를 돌아보며 걸음을 채근했다. 정화는 얼른 프랭크의 뒤를 쫓았다.

방문이 열렸다. 달그락거리는 마작 패 소리가 귀에 들려왔다. 진한 초록색의 테이블 위로 마작 패를 집어가는 손들이 바빴다. 마작 패를 돌리는 사람 중에 카노와 요스케는 없었다. 프랭크는 마작 패를 뒤집는 이들과도 눈인사를 주고받고 그냥 지나쳐갔다.

소파 건너편으로 조그맣고 오래된 텔레비전이 하나 있었는데, 누군가가 소파에 앉아 게임을 하고 있는 모양이었다. 프랭크는 소파 뒤로 다가가서 안부를 전해주었다. 정화는 팔짱을 끼고 방문을 막고 서서 그들의 반응을 살피기로 했다.

"카노, 요스케."

텔레비전 화면을 보아하니 게임을 잠시 멈춘 것 같았다. 프랭크는 흘끗거리며 이야기를 계속했다. 아무래도 사태의 심각성을 전하는 중일 것이다.

"그때 그 여자야. 그 여자가 찾아왔어. 너희들은 잘 알잖아. 난 잘 몰라. 너희들에게 얘기만 들었을 뿐이야."

소파 위로 카노와 요스케의 머리가 불쑥 튀어나왔다. 정화는 문틀에 기대 손을 흔들어 보였다.

카노와 요스케는 다시 소파 아래로 머리를 숨겼다. 그들의 말소리가 희미하게 들려왔다. 아무래도 작당 모의를 하는 중인 것 같았다. 사방을 살펴보니 막고 있는 문 말고는 도주로가 없었다. 정화는 그들이 의견을 조율하기를 기다려주었다.

프랭크가 썩 귀찮은 얼굴로 걸어왔다. 그리고 머리를 긁적이며 물었다.

"용건이 뭐냐는데?"

정화는 눈살을 찌푸렸다.

"뭐? 자연스럽게 일본어로 말하면 내가 알아듣냐?"

프랭크는 쉬운 영어로 다시 말을 전했다.

"찾아온 이유가 뭐냐고 물었어."

"몰라 이 코쟁이 자식아. 가서 분위기 파악하고 내 앞으로 얼른 튀어나오라고 해."

순간 그녀의 양칼진 음성이 방안의 허공을 찔렀다. 마작 패를 들고 있던 이들도 소파에 앉아있던 카노와 요스케도 그리고 말을 전해주던 프랭크도 모두가 정화에게 시선이 집중되었다.

그들 중 한 명이 마작 패를 탁하고 뒤집었다.

"났어."

그리고 마작 패를 뒤집은 사내는 자리에서 담배에 불을 붙이며 정화에게 눈을 부라렸다.

"너 누구야?"

그의 말이 정화의 귀에 쏙 들어갔다. 온통 상태 안 좋은 일본인 무리들 중에서 한국말을 정확하게 구사하는 사람이 있었으니. 너무 반가워서 악수라도 청하고 싶었다.

"한국인?"

"자이니치. 아니 재일교포."

"이름이?"

"이름은 왜? 내가 먼저 너 누구냐고 물었잖아."

"그러니까 이름이?"

"김수동."

정화가 삼단봉을 펼쳐 들었다. 그리고 삼단봉으로 전방의 소파를 가리키며 말했다.

"다행이다. 김수동씨. 지금부터 내 말을 똑바로 전해주면 당신은 몸 성히 집으로 보내 줄게. 나에 대해 궁금하면 저쪽에 물어봐. 저기 소파 뒤에 있는 놈들은 날 알거든."

수동은 심상치 않은 분위기를 파악하고 눈치를 살폈다. 소파 뒤로 카노와 요스케가 모습을 드러냈다. 그들과 눈빛을 주고받은 수동은 마작 패를 돌리던 친구들을 살펴보았다.

괜히 나머지 손으로 마작 패를 만지작거리는 패거리들은 저마다 몰래 버터플라이와 잭나이프를 꺼내 들었고, 프랭크는 안절부절 못하고 무언의 메시지를 보내는 중이었다.

여자 몸으로 혼자 이런 암흑의 아지트까지 쳐들어와서 너무나도 태연하게 우리들의 목숨을 논하다니. 얼굴색 하나 변하지 않고 당당한 저 여자가 뒤로 어떤 힘을 감추고 있는지 불안했다. 일단은 사고가 일어나기 전에 좀 더 떠봐야겠다.

수동은 정화의 삼단봉을 손으로 치우라는 시늉을 해보이며 좀 더 친근하게 다가갔다.

"한국사람 오랜만에 봤는데 여전하네요. 일을 너무 극단적으로 몰아가지 마세요. 난 여기서 당신이 다치길 원하지 않으니까."

정화는 듣는 둥 마는 둥 손가락으로 귀를 후볐다.

"나도 마찬가지야. 그래서 모두가 이 방에서 너와 저 둘만 빼놓고 나가주길 바래. 최대한 젠틀하게 일을 마무리할 예정이야."

"그런 무시무시한 걸 들고 할 말은 아닌 것 같은데."

정화가 조소로 응대했다.

"그럼 네 친구들도 장난감 집어넣으라고 해."

수동의 안색이 바뀌었다. 분명 저쪽에서는 시선이 닿지도 않을 텐데 마작패거리들이 몰래 장비를 꺼내든 것들을 모두 알고 있었다. 보통내기가 아닌 건 알았지만 뭔가 전문적인 느낌이 났다.

일이 틀어지면 여기 있는 모두가 힘들어질 거라는 것을 직감적으로 알아차렸다. 수동은 소파로 다가가 프랭크의 어깨를 다독이며 카노와 요스케에게 말을 전했다.

우리들만 빼고 나머지는 모두 내보내는 것이 좋을 것 같다고. 만에 하나 일이 틀어져도 여자가 단신으로 남자 셋을 상대하기는 힘들 것이라고. 그리고 너희들과 남아있는 사람이 하필이면 나라고.

카노와 요스케는 일전에 정화를 상대한 적이 있는 사람들로써 수동의 말에 회의적이었지만, 수동의 마지막 말에 의지를 하게 되었다.

같이 남아주는 사람이 수동이라는 것. 그는 아지트 멤버들 중 가장 성숙했으며 어려운 일이 생길 때면 침착한 언질과 때로는 강한 힘으로 일을 해결해주는 해결사였다. 그가 주먹을 쓸 때면 그와 친구로 지낸다는 것에 감사할 정도였다.

고민 끝에 카노와 요스케는 승낙했다. 하지만 방 안의 나머지 인원들은 건들거리며 자리에서 일어났어도 쉽게 물러서지 않았다. 그중에 프랭크는 가장 먼저 서둘러 방을 나섰다. 그리고 수동의 격려에 모두가 장비를 거두고 방을 나가 주었다.

이제 방에는 마작 패를 손에 가지고 노는 수동과 소파 뒤로 기대앉은 카노와 요스케 그리고 삼단봉을 쥐고 있는 정화뿐이었다.

마작 패를 딸깍거리는 소리뿐 숨 막히는 정적이 흘렀다. 역시나 수동이 먼저 입을 떼었다.

"그것 좀 접어두고 좀 앉아요. 뭐 마실 거라도 줘요?"

정화는 뒤로 돌아 방문을 잠갔다. 수동은 마작 패가 어지러운 테이블 옆의 작고 귀여운 냉장고에서 허리 굽혀 음료수를 꺼내다가 문득 돌아보았다. 정화는 방긋 웃으며 삼단봉을 접었다.

그리고 접은 삼단봉으로 카노와 요스케를 가리키며 말했다.

"일전에 네 친구들이 공사 친 게 나와 내 친구였어. 그래서 손을 좀 봐준 적이 있지. 우리는 목숨을 건지는 대신..."

수동은 앉아서 밀크 티 캔을 따다가 놀라서 정화의 말을 끊고

- 135 -

끼어들었다.

"우에다?"

수동이 자리를 박차고 일어섰다. 흥분한 기색이 만연했다.

정화는 고개를 까딱거리며 그의 물음에 수긍했다. 수동은 충격받은 얼굴로 정화를 노려보다가, 천천히 카노와 요스케에게 눈길을 돌렸다. 그들은 아무런 말도 잇지 못했다.

서로 부딪히며 경쾌한 소리를 내는 마작 패가 움직임을 멈추었다. 수동은 정화에게 확신을 물었다.

"당신이야? 당신이 우에다를 죽였어?"

수동의 얼굴은 점점 심각해져갔다. 카노와 요스케는 그런 수동을 바라보며 호소하듯 말을 덧붙였다.

"맞아."

"바로 저 여자야."

수동이 눈을 내리깔며 다운된 톤의 목소리로 엄중히 말했다.

"입 다물어."

정화는 우에다를 죽인 이유와 상황을 설명하지 않았다. 담담하니 태연하게 대답할 뿐이었다. 사실 마음속으로는 한바탕 하고 싶은 충동이 일었다. 우에다를 죽인 건 선진이었지만 수동의 반응이 흥미로웠다.

"맞는데."

수동의 가슴이 부풀어 올랐다. 그는 심호흡을 하며 안정을 찾으려 애썼다. 하지만 그의 인내심도 한계에 다다른 듯했다. 수동은 얼굴을 무섭게 일그러뜨리며 우에다를 죽인 이유를 캐물었다. 정화는 대답을 카노와 요스케에게 떠넘겼고 짧은 대화가 오갔다. 수동은 분노를 삭이듯 이를 씹어댔다.

"그래서 네가 다시 찾아온 이유는 뭐야?"

정화는 삐딱하니 골반을 빼고 섰다. 그리고 카노와 요스케를 가리켰다.

"너와 네 친구들이 무슨 일을 하며 먹고 사는지는 알겠어. 그래. 그게 나쁘던 말든 그것까지는 관심 없는데 왜 내 친구에게 그런 짓을 했는지 궁금할 뿐이야."

"우에다를 죽이고 네 친구는 살았다며?"

"그렇다고 너희들의 죄가 사면되는 것은 아니지."

수동은 어이가 없었는지 분위기에 어울리지도 않는 밀크티를 목 안으로 때려 넣었다.

"그래서 죄를 벌하기 위해 오셨다?"

수동의 턱 근육이 불끈거렸다. 그가 열을 내기 시작하면서부터 카노와 요스케는 잠자코 상황을 지켜보며 입에 아예 지퍼를 달고 닫았다.

"사실 누구의 사주를 받았다는 것도 알고 왔어. 나는 지금 여기에서 누구에게 얼마를 받고 어떻게 언제 일을 꾸몄으며, 틀어진 결과를 안고 또 어떤 피드백이 오갔는지를 알기 위해 왔지."

수동은 밀크티 캔을 구겨버렸다. 그리고 실소를 흘렸다.

"그러니까 확신을 갖기 위해 여기까지 몸소 찾아오셨다."

"어."

분위기가 심각해질수록 정화의 대답은 짧고 단호해졌다.

"그 확신이 상당히 값어치가 있기를 바래. 당신 지금 상당히 불량하니까."

"이 정도면 나름 아주 친절했지. 일본은 친절한 나라잖아. 그러니까... 이제 그만 꼬치꼬치 캐묻고 저 벙어리 새끼들한테 내 말을 전해줬으면 하네."

수동은 카노와 요스케에게 정화의 말을 전하며 일의 배후와 구체적인 플랜까지 요구했다. 그들이 머뭇거리자 언성이 높아졌고 정화는 슬슬 삼단봉을 준비했다. 수동은 그들에게 답변을 받고 정화에게 다시 통역해줄 때에는 똑바로 서서 몸을 풀었다.

"손님 이름은 이세영. 계약금 현찰로 백만엔. 성공보수 백만엔. 실패로 끝나자 연락이 끊겼다네."

"이름은 나도 들었어."

정화는 충격을 받았다. 혹시나. 행여나. 설령. 설마. 아무리 그렇다 해도. 제아무리 선진을 미워하는 사람이라 해도 친동생이자 한 가족이 이런 짓을 꾸민 장본인이라니. 아니길 바랐는데. 그냥 선진을 미워하는 수많은 회사의 구성원 중의 한 사람이라거나 작은 인연에서 빚은 커다란 미움이길 바랐는데. 이세영. 이 개새끼.

그리고 더욱 충격적인 건 너무 적은 비용이었다. 정화는 녹음 기능을 켜둔 주머니의 휴대폰을 확인하며 다시 물었다.

"총 이백만엔이야? 니들 사람 죽이는 데 이백만엔이면 돼?"

"사람을 죽이는 게 흔한 일은 아니야. 그리고 사고사를 꾸며주는 것뿐이지 죽이는 건 일을 사주하는 사람이야. 헛소리하지 마."

정화를 화를 참으며 천장을 올려 보았다. 얇은 실에 매달려 있는 조명이 샌드백으로 보였다. 당장 저 불을 끄고 여기 이 집 안에 있는 것들을 사람이든 뭐든 다 부셔버리고 싶었다.

"고작 이백만엔이라니..."

수동은 기회를 찾은 듯 화를 돋궜다.

"그 정도면 아주 후했구만."

카노와 요스케는 서로 눈치를 살피며 수동에게 조근조근 말을 걸었다. 수동은 그들을 쳐다보지도 않고 짧게 대답했다. 알아들을 수 없다만 그편이 마음이 편했다. 정화는 삼단봉을 다시 펼쳐 들었다. 카노와 요스케는 움찔했지만 수동은 태연하게 정화에게 다가갔다.

"답을 주었으니 너도 억울하지는 않겠다. 넌 여기서 나갈 수 없어."

수동이 자신만만하게 정화의 코앞까지 다가오며 말을 보탰다.

"우에다는 내 가장 친한 친구였거든."

수동의 말이 끝나자마자 정화는 그의 급소를 무릎으로 올려 찼다. 게임기 조이스틱과 방구석의 간이 의자를 집어 든 카노와 요스케가 경계하며 물러섰다.

정화는 수동의 얼굴을 거침없이 주먹으로 내리꽂기 시작했고, 카노와 요스케가 소리를 지르며 방 밖의 친구들에게 도움을 요청했다.

그래도 이미 피로 물든 정화의 삼단봉은 멈추지 않았다.

방문을 부수려고 애를 쓰는 일당들을 뒤로하고 프랭크는 정신없이 출구로 달렸다. 문을 나가 계단을 성큼성큼 뛰어 내려갔다. 입구의 유리문 밖으로 고개를 빼고 건물 앞 골목을 살폈다.

프랭크는 놀란 얼굴이 되어 건물 밖으로 튀어나왔다. 그리고 골목으로 뛰어가 아까의 봉고차를 찾았다. 그러나 골목을 오가며 아무리 찾아도 아까의 봉고차는 온데간데없었다. 프랭크는 아연실색하며 다시 건물 안으로 뛰어들어갔다.

문이 발길질에 부서질 때 즈음 프랭크를 발견한 일당 하나가 한 패는 움직임이 없냐고 물어왔다. 프랭크는 그녀가 말했던 봉고차는 밖에 있지도 않다고 말했다. 일당들은 정말 단신으로 이곳에 쳐들어와 결국 싸움을 벌이고 있는 저 여자에 대해 경악했다. 한패가 없는 것보다 홀로 당당히 쳐들어온 그 여자가 두려워지기 시작했다.

프랭크는 일당들을 헤치고 직접 문을 발로 밀어 찼다. 몇 번의 시도 끝에 발이 나무로 만들어진 문을 뚫고 들어갔다. 프랭크가 의기양양하게 소리치며 성공을 자랑하고 발을 다시 빼려는데, 안에서 누군가의 손이 신발 뒤꿈치를 잡았다.

부서진 나무들의 삐쭉한 가시들이 정강이에 박혔다. 프랭크는 고통을 호소하며 눈물을 흘렸다. 주위 일당들이 발을 빼내 주려고 했지만, 더욱 커지는 프랭크의 비명에 자꾸만 멈칫거릴 수밖에 없었다.

우왕좌왕하는 틈에 안쪽에서부터 문이 열렸다. 프랭크는 문에 질질 끌려가며 더욱 날카로운 비명을 내질렀다.

문 안쪽에 멀뚱히 프랭크를 내려 보는 정화의 모습은 흡사 악귀 같았다. 이전과 다르게 눈이 위로 찢어졌고 입꼬리가 무섭게 씰룩거렸다. 마치 몸 주위로 강기가 흐르는 듯했다.

정화는 문에 발이 박힌 채로 쓰러져 있는 프랭크를 사정없이 삼단봉으로 내리치기 시작했다. 일당들은 그 모습을 보며 나서기를 주저했고 저마다 작은 신음을 흘리며 물러서기 시작했다. 개중에는 이미 노트북을 가방에 챙기는 놈들도 있었다.

정화는 성큼성큼 걸어가 프랭크의 몸을 문에서 빼내었다. 그리고 문을 다시 닫으며 뒤를 노려보았다.

"그 웬만하면 들어오지 마. 그리고, 거 웬만하면 도망가든가."

정화는 시원하게 구멍이 뚫린 문을 다시 닫으며 방 안으로 들어갔다. 그녀의 모습을 지켜보던 일당들은 멍하니 주저할 수밖에 없었다. 일당 중 일부는 장비와 가방을 챙기며 밖으로 나갔다. 프랭크는 간절하게 손을 뻗어 도움을 요청했다. 그제야 정신이 돌아온 듯 주위 일당들은 프랭크 주위로 몰려들어 정강이에 박힌 수많은 가시들을 일일이 빼내며 치료하기 바빴다.

방 안. 테이블 밑으로 널브러져 있는 수동에게 조심스럽게 다가가던 카노와 요스케가 멈칫 행동을 멈추었다.

정화의 재등장에 놀란 카노는 딸꾹질을 시작했고, 요스케는 동작을 멈추고 어정쩡한 자세를 계속 유지했다. 그들이 다시 움직일 수 있게 해줄 수 있는 건 정화뿐이었다.

정화는 삼단봉을 어깨에 걸치며 카노와 요스케에게 말했다.

"너희 쪽에서 보험 든 녹음기나 사진 한 장이라도 가져와. 그럼 더이상 너희들 친구가 다치는 일은 없을 거야."

딸꾹질을 하는 카노의 등을 두드려주던 요스케가 짧게 반문했다.

"에?"

정화는 머리를 긁적이며 널브러져 있는 수동을 가리켰다.

"쟤. 이제 깨워라. 통역사가 자빠져 있으면 어떡해."

요스케는 알아듣지는 못했지만, 정화의 뜻을 알아차렸다. 그리고 차마 입 밖으로 못 꺼내고 속으로 욕을 지껄였다. 미친년.

"깨우라고."

요스케는 정화의 음성에 놀라며 수동에게 훌쩍 뛰어갔다. 그리고 눈치를 살피며 조심스럽게 수동의 몸을 만져주었다.

한국인이 피가 흐르는 수동은 평소 야쿠자 한 트럭을 상대해도 끄떡없는 사내였는데. 한국인에 대한 무시와 경시의 인식을 완전하게 뒤바꿔준 사내였는데. 하라마치구미에서 지역 내의 우리 아지트를 귀엽게 봐주고 넘어가 준 것도 모두 수동 덕분이었는데, 역시 남자의 급소는 너무 보란 듯이 몸 외부에 붙어있었다.

요스케는 꿈쩍도 하지 않는 수동의 어깨를 흔드는 연기를 하며 아주 작게 소곤거렸다.

"일어나지 마. 수동. 절대로 일어나지 마."

요스케가 수동에게 엎어져 있는 동안, 카노와 정화만이 마주 보고 있었다. 카노는 아직 웃기지도 않는 자세로 딸꾹질을 참기 위해 가슴을 때리고 있었다. 정화는 시끄럽다는 듯 소파 쪽의 음료수를 가리켰다. 그리고 짧은 일본어로 경고해주었다.

"쉿. 시끄러."

카노는 구겨진 자존심을 부여잡고 소파 쪽으로 가서 음료수를 벌컥벌컥 마셨다. 밖의 친구들은 전부 도망가거나 바싹 쫄았나 보다. 시원하게 뻥 뚫린 문인데도 아무도 오지 않는 것을 보면 안 봐도 비디오였다.

정화는 기다리는 지루한 시간에 참을성이 소모되고 있었다. 목을 풀며 잠자코 기다려 줄랬는데도, 이놈의 일본 놈들은 아직 사태의 심각성을 파악하지 못 했는지 지시에 영 불성실하다.

정화는 삼단봉을 허공에 휘저으며 요스케에게 엄중히 일언 하려고 하는 찰나. 그가 눈을 떴다.

번뜩 눈을 뜬 수동 때문에 요스케는 놀라서 뒤로 나자빠질 뻔했다. 수동은 가만히 누워서 턱을 손으로 매만지며 중얼거렸다.

"요스케? 내가 잠깐 정신을 잃었어? 그 여자 때문에?"

요스케는 얼른 다시 수동에게 달려들었다. 그리고 속닥거렸다.

"맞아. 수동. 그런데 일어나지 마. 그러는 편이 우리에게 좋아."

수동은 입을 벌려 턱을 움직여보며 엉성한 발음으로 거절했다.

"그럼 나보고 이렇게 계속 누워있으라는 거야?"

"어. 그게 좋아. 저 여자 하나 때문에 모두가 힘들어질 필요는 없어."

수동은 어이없는 표정을 지으며 손끝부터 발끝까지 움직여보았고, 요스케는 그런 수동을 최대한 만류하며 계속 회유했다.

"야. 둘이 떠들지 말고 내 말이나 전해."

수동이 벌떡 일어섰다. 멍청했던 눈에 총기가 돌아왔다. 빠르게 사태를 파악한 수동은 먼저 문 쪽으로 가서 가시의 잔해를 아직도 빼지 못한 채 비명을 지르고 있는 프랭크의 상태를 뻥 뚫린 문의 구멍을 통해 확인했다. 수동은 안타깝게 프랭크를 바라보다가 곧장 정화에게로 향했다.

"그렇게 갑자기 급소를 때리며 시작하는 게 어디 있어."

정화는 물끄러미 쳐다보며 어깨를 들썩였다.

"또 맞을래?"

"이제 여자 취급 안 한다."

"행여나."

정화가 피식 웃었다. 그때 수동의 묵직한 주먹이 정화의 얼굴로 향했다. 정화는 얼른 몸을 비틀어 어깨로 주먹을 막았다. 그런데 그 위력이 오함마로 때려 맞은 것 같았다.

정화의 몸은 순간 허공으로 붕 뜨며 소파로 날아갔다. 정화는 소파에 옆구리를 부딪치며 착지했다. 그리고 소파 반대편의 카노와 눈이 마주쳤다. 정화는 수동 앞으로 마주 서며 삼단봉을 꼭 쥐어 잡았다.

"되겠어? 또 기절해버리면 곤란해. 통역해줘야 하는데 말이지."

"한 번 더 막아 봐. 아주 아작을 내줄 테니까."

수동은 정화에게 발을 힘차게 밀어 찼다. 정화는 슬쩍 가볍게 그의 발을 손으로 쳐내며 피하고, 연결 동작으로 그의 어깨를 삼단봉으로 내리쳤다. 수동은 맞으면서도 주먹을 휘둘렀다. 정화는 또다시 쉽게 그의 주먹을 피하며 구두 앞코로 정강이를 때렸다. 이어서 그의 옆구리를 삼단봉으로 후려쳤다.

수동은 몇 차례나 덤벼들었지만, 정화의 재빠른 움직임에 속수무책으로 당했다. 그래도 그의 맷집은 상상을 초월했다. 맞을수록 더욱 흥분했고 다리를 절며 께름칙한 미소를 흘렸다.

정화는 사정을 봐주지 않고 삼단봉으로 그의 온몸을 타작했다. 가끔 스치는 그의 주먹과 발길질에 간담이 서늘했지만, 상대가 되지 않았다. 근력과 맷집이 상당해서 근성은 대단했지만, 주먹을 내지르거나 발을 찰 때 준비 동작이 너무 컸다. 정화는 그가 정신을 잃을까 봐서 턱과 급소를 때리지 않고, 그의 체력을 빼기 위해 복부를 때리고 무릎을 꿇리기 위해 무릎과 허벅지를 무차별하게 때려주었다.

쿵. 결국 그는 양 무릎을 꿇어버렸다. 카노와 요스케는 때를 보고 싸움에 끼어들고 싶었지만, 일방적인 싸움에 압도되어 그럴 수 없었다. 둘은 어느새 소파 뒤에 몸을 숨기고 수동을 걱정 어린 얼굴로 바라보고 있었다.

수동은 자리에서 일어서려 했지만, 자꾸만 무릎이 힘없이 꺾였다. 정화는 수동 옆으로 가서 섰다.

"그래. 자세 좋다. 남자답게 또 승부는 인정하고 자기 맡은 바를 임해야지."

정화가 수동을 내려 보며 동의를 구했다.

"안 그래?"

수동은 눈을 감고 한참을 생각하더니 입을 열었다.

"그래도 이런 자세로는 못 해."

수동은 간신히 양팔로 바닥에 지지하며 꿇고 있던 다리를 풀고 양반다리를 했다. 카노와 요스케는 무너진 수동의 모습에 경악을 금치 못했다. 정화는 삼단봉으로 손바닥을 탁탁치며 수동을 조련하듯 통역을 지시했다.

"증거를 가져와. 증거 한 조각이면 여기 모두를 살려 줄 거야. 내가 지금부터 이곳 모두를 개 패듯 때려주고 아지트를 박살 내는데 한 시간도 안 걸릴 거야. 아니면 뒤로 손을 쓸 수도 있겠지. 아물론 너희가 경찰에 신고를 못 하는 것 정도는 알고 있어. 오히려 내가 신고를 한다면 하는 거지. 그러니까 허튼 잔머리 굴리지 말고 증거가 될 만한 것들을 가져와. 아니면 내가 신고해 버릴 거니까. 이 다국적으로 불량한 자식들아."

수동은 통역을 준비하며 목을 풀었다. 그리고 입을 떼는 동시에 정화를 다시 돌아보았다. 뚱한 얼굴의 수동에게 정화는 어서 통역하라며 쓰읍하고 입을 오므렸다.

"너무 길어서... 나도 못 알아들었는데."

어색한 정적이 흐르고 정화는 다시 말을 반복해야 했다. 수동은 천천히 말을 전해주었으며, 이야기를 전해 들은 카노와 요스케는 사색이 되었다.

그들이 로컬 브로커를 통해 일을 맡긴 것은 곧 야쿠자와 손이 닿는다는 이야기였다. 하라마치구미는 오사카 일대 경찰과 고위 관료들까지 손을 뻗었으며, 회장의 은퇴식을 경찰관들이 주도할 정도였다.

한 마디로 지역구를 꽉 잡고 있는 그들의 여유와 아량으로, 아지트는 근근이 유지되고 있는 셈이었다. 이 여자에게 거래한 증거를 넘긴다면 한국 쪽의 사정보다 하라마치구미의 처벌이 더 무서웠다. 이러한 사정은 셋 모두가 알고 있었다. 특히 하라마치구미에서는 수동에게 각별했기 때문에 누구보다 입장이 곤란한 건 수동이었다.

"무슨 생각을 그렇게 해?"

정화는 심각한 얼굴의 셋을 번갈아 보았다.

"니들 지금 텔레파시 보내냐?"

수동이 간신히 몸을 일으키며 의자에 올라앉았다. 그리고 담배를 하나 꺼내 물었다.

"완전히 물렸네. 아지트가 당신 생각보다 체계적이란 말이야. 나는 그저 덩치 믿고 아지트를 지키는 수문장이고 우에다는 영업, 저 친구들은 현장을 뛰며 일을 처리했어. 이런 중요한 순간에는 항상 우에다의 재치가 발휘되었지."

수동은 연기를 코로 길게 내뿜으며 정화를 가리켰다.

"난 이런 걸 결정할만한 사람이 아니야. 머리가 나빠."

수동은 자신만만하게 의자에 편히 기대며 카노와 요스케를 불렀다.

"결정은 너희들이 해."

먼저 요스케가 허리춤에서 유에스비를 꺼냈다. 카노가 옆에서 요스케의 손을 덥석 잡았다. 그리고 고개를 절레절레 흔들었다.

둘은 유에스비를 가지고 입씨름을 하기 시작했다. 요스케는 어차피 일도 틀어지고 우에다가 죽은 이후로 줄곧 아지트를 옮기고 싶어했다. 이 기회에 아지트가 묵사발이 나느니 유에스비를 넘겨주고 다른 곳에서 새 출발을 하자는 쪽이었다. 그러나 카노의 입장은 달랐다. 하라마치구미의 발이 닿지 않는 곳은, 열도 내에는 없다. 그렇다고 외국으로 뜰 만한 여력도 없었다.

결정을 미룬 수동은 둘의 논쟁을 제멋대로 끝냈다.

"난 요스케 쪽."

"뭐?"

카노가 반문하고 나섰다. 수동은 줄담배를 피우며 테이블의 마작패를 만지작거렸다.

"이 무서운 누님도 문제지만, 사실은 그게 아니잖아. 우에다가 죽었어. 지금이야 숨기고 있지만 하라마치구미에서 실태를 아는 건 시간문제야. 그들은 점점 옥죄어 올 거야. 나는 아니지만 내 친구들은 전부 전문가들뿐이니까 쓸모가 많겠지. 그럼 나 같은 놈은 고기 방패로 쓰이고 친구들은 부당한 사업에 이용당하겠지. 맞잖아? 그러니까 새로이 시작해보자고. 돼지 같은 야쿠자 놈들에게 손 잡히느니 뒈져버리는 게 나아."

카노는 고개를 푹 숙였다. 요스케가 USB를 넘겨주었다. 정화는 USB를 받고 이리저리 만지작거렸다. 정화는 사실 이런 신문물과는 전혀 친분이 없었다. 최대한 티 안 내고 USB를 흔들어대며 태연하게 물었다.

"음. 이건 어디에 쓰이는 열쇠지?"

수동은 벙찐 얼굴로 정화를 나무랐다.

"USB잖아."

"알아. 그러니까 증거가 들어있는 금고 같은 거 딸 때 쓰이는 거 아니야."

정화는 얼굴을 쳐들고 자신감을 내보였다.

"그 금고 어디에 있는데?"

"USB가 금고야. 컴퓨터에 연결하면 증거가 나오겠지. 아무리 무식하게 힘만 쓴다 하지만 나도 알고 있는데..."

정화는 USB를 품 안으로 챙기며 발을 들어 수동을 위협했다.

"나도 알아 임마. SUV."

수동이 화를 참으며 중얼거렸다.

"아. 갑자기 판단이 안 서네. 한판 더 붙어볼까..."

정화는 삼단봉을 다시 허공으로 치켜들며 요스케와 카노를 가리켰다.

"마지막으로 묻겠다."

수동이 비아냥거렸다.

"세일러문이야, 뭐야..."

정화는 무시하고 말을 계속했다.

"내 방 털어간 것도 너희들 짓이지?"

수동이 피식 웃으며 카노와 요스케에게 말을 전했다. 카노와 요스케는 눈치를 살피며 주억거렸다. 정화는 예상과 달리 안도하며 자신을 위로했다.

"그래. 다시 생각해보니까 그렇겠더라고. 역시 내가 감이 좋아."

정화는 주위를 살피다가 한숨을 푹 내쉬었다. 그리고 뒤로 돌아서며 문 쪽으로 향했다. 카노와 요스케, 그리고 수동이 정화를 모아보는데, 정화의 발이 멈추었다.

"담배 한 대만 빌려줘 봐."

"에휴."

수동이 가서 담배를 꺼내주었다. 그리고 불까지 붙여주었다. 정화는 담배를 물고 수동의 머리를 쓰다듬어 주었다.

"동생 같아서 해주는 말인데..."

수동이 머리를 쓰다듬는 정화의 팔을 뿌리치며 뒤로 물러섰다. 정화는 비틀거리는 수동의 머리를 팔로 휘감으며 말을 이어갔다. 정화의 팔에 묶여있는 수동의 얼굴은 홍조를 띠었다.

"니들 친구 우에다, 너희가 죽인 거야."

수동의 눈이 커졌다.

"내가 쪼금 엿들었는데. 새로 시작하는 게 맞다. 친구 배웅 제대로 하고 다시 살아라."

정화는 수동을 머리를 풀어주고 방문을 나서며 한 마디 더 보탰다.

"통역해. 수동이."

엉망진창이 되어버린 아지트 안에서 닫혀버린 방문을 멍하니 바라보는 수동은 욕을 지껄였고, 말을 통역해달라며 조르는 카노와 달리 요스케는 말을 알아들은 듯 꺼이꺼이 목 놓아 울기 시작했다.

정화는 방을 나가 여전히 바닥에 자빠져있는 프랭크를 보았다. 몇몇의 친구들이 효과도 없는 치료를 해주고 있었다.

정화는 프랭크의 다리에 상처를 살펴보았다. 그리고 엄살을 부리는 프랭크의 머리를 딱하고 때려버렸다. 친구들은 질겁하며 물러섰고 프랭크는 짜증을 내며 정화를 쏘아보았다.

"괜찮아. 다 정강이 쪽에 박혔네. 대충 빼고 붕대 감고 짐이나 싸라."

전혀 알아듣지 못한 프랭크와 친구들은 황당한 얼굴로 정화의 뒷모습을 지켜볼 수밖에 없었다.

정화는 유유히 건물을 빠져나왔다. 바람이 시원하게 골목으로 불어왔다. 정화는 머리를 넘기며 손에 든 USB를 이리저리 훑어보며 걸어갔다. 짧은 머리가 바람에 휘날렸다. 정화는 트레이닝복의 후드를 뒤집어썼다. 그리고 USB를 꼭 쥐었다.

오사카의 어두운 밤 골목. 바람 소리만이 들려오는 적막한 길 위에서. 후드 아래로 정화의 매서운 두 눈이 불을 켰다.

"이세영이... 이 개새끼가..."

***

늦은 밤. 선진의 스포츠 세단은 한적한 외곽도로를 질주했다. 차가 없고 시야가 짧아서 그런지 자꾸만 졸음이 몰려왔다. 선진은 잠을 깨기 위해 음악을 크게 틀어봤지만, 머리만 저릿하고 정신이 사나워서 금방 전원을 꺼버렸다.

그래서 과라나가 함유된 졸음을 쫓아주는 껌을 씹었다. 처음에는 혀가 아릴 정도로 매운 껌의 맛에 놀랐지만, 껌을 씹을수록 졸음에 기능을 못 하던 머리에 피가 도는 느낌이 들었다.

선진은 네비게이션을 확인하며 구시렁거렸다.

"병원이 이렇게 멀어서야 되겠어? 졸음운전으로 병원 가기도 전에 환자가 환장하겠네."

선진은 창문을 열고 끝 겨울의 시원한 바람을 맞았다.

"공기는 좋네."

선진은 쓴웃음을 지으며 껌을 딱딱거리며 엑셀레이터 페달을 꾸욱 밟았다. 천장에 달빛이 드리우는 차가 한적한 도로를 쏘아갔다.

멀리 단층 건물의 수호병원이 보였다. 병원과 그 일대 상점들이 편의점만 빼놓고 전부 다 문을 닫았다. 그 덕에 아예 눈앞에 깜깜하지는 않았다.

선진은 병원 앞으로 차를 정차했다. 차에서 내려 병원을 살펴보았다. 불이 꺼진 병원은 왠지 음산한 분위기였다. 선진은 인기척을 찾으려 노력했지만, 주위 일대가 공포영화 세트장 같았다. 인기척이 없는 학교와 병원은 께름칙하다 생각했다.

선진은 하릴없이 주위를 거닐며 휴대전화를 꺼냈는데, 병원 끝 작은 입구로 수호가 손을 내밀며 반겨주었다. 선진은 자기도 모르게 발걸음이 빨라졌다.

"무슨 동네가 이래요?"

"입원한 환자가 없어요. 오는데 고생했겠네요."

"동네는 으시시하고 선생님 머리는 부스스한 게 자다 깼어요?"

수호는 머리를 괜히 손으로 털어 보이며 눈을 꿈뻑거렸다.

"잠이 모자라서..."

선진은 어깨를 들썩였다.

"환자도 없다면서요."

"입원을 안 하는 거지, 낮에는 동네 온 주민들이 다 찾아와요."

수호는 건물 안으로 안내를 해주며 먼저 어두운 복도를 걸어갔다.

"들어와요."

선진은 비상구의 초록색 불빛만이 어둠을 밝혀주는 복도를 걸어 수호 뒤로 따라갔다. 복도 전구에 불이라도 좀 들어와 줬으면 좋겠는데 자동센서 따위는 존재할 리 없었다. 주저거리는 선진에 비해 수호는 익숙한 듯 어둠 속으로 거침없이 걸어갔다.

선진은 발 앞이 너무 깜깜해서 벽을 짚어가며 스위치를 찾아도 보았지만 소용없었다. 그러나 복도 끝에서 수호가 불을 켜주었다.

"스위치가 복도를 걸어가기 전에 있어야지... 다 걸어가서 있어요?"

"제가 켜주려고요."

수호는 선진이 올 때까지 기다려주었다. 둘은 복도 끝에서 좌측으로 꺾어 들어가 문을 열었다. 그리고 어두운 복도를 더 걸어가 계단을 올랐다. 2층 병실에 도착한 둘은 서둘러 불을 켰고, 선진은 침대로 수호는 맞은편에 의자를 놓고 앉았다.

선진은 문 닫은 병원 빈 병실에 둘만 남아있는 게 뻘쭘했다. 한 마디 먼저 꺼내기가 부담스러워 껌만 열심히 씹어댔다.

반면에 수호는 차트를 넘기는 모습이 자연스러웠다.

"일은 어때요?"

선진은 가만히 앉아서 손가락으로 장난을 치고 있었다.

"그냥 그래요."

"많이 바빠요? 병원 문 닫고 찾아올 만큼?"

"아직 점심도 못 먹었는데요."

수호는 고개를 갸웃거렸다.

"점심이요? 지금 한참 밤중입니다만."

"그러게요."

수호는 식사에 대한 고민을 삼키는 대신 진료에 대한 질문을 먼저 꺼냈다. 심리적인 증세가 신체적인 장애로 발생한 적은 없는지. 밤사이 망상과 악몽이 길어져서 현실로 돌아오기가 힘들진 않았는지. 우울증이나 조울증이 심해져서 안 좋은 생각을 하지는 않았는지 등의 세세한 질문들이었다.

수호는 미리 질문들을 준비했던 게 분명했다. 핵심을 찌르는 질문들은 평소 선진이 경중을 가리지 않고 겪으나, 쉽게 입 밖으로 내지 못하는 일들이었고 설명하기 힘들어 인정하지 않고 피해 다녔다. 그러나 수호가 아주 태연한 얼굴로 너무 당연하다는 듯이 먼저 이야기를 꺼내주니 고마울 따름이었다.

"처음에는 악몽에 시달리며 술을 찾고 밤을 방황하며 정신이 하나도 없었어요. 그런데요. 지금은 너무... 조용해요. 너무 고요해요. 집에 들어가서 문을 닫는 순간부터 위층이나 아래층의 소음이라도 들렸으면 해요. 너무 적막해서 견딜 수가 없어요. 달리 심정의 말을 전할 친구도 없고요. 있다고 해도 그러고 싶지도 않아요. 모두의 상식에서 벗어나 버린 나의 상태는 그들에게 조금도 공감이 될 수 없으니까요. 나름 용기 내서 괜한 말을 입 밖으로 꺼냈다가 화를 입은 적이 많거든요."

수호는 잠자코 선진의 말을 들어주었다. 평소처럼 차트에 집중하지 않았고 두 눈은 오로지 선진을 향했다.

선진은 숨을 길게 내쉬고 말을 이어갔다.

"그런데 선생님은 조금 달라요. 내가 먼저 말을 건 사람은 선생님이 처음이거든요."

"영광이네요."

선진과 수호는 미소를 머금었다. 선진은 물을 찾았고 수호는 병실 작은 냉장고에서 생수를 꺼내 건네주었다. 선진은 물로 마른입을 적시고 수호에게 다시 건네주었다.

"웃긴 이야기 하나 해드릴까요. 저는 어렸을 때부터 속마음을 터놓고 싶다는 생각 자체가 없었어요. 아무리 가까운 사이여도 사람이 다른 사람을 이해하기란 아예 불가능하다는 것을 알고 있었거든요. 그래서 항상 생각한 게 딱 나 같은 사람 한 명 있었으면 좋겠다 생각했죠. 남이 들으면 징그러운 얘기겠지만 정말 그걸 바라고 바랐어요. 그럼 평생 외롭지 않겠다 생각했어요."

"도플갱어 같은 건가요?"

"굳이 설명하자면 그런 거죠. 그런데 도플갱어는 만나면 한쪽이 죽음을 맞이한다고들 하잖아요. 저는 도플갱어와 친구가 되고 싶어 했던 거죠. 제가 정한 완벽한 친구 사이는 그 정도는 되야 한다는 얘기에요. 그렇지 않다면 전부 거짓말이죠. 모른 척하고 알아들은 척하는 거예요. 사실은 전부 다 다른 생각을 하고 있으면서."

선진은 어느새 서글픈 얼굴이 되었다. 수호는 그녀의 이야기가 단순해서 귀여우면서도 마음에 와닿았다. 그녀의 마음은 생각보다 고립되어 있었고 오랜 시간 방치되어 쌓아온 마음의 담이 생각보다 높고 견고했다. 그것을 깨부수려면 그녀가 스스로 자신에 대해서 설명하고 표현하는 방법이 가장 좋다. 그것을 알지만 너무 노골적으로 이야기를 유도하는 것은 그녀에게 반감을 줄 수가 있으니, 이쯤에서 다음 치료를 들어가는 게 좋다고 생각했다.

"많이 외로운 유년기를 보냈군요."

"글쎄요. 또 외로운 걸 즐기는 타입이라."

"예를 들면...?"

선진은 고개를 꺾으며 추억을 시작했다.

"외로우면 술도 맛있고요. 혼자 거리를 걸어도 분위기가 나죠. 그리고 영화도 주로 혼자 보는 편이고 책도 집중이 잘 돼요. 모든 감정은 외로움에서 시작되는 것 같아요."

"들어보면 위기를 잘 극복해내는 타입인 것 같군요."

"그런데 위기가 너무 많이 찾아와서요."

선진의 농담 같은 대답에 미소를 주고받았다.

"그럼 다음 진료실로 자리를 옮길까요?"

선진은 의아한 얼굴로 되물었다.

"네? 그럴 필요가 있어요?"

"준비할 게 좀 있었어요."

수호는 자리를 털고 일어나며 선진을 안내해주었다. 그리고 앞장서서 계단을 내려가 아까 1층 복도의 우측 방문을 열어 재꼈다.

전등이 파르르 떨리며 겨우 불을 밝혔다. 은은한 전구 빛 아래로 작은 목재 식탁이 있었다. 그리고 주위로 작은 침대와 책을 산처럼 쌓은 책상이 보였다. 이 모든 게 6평 남짓한 작은 방에 모여 있었다.

수호는 식탁으로 선진을 안내하며 방 너머로 휙 들어갔다.

수호가 들어간 문이 낡은 철문이었기에 화장실쯤 되나 싶었지만, 그곳에서는 주방에서 들을 수 있는 식기 소리가 들려왔다. 선진은 가만히 식탁 한가운데의 기다란 호리병에 담긴 조화를 만지작거렸다. 생화인지 확인하기 위해서였지만 조화인 것을 알고 만지는 것을 그만두었다. 신기하게도 향은 나지만 생기는 없었다.

수호는 화장실 같은 공간에서 음식을 옮겨왔다. 새것처럼 빛이 흐르는 아주 큰 접시에 스크램블과 소고기같이 보이는 정체불명의 고기와 야채를 곁들인 볶음 요리. 생전 본 적 없는 요리에 박수는 나오지 않았다.

수호는 자신 있게 접시를 나르고 와인을 한 병 가져왔다. 칠레산 와인인 것 같은데, 역시 본 적 없는 와인이었다.

"식욕이 없을 거라는 걸 알고 미리 준비해 둔 거죠. 저녁을 먹었을 리가 없다고 생각했어요. 그런데 점심도 안 먹었을 줄은 몰랐죠. 그래서 양을 더 넣었어요. 나름 준비했으니까 사양은 하지 마세요."

똑 부러지는 그의 말과 상반되는 엉성한 요리를 마주하자 자꾸만 실소가 터져 나왔다. 비웃고 싶은 건 아니었다. 옹고집으로 출세를 포기하고 권세와 맞서 이런 후미진 곳에서 병원을 홀로 지키며, 책상에는 책을 산처럼 쌓아두고 살아가는 사람이 준비한 음식은, 그의 성질이 고스란히 담겨있었다. 투박하나 꾸며짐이 없고 멋은 없으나 정이 느껴졌다.

선진은 가벼운 마음으로 포크를 들었다.

"치료가 될지는 먹어보고 말씀드릴게요."

수호는 쑥스러운 듯 웃음을 손으로 가리며 선진의 먹는 모습을 지켜보았다.

"음."

"으음?"

수호는 기대에 찬 얼굴로 그녀의 칭찬을 기다렸다.

"딱 요리를 먹기 전에 상상했던 그 맛이네요."

"음. 역시 요리로 칭찬을 기대하는 건 무리였군."

"칭찬인데요."

"너무 덤덤해서 못 알아들었네요."

둘은 농담을 주거니 받거니 하며 늦은 저녁을 먹으며 와인을 홀짝였다. 선진은 의외로 먹성이 좋은 수호의 모습에 놀랐고 그릇을 싹 비운 자신에게 다시 한번 더 놀랐다.

수호는 빈 그릇을 치우며 기뻐했고 와인을 한 병 더 가져왔다. 선진은 냅킨으로 입가를 조심스레 닦으며 반색했다.

"환자에게 술을 너무 많이 권하는 거 아니에요?"

수호는 들고 있던 와인을 가슴으로 당기며 답했다.

"이건 제거에요. 그쪽은 엉망인 요리를 입가심하라고 한 잔만 드린 거고요."

"평소에도 와인을 즐겨 마셔요?"

수호는 콸콸콸 와인을 잔에 따랐다.

"네. 한번 맛본 이후로는 다른 술은 잘 안 마셔요. 그렇다고 비싼 와인을 즐길 만큼 고급 입맛은 아니지만 색과 향이 좋아요. 코를 찌르는 알싸한 맛도 좋고."

수호는 와인을 한 모금 입으로 가져가고 나서 잔을 들고 지그시 바라보며 말을 이어갔다.

"그리고 조금은 별종으로 보이겠지만... 평소 많이 보던 색이거든요."

선진은 수호의 우악스러운 취향에 움찔했다. 그가 자주 보던 색이라면...

"어때요. 저도 만만치 않죠?"

선진은 경악하며 맞받아쳤다.

"약을 좀 나눠드릴까 봐요."

수호는 선진의 말에 허공을 검지로 때렸다.

"그게 말인데요. 요즘은 수면을 잘 취하나요?"

"오히려 피곤하면 잠이 잘 안 와요. 술에 기대지 않으려 약을 찾지만 그렇게 효과도 없어요. 그래서 책을 읽어요. 그러면 조금이나마 편하게 잠들 수 있어요."

"좋아요. 방법을 찾았군요. 그게 아주 중요해요. 그렇다면 이제부터 약을 좀 줄이도록 할 거예요. 점차 약을 줄여나가고 식사량을 늘려요. 가능하면 충분한 운동을 해주는 것도 잊지 마시고요."

선진은 입을 닫고 소녀처럼 주억거렸다. 수호는 만족한 듯 와인을 입으로 가져갔다. 그의 얼굴은 이미 홍조를 띠고 있었다. 선진은 그의 얼굴을 훔쳐보며 입술을 깨물었다. 저런 남자를 귀엽다고 느껴도 될까나. 선진의 마음이 일렁였다.

"음주 중에 환자를 진찰해도 되는 거예요?"

수호는 어깨를 들썩였다.

"필요하다면 볼일 보면서도 진찰할 수 있는데 말이죠."

선진은 얼굴을 찌푸렸다.

"꼭 그런 비유를 해야 돼요?"

"듣기 좋은 말은 왠지 낯간지러워서..."

선진은 자신과 비슷한 구석이 많은 수호가 마음에 차올랐다. 애써 마음을 진정시키며 그의 눈썹부터 손가락 끝까지 유심히 관찰하였다. 어딘가에 덫이 있을 거야. 이게 모두 연기일 수도 있어.

괜한 의심이 자신의 마음을 더욱 확신할 수 있도록 만들어주었다. 선진은 그에 대한 감정을 추스를 수가 없어 오늘은 이쯤에서 자리를 뜨기로 마음먹었다.

"손수 준비해주신 요리에 아끼는 와인까지, 간만에 정말 잘 먹었네요."

선진은 시계를 확인하며 자리에서 일어났다.

"너무 늦기 전에 이제 가봐야겠어요."

수호도 같이 자리에서 일어섰다.

"벌써 운전해도 괜찮겠어요?"

"아시겠지만 와인 한잔으로는 기별도 안 와요."

선진은 가방을 챙기며 자랑을 덧붙였다.

"제 주량 아시면서."

선진의 천진난만한 얼굴에 수호는 엄중히 경고를 주었다.

"그래서 말인데 방은... 청소 좀 했어요? 술을 계속 찾으면 약은 소용없어요. 그리고 위험하니까요. 그러니까..."

선진은 수호의 말을 자르듯 얼른 대답했다.

"네. 선생님."

그의 말이 잔소리처럼 들리지 않았다. 그가 주치의로 다가오지 않았다. 조금만 더 그의 염려를 담은 충고를 듣고 있으면, 웃기지도 않는 타이밍에 고백이라도 할 것만 같았다. 선진은 자신의 감정을 숨길 줄을 모른다. 그런 방법도 모르며 그래야 하는 이유도 몰랐다. 직설적인 성격은 인관관계나 사무관계에 있어서는 장점이 있었지만, 지금은 그렇지 않다. 이런 감정은 고등학생 때 이후로 처음이었다.

선진은 감정을 숨기고 싶었고 급해 보이고 싶지 않았다. 민망해진 수호를 뒤로하고 방문을 열었다.

어두운 복도를 걸어나가는 동안 수호는 불을 켜주었고 뒤로 따라왔다. 등 뒤로 들리는 구두 소리는 여자에겐 항상 공포로 다가왔지만, 그의 발소리는 든든했다. 언제든 내 뒤를 봐주었으면 했다.

병원 앞 공터 주차장의 차와 가까워지자 그의 발이 앞질러 갔다. 그리고 차 문을 한 손으로 짚었다. 차 문을 막고 저 혼자 어려운 난제를 만난 듯 머리를 휘저었다. 그의 어깨라도 잡아주고 싶었다. 그리고 그가 지금 어떤 고민을 하는지 알 것 같았다.

"데려다주고 싶지만... 그게 더 위험하겠어요."

"마음만 받을게요. 고마워요."

"그래요. 그런 거 왠지 안 좋아하실 것 같으네."

선진이 표정을 없애고 멀뚱히 바라보았다.

"좋은데요. 그런 거. 남자가 집 앞까지 모셔다주는 그런 거 한번 받아보고 싶은데요?"

"아 그래요? 따로 적어놔야겠다."

수호는 차 문에서 나와 비켜주었다. 선진은 차에 오르자마자 창을 열었다. 차는 슬슬 후진을 하기 시작했고 수호는 쫄래쫄래 주머니에 손을 넣고 차를 따라 걸으며 말을 붙였다.

둘은 손 인사를 끝으로 아쉬운 작별을 해야만 했다.

선진의 차는 미련 없이 떠났고 수호는 아쉬움이 많이 남아 한참을 주차장에서 서성였다.

선진은 졸린 눈을 비비며 운전에 집중했다. 한 손으로는 운전대를 잡고 한 손으로는 블루투스에 연결된 휴대폰을 만졌다. 그리고 전화를 걸었다. 차 내에 통화 연결 음이 울려 퍼졌다. 선진은 풀린 눈을 크게 뜨며 껌을 찾았다.

"어. 나야."

선진은 껌을 입에 구겨 넣다가 사레가 들어 켁켁거렸다. 이어서 진정되자 입을 훔치며 통화가 연결된 전화기를 확인하였다.

"어찌 여행은 무탈하세요?"

"내일 아침 비행기야. 이틀을 못 참고 그래."

"누가 누구를 걱정하는 건지 모르겠네."

"지금 걱정해주시는 거였어? 출근 안 한다고 갈구는 건 줄 알았지."

선진은 껌을 딱딱 씹으며 화를 참았다.

"그래서 뭐 하고 있는 건데? 진짜 끝까지 말 안 해줄 거야?"

"내가 왜 여기 와 있겠어. 가서 다 말해줄게."

선진은 말의 요지를 자꾸만 숨기는 정화가 의아하고 짜증 났다. 어떤 심경의 변화가 왔는지 공항 가는 길이면 비행기가 답답하다고 항상 투덜댔던 애가, 혼자 일본으로 떠났다니까 분명 그 내막이 존재할 터였다. 상황이 만만치 않으니까 급하게 단신으로 떠난 것임이 확실했다.

갑자기 전화해서 통역을 시켰을 때 상황이 만만치 않았던 것 같은데 일전의 사건과 관련이 있는 걸까. 선진은 살인의 단편이 떠올랐다. 그때의 기억이 머릿속에 파노라마처럼 지나갔다.

눈앞이 흐릿해지고 두통이 심하게 찾아왔다. 선진은 골이 흔들리는 바람에 운전대를 놓치고 머리를 부여잡았다.

얼굴을 잔뜩 찌푸리자 가늘게 뜬 눈으로 앞의 시야가 돌아왔다. 차는 도로를 꺾어 질러 가드레일로 돌진했다. 선진은 눈을 아예 질끈 감아버리며 짧은 비명과 함께 운전대를 반대로 돌렸다.

끼이이이익. 공허한 도로에 선진의 차가 옆으로 십 미터 남짓 미끄러졌다. 선진은 가쁜 숨을 몰아 내쉬느라 고개를 들 수가 없었다. 휴대폰에서 비명소리가 전해졌는지 그녀의 격앙된 음성이 들려왔다.

"선진아! 여보세요!"

선진은 머리를 붙잡고 다시 차를 몰아 도로 가에 세웠다.

"야! 무슨 일이야! 괜찮아?"

선진은 부들부들 떨리는 팔을 뻗어 네비게이션 옆에 거치된 휴대폰을 집어 들었다. 그리고 공포 어린 얼굴로 차창 너머를 살펴보았다. 타이어 자국이 선명하게 도로에 남아있었다.

운전석이 답답하게 느껴졌다. 선진은 홧김에 전화기를 들고 차에서 내렸다. 타이어 탄 냄새가 코를 자극했다.

"어어. 잠깐 졸았나 봐."

"전화하면서 운전하는 애가 졸았다고? 말이 돼! 그게!"

전화기가 성을 내서 귀가 깜짝 놀랐다. 선진은 휴대폰을 멀찍이 귀에서 띄어 놓고 차에 기대섰다.

"괜찮아. 귀 빼고는 지금 무사하니까."

"귀는 왜! 다쳤어?"

"여간 소리치니까 귀가 멍멍해서."

"...괜찮아?"

"응."

선진은 팔을 바꿔 전화기를 들었다.

"그래서 내일 아침에 도착해?"

"아침 9시 도착이야. 출근길은 못 봐줘. 회사로 들어갈게."

"그래."

선진은 한숨을 푹 내쉬었다. 온몸에 잔뜩 들었던 긴장이 풀어졌다. 선진은 차에 기대서 그대로 쭈그려 앉았다. 위기의 순간에 정화가 없어서 그랬는지 찰나에 공포가 더욱 무섭게 찾아왔었다.

다시 생각해보았다. 그 순간에 삶에 대한 미련이 무엇이었을까. 사실은 겁이 많은 타입이었을까. 아니. 나에겐 그가 생겼고. 끝의 순간에 그녀가 곁에 없었다. 삶에 대한 미련은 아무리 생각해도 그뿐이었다. 선진은 다시 한숨 쉬듯 중얼거렸다.

"보고 싶다."

"...진짜 괜찮은 거지?"

선진은 다리를 배배 꼬며 타이어 자국을 가만히 바라보았다. 그리고 쓴웃음을 지었다.

"그래도 살고 싶은가 봐."

차가 없는 한적한 국도 한가운데서 차 앞에 기대고 쭈그려 앉아 전화하는 선진에게 은은한 달빛이 비쳤다.

선진과 정화와의 전화는 한참이나 계속됐다.

***

가슴을 때리는 무거운 비트가 흐르는 클럽 안, 젊은 남녀들이 음악에 정신을 팔아버리고 서로 몸을 비비며 춤을 추고 있었다. 웨이터들은 바쁘게 클럽 안을 쏘다니며 술을 팔았고, 곳곳에 설치된 작은 무대에서 짧은 원피스를 입은 여자들이 골반을 돌리느라 바빴다.

그중 한 명의 웨이터는 이어링 무전기를 끼고 인파 속을 헤메이고 있었다. 웨이터는 이어링에 대고 물었다.

"몇 시 방향입니까."

웨이터는 천장의 CCTV를 흘끗 쳐다보았다. 대답을 기다리는 중이었다. 곧 이어링으로 지시가 떨어졌다.

웨이터는 멀리 새빨간 원피스를 입고 양손을 위로 뻗어 샤워하듯 춤을 추는 여자를 발견했다. 긴 생머리. 연분홍 입술. 진한 아이라인과 몸을 움직일 때마다 짤랑이는 귀걸이. 웨이터는 침을 꼴깍 삼키며 이어링을 손으로 잡고 그녀에게 가기 위해 앞의 인파 속을 돌파했다.

"선구안 하나는 탁월하십니다. 만루홈런이네요."

vip룸의 내부는 아주 넓고 조용했다. 고급 가죽 소파가 마주 보고 있는 테이블에는 수많은 고가의 술과 신선한 과일, 생율이 자리를 차지했다. 소파에 옆으로 다리를 꼬고 앉아 담배를 피우며 초소형 무전기를 들고 있는 세영이 자리에서 벌떡 일어섰다.

"그래. 바로 걔야!"

세영이 무전기로 환호하며 노려보고 있는 것은 전면의 벽을 가득 메운 cctv 생중계 화면이었다. cctv는 여러 화면으로 나뉘어져 클럽 안의 여자들을 생중계 해주고 있었다.

세영은 머리를 귀 뒤로 넘기며 흥분했다.

"왜? 왜 싫다는 건데?"

세영은 테이블에서 담배를 찾으며 소리쳤다.

"어떻게든 데려와! 데려오면 한 달 월급 한 번에 땡겨 줄 테니까!"

빵빵한 쿠션으로 이루어진 문 옆에 서 있던 문지기가 황급히 다가와서 세영의 담배에 불을 붙여주었다.

세영은 신이 나서 문지기의 어깨를 탁 때리며 무전기를 들었다.

"그래! 걔만 데려오면 형이 맨날 너만 찾을게!"

세영은 호탕하게 웃으며 무전기를 껐다. 그리고 문지기에게 손짓을 하며 앞의 술을 들이켰다. 문지기는 재빠르게 주머니에서 리모콘을 꺼내 cctv화면을 바꾸었다. 정확히 9대의 tv에서는 야하다 못해 선정적인 외국 힙합 뮤직비디오가 흘러나왔다. 이어서 문지기는 문 옆의 스위치를 눌렀다. 조명이 어두워지며 은은한 적색 불빛을 연출했다. 여자를 받을 준비를 끝낸 문지기는 옷을 여미고 두 손을 모아 대기했다.

세영은 신이 난 듯 소파에 엉덩이를 붙이지 못하고 술을 세팅했다. 그리고 담배를 급히 끄며 무전기를 문지기에게 넘겼다. 문지기는 얼른 뛰어가 무전기를 받아들고 양복 속주머니에 숨겼다.

똑똑똑. 웨이터의 노크 소리가 들려왔다. 문지기가 문을 천천히 열어주었고 웨이터는 새빨간 원피스의 여자를 룸 안으로 안내했다. 문이 열리자 클럽의 음악 소리가 희미하게 들려왔다. 세영은 자리에 앉아서 여자에게 손 인사를 건넸다.

여자는 방안의 고급스러운 인테리어에 놀라며 경계했다. 웨이터는 때를 놓치지 않고 여자의 등을 밀어주며 익살스러운 농담들을 건넸다. 여자는 그제야 긴장을 풀며 세영 맞은편으로 앉았다. 웨이터와 문지기가 방문을 닫고 나갔다.

세영은 신경도 쓰지 않았지만, 여자는 문을 나가는 웨이터와 문지기를 끝까지 쳐다보았다. 세영은 능숙하게 잔을 돌리며 여자 앞에 놓아주고 술 쪽으로 손짓을 하며 선택을 권고했다.

"좋아하시는 술 있어요? 웬만한 술은 다 있는데. 취향을 아직 잘 모르니까..."

세영은 말끝을 흐리며 여유 있는 웃음을 주었다. 여자는 잔을 들어 보이며 옅은 미소로 답했다.

"그냥 그쪽이 드시던 거 주세요."

세영은 앞의 술병을 들어 흔들었다.

"현명하시네. 시중에 구하기 힘든 술입니다. 이보다 더 맛이 깔끔한 위스키는 먹어 볼 수 없을 겁니다."

여자는 어깨를 들썩이며 술을 받았다. 그리고 세영과 가볍게 잔을 두드리며 건배를 나누었다.

뚜르르르르. 뚜르르. tv의 외국 힙합 가수의 랩이 휴대폰의 벨소리를 먹어치웠다. 뚜르르르. 휴대폰은 진동과 벨소리를 동시에 울리며 테이블 위를 돌아다녔다. 결국 세영의 가녀린 손이 튀어나와 휴대폰을 덥석 잡았다.

"어. 형."

세영은 여자의 허벅지 위에서 전화를 받았다. 여자는 입술을 깨물고 고개를 뒤로 젖힌 상태로, 손으로는 세영의 뒷머리를 쓰다듬어 주고 있었다.

"뭐? 이런 미친년이 진짜!"

여자가 깜짝 놀라서 젖힌 고개를 굽히고 세영을 바라보았다. 그리고 세영의 뒷머리를 주무르던 손을 놓았다. 세영은 여자를 보며 어색하게 웃었다.

"아니야. 너한테 그런 거 아니야. 전화 때문에 미안."

여자는 의아한 얼굴로 당황하며 몸을 슬슬 뺐다. 세영은 여자의 허벅지를 잡아당기며 계속 통화했다.

"알았어. 형. 내가 금방 다시 전화할게."

세영은 전화를 끊고 다시 테이블 위로 던졌다. 그리고 여자의 허벅지를 훑고 올라가기 시작했다. 여자는 신음을 흘리며 다시 고개를 젖혔다. 세영의 손으로 여자의 허벅지를 주무르다가, 여자를 완전히 올라타서 가슴에 얼굴을 묻었다. 그리고 그녀의 옷은 벗기지도 않고 바지를 벗었다.

"아아. 아. 잠깐..."

세영은 그녀의 사정을 봐주지 않고 정사를 계속했다. 고급 가죽 소파는 뽀드득 거리는 소리를 내며 삐걱거렸다. 여자는 세영의 뒷머리를 붙잡으며 그에게 몸을 맡겼다.

"아... 너무 급해... 조금만 천천히..."

세영은 허리를 멈추지 않고 튕겼다. 여자의 몸은 점점 활시위처럼 휘어졌고 신음은 룸 안을 가득 채웠다. 세영은 체위를 바꾸지 않고 그대로 소파에 사정을 해버렸다.

여자는 조금 아쉬운 듯 몸을 일으키며 혀로 입술을 핥았다. 이어서 여자는 세영의 어깨를 짓누르며 위로 올라왔다. 세영은 당황해서 웃음이 나왔다.

"미안해. 나 지금 급하게 나가 봐야 하는데..."

여자는 세영 위에 앉아서 서운한 얼굴을 지었다.

"이제 용무 끝났다 이거야?"

"아니. 이제 시작인데 정말 너무 급한 일이라서 그래. 괜찮으면 여기서 나 좀 기다려줄래?"

세영은 주머니에서 호텔 키를 꺼내 들었다. 여자가 불만 섞인 얼굴로 입을 삐죽 내밀자 한 마디 덧붙였다.

"호텔 스위트룸이야. 내가 도착하는 사이 심심하진 않을 거야."

여자는 내숭을 떨며 팔짱을 꼈지만, 입가에는 미소가 피어났다. 세영이 호소하듯 얼굴을 찡그렸고 여자는 결국 승낙하며 키를 받아들였다. 그리고 세영의 이마에 키스를 하고 이별을 고했다.

"딱 한 시간 줄게. 아니면 그냥 돌아가 버릴 거야."

"오케이. 한 시간. 딱 부러지네."

여자는 우아하게 다리를 들며 세영 옆으로 비켜섰다. 세영은 그대로 일어나 바지를 입으며 휴대폰을 챙겼다. 그리고 그새를 못 참고 새로운 술을 따는 여자에게 문으로 손짓을 했다.

"아까 그 덩치 큰 놈이 호텔로 데려다줄 거야. 걱정하지 말고 그놈 따라가면 돼."

"자기가 늦으면 그 아저씨랑 놀면 되겠다."

여자는 술잔을 돌리며 약을 올렸다. 세영은 피식 웃으며 못 다

입은 옷을 입었다. 그리고 방을 나가며 여자에게 경고했다.

"저 새끼 고자 만들어 버린다."

여자는 웃으며 술을 들이켰고 세영은 그대로 룸을 빠져나와 문지기와 눈인사를 나누었다. 그리고 그대로 복도를 따라 클럽을 나갔다.

세영은 급히 차를 몰아 강성이 있는 곳으로 향했다. 거리는 멀지 않았지만 특징 없는 빌딩을 찾기가 힘들었다. 결국 네비게이션의 도움을 받아서야 서울의 시내 구석진 곳에 허름한 단층 빌딩 앞에 도착할 수 있었다.

세영은 골목에 차를 대충 주차하고 띵한 머리를 쳐들어 빌딩을 올려다보았다. 덕지덕지 붙어있는 간판들이 머릿속을 더 어지럽게 만들었다. 세영은 관자놀이를 양손으로 꾹꾹 눌러보며 빌딩 안으로 들어섰다.

빌딩 2층의 작은 사무실 문 앞에 서서 전화를 걸었다. 사무실에는 문 위로 '최보길 인력사무소'라고 적혀 있는 작고 허름한 현판이 붙어있다. 이어서 전화를 받아들고 배웅을 나온 강성이 문을 열어주었고, 세영은 주위를 살피며 안으로 들어섰다.

쾨쾨한 냄새가 코를 찔렀다. 소파에 먼저 가서 앉아있는 강성이 자리를 안내해주었다. 세영은 강성과 마주 보고 앉아 울렁거리는 속에 커피를 찾았다. 강성은 작은 커피포트의 물을 끓이기 시작했다.

부글부글 물 끓는 소리가 나자 강성은 얼른 커피포트를 들어 올렸다. 그리고 인스턴트 커피믹스를 비닐을 뜯어냈다.

"여기 쓰는 애들이 이런 거 밖에 안 마셔서요."

세영은 담배를 꺼내 물었다.

"아무거나 줘."

강성은 종이컵에 인스턴트커피를 타서 가져왔다. 그리고 머리를 긁적이며 세영과 담뱃불을 나눠 피웠다.

세영은 커피를 마시며 사무실을 살폈다. 정체불명의 도구들이 캐비닛 앞으로 팽개쳐 있고 소파 옆 테이블에는 커다란 지도가 붙어 있었다. 사무실 내 풍경이 범상치 않았다.

"근데 여긴 어디야?"

"아는 동생 사무실인데 가끔 옵니다. 이상하게 여기가 마음이 편해지고 일이 잘 돼서 말이죠."

"심상치 않은 곳 같은데..."

"내 동생이 뭐 세무사나 변호사는 아니지 않겠습니까."

세영은 벽에 걸려 있는 무시무시한 야생동물의 대가리를 발견하였다. 그리고 고개를 돌렸는데 반대편 문 아래로 사람의 머리카락이 희미하게 흩어져 있었다.

"아... 난 절대로 이런 데 끌려 오고 싶지 않네."

세영은 빈 종이컵을 손으로 힘껏 구겨버렸다.

"그년이나 여기 끌고 와서 하루 종일 족쳤으면 좋겠는데."

"혼자 오사카 한복판에 있는 그쪽 사무실을 작살 냈답니다."

"그년 진짜 요즘 보기 드문 독종이네."

강성은 담배 연기를 머금고 천천히 코로 내쉬었다. 그리고 코로 웃었다.

"문제는 그쪽 얼라들이 전부 다 불어버렸답니다. 증거자료도 빼앗기고."

세영은 심각한 얼굴로 손을 깍지 끼고 허리를 숙였다.

"심각한 거 아니야?"

"심각합니다. 지금."

세영은 옅은 미소를 짓고 있는 강성의 얼굴을 확인했다. 어떤 꿍꿍이가 숨겨 있는지 모르겠다만 말처럼 대책 없지는 않을 것이다. 회사가 어려운 일을 만나면 어떤 일이든 감수하고 해결해주는 해결사다. 특히 뒤에서 손 더러운 일을 도맡았으며 한 번도 실패한 적이 없었다. 아주 어린 나이부터 큰 형의 눈에 들었던 사내였다. 세영은 그에 대한 의심을 접기로 마음먹었다.

강성의 재킷 밖으로 진동 소리가 울렸다. 강성은 전화를 받아들며 세영에게 손을 내보이며 양해를 구했다.

세영은 커피를 한잔 더 타려고 자리에서 일어났다. 커피믹스를 직접 타는 일이 참 오랜만이었다. 이런 인스턴트커피도 거의 먹어오지 않았지만, 술기운이 올라온 지금은 달달하니 속이 편해졌다.

아직 바싹 말라있는 입술로 커피를 가져가는데 강성의 통화내용이 귀로 흘러들어왔다.

"어. 고기야. 도착했어? 그 여자는?"

강성은 소파 주위를 걸어 다니며 이야기에 집중했다.

"그래. 내일 아침 비행기라고 하니까 그 전에 알아서 처리해."

강성은 전화를 끊고 나서야 다시 소파로 앉았다. 세영은 커피를 마시며 강성의 통화내용을 곱씹어보았다.

고기라면 언제가 보았던 무지막지한 녀석이었지. 강성과는 형제같이 일을 주거니 받거니 하는 것 같았고 그의 외모를 생각하면 커다란 바윗덩어리가 생각났다.

아무래도 그가 일본에 출장을 나가 있는 것 같았다. 그러나 판단이 서질 않았다. 그 년이 받았다는 증거를 없앨 것인지. 아니면 그 년을 죽일 것인지.

"그 덩치 큰 친구가 처리하는 거야?"

강성은 딴생각을 품다가 문득 세영을 돌아보았다.

"네. 한 번 본 적이 있었나. 아무튼 녀석이 일단락 해결해줄 겁니다."

세영은 침을 꼴깍 삼켰다. 그리고 가장 물어보고 싶은 질문을 꺼냈다.

"죽일 거야?"

"네?"

반문하는 강성은 살인에 대한 질문을 받으면서도 태연하게 미소를 지었다.

"죽이는 거야? 아니면 귀국을 저지하는 거야?"

"그건 상황에 따라서 녀석이 판단할 겁니다."

"확실해?"

세영의 진지한 눈빛이 일회용 종이컵 위로 빛났다. 강성은 고개를 천천히 끄덕이며 세영을 다독였다.

"확실합니다. 한 번도 저를 실망시킨 적이 없는 녀석입니다. 물론 제가 직접 나서길 바라셨겠지만 저는 일이 있어서 그 녀석을 보낸 겁니다."

강성은 두 눈을 동그랗게 뜨고 강조했다.

"저와 분신 같은 녀석입니다. 너무 많은 걱정 하지 않아도 됩니다. 여차하면 제가 직접 나설 거니까요."

"그럼 형 믿고 난 간다."

"어디 간답니까?"

세영의 뒤를 따라 걸으며 강성이 물었다. 세영은 이 와중에 차마 클럽에서 낚아 올린 끝내주는 여자가, 호텔에서 기다리고 있다는 말을 할 수는 없었다. 세영은 천천히 사무실을 걸어 나가며 대신 할 말을 고민했다.

"술이나 한잔 더하려고."

"그럼 운전은 제가 하겠습니다."

강성이 세영과 어깨를 나란히 하며 나섰다.

"아니야. 형. 나 혼자 갈게. 일 있다며?"

"그래도 벌써 술을 많이 드신 것 같은데."

"다 깼어. 그래서 다시 가는 거잖아."

강성이 앞질러 걷기 시작했다.

"안 됩니다."

단호하게 말을 끊어먹은 그는 먼저 차에 도착하려는지 빠르게 걸어갔다. 뒤로 보이는 그의 널찍한 등과 호쾌한 걸음걸이가 조금은 위압감을 주었다. 세영은 터벅터벅 걸으며 그의 걸음걸이를 유심히 바라보았다.

위험한 사내인 건 맞다. 그러나 천우그룹 내에서, 아니 서울에서 큰 사람이 되려면 이 남자를 데려가는 것이 정답이다. 이만한 해결사를 어디에서도 구할 수 없을 것이다. 세영은 그를 따라 차까지 걸어나갔다.

강성이 운전대를 잡고 세영은 조수석에 편히 앉았다. 세영은 차를 타는 동시에 눈을 감았다.

졸리지는 않는데 눈알이 뻑뻑했다. 생각이 많아져서 보이는 것을 없애고 싶었다. 그의 명상을 강성이 훼방 놓았다.

"어디로 가십니까?"

세영은 이 남자를 속이는 짓을 그만두었다.

"하버호텔."

술을 마실 만한 호텔이 아니었다. 주위가 시내도 아니고 호텔 내부에 라운지 바는 소규모였다.

강성은 세영의 취향을 잘 알고 있었다. 강성은 눈 감은 세영의 얼굴을 훑으며 미소를 감추었다. 그리고 세차게 기어를 밀어 넣었다. 강성은 차를 몰아 골목을 빠져나갔다.

세영은 잠이 들지 않았지만, 목적지에 도착할 때까지 눈을 감고 있었다.

***

오사카 성과 그 주위 호수가 훤히 내다보이는 경치 좋은 오사카 성 호텔이 밤하늘에 빛났다. 크기가 거대하고 입구가 오사카 성처럼 단단한 바위들로 이루어져 근엄한 인상을 풍겼다. 밤이 늦어 오가는 사람은 적었지만 입구가 훤해서 누구든지 들락거리기 편했다.

정화는 호텔 앞 벤치에 앉아서 담배를 피우고 있었다. 끊었던 담배는 한번 다시 피우기 시작하자 그동안 억눌러왔던 흡연 욕구가 솟구쳤다. 하물며 이런 것이다. 욕구라는 것은 소멸되는 것이 아니라 기회를 찾으면 봇물 터지듯이 폭발하는 것이다. 정화는 노는 손으로 맥주 캔을 땄다. 추운 날씨 덕에 오래 앉아 있지 못할 것 같아서 급하게 맥주를 들이켰다. 시원한 바람이 같이 목구멍으로 흘러 들어가서인지, 시원함이 배가 되어 자기도 모르게 탄성을 내버렸다.

"캬아."

정화는 주머니의 usb를 꺼내 들어보았다. 이 사실을 선진에게 알려야 할까. 이제야 좀 진정이 된 것 같았는데, 이러한 내막을 알게 된다면 그녀가 다시 패닉에 빠질까 걱정이 되었다. 그렇다고 그냥 묻어둘 수도 없고. 정화는 답답한 마음에 자꾸 한숨을 푹푹 내쉬었다.

바람 쐬고 분이나 풀자고 온 거였는데 머릿속이 더 복잡해졌다. 정화는 멀리 오사카 성의 풍경을 보며 안식을 찾고자 했다. 그래도 마음이 좀처럼 잡히지 않았다.

"몇 대 더 시원하게 패줄 걸 그랬나."

"그만큼 했으면 됐습니다."

정화의 혼잣말에 영문을 모르는 음성이 끼어들었다. 정화는 옆을 쳐다보지도 않고 의문의 음성에 대답해주었다.

"돼지 아저씨야. 좁으니까 딴 데 가서 앉아."

덩치가 대단한 남자가 정화가 앉아 있는 벤치 옆에서 같이 오사카 성을 바라보며 서 있었다. 그는 민머리를 시원하게 내놓고 꽉 끼는 정장을 입고 있었다. 키는 180을 충분히 넘어 보였고 볼록 튀어나온 배는 와이셔츠 단추를 힘들게 했다.

고기는 야경을 감상하며 눈을 가늘게 떴다.

"앉지 않을 겁니다."

"이제야 좀 여행 같으니까 방해하지 말고 가라 그냥."

고기는 양손을 바지 주머니에 찔러 넣었다.

"그것만 넘기면 그냥 돌아가겠습니다."

정화는 화를 참지 못하고 고기를 째려보았다.

"뭔데? 야쿠자야? 아니면 아까 걔들이랑 한패야?"

고기는 민머리를 손바닥으로 비비며 입을 오물거렸다.

"누가 되었든... 중요하지 않습니다."

"중요해. 안 그래도 아쉬웠으니까 내 말이 맞으면 안주 삼아서 한 대 더 패주려고 하거든 지금."

고기는 실소를 흘리며 정화를 내려 보았다. 얼굴에 독기와 광기가 어려 있었다. 여자는 그냥 앉아 있는 듯 편안한 자세이면서도, 언제든지 공격을 막거나 반격을 할 수 있도록 두 발은 땅을 지지하고 있었다.

고기는 그저 별일 없이 증거만 받아 가면 더없이 깔끔한 일 처리라고 생각했다.

"그러지 마시고..."

끄윽. 정화의 트림소리였다. 고기는 덩치가 무색할 만큼 대단히 차분한 성격이었지만 정화의 기습 트림에 살짝 흔들렸다. 순간 짜증이 피어났다.

"두 말 않겠습니다. 좋게 가시죠."

"싫습니다. 싫어요."

고기는 할 말을 잃었다. 말이 통하지 않는 것인지 대책이 없는 여자인지 모르겠다. 고기는 주머니에 꽂은 손을 꼼지락거렸다. 그 찰나 정화가 자리에서 벌떡 일어섰다. 그리고 고기를 슥 쳐다보며 얼굴을 찌푸렸다.

"어휴. 저 살덩이. 후드러 패서 떡갈비를 만들어 버릴까 보다."

고기가 정색을 하고 정화를 노려보았다.

"후회 안 해요?"

"안 해. 싸울 준비 되면 그때 찾아와."

정화는 오사카 성 호텔로 향하며 손을 흔들었다.

"한국에서 보자."

고기의 민머리에 주룩 땀이 흘렀다. 고기는 작은 공원 한가운데

서 그녀의 뒷모습을 바라보며 몸을 풀기 시작했다.

그리고 마지막으로 목을 풀며 입을 쩌억 벌렸다.

"잘 됐다. 먹어 치워야지."

정화는 호텔 지하의 편의점에서 캔 맥주 몇 개를 사서 호텔 방으로 들어갔다. 깔끔한 내부는 생각보다 넓었고, 침대에 앉아 전면 유리창을 바라보면 아까 보았던 오사카 성의 경치가 펼쳐졌다. 정화는 밖을 감상하며 캔 맥주를 하나 땄다.

인상으로 보나 말투나 분위기로 보나 그놈들 패거리는 아닌 것 같고... 한국말이 너무 유창한 걸로 봐서는 너무 한국 놈인 것 같아서 야쿠자는 아닌데... 그렇다면 남은 건 이세영 이 새끼의 수족이겠군. 아니면 기껏해야 사냥개의 자식이거나. 이런 젠장. 오늘 자기는 글렀다.

정화는 욕을 지껄이며 다 먹은 캔 맥주를 찌그러뜨려 휴지통에 골인시켰다. 그리고 바닥에 대충 던져 있는 망치 가방을 열었다. 몇 벌 안 되는 옷을 뒤집고 주머니에서 usb를 빼내 가방 깊숙한 곳에 숨겨두고 다시 단단히 잠가두었다.

정화는 다시 캔 맥주를 따고 침대에 앉았다. 폭신하고 거대한 침대가 울렁거렸다. 정화는 스윽 침대의 새하얀 시트를 만져보았다. 부드러워 느낌이 좋았다. 잠깐 머리를 침대에 옆으로 기대었다.

그녀가 생각이 났다. 전면 유리창으로 보이는 밤하늘의 절경은 온데 간데 어디로 사라졌고 선진의 모습이 떠올랐다.

뾰루퉁하니 입을 대빨 내밀고 있는 선진. 다리를 꼬고 앉아서 껌을 딱딱거리며 씹는 선진. 싱거운 농담에 가끔 보여주는 수줍은 미소. 그녀의 미소가 옅어지며 의사 선생이 선진을 뒤에서 안아주었다. 둘은 무표정한 얼굴로 앞을 쏘아보았다.

정화는 그대로 눈을 감아버렸다. 그녀의 감은 눈 끝으로 눈물 한 방울이 맺혔다.

까마득했던 밤하늘이 시퍼렇게 번져갔다. 창밖으로 까마귀 한 마리가 날개를 피고 하늘을 날았다. 까마귀는 날개를 펄럭이며 창으로 돌진했다. 그 크기가 엄청나서 창 전체를 다 가릴 듯 보였다. 까마귀는 발톱을 세우며 창을 공격했고 날개는 쉴 새 없이 펄럭였다. 위압감에 짓눌려 몸을 움직일 수 없었다. 도망가고 싶었지만 소용없었다. 자세히 보니 깍깍거리며 창을 공격하는 거대한 까마귀는, 배가 볼록하니 튀어나와 있었다.

번뜩. 정화는 눈을 떴다. 얼른 몸을 일으키고 창을 바라보았다. 검푸른 하늘색을 보아하니 이른 아침의 풍경이었다. 그리고 방안을 훑어보았다.

걱정과는 달리 아무런 이상이 없었으며 고요한 적막만이 흘렀다. 정화는 한숨을 내쉬며 어제 먹다 남은 맥주를 들이켰다. 그리고 머리를 긁적이며 욕실로 향했다.

먼저 뜨거운 물로 머리를 적셨다. 어젯밤에는 그대로 잠이 들어버렸나 보다. 그리고 그 고깃덩어리 같은 놈은 나타나지 않았다. 포기한 건 아닐 텐데 적어도 지난밤은 날 죽일 마음이 없었나 보다.

정화는 순간 안 좋은 생각이 머리를 스쳤다. 얼른 샤워기를 잠그고 수건 한 장으로 몸을 가린 채 방으로 뛰어나갔다. 그리고 정신없이 가방을 뒤졌다. 다행히 아직 usb는 숨긴 그 자리에 있었다.

그녀는 안도의 한숨을 내쉬며 자리에서 천천히 일어섰다. 매끈한

다리 위로 보기 좋게 부풀어 있는 탄탄한 힙이 움찔거렸다. 그리고 잔 근육으로 다부진 등과 팔뚝에는 오래된 상처가 많았다. 그녀는 목을 손바닥으로 꾹꾹 눌러주었다.

정화는 멍한 얼굴로 창밖을 바라보며 한참이나 서 있었다.

이른 아침에 호텔을 빠져나와 공항 열차를 타기 위해 남빠역으로 향했다. 새벽 같은 아침부터 사람들로 붐비는 남빠역은 정신이 하나도 없었다.

열차를 타는 플랫폼을 확인하기 위해 표지판을 찾았다. 친절한 표지판은 영어로 쓰여 있어서 간신히 알아먹을 만했다. 간사이공항으로 가는 열차는 2층으로 올라가 오른쪽 깊숙이 걸어 들어가야 했다. 정화는 망치 가방을 어깨에 메고 가벼운 발걸음으로 계단을 두세 개씩 성큼성큼 뛰어 올라갔다.

오른쪽 벽을 따라 조금 후미진 곳을 걸어가는데 전화벨이 울렸다. 상대는 확인하지 않아도 알 것 같았다. 정화는 전화를 받으며 걷다가 주위가 소란스러워서 더 구석진 곳으로 향했다. 그리고 시계를 들여다보았다. 열차 시간까지는 아직 여유가 있었다.

"어."

"어디쯤이야?"

"이제 막 호텔에서 나왔어. 같이 출근 못 한다고 했었잖아."

"알아. 바로 회사로 와. 오늘 오찬 있어."

"나는 굳이..."

"너도 와야지. 같이 간다고 말해놨어."

"알았어. 도착하면..."

투웅. 구석진 곳에서 전화를 하던 정화는 안쪽의 철문으로 날아갔다.

철문에 어깨를 강하게 부딪친 정화는 순간 정신이 몽롱했고 휴대폰은 바닥을 나뒹굴었다. 정화는 엉거주춤하니 중심을 제대로 못 잡았다. 겨우 고개만 돌려 옆을 바라보았다.

구석을 막고 있는 커다란 코끼리의 엉덩이가 보였다. 어제의 민머리가 버티고 서 있었다.

고기는 정화의 머리채를 잡아끌고 철문 안으로 들어갔다. 좁고 낮은 복도가 나있고 곳곳에 청소도구가 비치되어 있으며 사방이 문으로 연결되어 있었다.

고기는 정화의 머리채를 잡고 벽에 집어 던졌다. 정화는 다행히 콘크리트 벽에 머리를 박지 않고 진로를 방해하는 청소도구에 걸려 넘어졌다. 그의 무거운 발걸음 소리가 가까워져 오는데, 눈을 떠도 초점이 맞지 않아 물속에 갇힌 것처럼 시야가 흐렸다. 발끝에 힘을 주고 엉금엉금 기어가기 시작했다. 본능적으로 그의 손아귀에서 벗어나고 싶었다.

고기는 청소도구를 야구글러브 같은 손으로 휙 치워버리고 기어가는 정화를 성큼성큼 따라갔다. 박살이 난 청소도구는 벽에 처박혀 소란스러운 소리를 냈다. 정화는 복도 중간으로 날아간 가방을 향해 기었다. 그러나 고기는 조금도 기다려주지 않았다.

고기는 기어가는 정화의 머리채를 잡고 들어 올렸다. 정화는 압도적인 힘에 이끌려 무기력하게 고기의 손아귀에 끌려갔다. 고기는 수차례 정화의 뺨을 때리고 정화가 기절할 때쯤 다시 복도 돌바닥으로 집어 던졌다. 정화는 매끄러운 복도 바닥을 수 미터나 미끄러져 갔다.

정신을 차릴 겨를이 없었다. 그의 압도적인 힘이 느껴졌을 때에는 공포감이 극에 달했다. 그리고 그의 철갑 같은 손이 뺨을 때릴 때에는 뇌가 한쪽으로 쏠려 나가는 것 같았다. 어떻게든 반격을 해 보려 했지만 틈을 주지 않았다. 이미 정신은 몽롱한데 그의 무거운 발걸음이 또다시 다가오고 있었다.

정화는 양팔을 휘저으며 뒤로 피하기 위해 아등바등했다. 손끝에 가방끈이 걸렸다. 흐릿하게 놈이 성큼성큼 걸어오는 모습을 확인하며, 동시에 가방 안으로 손을 집어넣어 삼단봉을 찾았다. 그리고 일단 그를 넘어뜨려야겠다는 생각에, 다가오는 그의 다리를 남은 힘을 다해 후려쳤다.

빠악. 둔탁한 소리가 들렸지만 그의 발은 꺾이지 않았다. 그의 손아귀가 다시 머리채를 잡아들었고, 다시 한번 온 힘을 다해 그의 다리를 삼단봉으로 후려쳤다.

죽을힘을 다했지만 꿈쩍도 하지 않다. 정화는 자포자기 상태로 또다시 머리채를 붙잡힌 채 그를 지그시 바라보았다. 괴물 같은 거 알았으니까. 끝내라. 이 돼지 새끼야.

입도 제대로 떨어지지 않아 말의 일부만 입 밖으로 나갔다.

"끝내... 새끼야..."

고기는 무표정은 얼굴로 정화를 물끄러미 쳐다보았다. 그리고 신이 난 듯 콧바람을 흥하고 짧게 불었다. 고기는 부풀어 오른 정화의 뺨을 흡족하게 살펴보며 한 대 더 때리려고 하는데 옆에서 날카로운 비명소리가 들렸다.

네 개의 문 중 하나에서 걸어 나오던 일본인 청소부 아줌마가 대걸레를 놓치며 양손으로 입을 가렸다. 입을 가릴 거면 뭐 하러 비명을 지르나. 최대한 크게 소리쳐서 사람이 찾아오게 해야지. 정화는 곁눈질로 아줌마를 째려보았다.

아줌마는 뒷걸음질을 자꾸 치며 다시 문 속으로 들어 가버릴 것만 같았다. 답답해서 울화통이 터진다. 이 돼지 같은 놈이 내 머리채에 집착할 때 얼른 뛰어나가서 사람을 부르거나 전화기를 꺼내서 경찰이나 역무원을 부르던가 해야지. 저게 뭔 웃기지도 않는 백스텝이야.

아줌마는 떨리는 목소리로 고기에게 소리쳤다.

"당장 그만두세요!"

몸을 파르르 떠는 주제에 꽤나 용기가 가상했다. 고기는 결국 머리채를 놓았고 아줌마에게 다가갔다.

청소부 아줌마는 놓쳤던 대걸레를 흘끗거리며 경계하는데 고기가 검지를 세워 보이며 조용히 하라고 경고했다. 아줌마는 인상을 팍 쓰며 다시 한번 반전의 고함을 질렀다.

"당신! 당장 여기서 나가세요!"

고기는 한 치의 망설임도 없이 아줌마의 뺨을 갈겨 버렸다. 아줌마는 로봇이 전원이 끊긴 듯 픽하고 쓰러져 기절했다. 고기는 그런 아줌마를 내려 보며 멋쩍은지 머리를 긁었다.

죽어라 몸을 일으켰다. 그리고 죽어라고 외부로 통하는 문으로 달렸다. 꿈에서 달리는 것처럼 다리는 힘없이 비척거렸다. 뒤로 무섭게 뛰어오는 놈을 생각하자 다리는 더욱 휘청거렸다.

간신히 철문 앞에 다다랐을 때 고기가 뒤에서 퉁퉁한 손을 뻗었다. 동시에 몸을 돌리며 그의 손을 삼단봉으로 내려쳤다. 그리고 그의 접힌 목 사이로 손날을 빠르게 집어넣었다. 그는 켁켁거리며 얼굴을 빨개져서는 다른 손을 뻗어왔다.

문을 열어 재끼는 동시에 그의 손이 어깻죽지를 쥐어 잡았다. 정화는 몸을 날려 그의 배를 양발로 밀어 차며 문밖으로 몸을 날렸다.

　광활한 역의 시원한 바람이 느껴졌다. 차가운 공기에 정신이
번쩍 들었다. 몸을 일으켜야 하는데 놈이 발목을 잡고 문 안으로
잡아당겼다. 사력을 다해 다른 발로 벽을 짚고 버텼다.

　때마침 지나가던 여행객들이 소란을 떨며 모여들었다. 놈은 당황
해서 발을 더욱 당겨댔지만 악착같이 버텼다. 결국 멀리서 역무원
이 호루라기를 불며 달려오는 모습을 발견할 수 있었다.

　정화가 소리치며 문 안쪽을 가리키자 고기는 문을 닫고 들어가
버렸다. 정화는 재빨리 자리에서 일어나 문을 활짝 열었다. 그만한
몸으로 이 좁은 길에 끼지도 않고 벌써 사라졌다.

　사방의 문을 하나씩 열어보며 확인했지만 놈의 모습을 볼 수 없
었다. 대신 쓰러진 아줌마 뒤로 열린 문을 통해 텅 비어있는 비상
구 계단을 찾을 수 있었다.

　정화는 그대로 힘이 풀려 털썩 쓰러졌다.

　시끄러운 호루라기 소리가 복도의 콘크리트를 뚫지 못하고 귓가
에 맴맴 울려댔다. 옆에는 쓰러진 아줌마가 아직도 정신을 잃고 자
빠져 있고, 역무원이 달려와서 사람들에게 도움을 요청하는 바람에
문밖에서 웅성거리던 행인들이 들이닥쳤다. 정신없는 와중에 사람
들의 발에 짓밟히는 가방이 눈에 들어왔다.

　정화는 사람들에게 부축을 받으며 몸을 일으켰고 사람들과 역무
원이 기절한 아줌마에게 집중하는 사이, 가방을 집어 들고 간신히
기차역으로 다시 빠져나왔다.

　때마침 역 안으로 들어서는 열차를 발견하고 옆구리를 부여잡으
며 뛰기 시작했다. 기차를 따라잡을 수는 없었지만, 열차 후미에

올라탈 수 있었다. 달리는 차창 너머로 주위를 찾는 사람들과 역무원의 어벙한 모습들이 보였다.

정화는 가방을 꼭 쥐었다. 이제야 놈이 때린 볼이 얼얼하고 옆구리와 어깨가 욱신거렸다. 특히 갈비 쪽은 날카로운 바늘로 쿡쿡 찌르는 것만 같았다.

이 몰골로 좌석까지 걸어갈 만한 용기도 나지 않고 기운도 남아 있지 않았다. 정화는 캐리어가 쌓여있는 비치대에 엉덩이를 걸치고 한숨 돌렸다. 열차가 자꾸만 덜컹거리는 바람에 옆구리를 누르는 손을 뺄 수가 없었다.

정화는 뺨을 어루만지며 분노했다. 죽다 살아남았으니 놈에 대한 복수에 이를 갈았다.

열차가 공항까지 도착하기가 길게 느껴졌다. 정화는 열차에 내리자마자 티켓팅을 하기 위해 데스크로 향했다.

공항직원은 컴퓨터 화면만 보고 이야기 하다가 이내 티켓의 탑승구를 설명해줄 때는, 정화의 부르튼 얼굴을 보고 놀라며 괜찮냐고 물어왔다. 대충 둘러댄 정화는 결국 지나가다가 공항 잡화점에서 선글라스를 사서 쓰고 머플러를 목에 둘러 빨개진 볼을 가렸다. 그리고 바삐 걸음을 옮겨 탑승 수속을 받았다.

비행기에 오르기까지 주위를 얼마나 신경 썼는지 목이 다 뻐근했다. 덜컹거리는 통로를 지나 비행기에 올라탄 정화는 짐을 좌석 위 짐칸에 집어넣고 여권은 좌석 앞에 꽂아 넣었다.

좌석에 앉았지만 안전벨트를 하기 전에 앞뒤 좌우로 누가 앉아 있는 지를 먼저 확인해야 했다. 전부 다 낯선 얼굴이었고 의심 가는 인물이 없었다. 그제야 정화는 벨트를 맸고 기내 헤드폰을 썼다. 그제야 이름 모를 팝송을 들으며 휴식을 취할 수 있었다.

짝짝짝. 박수소리가 음악 밖으로 희미하게 들려왔다. 정화는 정신이 들었지만 눈이 떠지질 않았다. 비행이 난항이었나 보다. 다들 박수를 치며 내릴 채비를 하기 시작했다.

정화는 곧 비행기가 정지할 것을 알았음에도 눈을 뜰 수가 없었다. 다시 몸이 의자 아래로 축 처지는 느낌과 함께 정신이 몽롱해졌다.

"저기..."

정화는 헤드폰을 쓰고 있어 승무원의 말을 듣지 못했다. 승무원은 정화의 선글라스 아래로 보이는 상처를 살펴보며 조심스럽게 정화의 어깨를 흔들었다.

"손님... 도착하셨습니다."

정화는 눈이 잘 떠지질 않아서 손으로 눈꺼풀을 떼어내야 했다.

"괜찮으세요? 불편하신 것 있으십니까?"

승무원은 학습된 미소를 보여주며 친절을 베풀었다. 정화는 자리에서 벌떡 일어나서 주위를 살폈다. 이미 기내에는 사람 하나 남지 않았고 승무원들이 기내 출구에서 기다리고 있었다. 옆의 승무원을 보고 고개를 까딱거렸다.

"아. 죄송합니다. 괜찮아요."

"아, 네."

승무원은 고개를 숙이며 자리를 떠난 뒤, 다른 승무원들과 같이 줄을 서고 기다려주었다. 정화는 급한 마음에 벌떡 일어나다가 벨트에 걸려 짧은 신음을 뱉었다. 승무원들이 허리를 굽히며 정화를 살피기에 쓸쓸한 웃음을 흘리며 벨트를 풀어 보였다.

정화는 가방을 꺼내기 위해 까치발을 들었다. 그러나 가방은 어디에도 보이지 않았다. 분명히 좌석 위에 집어넣었는데 사방의 짐칸을 찾아봐도 가방은 흔적도 없이 텅 비어있었다.

"여기요."

아까의 승무원이 의아한 얼굴로 재빨리 다가왔다.

"가방이 없는데요."

"네?"

"가방이 없어졌다구요."

승무원은 당황하며 근방의 짐칸을 모두 검색하기 시작했다. 심장박동이 빨라지기 시작했다. 옷가지 몇 개와 칫솔 하나, 그리고 usb가 들은 가방이 없어졌다.

눈물이 날 것 같았다. 돼지 같은 코끼리와 목숨을 걸고 뺨을 맞아가며 지켜낸 usb였는데. 아직도 옆구리가 칼이 박힌 것처럼 시려 오는데. 내가 그새 방심을 하고 곯아떨어졌다니. 얼마나 한심한 년인가.

영문을 모르는 승무원들이 도움을 주기 위해 하나둘씩 모여들기 시작했다.

"가방이 없어졌다니까!"

정화는 거의 울부짖었다. 주위 승무원들은 오묘한 눈빛을 주고받으며 기내를 샅샅이 탐색하기 시작했다.

결국 가방은 찾지 못했다.

정화는 승무원들에게 죄송스런 마음으로 고개를 푹 숙이며 전하고 비행기를 빠져나와 터덜터덜 걸었다. 걷는 것도 힘들었다. 선진이가 걷기 힘들 때 사실 이해가 가질 않았는데. 심리적인 영향이며 조금은 과장됐고 엄살을 부린다고 생각했는데.

이제 더 이상 걷고 싶지가 않았다. 정화는 공항 한가운데서 혼

자 천장을 쳐다보며 밀려오는 스트레스에 못 이겨 고함을 내질렀
다.

"아아아아아!"

정화는 씩씩거리며 귀신에 홀린 듯 중얼거렸다.

"돼지 새끼인 줄 알았는데 물건 훔쳐가는 쥐새끼였네."

정화는 이후에도 공항을 걸어나가면서도 화가 풀리지 않았는지
짧고 길게 짜증 섞인 함성을 남발했다.

5. 오찬

광활한 하늘은 구름 하나 없었다. 시퍼런 하늘 아래로 천우기업의 거대한 빌딩이 강렬한 햇볕에 빛났다. 쨍쨍한 날씨에 나무 뒤로 숨었는지 새 한 마리 날지 않았다.

티끌 하나 없는 하늘이 평화로워 보였다. 선진은 천우빌딩의 옥상에서 하늘을 바라보며 바람을 맞고 있었다. 그 사건 이후로 이렇게 높은 곳은 처음이었다. 난간으로 몸을 붙이고 아래를 내려 보고 싶었지만, 트라우마나 공포증이 생겼는지 아찔하기보다 두려웠다.

선진은 난간에서 발을 떼고 옥상 한쪽의 쉼터로 걸어갔다. 벤치 의자에 앉아서 휴대폰을 꺼냈는데 때마침 전화가 걸려왔다. 모르는 번호이기에 넘기려 했지만 전화는 끊겼다가 바로 다시 걸려왔다. 선진은 결국 전화를 받아들었다.

"네. 여보세요."

"나야."

선진의 눈썹이 꿈틀거렸다. 선진은 놀란 듯 자리에서 벌떡 일어났다.

"뭐야? 갑자기 전화가 끊겨서…"

"오찬은?"

정화가 급히 말을 끊고 질문을 던졌다.

"다들 모였어. 나도 이제 막 들어갈 참이야."

선진은 일어난 김에 전화를 하며 옥상을 걸었다.

"내가…"

"응"

"내가 혹시라도 서울에 도착하지 못할까 봐, 말하는 건데..."

선진은 옥상을 나가는 문 앞에 우뚝 섰다. 목소리만 들어도 그녀의 심경을 알 수 있었다. 무언가에 겁을 먹고 말끝을 흐리는 여자가 아니었다. 선진은 정화의 말을 조용히 기다려주었다.

"일본에서 우에다를 사주한 놈이 바로 이세영이야."

선진은 문을 밀고 나가다가 중간에 걸음을 멈추었다.

이세영이가. 하다 하다 이제 암살까지 시도하는구나. 아무리 가족 같이 자라오지는 않았지만 한 핏줄인데. 내가 무지막지하게 싫다고 해도 사람을 죽이는 짓은 쉽지 않았을 텐데. 아무리 야망가라고 해도 이런 짓은 절대로 용서받지 못할 짓인데. 선진은 앞을 노려보았다. 엘리베이터를 타고 펜트하우스로 한 층만 내려가면 가족들이 오찬을 즐기기 위해 모여 있을 것이다. 그중 이세영 그 빌어먹을 동생 놈도 포크를 들고 설치겠지.

선진은 심각한 표정으로 겨우 문을 나갔다. 우선 정화의 안전이 우선이다.

"너는?"

"난 잘 모르겠어. 누군가 일본으로 사람을 보냈어. 그놈한테 당할 뻔했지만 겨우 빠져나왔어. 증거를 확보했지만 놈에게 뺏겨버렸지. 지금도 언제 어디서 습격을 받아도 이상하지 않은 상황이야. 그러니까 내가 죽기 전에 너의 죽음을 사주한 놈이 누구인지를 알려줘야겠다고 생각했지."

"아니. 살아올 수 있겠냐고."

선진이 엘리베이터 앞에 서서 주먹을 꽉 쥐었다. 그녀의 대답을 기다리기가 초조했다.

그럴 수 있다고 말해. 오다가 죽음을 맞이할 것 같다는 말은 하지 말고. 악랄한 누군가가 너를 죽일 수 있다고 말하지 마. 선진의 관자놀이로 땀이 주룩 흘렀다.

"살아 돌아갈 거야. 제대로 붙으면 이 새끼들 한주먹거리도 안돼."

선진은 안도의 웃음을 지었다. 이런 상황에 그녀의 허풍스러운 패기가 귀엽게 느껴졌다.

"알았어. 꼭 돌아와서 내 옆을 지켜."

"그래. 체하지 말고."

"체하면 그놈 대가리 위로 토를 한 바가지 엎어주지. 뭐."

"그거 좋다. 이 기회에 삭발 시켜 버리자."

선진은 쓴웃음을 지으며 전화를 끊었다. 그리고 난도질당한 것처럼 욱신거리는 가슴을 진정시키기 위해 코로 숨을 크게 들이마시며 호흡을 가다듬었다.

떵. 엘리베이터가 도착했다. 선진은 주저하지 않고 펜트하우스의 P버튼을 꾸욱 눌렀다.

엘리베이터를 내리면 버진로드처럼 화려하게 카펫이 복도로 쫙 깔려있었다. 복도 끝에는 그 어느 곳보다 전망이 좋은 펜트하우스였고, 그곳으로 가기 전에 왼쪽으로 나 있는 문을 열고 들어가면 오찬을 즐길 수 있는 넓은 공간과, 오른쪽으로 나 있는 문을 열고 들어가면 국내 최고의 쉐프들이 최고급 재료를 가지고 요리를 할 수 있는 주방이 있었다.

선진은 뚜벅뚜벅 걸어가서 몸을 왼쪽으로 틀었다. 문을 열고 들어가면 다시 방이 두 곳으로 나뉘는데 정면은 천우일가가 모여 오찬을 즐기는 곳이고, 왼쪽의 방은 손님들이 오찬을 즐기는 곳이다. 선진은 경호원들과 태연하게 인사를 나누며 왼쪽 방으로 먼저 들어갔다.

적당한 크기의 손님방에는 반갑지 않은 얼굴이 앉아 있었다. 그는 눈이 마주치자 자리에서 일어나 공손하게 허리를 굽혔다.

강성의 태연한 얼굴이 여느 삼류 배우의 어설픈 연기처럼 느껴졌다. 이세영이 혼자서 살인을 계획 할 만한 위인이 못 된다. 그모지리 놈이 그만한 치밀한 계획을 세웠으리라고는 생각지 않는다. 분명 뱀 같은 강성이 조력자일 것이다.

선진은 인사를 받아주지도 않고 돌아서서 문을 나갔다.

나의 아버지. 어릴 적에는 세상에서 가장 엄하고 스스로 두려움을 가지게 만들어주었던 나의 아버지. 이제는 회사의 경영 일선에서 물러나 은퇴했다며 신선처럼 노후를 보내겠다고 하지만, 아버지가 살아 있는 한 아버지가 최고의 권력자이다.

이 망할 집안은 가족끼리 오찬을 가져도 회사의 권력대로 자리를 배정해준다.

아버지가 역시나 거대한 오찬 식탁의 정면에 앉아계시고 큰 오빠 이배용이 바로 옆자리를 차지했다. 세영은 이배용의 맞은편의 자리를 비워두고 이배용 오른쪽 옆으로 앉아서 포크를 돌리고 있었다.

선진은 방에 들어서자마자 아버지에게 예의를 차리고 허리를 굽혔다. 그리고 이배용 맞은편 자리에 앉았다.

음식이 나오기까지 어색한 침묵이 이어졌다. 이배용이 꿀 먹은 벙어리처럼 입을 열지 않은 까닭이었다. 세영은 자리가 불편한지 계속 물을 찾았고, 아버지는 나의 얼굴을 뚫어져라 쳐다보며 말을 참고 있는 것 같았다. 내가 숨이 막혀서 못 참았다. 독종들 같으니라고.

"아버지 잘 지내셨어요?"

이형세씨는 나의 아주 간단한 질문에도 두 아들의 시선을 갈구하며 주위를 두리번거렸다.

"그래. 너는 밥 잘 먹고 다니냐?"

"네. 걱정 마세요."

"근데 왜 그렇게 야위었니?"

선진은 세영을 흘끗 바라보며 대답했다.

"누가 밥에 독이라도 탔는지 걱정이 돼서 말이에요."

세영은 눈길을 주지 않았고 선진은 미소 지으며 다시 이형세의 얼굴을 마주했다.

"그게 무슨 말이냐?"

"그냥 농담이에요. 워낙 미움을 사는 타입이니까."

"그러지 마라. 우리 같은 사람들은 인재와 호걸을 찾기 위해 노력해야지. 적을 솎아내기 위해 시간을 낭비하면 결국 모두를 적으로 돌리게 된단다. 다 네 마음가짐에 달려있어."

그런 개똥철학이 어렸을 때는 어렵게 느껴졌는데. 이제는 아니에요, 아버지. 그저 순간 상황을 모면하는 아버지의 화술이라는 것을 알아요. 저를 괴롭히는 게 무엇인지 아시잖아요.

선진은 아버지의 말에 속뜻과 다르게 주억거렸다.

이어서 음식이 나오기 시작했다. 쓸데없이 커다란 접시에 조막만큼 나오는 요리들. 입맛이 없었지만 세영은 보란 듯이 호쾌한 포크질로 먹방을 찍고 있었다. 그의 과장된 포크질이 비열하게 느껴졌다.

"오빠는 오랜만에 보네."

이배용은 조곤조곤 음식을 씹다가 눈썹을 치켜 올렸다.

"네가 통 연락이 되어야 말이지."

"미안. 여행을 다니느라 조금 바빴어."

이배용은 와인 잔에 담긴 물로 목을 축이고 말했다.

"너에게 충분한 휴식이 되었으면 한다. 이제는..."

"응 알아. 나도 이제는 회사에 전념하려고 노력하고 있어."

세영이 포크질을 멈추고 피식 웃었다.

"워낙 풍류를 즐기는 낭만가시니까. 힘들 거야."

선진은 세영을 돌아보았다. 비릿한 웃음을 흘리며 다시 음식을 입으로 집어 나르는데, 저 포크를 그대로 목까지 후벼 넣고 싶었다. 만약에. 아주 만약에 정화까지 이대로 돌아오지 못한다면, 너도 끝이야.

"그치. 이렇게 세상이 치열해서야 낭만 찾는 게 쉽지 않지."

"몸은 좀 괜찮아?"

"응. 오늘 컨디션이 좋네."

세영이 포크로 가리키며 눈을 번뜩였다.

"요즘 위험한 루머가 너무 많더라. 그 뭐야, 조울증인가 우울증인가 뭐 그런 게 지속되면 나중에는 아주 심각하다고 하더라고. 그런데 누이가 바로 그런 정신병이 아니냐는 루머들이 많더라고. 그런 말 들을 때마다 나는 너무 속상해. 누이 걱정에 그런 쓸데없는 말 하는 놈들 다 깜빵에 집어넣고 싶더라니까."

세영은 말을 멈추고 커다란 접시에 담긴 완자 요리를 한 번에 입으로 욱여넣었다. 그리고 우악스럽게 음식을 씹으며 말을 보탰다.

"그런데 더 시끄러워질까 봐 지켜볼 수밖에 없었어. 진짜 괜찮은 거지?"

"그래. 잘 참았네. 그렇게 걱정만 해줘라. 네가 나서서 뭘 하려고 나서지 말고."

"아니면 내가 저명한 심리 치료사들을 섭외해볼까?"

"저급한이겠지. 네가 노는 물이 어떤지 아는데."

"누이 걱정이 눈 앞을 가리는 사람한테 말이 심하네."

"입안에 있는 거 다 씹고 말하자."

선진은 세영에게 억지로 웃어 보였다. 세영도 질세라 음식을 와구와구 씹어 보였다. 둘의 치열한 신경전을 지켜보던 이배용이 중재를 나섰다.

"참 너희들은 아직까지 우애가 좋다. 옛 생각 나고 좋아."

이배용의 인자한 미소에 둘은 할 말을 잃었다. 가족 간의 불화나 회사에 어려운 일이 닥쳤을 때, 항상 중립을 지키며 심화되는 상황을 중재시켜 뒤에서는 해결을 꾀하기 위해 죽을 둥 노력하는 오빠는 절대로 상황에 따른 도박을 하지 않는 성질이었다.

그런 오빠가 어릴 적에는 한없이 어른스럽게 느껴졌는데 점점 그렇게 얄미울 수가 없었다. 그런 오빠는 아버지를 똑같이 닮았다.

선진은 속 안이 부글부글 끓었다. 세영이 새끼한테 한 방 먹이지 않고서야 소화가 될 리 없었다. 한마디 말이 속에 걸려 체하기 일보 직전이었다.

선진은 태연한 얼굴로 머리를 긁적이며 물을 마셨다. 그리고 아주 자연스럽게 세영에게 안부를 물었다.

"우리 막내. 약은 이제 끊었어?"

"선진아."

탁. 이배용이 나이프를 가볍게 탁상에 내려놓았다. 그에게는 대단히 과격한 경고였다. 세영은 이배용의 눈치를 살피며 앞을 째려보았다. 선진은 그런 상황이 웃겼는지 아니면 속이 다 시원해 졌는지 다시 음식을 먹으며 짧은 웃음을 흘렸다.

"오늘은 조용히 넘어가나 싶었지만 변함없구나."

아버지는 나지막이 아쉬움을 전했다. 선진은 그런 아버지를 흘끗거렸다.

그러면 이런 웃기지도 않는 오찬은 열지 마세요. 여기 있는 아무도 원하지 않아요. 가족과의 오찬은 그저 당신이 바라는 노후 일정의 하나 일뿐이잖아요. 오빠와 나 그리고 세영이가 아니라 그저 가족이라는 타이틀이 아버지에게 필요한 것뿐이잖아요.

선진은 입을 닦으며 자리를 털고 일어날 때가 왔음을 느꼈다. 그러나 선진은 정화가 서울까지 무사 도착했다는 소식을 들어야 세영을 놓아줄 생각이었다. 그 전에는 세영을 주시하고 옆에 꼭 붙어있으리라. 정화의 비보는 곧 네 비보와도 같으리라.

오찬은 음식보다는 화두를 요리하며 지속되었다. 이야기가 조금만 선을 넘어가면 이배용이 다시 되돌려놓았고, 세영이 삐딱하게 나오면 엄하게 언질을 주었다.

이 치열한 밥상에서도 아버지는 얼굴색 하나 변하지 않고 오찬을 즐겼다.

생각보다 정화의 연락이 늦어졌다. 초조한 마음에 먼저 화장실을 핑계로 방을 나왔다. 그리고 나오다가 복도를 서성거리는 강성과 만났다.

"벌써 돌아가십니까?"

선진은 본 척도 하지 않고 화장실 쪽으로 걸어갔다.

"정화가 무사히 도착하길 바래요."

뜬금없는 소리에 강성은 선진의 뒷모습을 보고 미간을 찌푸렸다.

"네?"

"다들 연기가 어색하네. 나만 그렇게 느끼는 건가."

"정화씨 만나러 가는 겁니까?"

선진은 복도를 꺾어 화장실 쪽으로 걸음을 멈추지 않았다.

"화장실."

강성은 선진이 사라진 복도를 한참이나 바라보고 있었다.

화려한 금박 장식의 거울 앞에 서서 휴대폰을 들었다. 부재중 전화는 없었다.

인천에서 서울까지 택시가 아닌 리무진 버스를 타도 한 시간 남짓일 텐데. 생각보다 도착이 너무 늦었다. 도착하고 나서 기다리는 걸 알고도 연락을 늦게 할 애가 아닌데.

선진이 화장실 문을 나갔을 때 문자 한 통이 날아왔다.

'나 지금 집에 먼저 와있어. 오찬에는 참석 못 해. 꼴이 말이 아니라.'

선진은 안도의 한숨을 내쉬고 그녀의 목소리를 확인하고 싶었지만 이내 포기했다. 강성이 아직도 복도를 서성거리고 있기 때문이었다. 선진은 강성을 지나 문을 열고 들어가는데 그가 따지고 들었다.

"아까 무슨 말입니까?"

선진이 돌아섰다.

"어떤 말이요?"

"정화씨, 무슨 일 있어요?"

선진은 한숨을 길게 내쉬고 팔짱을 끼던 손을 하나 빼어 들었다. 그리고 날카로운 손톱을 앙증맞게 오므렸다 폈다를 반복하며 익살스런 웃음을 지었다.

"내 앞에서 그 어색한 연기 좀 그만둬 줄래요. 너무 오글거려서."

선진이 강성의 눈을 똑바로 마주 보며 얼굴을 찡그렸다.

"두 여자가 명이 참 질기죠?"

강성은 할 말을 잃었다. 이 여자가 이렇게 대놓고 막 나갈 줄은 몰랐다. 확신도 없을 텐데 아예 나까지 싸잡아서 살인 청부 죄를 뒤집어씌우고 있다. 강성은 반격을 하고 싶었지만, 이곳에서 소란을 떨 수는 없었다.

선진은 문을 들어가며 한마디 덧붙였다.

"여자의 복수를 업은 자는 죽어도 극락에 못 간다는데."

선진은 정화의 안위를 확인했으니 오찬에 길게 앉아 있을 필요를 못 느꼈다. 절반도 먹지 않은 접시가 나가고 후식이 들어왔다. 달콤한 케익과 향이 시큼한 커피였다. 선진은 커피를 한 모금만 마시고 자리에서 일어났다. 붙잡는 이배용에게 대충 핑계를 대고 아버지에겐 고개 숙여 인사를 드렸다. 그리고 방을 나오는 중에 실수를 가장한 실수로 세영에게 뜨거운 커피를 엎질러버렸다.

그 덕에 오찬의 끝은 난리도 아니었다.

밀린 업무 때문에 회사로 돌아가야 했지만 우선 정화를 만나야겠다. 그리고 일을 볼 때도 바로 옆에 앉혀놓아야 안심이 될 것 같았다. 선진은 엑셀레이터 페달을 힘껏 밟아 대로를 쏘아갔다.

아파트 입구의 경비원에게 인사를 받을 때만 살짝 브레이크를 밟았고 시동을 걸고 주차하기까지 엑셀레이터 페달에서 발을 떼지 않았다. 미끄러지듯 주차를 마치고 빠른 걸음으로 엘리베이터 앞까지 갔다. 선진은 좁은 엘리베이터 안에서도 초조한 듯 발을 멈추지 않고 까딱거렸다. 그리고 끝내 31층 집 3102호의 문을 두드렸을 때, 아랫배가 근질근질해서 자리에 주저앉고만 싶었다.

덜컥. 문이 열리는 소리가 들렸다. 선진은 기다림을 참지 못하고 문을 확 잡아당겨 버렸다. 그 덕에 문을 열던 정화가 몸을 주체 못 하고 앞으로 쏠리며 둘은 현관 앞바닥에 껴안고 엎어졌다.

바닥에 깔린 건 내 쪽이었다. 그녀는 생각보다 가벼웠다.

"갑자기 그걸 잡아당기면 어떡해. 생각이 있는 거야 없는 거야."

"급해서 그랬어."

"뭐가? 뭐, 화장실 급해?"

"아니..."

조금만 방심하면 욕지거리가 입 밖으로 튀어나올 것 같았다. 선진은 한숨을 내쉬고 정화를 양팔로 밀어냈다.

"이제 좀 나오지?"

정화가 고개 돌려 선진을 째려보는데, 얼굴이 너무 가까워서 하마터면 입술이 맞닿을 뻔했다. 둘은 민망해서 서로 고개를 돌렸다. 어색함 속에 정화는 밍기적대며 일어났고 선진도 일어서며 괜히 헛기침을 크게 뱉었다.

"어째 괜한 걱정 한 것 같다."

"죽다 살아난 사람한테 그런 말 밖에 안 나와?"

"얼굴이 많이 다쳤네."

"괜찮아."

정화는 무심하니 그냥 뒤돌아서 집 안으로 걸어갔다. 선진이 따라 걸어가는데 정화는 툴툴거렸다.

"괜한 걱정이라니... 내가 얼마나 죽을 고비를 많이 넘겼는데... 그게 다..."

선진이 정화의 등을 와락 안았다.

정화는 말을 멈추었고 선진은 정화를 뒤에서 안은 채, 머리를 그녀의 단단한 어깨에 기댔다.

눈물이 날 것만 같았다. 그녀를 잃었다면. 유일하게 나를 웃게 만들어주는 그녀를 잃었다면. 이 세상에서 가장 믿을만한 친구이자 가장 든든한 경호원이 되어주는 그녀를 잃었다면. 상상조차 하기 싫다. 그랬다면 난 미련 없이 낙하산을 포기하고 맨땅에 다이빙을 했을 것이다.

선진은 자꾸만 눈물이 날 것 같아서 그녀를 놓아주지 못했다.

쿵. 뒤로 문이 닫혔다.

정화의 심장 박동은 걷잡을 수 없이 빨라지고 있었다.

넓은 아파트 실내는 모던한 대리석과 파스텔 톤의 페인트 색으로 이루어져 있었다. 그러나 깔끔한 대리석 바닥에는 옷가지가 여기저기 널려 있었고 곳곳에 비치된 가구 위에는 다 마셔버린 맥주 캔이나 인스턴트 음식의 플라스틱 용기가 아무렇게나 버려져 있었다.

정화는 이런 지저분한 곳에서 잘도 라면을 흡입하고 있었다. 선진은 라면을 먹고 있는 정화의 맞은편에 앉았지만 지저분한 식탁은 팔꿈치조차 기댈만한 공간이 없었다. 선진은 경직된 자세와 떨떠름한 얼굴로 정화가 라면을 먹는 것을 지켜봐 주었다.

"그게 잘 넘어가? 너 지금 라면만 먹는 게 아니야. 그거 알아?"

선진이 식탁을 둘러보며 실온에 방치되어 삭은 김치와 비닐봉지 안에 있지만, 싹이 자랐을 것만 같은 감자와 곰팡이에 쩌든 고구마, 다 먹은 도시락의 플라스틱 용기를 씻지도 않고 겹겹이 쌓아둔 쓰레기들을 손가락질로 가리켰다.

"이 부패된 쓰레기들도 같이 먹는다고 생각하면 돼."

"그래서 그런지 더 구수하다, 야."

선진은 할 말을 잃고 고개를 끄덕였다. 정화는 마지막 한 젓갈을 뜨고 국물을 야무지게 삼켰다. 아직까지도 선진의 기습 포옹에 놀란 가슴이 두근거렸다. 진정되려면 라면 국물이 더 뜨거워야 했다.

선진은 휴대폰을 꺼내 시간을 확인했다.

"이제 가야 해."

정화는 남은 국물을 들고 밥솥에서 밥을 뜨다가 멀뚱하게 선진을 쳐다보았다. 선진이 귀찮은 듯 손짓으로 얼른 푸라며 밥을 권했다. 정화는 양쪽 입 끝을 당기며 밥을 퍼 넣고 다시 자리에 앉아 숟가락으로 휘저었다. 그리고 젓가락이 몇 년이나 묵힌 것 같아 생사를 알 수 없는 김치를 향했다. 선진은 얼굴을 잔뜩 찌푸렸다. 그리고 반사적으로 손이 먼저 나갔다.

"그건 하지 마."

정화가 의아한 얼굴로 김치를 막는 선진의 손을 응시했다. 선진은 어쩔 수 없이 팔을 천천히 거두었다.

그래. 김치가 웬만하면 상하지는 않으니까. 라면에 밥을 말아먹는 것을 좋아하진 않지만 김치가 빠지면 섭섭하니까. 또 정화는 튼

튼하니까 뱃속 기관들도 남다르겠지. 뭐.

선진은 다시 시계를 확인하며 정화를 재촉했다. 정화는 깨끗하게 냄비를 비우고 나서야 환한 미소를 지었다.

선진은 겉옷을 챙기며 나갈 채비를 서둘렀다.

"일본까지 갔다 와서 왜 라면은 여기서 먹고 있어."

정화는 휴지로 대충 입을 닦고 물로 입을 헹구었다.

"방해꾼들이 많아서 한 끼도 못 먹었어."

선진이 양팔을 들어 안는 시늉을 하며 설명했다.

"그래서 그런지 배가 쏙 들어갔더라."

순간 정화는 목부터 이마까지 화끈거렸다. 몸을 휙 돌려 안방으로 들어갔다. 선진이 따라 들어갔지만 정화는 문을 탁 닫아버렸다. 선진은 문 앞에 서서 늦장 부리는 정화를 채근했다.

"또 거긴 왜 들어가?"

문에서 정화의 음성이 넘어왔다.

"회사 가자며 옷 좀 갈아입어야지."

"아. 그래."

선진은 문에 기대어 정화를 기다려주었다. 얼마의 시간이 흐르고 정화는 문을 열지 않고 문 너머로 말을 붙여왔다. 그녀의 진지한 어투가 집 안의 공기를 어색하게 만들었다.

"선진아."

"응."

"그 의사 선생이랑은 잘 만나고 있어?"

괜히 뜨끔했다. 치료가 목적이지만 분명 서로 호감을 확인했다. 선진 역시 그에 대한 감정을 인정하고 있었다. 그래도 내색하고 싶지는 않았다.

"응. 정기적으로 치료받고 있어."

"그래?"

정화가 문에 기대는 것이 느껴졌다. 문이 아주 살짝 덜컹였다.

"우리 집 밖에 나가는 것도 무서워졌는데 이참에 아예 외국으로 튀어 버릴까? 회사고 뭐고 다 때려치우고 우리 그냥 외국에서 평범하게..."

"아니."

선진이 급하게 정화의 말을 끊었다.

"왜?"

선진은 마음을 숨기지 않도록 마음을 고쳐먹었다. 정화는 숨기고 싶은 자신의 아주 개인적인 감정까지 터놓을 수 있는 유일한 친구였다. 그녀에게 숨기고 싶지 않았고 그에 대해 인정하고 싶었다.

"그 사람이 없잖아."

회색 문 사이로 아련한 선진의 눈과 쓸쓸한 정화의 눈이 서로 다른 곳을 보고 있었다.

***

최보길 인력사무소. 현관 아래로 고기가 몸을 웅크리며 문을 지났다. 사무실 안에는 비릿한 머릿고기 국밥 냄새가 가득 차 있었다.

고기는 소파 앞에 서서 강성에게 고개를 숙였다.

"죄송합니다. 형님."

강성은 국밥을 먹다가 문득 고개를 들고 고기를 반겨주었다.

"너 괜찮냐?"

"예. 형님. 저는 괜찮습니다만..."

"usb는 가져왔다며?"

"예."

"그럼 됐어. 너 괜찮으면 됐다."

강성은 다시 국밥에 머리를 처박고 숟가락을 바쁘게 움직였다. 고기는 멀뚱히 서서 강성을 바라보다가 그의 작은 손짓에 얼른 맞은편 소파로 자리했다.

강성은 입 한가득 국밥을 담고 고기를 쳐다보았다.

"밥은 먹었냐? 너도 시켜 먹어라."

"아. 예. 형님."

고기는 책상 쪽으로 몸을 움직여 사무실 전화기를 찾았다.

"형님 오찬에 갔다 온 거 아니십니까?"

"대낮부터 느글거리는 게 넘어가야 말이지."

고기는 전화로 음식을 주문하고 다시 소파에 앉았다. 강성은 국밥을 싹 먹어치우고 담배를 꺼내 물었다. 그리고 담배 연기로 입가심을 하듯 뻐끔거렸다.

"어때? 만만치 않지?"

고기는 반성하는 듯하는 태도로 고개를 숙였다.

"제가 방심했습니다."

"애초에 usb만 꺼내오면 됐어. 죽일 것까지는 없잖아."

"그래도 뒤탈이 생길까 싶어서..."

"잘했어. 살아 돌아왔다 한들 할 수 있는 게 없을 거야. 심증만 있지 책잡힐 만한 건 아무것도 없으니까."

"혹시 마음에 걸리시면 제가 책임지고 수습하겠습니다."

강성이 담배 연기를 길게 내뿜었다. 까맣게 코팅된 유리창 사이로 새어들어 오는 햇볕에 담배 연기가 안개처럼 허공을 유영했다. 불을 켜도 어두운 사무실 실내에는 담뱃불만이 희끗거렸다.

강성은 고민에 빠졌다. 일본에서 usb를 뺏고 죽여 버렸다면 별 문제 될 게 없었겠지만, 한국에서는 상황이 다르다. 한국에서는 그녀에게도 꽤나 무시하지 못할 입지가 있었다. 물론 이선진 사장 때문이었다.

그리고 무엇보다 강성은 자신이 가지고 있는 가장 우수한 말을 함부로, 너무 자주 전장에 내놓기가 싫었다.

"아니야. 때를 봐야지. 그렇게 일하는 거 아니야. 조용한 애들 붙여놓고 너는 좀 쉬고 있어."

"예."

강성은 담배를 다 먹은 국밥 그릇에 대충 비벼 끄고 두 다리를 소파 중앙의 낮은 테이블 위로 올렸다. 그리고 소파에 편히 누워 양팔을 머리 뒤로 깍지 꼈다.

오찬 때 선진에게 한 방 먹은 게 기억에 남았다. 둘 다 일 때문에 신경은 쓰고 있었지만 싫다거나 증오를 한다거나 특별한 감정은 없었다. 그저 나에겐 그들이 처리해야 할 일 중의 하나일 뿐이었다. 호락호락 하지는 않지만, 오히려 재미있는 캐릭터들이라 생각되었다. 한 방 먹었으니 반격을 해주어야지. 그러나 니들 바람대로 즉각 대응할 생각은 없다. 좀 더 때를 두고 기회를 찾아야겠다.

종이가 펄럭이는 소리가 귀를 간질였다. 강성은 고개를 빼어들고 앞을 살폈다. 고기는 책상 의자에 앉아 인력사무소에 어울리는 일을 하고 있었다. 수첩을 꺼내 강성이 아까 지시한 인물들을 고민하고 있었다. 조용하며 사람 뒤를 졸졸 따라다닐 만한 놈들. 점잖고 과묵한 놈들. 아니면 발이 가벼워 몸이 날렵한 놈들.

고기는 물색이 끝났는지 전화기를 들었다. 그리고 더 이상 아까의 지시에 따져 묻지 않고 점잖게 일을 처리했다.

"고기야."

고기는 통화 중이던 휴대폰을 손바닥으로 덮으며 자세를 고쳐 앉았다.

"예. 형님."

"그... 애 얼굴 많이 상했냐?"

"누구 말씀이십니까?"

"유정화."

고기는 신중한 얼굴이 되었고 강성이 던진 질문의 요지를 파악하려 머리를 굴렸다. 강성은 너그러운 미소를 지으며 대답을 바랐다.

"아니야. 신경 쓰지 않아도 돼. 그냥 얼굴 많이 상했냐, 이거야. 오늘 오찬에 나오지 않아서 그래."

고기는 커다란 대가리를 갸우뚱했다.

"많이... 상했을 겁니다. 몸이며 얼굴이며."

강성은 입을 비죽거리며 고개를 끄덕였다.

"죽지 않은 게 신기하고만."

강성은 문득 자리에서 벌떡 일어났다. 고기는 얼른 전화를 끊고 강성을 따라나섰다.

강성은 문으로 걸으며 뒤에 따라오는 고기를 사양했다.

"일 봐. 애들 붙이는 대로 일일이 보고하라고 해."

고기가 허리를 굽히고 인사했다.

"알겠습니다. 형님. 들어 가십쇼."

뒤돌아선 강성의 표정은 썩 불편했다. 그 또라이 같은 년이 저

짐승 같은 사내에게 두들겨 맞고도 살아남았다니. 이상하게 대견하다는 생각이 들었다. 강성은 자꾸만 습관처럼 피식거리게 되었다.

문을 열고 나가려는데, 문 앞에 서 있던 국밥집 배달원과 마주쳤다. 딴생각을 품던 강성은 화들짝 놀라서 배달원을 한 대 쥐어박을 뻔했다.

"아, 깜짝이야."

짧은 한마디에도 고기는 벌써 거대한 몸을 뒤뚱거리며 옆으로 달려왔다. 그리고 본인이 배달원을 맞아주었다.

배달원은 강성이 복도에서 완전히 모습을 감출 때까지 연신 머리를 조아리며 사과 말씀을 전했고, 고기는 그런 배달원을 친절히 위로해주며 음식값을 전해주었다.

그리고 멀리 복도로 사라진 강성의 뒷모습을 그리며 생각에 빠졌다.

6. 연막

　서울의 밤거리. 천우물산 빌딩 앞에 정차한 차 안에서 정화가 운전대를 잡고 끙끙거렸다. 손으로 옆구리를 바치고 고통스러워하는 정화는 홀로 선진을 기다리고 있었다.

　선진은 이제 막 빌딩을 나와 차 쪽으로 걸어오고 있었다. 휑한 인도를 건너 선진은 지체 없이 조수석에 올라탔다.

　"출발."

　선진은 자연스럽게 정화에게 신호를 주고 안전벨트를 잡아당겼다. 그런데 차는 출발하지 않았다. 옆을 돌아보았더니 정화가 퍼렇게 질린 얼굴로 옆구리를 싸매고 있었다. 정화의 이마에는 땀이 송골송골 맺혔다.

　"정화야. 어디 아파?"

　정화는 어금니를 꽉 깨물고 운전대를 다시 잡았다.

　"아니야. 안 그래도 병원에 가보려고."

　"그렇게 아프면 진즉에 갔어야지."

　"네가 옆에 꼼짝 말고 있으랬거든."

　"말이 되는 소리를 해. 너 아픈 줄 알았으면 내가..."

　선진은 막중한 업무에 공연히 사무실에서 시간을 보내는 정화를 신경 쓰지 못하였다. 미안한 마음이 들기도 전에 정화는 통증에 고통을 호소하듯 입김을 내뱉으며 차에 시동을 걸었다.

　"괜찮은 줄 알았는데 아무래도 갈비뼈가 나갔나 봐."

　"갈비뼈가 나갔으면 너 걸어 다니지도 못했어. 금이라도 살짝 갔나 보지. 병원으로 가자. 일단."

정화는 땀을 닦으며 물었다.

"어느 병원으로?"

"지금 나 의사 선생 만나러 가는 길이었잖아. 병원은 조그만해도 실력은 알아준다며? 네가 소개해준 곳이야."

"그래."

정화는 힘겹게 사이드 브레이크를 밀어 넣었다. 선진은 아차 싶어 안전벨트를 다시 풀었다.

"내가 운전해야지. 자리 좀 옮기자."

선진은 얼른 차를 뛰어 내려 운전석으로 향했고, 정화를 부축해서 조심스레 조수석에 태워주었다. 정화는 부축을 받으며 제주도 갔을 때가 생각난다며 소녀처럼 웃어 재꼈다. 선진은 그런 정화가 바보 같아서 같이 웃었다.

선진이 운전대를 잡았다. 정화는 안전벨트를 잡아당기다가 고통에 신음을 흘리며 차 글러브 박스 쪽에 머리를 처박았다.

"어떡해. 많이 아파?"

정화는 말도 잇지 못했다.

"그냥 가장 가까운 병원으로 가자."

선진은 급히 차를 몰아갔고 주위 응급실이 어디에 있는지 묻기 위해 비서에게 전화했다. 시간은 밤 11시 20분이었다. 밤늦은 시간이라 비서에게 몇 번이나 사과를 전하고 응급실을 안내받았다. 늦어야 십 분 거리였다. 선진은 차를 힘차게 달리며 중간 중간 정화의 안쓰러운 등을 쓰다듬어 주었다.

생각보다 병원의 규모가 작았다. 응급실로 가서 정화를 대기석에 앉혀놓고 데스크에서 접수를 마쳤다. 이어서 의사 선생님이 나오더니 정화를 불러갔다. 선진은 밖에서 문틈으로 진료를 받는 정화를 훔쳐보며 수호에게 전화를 걸었다.

"선생님. 오늘은 힘들 것 같아요. 정화가 많이 아파서 지금 응급실에 와있거든요."

"정말이에요? 많이 안 좋아요?"

"네. 그래도 웃는 것 보니까 죽을 정도는 아닌 것 같아요. 병원이세요?"

"그곳이에요. 저녁 먹었던 곳. 작은 방으로 들어가면 나름 침대도 있거든요."

"그렇구나. 주말에 시간 내서 진료받도록 할게요."

"오늘도 많이 늦지 않으면 괜찮아요."

"봐서요."

전화는 계속되었고 선진은 응급실 밖을 서성이다가 밖으로 나갔다. 찬바람이 얼굴을 때렸다. 상쾌한 기분이 들어 미소를 지었다가도 응급실 안에 있는 정화를 생각하면 마음이 쓰렸다. 수호와의 통화는 시시콜콜한 이야기부터 하루 스케줄까지 보고하고 거기에 따른 진지한 피드백이 오갔다. 수호는 편안하게 이야기를 이끌어가면서도 부분 부분의 심리를 물으며 상담을 해주었다. 그의 투박하면서 꼼꼼하게 챙겨주는 말이 자상하고 친절하게 느껴졌다.

선진은 전화를 끊고도 여운이 남아 하릴없이 골목들이 걷기 시작했다. 병원 주위는 세련되지는 못했어도 낡은 벽돌담과 요목조목 붙어있는 주택들이 운치가 있었다.

선진은 껌 종이를 벗기고 껌을 입에 구겨 넣었다. 아무 생각 없이 걷다보니까 너무 깊숙한 골목 까지 들어와 버렸다.

다시 골목을 나가려는데 가로등도 촘촘하지 않아 어두운 곳은 까마득해서 으스스했다. 선진은 주위 동태를 살피며 껌을 딱딱거리고 씹었다. 그리고 발걸음은 점점 빨라졌다.

멀리 걸어온 거리 중간쯤 되는 곳에 환한 가로등이 보였다. 선진은 속도를 내려 했지만 주위에서 사람 발걸음 소리가 들려와 오히려 더 조용히 조심스럽게 발을 내딛었다. 기분 탓이라고 생각했지만 낯선 발걸음 소리는 더욱 선명하게 들려왔다. 거리는 대략 십 미터 전후인데, 점점 가까워져 오고 있음을 느끼자 마음 추스릴 겨를도 없이 저절로 발걸음이 빨라졌다.

애써 침착하며 태연하게 가로등 아래로 도착했을 때 뒤를 돌아보았다. 어두운 골목에 인기척은 없었다. 그러나 사방으로 갈라지는 골목이 몸을 은신하기 쉬워 보였다. 선진은 다시 앞을 보고 걷기 시작했다.

설마. 하필 오늘. 꼭 나한테 그런 불상사가 생기지는 않겠지. 강도거나 파렴치한 성추행범이거나 칼을 들고 설치는 묻지마 살인범이라든가. 설마 지금 나를 노리고 뒤를 쫓는 건 아니겠지. 선진은 눈을 크게 뜨고 신중하게 근처에서 나는 소리에 집중하며 걸었다. 심장이 쿵쾅거려서 머리까지 흔들릴 정도였다.

사방을 주의예시 하며 길을 나아갔다. 뒤를 돌아보면 발자국 소리는 멈추었고 앞을 돌아보면 뒤통수가 간지러웠다.

초조함이 극에 달해서 다리에 힘도 잘 들어가질 않았다. 아차 싶어 얼른 휴대폰을 꺼냈다. 그리고 번호를 누르기 시작하는데, 바로 뒤에서 발자국 소리가 멈춘 것을 느꼈다.

순식간에 낯선 남자의 손이 입을 막고 다른 손으로 허리를 감쌌다. 그리고 벽으로 등을 붙이며 어둠으로 숨었다.

불결한 손을 물어뜯으려 노력했고 그의 힘에서 벗어나기를 원했다. 게다가 비명을 지르고 있었지만, 그의 두터운 손에 막혀 소리가 뻗어 나가질 못했다. 이 정도 소란이면 문을 열고 나와 볼만도 한데 이 주위 일대는 밤잠을 설치는 이가 아무도 없나 보다.

선진은 구두 뒷굽으로 그의 정강이를 찍었다. 그는 굵고 짧은 신음을 내뱉으며 손에 힘이 풀렸다.

선진이 빠르게 몸을 돌리며 빠져나가려는데, 그는 이성을 잃었는지 나의 머리채를 붙잡고 마구잡이로 주먹을 휘두르기 시작했다. 선진은 비명을 지르며 그와 싸워보려 했지만 남자가 휘두른 주먹에 턱을 맞고 쓰러졌다.

선진의 비명소리에 주위 집들이 하나둘씩 불을 켜기 시작했다. 남자는 얼른 선진의 몸을 이끌고 후미진 골목으로 질질 끌고 가기 시작했다. 선진을 끌고 가는 남자는 혀를 날름거리며 어둠 속으로 사라졌다.

골목 끝에서 담벼락 뒤로 몸을 숨기고 이를 지켜보던 검은 정장의 사내는 휴대폰을 꺼냈다. 그리고 어디론가 전화를 걸었다. 지루한 통화 연결 음만 반복될 뿐 상대가 전화를 받지 않았다.

검은 정장의 사내는 짜증을 내며 휴대폰을 주머니로 다시 집어넣었다. 그리고 고개를 빠끔히 내밀고 조용해진 골목을 살폈다.

작은 주택의 지하실은 쥐새끼도 살지 않을 만큼 먼지가 많이 쌓여있었다. 콘크리트 돌바닥 위로 잡다한 공기구들이 널려 있었고 한쪽에는 매트리스가 깔려있었다. 그리고 그 반대편에는 플라스틱 의자들이 즐비했다.

남자는 선진의 겉옷을 들고 훑어보며 돈 냄새를 맡았다. 주머니를 뒤져보니 그녀의 지갑이 나왔다.

오만원권 지폐가 수두룩했다. 흔들거리는 전구 아래로 남자의 미소가 번져갔다. 남자는 해맑은 웃음소리까지 흘리며 선진을 돌아보았다. 그리고 지폐를 바지 주머니로 챙겼다.

선진은 지하실 한쪽 매트리스 위에 기절해 있었다. 매트리스 위로 엎어진 상태로 꼼짝 않고 기절한 연기를 해야 했다. 그녀의 왼손은 얼굴 옆에서 미동도 하지 않았지만, 몸에 가려진 그녀의 오른손은 바지 주머니로 슬금슬금 향했다.

정신병의 상징인 나의 군용 칼. 무게감과 그립감이 좋아 손에만 쥐면 술을 찾아 밤새도록 춤을 추게 해주는 나의 군용 칼. 살인의 희열을 느끼게 해주었던 나의, 이 빌어먹을 군용칼.

남자가 슬그머니 다가와 선진의 머릿결을 쓰다듬어 줄 때, 선진은 번개 같은 몸놀림으로 그의 목을 후볐다. 피가 분수처럼 솟구치며 남자는 옆으로 고꾸라졌다. 피로 뒤덮인 선진의 얼굴은 흐린 전구 빛 아래로 새까맸다.

피가 따뜻했다. 칼끝이 그의 피부를 뚫고 가냘픈 목뼈를 부시며 들어가는 것이 고스란히 손의 촉감으로 느껴졌다. 그리고 생명을 잃어가는 그의 겁먹은 두 눈을 마주쳤을 때는 두 다리가 부르르 떨리며 극에 달했던 아드레날린 분비가 마치 하체 아래로 흘러내려 가는 것처럼 희열을 느꼈다.

오히려 심장은 차분했고 아직도 발끝에는 살인의 희열이 남아있었다. 남자의 소름 끼치던 해맑은 미소는 선진의 얼굴로 옮겨갔다.

선진은 군용 칼을 쥐고 그대로 쭈그려 앉아 남자가 서서히 죽어가는 모습을 끝까지 지켜보았다. 백화점만 가면 장난감 기찻길을 하루 종일 지켜보던, 선진의 어린아이 적 모습이 투영되어 보였다.

선진은 피를 뒤집어쓴 얼굴의 눈 부위만 손목으로 훔쳐냈다.

남자는 마지막 숨을 거두었다. 엄청나게 쏟아져 나온 피가 쭈그
려 앉은 양 발 주위로 웅덩이를 만들었다. 피 웅덩이 위에서 경련
이 일어나는 목과 어깨를 손끝으로 세게 짓누르며 문질러주었다.
첫 섹스의 오르가즘과 마지막 섹스의 오르가즘과는 비교도 안
될 만큼 온몸에 경련이 일었고 몸 안의 모든 혈관으로 피가 돌았
다. 그것이 뚜렷하게 느껴지며 몸이 달구어지고 있었다.
게슴츠레한 그녀의 눈은 자꾸만 흰자를 보였다.
이거였구나. 지루하고 지겨워서 지쳤고 재수가 없는 무던한 일상
속에서 찾아 헤매었던 것이 바로 이것이었구나.
고소공포증을 가진 주제에 항공기에서 뛰어내릴 필요도 없고.
건물 옥상에서 도약해 낙하산을 아슬아슬하게 펼칠 필요도 없구
나.
내가 그토록 찾았던 건 바로 이거였구나.

선진은 비로소 기쁨과 영광의 눈물을 흘렸다.

어두운 천으로 눈 앞을 가린 듯 깜깜했다. 하늘은 높고 한 치
앞이 한없이 멀게 느껴졌다. 검은 정장의 사내는 침을 꼴깍 삼켰
다. 복잡한 주택가의 울퉁불퉁한 골목길에는 가로등이 전혀 촘촘하
지 않아 암흑과도 같았다.
검은 정장의 사내는 조심스럽게 골목으로 진입했다. 일그러진 보
도블럭 사이로 튀어나온 모난 돌부리만 밟아도 신경이 날카로워져
주위를 경계했다. 분명 비명소리가 들려왔는데 그녀의 흔적도 찾아

볼 수가 없었다.

순간 머리가 쭈뼛 섰다. 허벅지를 타고 오는 휴대폰의 진동에 온몸을 부르르 떨었다. 휴대폰을 쥐는 손이 미끄러웠다.

"예, 형님."

"어. 복수야."

"저..."

검은 정장의 복수는 골목에 엉거주춤하니 서 있으면 육안으로 찾아보기도 힘들었다. 복수는 멀리 가로등의 불빛을 따라가기 시작했다.

"이선진이... 사라졌습니다."

"이름 부르지 마라."

"아, 죄송합니다. 형님. 여자가 사라졌습니다."

"어디로?"

"비명소리가 들려와서 지금 추적 중입니다."

"비명?"

"예. 사고가 난 것 같습니다."

복수는 가로등을 손으로 짚고 왼쪽의 외벽을 따라 끝에 보이는 낡은 철문을 노려보았다.

"어디에 있는지 짐작은 갑니다만..."

고기의 고민이 숨소리로 전해졌다. 미행의 존재를 알리는 것과 그녀가 사고를 당하는 것 중에 저울질을 해야만 했다. 고기는 잠깐의 고민을 끝내고 명령을 내려주었다.

복수는 고기의 대답을 기다리며 한 발자국도 움직이지 않고 정면의 낡은 철문만을 노려보았다. 어두워서 색은 가늠할 수 없으나 여기저기 녹이 슬어 삭았는지, 이가 빠진 철문은 느낌이 께름칙했다. 확신은 없지만 사고는 가로등 아래에서 저곳으로 이어졌다고 짐작할 수 있었다.

"사고부터 수습해라. 복수야."

복수의 눈이 한층 매서워졌다.

"예. 형님."

전화를 끊고 걸음을 재촉했다. 대충 수습 될 정도여야 할 텐데. 그녀가 걱정되었다. 철문을 넘어서자 마음이 급해졌다. 스산하고 음침한 분위기가 물씬했다. 페인트 냄새가 코를 찔러왔고 길냥이인지 쥐새끼인지 보이지 않는 네 발 달린 동물들의 인기척이 들려왔다. 흙바닥은 굳어서 바스락거리고 마당 중앙에는 을씨년스러운 가시나무 하나가 우뚝 서 있었다.

복수는 천천히 흙무더기의 마당을 밟고 가시나무를 지나 폐가 같은 주택 입구로 향했다.

녹슨 현관을 밀며 옆구리로 손을 넣었다. 기괴스러운 뼛소리를 내는 문이 젖혀지자 희미하게 달빛이 집 안의 거실을 비춰주었다. 거실 바닥에 깔린 먼지 위로 발자국을 만들며 방을 하나씩 살펴보았다. 모든 방이 텅텅 비어있었고 거실 너머로 부엌만이 남았다.

복수는 평소에 겁이 없는 성격인데도 자꾸만 걸음을 주저했다. 실타래 같은 얇은 천을 꼬아서 만든 커튼을 홱 재꼈다. 어둠에 적응한 눈은 부엌 안에서 아무것도 발견하지 못했다. 그제야 복수는 옆구리에 집어넣었던 손을 다시 빼고 뒤를 돌아보았다. 그리고 긴장을 한꺼번에 내뱉듯 한숨을 내쉬었다.

"어휴. 씨벌."

거실의 발자국을 달빛이 흐릿하게 비춰주었다. 복수는 습관처럼 욕을 내뱉었다.

"발자국이 내 것뿐인 건 허탕이라는 소리지."

복수는 거실 한가운데 서서 이마에 맺힌 땀을 닦았다.

"좆 됐네."

복수는 얼른 걸음을 옮겼다. 현관을 나와 빠르게 가시나무를 지나쳐 마당을 빠져나왔다. 그리고 숨넘어갈 뻔 했던 폐가에서 나와 좌우로 뻗은 골목길을 두리번거렸다. 한번 빗나간 예측은 두 번을 어렵게 만들었다. 이제는 그녀가 끌려간 곳을 가늠조차 하기 어려웠다.

복수는 골목길을 이리저리 옮겨 다니며 유난히 음침한 집과 벽 돌담으로 가려진 은폐된 공간들을 찾아다녔다. 와이셔츠가 땀에 흠뻑 젖어도 결국 그녀를 찾지 못했다.

미로 같은 골목길을 돌고 돌아 다시 처음의 폐가 앞에 도달했다. 복수는 자포자기하는 심정으로 폐가로 욕을 퍼 부우며 담배를 꺼내 물었다.

어디야. 대체. 사람이 들어갈 만한 곳은 다 쑤셔봤는데도 없어. 복수는 담배를 탁탁 털고 폐가 안으로 휙하니 집어던졌다. 이어서 폐가 앞을 떠나려고 하는데 뒤에서 불길이 확 올랐다.

뜨겁게 데워진 목을 잡고 뒤를 돌아보았다.

폐가 땅 밑 지하에서 엄청난 양의 검은 연기가 뿜어져 나오고 기세 좋은 불길은 금세 폐가를 집어삼킬 듯했다.

복수는 현관 앞으로 다가가며 불타오르는 가시나무를 보았다.

복수의 놀란 눈으로 불길이 번졌다.

***

- 215 -

담벼락을 꾸역꾸역 몇 개나 넘었다. 신기하게도 담벼락을 넘으면 다른 집이 나와야 하는데 또 막다른 담벼락이 기다리고 있었다. 그렇게 담벼락을 몇 개나 넘어서야 공터에 다다를 수 있었다.

동네가 어디인지 알 수도 없고 알고 싶지도 않았다. 피가 흥건한 옷 위로 놈의 창고에서 훔친 공장 유니폼 점퍼를 입었다. 숨이 가빠올 때마다 놈의 구릿하고 쾨쾨한, 속이 메스꺼운 땀 냄새가 점퍼에서 올라왔다. 만약 무사히 집까지 도착할 수 있다면 점퍼부터 벗어 재끼고 싶었다.

무사히 집까지 도착할 수 있다면.

좁은 일차선 도로를 두고 건너편으로는 갖가지 상점들이 문을 닫았다. 고개를 가슴에 처박고 거리를 걷는 동안 살인의 후유증이나 놈에 대한 죄책감, 아니면 완벽 범죄를 꾀하기 위한 알리바이나 화재에 대한 2차 피해 따위는 생각도 나지 않았다. 선진은 오로지 다음 살인을 꾀하기 위한 계획을 갈구하고 있었다.

사람 없는 인도를 한참 걸었다. 차도 지나다니지 않는 길은 밤고양이들이 차지했다. 고양이들과 눈을 마주치며 속으로 이야기했다.

집까지 걸어갈 수도 없는 노릇이고 누군가와 마주치고 싶지도 않으니 몸을 숨기기보다 얼른 병원으로 돌아가서 차를 몰아가야 한다고. 집에 도착하면 재킷을 태워버리고 얼굴과 손에 묻은 혈흔을 씻어낸 후, 정화가 깨기 전에 병원에 도착해있어야 한다고.

밤거리를 배회하던 빛나는 고양이의 눈이 그렇게 말해 주었다.

선진은 동네를 빙 돌아 병원 뒤 주차장까지 걸었다. 시간이 늦어 인적은 없었지만 주차한 차 앞의 응급실은 밝은 빛을 밝히고 있었다. 선진은 조심스럽게 주차장을 가로질러 차 앞에 마주 섰다.

그리고 조심스레 점퍼 안으로 손을 집어넣어 차 키를 꺼냈다. 시동을 거는 순간 엔진을 구동하는 소리가 거슬렸다. 행여나 당직 주차 관리인이 다가와서 차 앞을 막지 않기를 원했다. 다행히 차가 빠져나갈 때까지 전방 라이트 앞으로 길을 막는 사람은 없었다.

선진은 빠르게 차를 몰아 병원 주차장을 빠져나갔다.

동이 트기 시작하는 새벽하늘의 차가운 공기가 작은 병원 내실 창으로 스며들었다.

침대의 하얀 시트 위로 정화의 발이 꼼지락거렸다. 이어서 정화는 치료받은 옆구리를 쥐며 눈살을 찌푸렸다.

살짝 열린 창틈으로 찬 공기가 발끝을 스쳐 갔다. 정화는 몸을 일으키려 안간힘을 썼지만 옆구리 통증 때문에 낑낑거렸다. 간신히 살짝 고개만 들어 내실을 훑어보는데, 선진이 정면의 작은 소파에 몸을 웅크리고 새우잠을 자고 있었다.

정화는 양 팔을 지지대 삼아 몸을 침대 헤드 쪽으로 당겼다. 통증에서 오는 비명을, 입술을 잘근 깨물어 참았다. 그리고 건너편의 선진을 지그시 바라보았다.

"깼어?"

선진은 눈도 뜨지 않고 입술만 움직였다.

"응."

"어떻게 알았어?"

"숨소리만 들어도 알아."

"소름 끼친다야."

선진은 여전히 눈을 감고 대답했다. 정화는 피식 웃으며 창으로 시선을 옮겼다. 하늘의 색은 하늘색이었다. 끝 겨울 공기는 찼다. 그리고 선진은 당연히 내 옆에 있다.

선진이 눈을 뜨며 물었다.

"몸은 괜찮아?"

"끄떡없어."

"허세는."

선진은 냉장고 옆 선반에 가서 커피포트에 불을 켰다. 그리고 끝이 말려 있는 컵 거치대에 대롱대롱 매달려 있는 머그잔 두 개를 뒤집었다. 탁탁 인스턴트 블랙커피의 비닐을 털었다.

"분명 비명소리를 들었는데."

"갈비뼈에 금이 갔다잖아."

"그러니까 하는 말이야. 어떻게 뼈에 금이 갔는데 하루 종일 참을 수가 있어?"

선진이 뒤돌아서 질린 얼굴을 지었다. 정화는 살짝 갸웃거렸다.

"타박상이거나 찰과상이겠거니 했지. 뼈에 금이 갔는지 어떻게 알아. 금이 갔어도 금방 다시 붙는 거 아니야? 뼈는 어쨌든 다시 붙는 거잖아? 네가 출근하라고 하지만 않았어도 내 갈비뼈는 다시 붙었을 거야. 라면 먹고 집에서 그냥 잤다면 말이지. 누가 죽다 살아온 사람을 사무실에 세워놓지만 않았어도 말이야."

선진은 무시하고 커피에 뜨거운 물을 부었다. 물은 뿌연 김을 만들며 커피가루를 녹였다. 커피 두 잔을 들고 돌아섰는데 진한 블랙커피의 향은 창밖의 동이 트는 새벽 아침과 잘 어울렸다. 선진은 정화에게 커피를 한 잔 건네고 침대 옆에 접이식 의자를 펼치고 앉았다. 그리고 긴 다리를 꼬았다.

"무덤덤한 건지 무식한 건지..."

정화는 커피를 호로록 거리며 손으로 선진의 어깨를 찰싹 때렸다.

순간 어색한 정적이 흘렀다.

선진은 황당한 얼굴로 자신의 어깨를 내려 보았고 정화는 당황한 얼굴이 되어 손이 허공에서 방황했다.

"쳤어?"

"아니, 그게 아니라, 커피 마시느라 대답대신..."

"좀 있으면 꿀밤도 먹이고, 더 있으면 등짝도 때리겠다?"

정화는 모른 척 커피잔을 양손으로 감싸 쥐며 눈을 동그랗게 떴다.

"커피 좋다. 그래서 그랬어."

선진은 정색했다.

"인스턴트야."

"인스턴트가 블랙도 있어?"

"응. 하나도 안 신기해."

정화는 작전이 통하지 않자 화제를 전환했다.

"수호씨는?"

선진은 눈을 흘겼다.

"음... 못 만났지."

"나 병원에 내려주고 나가 있었던 거 아니야? 그때 만나지 않았어?"

선진은 괜히 허벅지를 긁어댔다.

"늦게라도 만나고 싶다 했는데 내가 괜찮다고 했어."

정화는 입을 삐죽 내밀며 다시 선진의 어깨를 향해 손을 들었다.

"뭐 하러 그랬어. 그럴 필요는 없는데..."

정화의 손이 선진의 어깨를 때리려는 찰나 둘은 눈이 마주쳤다. 둘의 얼굴이 동시에 굳었다.

그녀의 어울리지도 않는 두 번째 애교에 피식 웃음이 나왔다. 아까 맞아 보았지만 갈비뼈가 부러진 주제에 손이 매웠다. 능청맞은 그녀의 굳은 얼굴에 웃음이 나왔다.

선진이 먼저 웃자 정화도 따라 웃었다.

선진은 살인의 추억을 까맣게 잊었다.

정화는 며칠간의 입원을 피할 수 없었다. 아무리 굳센 정화의 몸이라도 뼈가 붙을 때까지 안정을 취해야 했다. 그녀를 홀로 병원에 남기기가 불안해서 큰 병원으로 옮기거나 병실을 통째로 집으로 옮길까도 했지만, 그녀가 원하지 않았다. 정화는 한 마디로 권고를 만류했다.

숨고 도망가야 한다면 우선 너와의 인연을 끊어야 할 거야.

동의할 수 없었다. 안전할 수 있는 방법이 그것뿐이라 해도 인정하기 싫었다. 그렇다면 내 쪽에서 너를 지켜주어야겠다. 항상 보호를 받는 입장에서도 분발해보아야겠다. 이번에는 내가 지켜줄게.

선진은 휴대폰에 정화를 공격했던 무지막지한 남자의 인상착의를 메모해놓았다. 정화의 기억을 토대로 이세영과 강성의 주변 인물을 샅샅이 살펴보아야겠다.

선진은 출근길을 달리던 차를 돌렸다. 그리고 비서에게 전화해서 오늘 일정을 전부 뒤로 미뤄달라고 부탁했다. 비서는 곤란한 기색을 애써 감추며 미뤄진 스케줄은 다시 조정하여 보고하겠다며 전화를 끊었다.

출근길을 거꾸로 달리는 도로풍경이 새로웠다. 항상 보던 건물들의 다른 얼굴을 훔쳐보았고, 도로에 차가 빽빽하게 들어차 있어 보이지 않던 한강도 시원하게 내다보였다. 선진은 즐겨듣던 음악을 틀었다. 차 안으로 음악이 흐르자 몸이 날아갈 것처럼 가벼웠다. 엉덩이를 들썩이지는 않았지만 운전대를 잡은 양손은 가만두질 못했다.

이렇게 컨디션이 좋은 날은 출근할 수가 없지. 아니. 출근을 하지 않아서 컨디션이 좋은 걸 수도.

선진은 유난히 신호가 긴 교차로에서 음악을 들으며 휴대폰을 만졌다. 이리저리 뉴스거리를 찾아보다가 사건 사고의 현장을 생생하게 리포트 해주는 채널로 들어갔다. 선진은 얼른 음악을 껐다. 그리고 휴대폰을 자세히 들여다보았다.

'37세. 남성. 일용직. 차모씨는 주택의 허름한 지하방에서 근근이 월세를 지불하며 살아왔는데 평소에 즐겨 쓰던 버너의 관리 부주의로 불이 난 것으로 추정됨.

이름 모를 기자는 주택가 화재 현장의 참혹한 사진과 함께 불의 근원지인 창고에서 살았던 남자의 신원을 얄팍하게 써 내려갔다. 아무래도 주택이 네 채나 타버린 화재사고의 원인을 그의 아주 작은 버너의 탓으로 돌리는 것 같았다. 선진은 관자놀이를 타고 흐르는 땀을 손등으로 훔치며 사건 현장의 사진을 뚫어져라 바라보았다. 집이 네 채나 불타서 새까만 연기를 내뿜어 주위를 먹구름에 갇히게 만들었다.

선진은 침을 꿀꺽 삼켰다. 그리고 손가락을 밀어 기사의 스크롤을 조금 내려 보았다.

37세. 남성. 차모씨 사망.

67세. 남성. 김모씨 사망.

41세. 남성. 김모씨 중상.

40세. 여성. 최모씨 부상.

13세. 여성. 이모씨 부상.

가슴이 철렁 내려앉았다. 입이 벌어지는 걸 막을 새도 없이 음 낮은 탄식이 먼저 튀어나왔다. 선진은 아연실색하여 온몸에 힘이 빠졌다. 브레이크 페달을 밟고 있던 발에도 힘이 빠졌다. 그녀의 차는 신호가 바뀌었음에도 아주 천천히 앞으로 미끄러졌다.

그녀가 공황상태에 빠져들 때 그녀를 깨워준 것은 주위 차들의 날카로운 경적소리였다. 선진의 차만 빼고 다들 바삐 갈 길을 달렸 다. 개중에는 친히 팔을 유리창 밖으로 꺼내어 삿대질을 해대며 욕 을 내뱉는 사람들도 있었다.

턱 끝으로 흐르는 땀이 휴대폰 액정위로 뚝뚝 떨어졌다. 양손에 도 땀이 차서 허벅지를 몇 번이나 문질러야 찝찝한 물기가 사라졌 다. 선진은 양손으로 얼굴을 마구 비벼댔다.

대체 무슨 짓을 저지른 건지. 나로 인하여 누군가가 죽고 다치 고 집을 잃었는지. 그날 밤 놈을 죽인 것이 자신이 맞는 건지. 실 감 나는 기억은 몸의 감각일 뿐 머릿속은 새하얀 백짓장 같았다.

모든 차의 이목이 집중되었다. 사람들이 하나둘씩 창을 열고 지 탄의 눈길을 주었다. 차를 세우고 흉악한 표정으로 다가오는 남성 이 옆 창문을 두드렸을 때, 비로소 선진은 현실로 돌아왔다. 교차 로의 한 복판에서 아주 느리게 굴러가는 차를 인지했다.

선진은 재빨리 운전대를 붙잡고 주위 차를 피해 달렸다. 기사를 보고 난 후 주목 받는 것이, 마치 죄인이 큰 죄를 짓고 수많은 사람들 앞에서 단두대에 오르는 것처럼 느껴졌다. 교차로를 빠르게 빠져나가는데 아직도 백미러로 흉악한 표정의 남성이 자신을 향해 삿대질 하는 것이 보였다.

낯선 그의 혐오 담긴 손가락 끝이, 고무처럼 끝없이 길어져서 등 뒤로 가슴을 찌를 것만 같이 느껴졌다.

선진은 한강 둔치 근처 한가로운 곳을 찾아 차를 주차하고 강바람을 맞았다. 자꾸만 올려오는 메스꺼움에 헛구역질이 나왔다. 며칠간 간신히 술을 참아왔는데 헛구역질 때문에, 얼굴이 눈물과 콧물 범벅이 되어 정신을 차릴 수가 없었다. 술이 절실히 필요했다.

선진은 둔치 한쪽에 편의점으로 급히 걸어갔다.

한강 둔치 한가운데 자리하고 있는 편의점에는 자전거를 빌려 타는 학생들과 여유로이 산책을 나온 사람들이 많았다. 선진은 괜히 사람들 눈치를 살피며 편의점 안으로 들어섰다. 조금만 지체하면 두 다리가 온전히 버텨줄 것 같지 않았다. 언제 편의점의 더러운 대리석 바닥에 주저앉을지 몰라 초조했다.

급하게 편의점을 한 바퀴 돌며 술을 찾았다. 잡지 서가대 옆으로 소박한 술 장이 있었는데 상당히 구석진 곳이었다. 선진은 얼른 값싼 스카치위스키 두 병을 골라잡았다. 당장 뚜껑을 열고 흡입하고 싶었지만 참고 계산대로 향했다.

걸음걸이가 온전치 않으며 정신 빠지게 헛구역질을 하고, 눈물 콧물을 닦아내느라 손 바쁜 여자가 양손에 양주를 한 병씩 들고 오는 것을 편의점 아르바이트생이 따뜻하게 응대해줄 리 없었다.

술병을 보고 있자니 헛구역질이 더 심해졌다. 아르바이트생은 인상을 구기면서도 공손히 물어왔다.

"괜찮아요?"

선진은 손사래를 치며 대답했다.

"네. 계산 해주세요."

아르바이트생은 양주병을 훑어보며 계산하기를 주저했다. 그리고 의심 어린 눈빛으로 조심스럽게 질문을 던졌다.

"혹시. 현금계산은 안 되세요?"

"현금이요? 그냥 이거로 해주세요."

선진은 말을 끝내고 헛구역질을 참느라 주먹을 입안으로 넣고 싶었다.

"정말 괜찮으세요?"

"괜찮으니까 빨리 계산이나 해요."

아르바이트생은 입을 비죽거리며 카드를 긁고 봉지에 양주를 담아 주었다. 선진은 재빨리 봉지를 들고 편의점을 빠져나왔다. 그리고 차까지 걸어가는데, 2분이면 도착하는 거리가 얼마나 멀게 느껴지는지 현기증이 다 났다.

선진은 도망치듯 운전석에 올라타서 얼른 문을 잠그고, 떨리는 손으로 양주 마개 포장을 뜯었다. 그리고 벌컥벌컥 양주를 생수 넘기듯이 몸 안으로 때려 넣었다. 강한 알코올이 목을 탁 치면서 사레가 들렸다. 그 덕에 운전대 쪽으로 양주를 가득 뿜어버렸다. 켁켁 거리며 눈물을 닦으면서도 양주병은 손에서 놓지 않았다.

알코올이 목과 가슴을 뜨겁게 적셔주고 손과 발끝까지 따뜻해졌다. 선진은 그제야 한 시름 놓았는지 긴 한숨을 푹 내쉬며 의자에 편히 기댔다. 두통과 동시에 자책감이 덩어리로 몰려왔다.

어떡하지. 사람 목숨을 빼앗고 무던히 살아갈 수 있을까. 다행히 사고는 수습이 된 것 같은데 모른 척하고 살아갈까. 그렇다면 또 온전한 정신으로 살아갈 수 있을까. 나는...

선진은 뜨거운 이마에 손등을 붙이고 눈알을 굴렸다.

난... 어째서 참혹한 살인에서 생전 경험해 보지 못한... 그 희열을 아니, 그 어떤 말로 형용하지 못할 대단한 성취감을, 그동안 그토록 경험해보기를 원했던 걸까. 생명을 앗아가는 것에 대단한 매력이 있는 건지, 아니면 그 행위 자체에서 만족을 느끼는 건지는 모르겠다. 아주 복잡하게 엉켜있는 기분 좋은 감정들이 온몸에서 요동을 친다고 하면 동감하는 사람이 있을까.

그게 왜 꼭 살인이어야만 하는가.

자신에게 묻는 질문에 대답 대신 술로 배를 채웠다.

선진은 더부룩해진 속 때문에 창문을 조금 열었다. 순간 찬 공기가 머리를 쓸어갔다. 그 덕에 두통이 잠깐 사라지고 잡념이 사라졌다. 그리고 눈빛도 달라졌다.

분명 놈들은 아주 악질적인 사회악이었으며 자신의 목숨을 노골적으로 위협하는 치명적인 적이었다. 결과야 어찌되었든 나는 신변 방어를 위해 칼을 휘둘렀을 뿐 먼저 살인을 위해 움직이지는 않았다.

여기서 가장 중요한 질문이 떠올랐다. 선진은 차창을 다시 닫고 양주 한 병을 금세 비워버렸다. 이어서 사이드 브레이크를 풀었다.

살인을 그만두어야 할 것인가. 아니면 다음 살인을 고대하는 살인마가 될 것인가.

선진은 어금니를 씹으며 차를 뒤로 뺐다. 그리고 광활한 주차장을 가로 질러갔다. 엑셀레이터를 힘껏 밟는 다소 광기 어린 얼굴의 선진은 입꼬리가 올라가 있었다.

만약 기회가 온다면... 보다 확실한 기회가 또 찾아온다면...

"마다하지는 않겠지."

초저녁의 우중충한 하늘 아래로 작은 수호병원의 녹색 네온사인이 밝게 빛을 발하고, 주차장의 가로등만이 길을 안내해주었다.

선진은 주차장 끝에 차를 대고 내려섰다. 차마 정화에게 가지못하고 차를 몰아 서울 시내를 한참이나 방황하다 보니, 결국 도착한 곳은 수호병원 앞이었다. 정화에게는 불안한 심경을 들킬 것 같아서 가지 않았고, 수호에게는 불안한 심정을 위로받고 싶었다.

선진은 자갈밭의 주차장을 내처 걸어 병원 입구로 들어섰다. 유리문을 슥 열고 안으로 들어서는데 데스크의 여직원 하나가 말똥말똥한 눈으로 쳐다보았다.

"무슨 일이시죠?"

하수연은 만지작거리던 휴대폰을 얼른 내려놓고 자리에서 일어섰다.

"진료받으러 왔는데요."

"진료접수는 끝났구요. 내일 다시 오셔야 할 것 같은데..."

"아, 괜찮아요."

선진은 등을 돌리며 데스크와 마주 보고 있는 대기석 의자에 앉았다. 할 일 없이 앉아서 휴대폰을 만지작거리고 있는데, 하수연은 눈치를 살피며 다가와 벽에 붙어있는 낡은 텔레비전을 틀어주었다. 벽에 붙어있는 나무선반이 무게를 못 이기고 떨어질 것처럼 보였다. 선반 위로 뒤통수가 뭉뚝하게 튀어나온 오래된 텔레비전은 요란한 전파음 소리를 내며 뉴스를 시작했다.

'다음 소식입니다. 서울 xx구 xx동에서 안타까운 화재사고가 났

습니다. 2명이 사망하는 등 인명피해가 심각하며 중상의 환자들은
좀 더 경과를 지켜봐야...'

선진은 친절하게도 화재사고 피해현장을 적나라하게 보여주는
영상을 멍하니 바라보았다. 이미 알고 있는 내용이었음에도 심장이
점점 빠르게 뛰고 온몸에 힘이 들어갔다.

눈치 없는 하수연은 옆에서 혀를 차며 팔짱을 끼고 리모콘을 손
에서 놓지 않았다.

"선생님? 퇴근 준비하셔야지."

하수연은 뉴스에 정신을 팔다가 얼른 데스크 쪽으로 고개를 돌
렸다.

"아, 네."

"제가 일 보다가 이 병원에 나 말고 또 누가 있다는 걸 깜빡했
어요. 저 때문에 오늘 좀 늦어졌네요. 얼른 들어가서 쉬어요."

하수연은 미소를 지으며 데스크를 정리하기 시작했다.

"아니에요. 더 늦어도 상관없는데요."

하수연은 검지로 턱을 문지르며 앙증맞게 덧붙였다.

"딱히 만날 사람도 없고..."

"그래도 깜깜한 병원 안에서 저랑 둘이 있는 것보다야 낫겠죠."

데스크에서 하수연과 심심한 농담을 주고받던 수호는 대기석에
앉아서 텔레비전을 멍하니 쳐다보고 있는 선진을 발견했다. 그는
놀란 얼굴이 되어 선진에게 조심스럽게 걸음을 옮겼다.

"선진씨...?"

이제야 알아봐 주시다니. 저 끔찍한 뉴스를, 피해자들의 구슬픈
가족사까지, 다 들었는데. 그 전에 좀 알아봐 주지. 내가 저것까지
는 볼 필요는 없었는데. 선진은 조금은 토라진 얼굴로 수호를 마주

했다.

"천천히 일 보세요."

수호는 데스크를 정리하고 있는 하수연의 눈치를 살피며 선진의 옆으로 앉았다. 그리고 같이 텔레비전을 올려보는데 옆에서 알 수 없는 따뜻한 기운이 느껴졌다. 수호는 옆을 돌아보았다.

선진의 멍한 눈에서 투명한 눈물이 떨어졌다. 수호는 선진에게 작은 목소리로 속삭였다.

"많이 안 좋아요?"

선진은 대꾸를 하지 않았다. 눈물도 닦지 않고 텔레비전에서 눈을 떼지도 않았다. 수호는 진지한 표정이 되어 선진을 살피는 짓을 그만두었다. 이어서 하수연이 분위기 파악 못 하고 카랑카랑한 목소리로 퇴근 인사를 하기에 깜짝 놀랐다.

수호는 병원에 선진과 둘이 다시 남게 되자, 데스크에 있는 리모컨을 들어 텔레비전을 꺼버렸다.

그제야 선진은 눈을 감으며 긴 숨을 내쉬었다. 그리고 고개 돌려 데스크 쪽을 바라보았다. 수호는 데스크에 앉아 딴청을 피우고 있었다.

머릿속을 싹 비워줄 만한 약은 없나. 병원에다가 유능한 의사도 있는데 나를 위한 치료는 없나. 선진은 터벅터벅 데스크로 걸어갔다.

"수호씨."

수호가 천천히 몸을 일으키며 선진과 눈을 맞췄다. 슬픈 얼굴인데 눈이 슬퍼 보이지 않았다. 선진의 지친 얼굴에 찬물이라도 끼얹어주고 싶을 정도로 정신을 차리게 해주고 싶었다.

수호는 선진의 부름에 입맞춤으로 답했다.

선진은 놀라며 뒤로 주춤했지만 뒷목과 옆구리를 감싸주는 수호의 포근한 손길이 안정을 되찾아주었다. 그의 부르튼 입술을 지나, 보다 감춰지고 은밀한 곳을 찾아 헤매었다.

자꾸만 입술을 물어가는 바람에 살갗이 퉁퉁 부은 것처럼 얼얼하다. 키스 후의 정적은 나를 숙맥으로 만들었다. 손 하나 까딱하지 못하고 서 있는데 그가 살며시 포옹을 해주었다. 따뜻하기는 하나 그의 굉장한 심장 박동 때문에 진정 되던 가슴이 동요되었다.

둘은 서로의 어깨에 얼굴을 기대고 한참이나 껴안고 있었다.

작지만 있을 건 다 있는 수호의 도미토리 같은 공간에, 떡하니 구석을 차지하고 있는 철제 프레임 침대에 벌러덩 누워서 천장을 바라보았다. 그의 얼굴이 천장을 가렸다. 벌써부터 상기된 그의 얼굴을 손을 들어 어루만져보았다. 보기보다 부드럽고 생각보다 더 뜨거웠다.

수호는 선진의 얼굴에 입술을 퍼부으며 천천히 선진의 옷을 벗겼다. 수호가 침대 매트리스에 지지하던 팔의 자리를 옮길 때마다 침대에서는 삐걱거리는 소리가 요란했다.

남자 앞에서 발가벗은 기억은 술 취할 때 말고는 없었다. 선진은 본능적으로 수호의 손길을 막으며 주저했지만, 수호의 손아귀에는 이미 주체할 수 없는 힘이 들어가 있었다.

선진은 몸을 비틀며 마주 보고 있는 멋쩍은 얼굴을 돌리려 했지만, 수호가 옆으로 얼굴을 파묻고 바지를 벗는 바람에 저지당했다. 입술이 그의 목덜미에 닿았다. 비누 냄새와 섞인 땀 냄새가 싫지 않았다. 핏발선 그의 목울대 옆에 코를 묻고 그의 체취를 맡았다. 그의 다부진 어깨를 만지며 눈을 감았는데 그의 손이 무릎부터 허벽지까지 오르내리기 시작했다.

선진은 입술을 살짝 깨물었다. 오랜만의 남자 손길이라 그런지 몸을 수그리게 되었다. 어깨는 자꾸만 움츠려들고 양다리는 배배 꼬지 않으면 그의 손길을 참을 수 없었다. 선진은 아주 작은 소리로 신음을 내뱉기 시작했다. 수호는 선진이 입에서 나오는 더운 공기로 호흡하듯 입을 맞대고 허리를 움직이기 시작했다.

수호의 머리 뒤로 보이는 천장이 까마득했다. 빛이 없어 온 감각이 곤두서고 그가 허리를 움직일 때마다 아찔했다. 선진은 눈을 질끈 감고 그의 목덜미에 매달렸다. 그가 반동을 줄 때마다 몸이 저절로 흔들리며 신음을 자아냈다.

"아..."

신음을 내뱉을 때마다 수호는 얼른 입술을 덮치며 호흡을 훔쳐 갔다. 점점 허리를 튕기는 힘이 강해졌고 그가 들어올 때마다 고개를 뒤로 젖히게 되었다. 침대에 몸을 지지하고 있는 수호의 양 팔뚝에 핏줄이 불끈거렸다.

삐걱거리는 침대 소리만이 귀를 찌르고 주위는 온통 어둠이다. 지상이라는 느낌이 들지 않고 허공으로 떠오른 둘의 가쁜 숨소리만이 침대 아래로 꺼진다. 그가 허리를 집어넣을 때마다 몸이 상승하고 다시 허리를 굽히면 제자리를 찾는다. 그 기분 좋은 반복이 배꼽 아래로 쾌감을 선물하고 머리끝으로 또렷한 의식이 빠져나가는 것만 같다.

갈수록 몽롱하니 정신이 흐릿하다.

선진은 달아오르는 얼굴을 그의 가슴에 마구 비비며 그를 채근했다. 이어서 너무 빨라지는 그의 허리를 양손으로 붙잡고 자세를 바꾸려고 했지만, 그는 사정을 참지 못하고 허리를 뺐다.

선진은 눈을 연신 깜빡거리며 수호의 얼굴을 찾았다. 수호는 거칠게 숨을 몰아쉬며 눈썹만을 씰룩거렸다. 수호는 아쉬웠는지 가만히 무릎을 꿇고 침대를 떠나지 못했고, 선진은 그가 귀여워서 와락 안아주었다.

선진은 곧장 샤워실로 향했고 수호는 대자로 누워버렸다. 선진이 샤워를 마치고 나오자 수호가 마시던 물을 건네고 바톤 터치하듯 샤워를 시작했다.

선진은 주광색 전등을 켜고 옷을 주섬주섬 주워 입었다. 물맛이 밍밍했다. 독한 술이라도 한잔했으면 싶었다. 낮은 냉장고를 열기 위해 쭈그려 앉았다. 싸구려 와인이라도 있었으면 바랐는데 텅텅 비어있었다. 어느새 뒤로 다가온 수호는 수건으로 머리를 털며 냉장고에 노크했다.

"술 찾아요?"

선진이 풀이 죽어서 대답했다.

"이럴 거면 냉장고를 치우는 게 어때요. 방도 좁은데."

수호가 짓궂은 표정으로 선진을 내려 보았다.

"허허. 술이 손에 잡히지 않으면 예민해지는 게 알코올 중독의 초기 증상처럼 보이는데요."

"초기는 이미 진즉에 땠거든요. 중독 말기라 목숨이 위험한 판인데."

"자제력을 잃지 말아요. 아주 중요한 부분이거든요."

선진은 아랫입술을 내밀고 어린아이처럼 수호를 올려다보았다.

"방금처럼요?"

수호는 머리를 털던 수건을 파라락 돌리며 정리하다가 의아한 얼굴을 지었다. 선진이 침대를 손가락질로 가리켰다. 수호는 민망했는지 수건을 화장실 앞 빨래수거함에 던져버리고 주방으로 향했다.

"방금은 좀 서운하네."

수호는 투덜거리면서도 선진을 위해 안주를 만들기 시작했다. 먼저 스파게티 면을 물에 삶고 이어서 팬에 기름을 둘렀다. 다진 마늘을 볶으며 등 뒤로 손을 뺐다.

"냉동실에 새우 좀 가져다줄래요."

"아무것도 없던데요."

"찾던 술이 없으니까 전부가 안 보였겠죠."

선진은 냉동고를 열었다. 버젓이 자리하고 있는 냉동 새우를 꺼내 수호에게 건네주었다. 그는 새우를 받자마자 능숙하게 요리하고 있는 팬 위로 투척했다.

그가 요리하는 모습을 등 뒤에서 지켜보았다. 꿈틀거리는 그의 팔꿈치가, 턱선을 타고 흐르는 구슬땀이, 그의 넓은 등판이 멋있어 보였다. 선진은 감정이 주체가 안 돼서 그의 등을 끌어안았다. 수호는 놀랐지만 뒤를 돌아보지는 않고 요리를 계속했다.

소박한 올리브 파스타와 미지근한 싸구려 와인이 식탁에 차려졌다. 선진은 수호와 마주 보고 와인을 째려보았다.

"어디서 났어요?"

"병원 안에 술 있는 거 직원이 알면 좋을 거 없어서 부엌에 숨겨 놔요."

"어차피 근무 끝나고 먹는 거잖아요? 여긴 개인적인 공간이고."

"그래도 일단은 병원 안이니까..."

선진은 장난스럽게 얼굴을 찡그려보았다.

"꽉 막혔어. 좋을 대로 해요."

선진은 와인을 먼저 홀짝였다. 그리고 감미하듯 허공으로 시선을 두었다. 그녀의 모습을 감상하던 수호가 포크를 들어 파스타 쪽을 찔렀다.

"보통 열심히 준비한 요리부터 손이 가야 되는 거 아니에요?"

선진은 그제야 포크를 집어 들었다.

"아, 좋은 음식은 냄새만 맡아도 알아요."

선진은 파스타를 입에 물자마자 동시에 말을 꺼냈다.

"맛있어요."

수호가 웃으며 달래듯 대답해주었다.

"알았어요. 맛있게 들어요."

수호는 금세 비어버린 선진의 와인 잔에 와인을 따라주며 눈치를 살폈다.

"그런데... 오늘 무슨 일 있었어요?"

선진이 포크 질을 멈추었다. 다시 떠오를 것만 같았다. 우에다의 비릿한 피 냄새가. 창고 안의 퀴퀴한 냄새가. 유난히 지지직거리는 병원의 텔레비전이. 선진은 입을 닦으며 천천히 심호흡을 했다.

"글쎄요..."

"무슨 일이 있었군요."

속사정을 모르는 수호는 와인을 홀짝이며 호기심을 발했다.

"정화씨는 괜찮아요?"

"괜찮을 거예요..."

"네?"

"모르겠어요. 정화에게 가는 도중이었는데 라디오에 혼이 나가버렸고, 정신을 차려보니까 이 병원 데스크에 서 있었고, 눈앞에는 수호씨가 서 있었어요."

선진은 눈살을 찌푸렸다.

"지금은 그 이유도 기억..."

"기억이 안 나요?"

"하고 싶지 않네요."

선진은 와인 잔 끝에 얼룩진 부분을 손끝으로 문질렀다. 수호는 말없이 와인을 홀짝거렸고 음악을 찾기 위해 낡은 시디플레이어로 향했다. 그는 이쪽 취향은 묻지도 않고 플레이버튼을 눌렀다. 잔잔한 피아노곡이 흐르기 시작하고 둘은 더 이상 말을 꺼내지 않고 서로의 빈 잔을 채워주었다.

피아노 연주가 멈추고 시디가 파라락 힘없이 돌아가는 소리가 났다. 음반이 12번 트랙을 돌아가는 동안 둘은 와인 두 병을 비웠다. 눈꺼풀이 무거워진 수호를 지그시 바라보던 선진이 입을 열었다.

양쪽 볼에 홍조를 띤 선진은 긴 머리를 쓸어 올리며 물었다.

"선생님. 한 번 더 안아줄래요?"

***

번잡한 시가지의 화려한 네온사인들이 빛나고 작은 골목으로 접어들면, 요란한 소리를 가득 담은 성인 게임장이 점포 두 개를 차지하고 있었다. 다채로운 색의 비늘을 빛내며 한껏 벌린 주둥이에 여의주를 물고, 하늘로 치솟고 있는 용들은 서로의 몸을 배배 꼬며 위용을 보여주는 그림이 가득했다.

무시무시한 황금색 눈깔의 용 두 마리 사이에 작은 문이 하나 존재했는데, 그 안으로 들어서면 사방으로 파칭코 머신이 즐비해 있었다.

담배 연기 가득한 게임장은 눈을 연신 깜빡이게 하고 옆자리의 술 냄새도 지워주었다. 곳곳에는 파칭코 머신을 붙잡고 하루의 밤을 꼬박 새우는 손님들을 안내해주는 짧은 치마의 여직원들도 보였다.

뒷문을 나가면 화장실로 연결되는 통로가 있는데, 화장실로 가기 전에 왼측으로 틀면 2층으로 연결되는 계단이 있었다.

2층의 넓은 사무실에는 컴퓨터 세대가 연결되어 있었고, 그 앞에 앉아있는 젊은 직원 하나가 피식거리며 오징어 다리 씹고 있었다.

"이 새끼는 정신 못 차리고 또 왔네. 뽕 한 번 놔줘야 또 미치는 거지 사람."

직원은 세 대의 컴퓨터 중에 중앙 컴퓨터로 당첨 값을 입력시켰다. 양 측의 cctv로 기계들이 연이어 당첨되는 장면이 송출되었다. 직원은 만족한 듯 다리를 꼬며 오징어를 물어뜯었다.

"니들한테는 내가 조물주야. 그치?"

작은 주방에서 부랴부랴 술과 과인 안주를 준비해서 다른 방으로 들어가던 복수는, 직원을 흘끗거리며 나무랐다.

"조물주는 무슨... 오랜만에 한 번 내가 주물러줘? 사기도 겸손하게 쳐야지. 고마운 손님들을 그렇게 생각해서야 오락실 하나 가져갈 수 있겠어?"

직원은 당황하며 자세를 고쳐 앉고 변명을 찾았다.

"아, 죄송합니다. 혼자 농담한다는 게..."

"가서 맥주나 몇 캔 가져와."

복수는 방안으로 들어가 버렸고 직원은 투덜거리며 부엌으로 향했다.

작은 방에는 커다란 테이블과 편안한 소파들뿐이었다. 그리고 한쪽 벽에 커다란 그림 액자 하나가 걸려있었다. 눈을 번뜩이는 호랑이가 테이블 위에 과일 안주와 맥주 따위는 무시하고, 사무실 안의 사람을 잡아먹을 기세로 몸을 잔뜩 움츠리고 있었다. 복수는 액자의 호랑이 그림과 대치하여 끝까지 노려보았지만, 이내 눈길을 돌렸다. 더 큰 호랑이가 문 너머로 걸어오는 것이 느껴졌다. 복수는 다리를 달달달 떨며 그가 문을 열길 기다렸다. 그가 문고리를 잡아당기는 즉시 몸은 총알처럼 튀어 나갈 준비를 하고 있었다.

철컥. 문이 활짝 열림과 동시에 호랑이보다 더 큰 덩치의 그가 들어왔다. 복수는 얼른 소파에서 엉덩이를 떼며 고기 앞으로 다가갔다. 그리고 본능적으로 액자의 호랑이로 눈이 갔다. 커다란 액자 속의 거대한 호랑이가 우스워 보일 정도로, 고기의 등장에는 의연함이 묻어있었다.

이어서 적당한 키에 다부진 몸의 강성이 들어섰다. 복수는 얼른 길을 비키며 고기 옆으로 섰다. 강성은 곧장 소파의 중앙에 자리하고 앉아서 자연스럽게 과일을 입으로 집어넣었다.

"앉아 봐."

고기가 강성의 왼 측으로 앉고, 문을 닫느라 바쁜 복수는 고기 옆으로 앉았다.

"재밌는 얘기를 들었는데."

강성이 알이 큰 포도를 껍질 채 씹어 먹으며 복수를 쳐다보았다. 복수는 얼른 허리를 펴고 대답을 찾았다.

"그게..."

복수가 말을 더듬자, 고기가 옆에서 속삭이듯 경고했다.

"형님에게 말할 때는 더듬지 말고. 또박또박 알아듣기 쉽게."

복수는 자세를 한 번 더 고쳐 앉았다.

"아, 예. 형님."

복수는 다시 강성에게 그 날의 밤을 고했다.

"골목에서 이선진이 괴한을 만나 납치당한 후로 그녀의 행적을 쫓아 도움을 주려했지만, 찾을 수 없었습니다. 분명 그 근방에 의심 가는 곳은 싹 다 찾았는데도 소용이 없었습니다. 마지막으로 폐가 같은 집 안을 둘러보고 나오는데 갑자기 가스통이라도 폭발한 것 같은 굉음이 들렸습니다. 그리고 그 폐가 같은 집이 순식간에 불길에 휩싸였습니다. 그 집에서 나와 정신을 차리고 보니까 불은 무섭게 다른 집으로 번져갔어요. 이어서 소방차의 사이렌 소리가 들려와서 자리를 피했습니다."

강성은 양주를 한 모금 들이켜더니 입을 헹구었다. 복수는 숨을 고르고 다시 침착하게 말을 이어갔다.

"후에 뉴스나 인터넷 기사를 찾아보니까 그 집의 지하실이 화재의 근원이었습니다. 잘 찍었는데 폐가 같은 주택에 지하방이 있을 거라고는 생각 못 했던 거였습니다. 그리고 사람이 살고 있을 줄은 생각도 못 했습니다. 그래서 그 지하방에 살고 있는 남자를 추적하기 시작했습니다. 그 남자가 건설 현장에서 일하는 것을 알고 그 동네 인력소를 탐색했습니다. 손쉽게 그의 사진을 구할 수 있었고, 그가 그 날 밤 이선진을 납치한 괴한이라는 것도 아주 쉽게 확신할 수 있었습니다."

강성은 양주잔을 들고 흔들고 손을 멈추고 복수의 말에 집중했다. 강성의 안색이 진지한 빛을 내었다.

"여... 여기까지 입니다."

고기가 기다렸다는 듯 얼른 끼어들었다.

"더듬지 마."

"아, 네."

복수는 고기의 충고가 부담스러웠다. 호랑이도 꼬리를 감추고 내뺄 정도의 사내가, 이 정도로 조심하고 대우해주다니. 강성에 대해서는 익히 알고 있었지만, 그의 힘을 실감하기는 처음이었다. 이만한 사내의 이만한 의리를 샀다니.

복수는 사실 4년 전의 회식에서 그를 처음 만났을 때 무엇보다 잘생긴 외모가 뺀질 해 보여서 탐탁지 않았다. 그러나 고기 형님의 태도와 충성에서 보아하니 예사 인물이 아니란 것을 한달음에 깨달았다.

"방화범이 이선진이다?"

강성은 술잔을 기울이며 자꾸만 저 혼자 피식거렸다.

"그러니까 납치당한 후에 괴한을 저지하고 오히려 집에 불을 내버렸다? 그리고 혼자 유유히 사건 현장을 빠져나오셨다?"

강성이 웃음기를 거두고 예리한 눈빛을 꺼내 들었다.

"얼마나 확신해?"

애매한 대답은 통하지 않는다는 것을 짧은 시간이지만 고기를 통해 배웠다. 복수는 단호하게 대답했다.

"백프로 확신합니다."

강성이 턱을 살짝 비틀었다.

"정말?"

"네. 확신합니다."

복수의 얼굴에는 한 치의 망설임 따위는 보이지 않았다. 강성은 표정을 풀고 씨익 웃어 보였다.

"마음에 드네."

복수는 강성에게 살짝 고개를 숙였다. 고기는 담담하게 입을 다물고 허공만 응시하고 있었고, 강성은 팔짱을 끼고 테이블 위의 올드패션 양주잔을 째려보았다.

무거운 침묵이 흘렀다.

강성이 자리에서 벌떡 일어났다. 고기와 복수도 따라 섰다.

"술 한 잔 줘라."

고기가 테이블에 거꾸로 놓인 빈 잔을 하나 들어 복수에게 건네주었다. 복수는 잔을 들고 양손으로 술을 받았다. 셋은 빈 잔에 술을 채우고 마주 섰다. 강성이 어금니를 씹으며 보조개를 띄었다.

강성이 술잔을 살짝 들어 올렸다. 고기와 복수는 게 눈 감추듯 잔을 비웠다. 강성은 약 올리듯 술잔을 마시는 척하고 테이블 위로 탁하고 거칠게 내려놓았다. 고기와 복수가 강성을 모아보았다.

강성은 혀를 꺼내 입술을 핥았다. 반딱거리는 얇은 입술이 치명적인 말을 토해냈다.

"왜 불을 냈을까?"

고기와 복수는 술의 알싸함이 가슴에서 채 사라지기 전에 그의 질문을 곱씹으며 깨달았다.

그녀의 불은 더 큰 오류를 태우기 위한 연막이다.

눈꼬리에 물기가 느껴진다. 습기 가득한 베개와 맞닿은 머리가 축축하고 목덜미가 뻐근하다. 악몽에서 깨기 위해 안간힘을 다해 눈을 떴다. 그리고 크게 숨을 들이마셨다. 동시에 사레가 들려서 콜록거렸다. 얼른 입을 막아보았지만, 수호는 생각보다 잠귀가 밝았다.

"추워요?"

선진은 얼굴의 땀을 닦으며 좁은 목재 침대에서 다리를 내놓았다. 그리고 허리를 숙여 양 무릎을 얼굴을 묻었다. 기침이 가시고 두통이 몰려왔다.

"어디 안 좋아요?"

"더 자요. 저는 잠이 깼어요."

수호는 침대 머리 위에 탁상시계를 들여다보았다. 그리고 다시 침대에 엎어져서는 베개에 옆얼굴을 묻었다.

"벌써 가려구요? 아직 새벽닭도 울지 않았어요. 근처에 닭장도 없는데 항상 여섯시 전에 닭이 먼저 울거든요."

"그 닭은 악몽을 꾸지 않는가 봐요."

선진은 침대에서 일어나 주섬주섬 의자에 대충 걸쳐 놓은 옷을 챙겨 입었다. 그리고 머리를 손으로 대충 산발이 된 머리를 빗으며 화장실로 향했다. 시원하게 쏟아지는 물소리가 끊기자 세수를 해서 하얘진 얼굴로 이별을 인사했다.

"또 봐요."

수호는 입을 꾹 다물고 아쉬운 듯 손을 들었다. 선진은 옅은 미소를 남기고 방을 나왔다. 그리고 불을 켜지도 않고 복도를 걸었다. 불을 켜는 것을 깜빡했는데 중간에 돌아서기도 애매했다. 그 어두운 복도를 빠져나오는 동안 선진은 손의 감각에 의지해서 벽을 짚어갔다. 끝에 닫힌 문이 만져졌다. 힘차게 문을 열어 재끼고 나가려는데 차 주위로 인기척이 느껴졌다. 선진은 잠시 문에 기대서 밖의 동태를 살폈다. 달빛에 흔들리는 여자가 내 차 주위를 빙빙 돌고 있었다.

그녀가 차를 떠나 병원 입구로 가는가 싶더니, 곧장 방향을 꺾어 이쪽으로 다가왔다. 아무래도 이 문을 지나야 병원 내부로 들어갈 수 있고, 병원 입구의 커다란 문을 열 수 있나 보다. 선진은 문에서 한 걸음 뒤로 물러섰다.

"어맛, 깜짝이야!"

하수연은 질린 얼굴로 제자리에 꽁꽁 얼어붙었다. 그리고 선진의 얼굴을 보기 위해 몸을 이리저리 비틀었다.

"아, 어제..."

하수연은 코앞에 있는 사람에게 손가락을 찌르며 말을 붙여왔다. 선진은 그녀의 뾰족한 손끝을 피하며 조소를 지었다.

"출근을 상당히 빨리하시네요."

"네?"

하수연은 황당한 얼굴로 되물었다.

"아직 새벽닭이 울지도 않았는데 말이죠."

"일찍이 준비해야 할 일이 있어서요."

하수연은 문 앞에 기대서 팔짱을 끼며 눈빛을 바꿔 물었다.

"그런데 지금 여기서 뭐 하세요?"

선진은 젖은 머리를 뒤로 쓸어 넘기며 하수연 옆으로 팔을 뻗어 거칠게 문을 열었다.

"보면 몰라요?"

하수연이 뒤를 돌아보는데 선진은 뒤도 돌아보지 않고 차로 향했다.

"그런데 비싼 차 처음 봐요? 훔쳐갈 것처럼 훔쳐보던데."

하수연은 멍하니 선진의 뒷모습을 바라보았다. 그녀의 걸음을 멈출만한 대사가 생각나지를 않았다. 선진의 차가 흙먼지를 남기며 공터를 빠져나가서야 눈길을 거두고 휴대폰을 꺼내 들었다.

하수연은 빠르게 문자를 적기 시작했다.

'확실해요. 그녀가 방금 병원을 나갔어요.'

하수연을 어두운 복도를 한 번 노려보고는 문자를 이어 적었다.

'선생님 방에서 나온 게 분명해요. 머리가 젖어 있었거든요.'

하수연은 휴대폰을 집어넣고 어두운 복도를 소리가 날까 조심스럽게 걸어갔다.

선진은 주차된 차 주위를 한 바퀴 돌며 그녀가 훔쳐볼 만한 것이 무엇인지 고민했다. 단순한 호기심이나 질투심에 적대감을 내비치는 거라면 다행인데, 느낌이 좋지 않다. 어제 그녀와 처음 눈을 마주치고 이야기를 나누었을 때 직감이 뺨을 때렸다. 그녀의 언행이 평소보다 과장이 되어있다고.

선진은 병원 건물로 눈을 흘기며 차에 올라탔다. 손은 이미 차의 기어로 가 있는데, 시동을 걸만한 여력이 없었다. 선진은 목을 기대고 고개를 뒤로 젖혔다. 답답한 천장이 보였다. 눈이 스르륵 감겼다. 출근지는 정해져 있는데 발이 떨어지질 않는다. 정화는 아직 병원에 있으려나. 침대에 가만히 누워 있을 만한 애가 아닌데. 정화를 생각하니까 병실을 지키지 않은 자신이 못내 미안해졌다.

잠깐 졸았는지 머리가 띵했다. 이마를 부여잡고 차를 몰아 도로로 접어들었다. 막상 달리는 차들 사이에 어깨를 견주니까 목적지를 찾았다. 병원에 잠시 들려 정화 얼굴 보고 회사로 가야겠다. 그리고 정화를 그렇게 만든 강성 주위의 인물을 알아봐야겠다. 그리고 병원의 간호사도 주시해야겠고, 그다음에는 세영과 큰오빠에게 빈틈을 보이지 않도록 당분간 업무에 열중해야겠다. 그리고 그다음에는...

이제 나는 완전히 고립되었다. 완벽한 나의 분출구는 용암이 들끓는다. 아무도 다가올 수 없다. 누구에게도 알려 줄 수 없다.

나에겐 오로지 작은 군용칼만이 하늘의 끝으로 데려다주는 토템이다.

선진은 어느새 강렬해진 햇볕에 선글라스를 찾아 썼다. 그리고 창을 열어 바람을 맞았다. 외로움이 조금은 가셨다.

선진은 정화의 병실 문을 열고 안으로 들어갔다. 너저분하게 뒤집어진 이불을 들쳐보아도 정화는 없었다. 뒤를 휙 돌아보는데 정화가 문을 열고 들어왔다. 정화는 벌써 발걸음이 가벼워진 만큼 건강을 되찾은 것 같았다. 선진은 정화의 얼굴을 훑어보며 침대 옆 의자에 앉았다.

"옆에 돗자리 펼 것처럼 굴더니, 코빼기도 안 보이던데."

선진은 가볍게 무시하고 병실 내부를 둘러보았다.

"지낼만해?"

"답답해서 그렇지."

"몸은?"

"이제 괜찮아. 퇴원해도 될 것 같에."

선진이 팔짱이 끼고 목을 스트레칭하며 말을 툭 던졌다.

"그럼 나 커피 좀."

정화가 눈을 찡그리며 커피포트로 걸어갔다. 그리고 종이컵을 꺼내며 투덜거렸다.

"시켜 먹으려고 물어본 거구나."

선진은 뻐근한지 목을 주무르며 눈을 감았다.

"응."

"어디서 오는 길이야?"

선진이 눈을 떴다. 그리고 정화를 내려 보았다. 정화는 다부진 등을 보여주며 커피포트를 들어 물을 붓고 있었다.

"안 알려줄래."

정화는 커피를 선진에게 전해주며 뾰루퉁하니 아랫입술을 내뺐다.

"행여나..."

정화는 침대로 가서 한쪽 다리를 가슴에 붙이고 앉아서 무릎에 턱을 기댔다. 그리고 건조해서 하얗게 일어난 엄지발가락을 손으로 만지작거리며 말을 이어갔다.

"쓸데없는 일 만들지 마. 회사 일에 집중하고 있어. 내일 퇴원하고 회사로 찾아갈 테니까."

"쓸데없는 일?"

"내가 알아서 할게. 넌 회사에만 집중해."

선진은 마시던 커피를 입에서 떼고 다리를 꼬았다.

"숫적으로 너무 불리하잖아."

정화는 침대에 발라당 편히 누웠다. 그리고 양손을 머리 뒤로 깍지끼고 허공에 빛을 만든 듯 눈을 가늘게 뜨고 응시했다.

"리벤지는 불리해야 극적이지."

선진은 그만 출근을 위해 병실을 나서는데, 굳이 환자인 주제에 차까지 경호를 해주시겠다고 나서는 정화 때문에, 병원 앞 조악한 간이 흡연구역에서 그녀의 담배에 불을 붙여주는 신세가 되었다. 정화는 담배를 너무 급하게 피우는 습관이 있었는데, 그건 빌어먹을 대한민국의 앞뒤도 없는 성차별 때문에 주위 시선을 피하기 위함이라고 했다.

그리고 한 가지 더 있었는데 그녀는 연기를 뱉을 때면 턱을 약간 틀어 목선을 자랑하듯 보여주는 습관이 있었다. 그녀가 뱉은 하얀 연기를 따라가는 것이 좋았다. 선진은 그녀가 담배를 피우는 짓을 좋아했다.

"리벤지는 내일 당장 퇴원하면 시작하는 거야?"

정화는 담배 연기 사이를 뚫고 하늘을 노려보았다. 그리고 손가락을 구부려 담배를 다시 잡았다.

"아니. 한국에 살아 돌아온 날부터."

선진은 그녀의 당찬 패기가 호쾌하게 다가와서 피식 웃었다.

"영화 제목은?"

"돼지 두루치기."

선진은 웃음을 흘리며 박수를 쳤고 정화는 큭큭대며 담배를 힘껏 빨았다.

***

대리석으로 둘러친 사무실 안, 결재서류와 밀린 업무를 산더미처럼 양손에 쌓아 들고 오는 비서의 얼굴이 더욱 차가워 보였다. 비서는 쿵하니 책상머리에 서류들을 올려놓고는 한숨을 푹 내쉬고 돌아섰다. 선진은 가만히 깍지 끼고 앉아서 서류 언저리를 노려보다가 입을 열었다.

"현희씨."

비서가 돌아보았다. 무뚝뚝한 인상의 그녀는 눈매가 올라가고 양쪽 입 끝이 쳐져 있다. 그래서 웃어도 웃는지 모를 때가 많았다. 그러나 지금 그녀는 확실히 웃으며 부름에 답했다.

"네. 사장님."

선진은 의자를 다시 앉으며 그녀를 찬찬히 바라보았다. 여태껏 그녀를 포함한 회사의 크고 작은 직무의 사원들에게 너무 관심이 없었나 싶었다. 근데 지금은 모두가 적일지도 모른다는 생각이 들었다.

"자꾸 자리를 비워서 곤란했죠?"

"아뇨."

질문의 의도를 파악하기도 전에 대답이 먼저 나오는 그녀의 입은 단호했다. 이 정도에 당황할 만한 인물이 아니지. 그건 내 쪽도 마찬가지였다.

"대답이 너무 빠르다. 고민 좀 해보라고 말한 건데."

그녀가 옅은 미소를 지었다. 농담은 잘도 가려냈다.

"정말 아닌데요. 저는 제 일을 좋아하고 만족하고 있어요."

"별다른 일은 없었어요?"

"네. 업무 관련한 건 보고서 위에 전부 다 메모해놓았습니다."

선진은 책상 끝을 손가락으로 두드리며 눈을 흘겼다. 잠깐의 정적에도 한 치의 흐트러짐이 없는 비서 최현희는 꼿꼿이 허리를 세우고 선진은 마주 보고 있었다. 선진은 의자를 당기며 몸을 일으켰다.

"커피 한잔할래요?"

퉁명한 두 눈을 깜빡이던 최현희는 시간을 끌었다. 선진은 기회를 찾은 듯 책상 옆을 저벅저벅 걸어가며 채근했다.

"뭐해요? 커피 두 잔 타 와요."

"아, 네."

최현희는 곧장 사무실을 나가서 커피 두 잔을 가져왔다. 선진은 먼저 소파에 앉아서 서류철 하나를 훑어보고 있었다. 그녀는 최현희가 커피를 소파 사이 탁상에 올려놓자, 손을 뻗어 건너편에 자리를 권했다. 최현희는 조심스럽게 다리를 모으고 소파에 앉았다. 폭신한 가죽 소파는 뽀드득거리는 소리를 냈다.

"안 그렇겠지만 편히 있어요."

선진은 서류를 한 장 뒤로 넘겼다.

"어때요?"

최현희는 입으로 가져가던 커피잔을 다시 내려놓았다.

"회사 분위기가 썩 좋지는 않죠?"

"그렇지만도 않습니다. 실적은 계속 유지하고 있습니다."

선진은 서류를 탁상에 툭 내려놓았다. 그리고 커피를 마시며 말을 이어갔다.

"분위기를 좀 바꿔봐야겠어요. 물론 유지하는 것도 중요하지만 뾰족한 수가 없네요. 특히 리조트나 레저 쪽은 무리해서라도 리마인딩해서 실적을 더 뽑아야겠어요. 각 부서에서 젊은 사원들 중심으로 새로운 팀을 꾸려서 새로운 아이템이나 기발한 마케팅을 연구하도록 해요. 골프보다는 훨씬 많은 사람들이 모여들 만한 휴양지로. 일회성보다는 볼거리가 끊이지 않는 정기적인 지역의 랜드마크로."

최현희는 어느새 정장 안쪽 주머니에서 수첩을 꺼내 선진의 말을 꼬박꼬박 적어 내려가고 있었다. 기다란 최현희의 속눈썹이 보였다. 펜을 돌리는 손은 생각보다 가늘고 생각보다 살결이 곱다.

"우수한 사원들은 팀이나 부서 가리지 말고 실질적인 보상을 약속해주세요. 이건 내가 직접 검토할게요."

"네. 알겠습니다."

"이제 그건 됐고."

최현희가 급하게 수첩에 적는 짓을 마무리하고 도로 집어넣었다. 최현희와 선진이 눈을 마주쳤다. 다소 인상은 차가우나 일 처리가 깔끔하고 언행이 군더더기가 없어 비서로서 적격이라고 생각해온 게 전부였다. 그녀의 긴 속눈썹도 고운 살결도 발견할 수 없었다. 선진은 손을 꼼지락거리며 커피에는 입도 못 대고, 자신의 말에 최선을 다해 주목해주는 최현희가 조금은 친근해졌다.

"커피 다 식겠다."

선진이 먼저 커피를 마시며 자리에서 일어났다. 그리고 창가 쪽으로 걸어가며 고개를 돌리며 얼굴을 찡그려 보였다.

"난 커피는 식으면 싫더라."

선진은 말을 끝내고 창가에 서서 창밖을 바라보며 커피를 마셨고, 최현희는 조금 편하게 자세를 바꿔 앉아서 커피를 마시며 창밖을 바라보았다. 둘의 시선은 창 멀리 한강 위 다리에 고정되었다.

"지금 같은 곳 보고 있어요?"

선진의 뜻밖에 질문에 적잖이 당황했지만 언제나처럼 얼른 대답했다.

"네."

선진이 뜨거운 햇살에 눈을 살짝 찡그렸다.

"그럼 대답해 줄 수 있어요? 나 자리 비울 때마다 세영이랑 무슨 얘기 했는지?"

동공이 확장되고 고운 손가락 마디 사이가 부르르 떨렸다. 커피잔을 내려놓으면 소리가 날 것 같고 계속 들고 있으면 금방 쏟을 것처럼 위태로웠다. 최현희는 침착하려 애쓰며 창밖을 꼿꼿이 응시했지만, 손가락은 전기가 흐르듯 후들거렸다.

선진은 아직 뒤돌아보지 않아 주었다.

최현희는 가슴이 진정되기를 포기하고 입을 열었다.

"때마다 사장님 부재를 확인했습니다. 그것뿐입니다. 그 외의 질문에는 적당히 둘러 넘겼습니다."

선진이 돌아섰다.

"어떤 질문이요?"

최현희는 눈을 내리깔고 생각하는 척했다. 도저히 눈을 마주 볼 자신이 없었다.

"회사 실정을 묻고 사장님의 부재 일수를 체크하라고 했습니다."

선진은 피식하고 웃어버렸다. 그 덕에 최현희는 본능적으로 선진의 눈을 바라보게 되었다. 그녀의 눈에 칼이 서 있다.

"체크 했습니다. 그래도 그것을 사용하거나 전해주지 않았습니다. 그저 지시하기에 하기만 했을 뿐입니다. 회사의 구체적인 실정을 둘러대기 위해서는 다른 하나를 적극적으로 푸쉬해야 한다고 생각했으니까요."

"대단히 솔직하고도 패기 있는 변명이네요."

"죄송합니다."

최현희는 고개를 떨구었다.

"칭찬이었는데요. 사과도 엄청 빠르셔. 현희씨는 잔머리를 안 쓰는 건지 아니면 미리 치밀하게 생각해둔 건지는 모르겠는데, 일단 시원시원해서 좋은 것 같에."

선진이 책상으로 걸어가서 의자에 털썩 주저앉았다. 그리고 의자를 빙 돌리며 생각에 잠겼다. 회사 실정이야 간 보는 걸 테고, 내가 출근을 하지 않는 증빙서류는 시비할 때 이사회에라도 제출하려나 보다 싶은데. 제일 모르겠는 건 세영이 놈이 어디까지 손을 뻗었냐는 거지. 다른 것보다 귀찮은 놈이 자꾸 캐고 캐다가 우연이라도 살인사건까지 알게 되면 골치가 아파지니까.

선진은 자세를 고쳐 앉아 책상에 팔꿈치를 기댔다. 그리고 멍하니 최현희를 쳐다보았다. 최현희는 옴짝달싹 못 하고 벌 받듯 양손을 무릎 위에 모으고 있었다.

내 비서까지 손을 댔는데 어떻게 수습해야 될까나. 주위 사람들을 하나하나 내 편으로 만들어야 하나. 너무 성가신데...

선진이 턱을 비틀며 갸우뚱하니 최현희를 바라보며 생각을 계속 이어갔다.

아니면 그 새끼 확 죽여 버릴까...

선진이 그녀를 놓아주지 않는 바람에 멍 때리며 고민하는 동안, 최현희는 암담한 적막함 속에 오랫동안 갇혀있어야 했다.

7. 나일론 타는 냄새

뜨거웠던 햇볕이 거대한 구름을 깔고 더 위로 숨었다. 추적추적 아스팔트 바닥에 비가 내리기 시작하고 우산을 챙기지 못했는지 거리를 걷던 사람들의 발걸음이 빨라졌다.

대로 양측으로 상가가 줄을 짓고 서 있는데 그중 덩치가 가장 큰 상가 옆에 입간판들로 가려진 골목이 있었다.

복수는 우산 없이 사람들 사이를 비집고 들어가 입간판을 살짝 옆으로 치우며 후미진 골목으로 들어갔다. 그리고 다시 입간판을 제자리로 옮겨놓는 것을 잊지 않았다.

골목은 막다른 골목이어서 사람 하나 지나다니지 않았고 막다른 벽돌담을 옆에 끼고 오른편으로 꺾으면 거대한 상가의 폐쇄된 입구가 있었다. 복수는 먼지로 뒤덮인 유리문을 슥 밀며 안으로 들어섰다.

계단을 올라가면 2층에 불이 들어오고 복도를 따라 왼쪽으로 한참 걸어 들어가면 보드게임 방으로 둔갑한 골목 카지노가 숨어 있었다. 천장에 달린 작은 간판과 문과 전면 창에 코팅돼서 덕지덕지 붙어있는 스티커들은 노골적으로 보드게임 방이라고 광고하고 있었다.

복수는 문 앞에 서서 유리문에 톡톡 노크를 했다. 그리고 턱을 쳐들고 문 위에 달린 작은 CCTV를 올려보았다. 이어서 철컹하고 둔탁한 소리가 났다. 복수는 유리문을 열어 재끼고 안의 두꺼운 철문을 통과했다.

보드게임 방안은 초록색 천을 위로 깐 원형 테이블이 곳곳에 비치되어 있고 초저녁부터 칩을 사서 패를 맞추는 데 온 정력을 다하고 있는 남녀노소들이 테이블에 눈깔을 묻고 있었다.

복수는 카운터 테이블에 환전해 줄 만한 칩을 쌓아두고 벌떡 일어나 있는 후배를 보고 손짓을 해 보였다. 그제야 후배는 자리에 앉아서 칩을 정리하기 시작했다.

원형 테이블들을 지나쳐 방으로 가는 도중 골프 메이드 패를 훔쳐보았다. 손은 미세하게 떠는 주제에 얼굴은 경직되어서 로또 당첨된 사람처럼 배팅을 하는 아줌마의 손이 보였다. 툭 치면 금방이라도 의자 밖으로 엉덩이를 흘리고 주저앉을 것만 같았다. 복수는 아줌마의 정색 연기를 보며 피식거렸다. 아이고. 아즈매요. 그 패로 더 따긴 글렀다.

복수는 구석의 문을 하나 더 열고 들어갔다. 덩치가 산 만한 사내가 복수를 맞아주었고, 두꺼운 나무로 이루어진 문은 둔탁한 소리를 내며 닫혔다.

원형 테이블 두 개가 있었는데, 한 곳은 비어있고 다른 한 곳에서는 vip손님 몇이 카드를 치고 있었다. 밖의 손님들과는 달리 칩을 산더미처럼 쌓아놓고 있었다. 복수는 테이블에서 가장 칩이 모자라 보이는 턱수염에게 가서 붙었다.

"저, 손님 입금 확인됐습니다."

눈이 찢어지고 코가 뭉뚝하니 찌부러진 사내가 턱수염을 벅벅 긁으며 돌아보지도 않고 패를 꾸기며 중얼거렸다.

"기다려 봐. 지금 나 되게 진지해."

턱수염은 칩을 전부 테이블 중앙으로 옮기더니 패를 뒤집었다. 고작 남아있던 칩까지 전부 다 뺏겨버린 뒤에야 턱수염은 복수에게 눈길을 주었다. 그리고 띠꺼운 표정을 지었다.

"좀 말려주지."

"진지해 보이길래요."

턱수염은 복수를 아래위로 훑으며 자리에서 일어났다. 그리고 다른 손님들에게 다시 돌아오겠다며 엄지를 올리고 복수와 함께 방을 나갔다. 보드게임 방 맞은편에는 작은 사무실이 있었다. 복수는 사무실 소파에 앉아서 턱수염에게 커피를 대접했다.

"너 때문이야. 나 메이드였는데."

"그럼 뭐합니까. 더 높은 패가 있었는데."

턱수염은 커피를 홀짝거리며 입을 비죽거렸다.

"흐름이 끊겼잖아. 이 혼을 담은 메소드 연기에 흐름이 뚝하고 끊겨서 그렇다고."

"칩 좀 넣어드릴게요."

복수는 미소를 보여주었다. 턱수염은 입을 꾹 다물고 두 눈을 감으며 복수의 처세에 감탄했다. 복수는 이야기를 꺼내기 위해 턱수염의 눈치를 살폈다. 그는 동네에서 악명 높은 베테랑 형사였고, 근방에서 밤 장사를 하는 모든 이들이 주혁진이라는 이름만 들어도 혀를 내두를 정도였다.

주혁진은 커피를 마시다가 소파 헤드 뒤로 고개를 편히 재끼며 한숨을 푹 내쉬었다.

"오늘 아침에 수사 종결하고 오늘 하루 딱 잡아서 놀고 있는데 말이야..."

주혁진은 천장을 쳐다보며 말을 툭 던졌다.

"무슨 일이냐."

복수는 자세를 고쳐 앉아 주혁진의 잘 정돈된 턱수염을 보고 입을 열었다.

"제가 이래 봬도 형사님 동생 노릇 삼 년 차 아니겠습니까."

"암."

주혁진은 동요하지 않은 척 턱수염만 움찔거렸다. 복수는 그의 눈치를 살피며 말을 이어갔다.

"제가 우연히 목격한 사건인데 말이죠."

"드럽게 뜸 들이네. 생긴 거랑 안 어울리게."

"아직은 추측에 지나지 않은데…"

복수는 최대한 실수를 하지 않기 위해 신중하게 단어를 고민했고 말을 아꼈다. 주혁진은 팔짱을 끼고 미동도 하지 않은 채 이야기를 기다리고 있었다.

"일전에 기내동 지하실에서 일어난 폭발 사건 있지요."

"알지."

"그거 폭발 범이 따로 있습니다."

주혁진은 팔짱을 풀고 찢어진 눈을 찡그리며 아예 감추었다.

"네가 범인이라도 봤다는 이야기야?"

"예. 사건이 일어나기 전에요."

"너."

주혁진이 엉덩이를 바짝 당겨 앉으며 손가락으로 복수의 가슴을 가리켰다.

"잘 생각해서 말해야 돼. 지금 말실수하면 안 돼."

"안 그래도 안 돌아가는 머리 쓰면서 최대한 정확한 정보만 말씀드리는 겁니다."

"그래."

"죽은 차대원이 사고 이전에 골목에서 어떤 여자를 납치하는 것을 정확히 목격했습니다."

"네가 어떻게 봤는데?"

"우연히 봤습니다."

"우연히?"

주혁진의 매서운 눈빛을 복수는 그대로 담아두었다. 그리고 먼저 말할 타이밍이 아님을 알기에 참고 기다렸다. 주혁진은 턱수염을 긁으며 눈을 길게 감았다가 떴다를 반복했다. 우연이라는 것은 말하는 입장도 듣는 입장도 거짓이라는 것은 피차 알고 있었다.

"그래서?"

"아무래도 납치당한 여자가 일을 내고 도망간 것 같습니다."

주혁진은 기가 차서 헛웃음을 쳤다.

"허허허. 차대원이가 여자를 납치해서 강간이라도 하려고 했는데, 도리어 자기가 당해 버렸다?"

주혁진이 혀로 볼을 밀어내며 질문을 덧붙였다.

"그 여자는 올림픽 금메달이야?"

복수는 울리는 진동 벨에 움찔하며 휴대폰을 확인했다. 주혁진은 여전히 매서운 눈을 거두지 않고 있었다.

"딴짓하지 말고, 임마."

"아, 죄송합니다."

복수는 자리에서 일어나며 휴대폰을 들어 보였다. 그리고 미안한 표정과 함께 양해를 구했다.

"제가 대통령 전화는 안 받아도 이 전화는 받아야 되거든요. 금방 올게요."

주혁진은 인상을 쓰고 끄덕이며 빨리 받으라며 손짓했다. 복수는 공손히 휴대폰을 양손을 받쳐 들고 얼른 다른 방 안으로 들어갔다.

"예. 형님."

"밥 먹었냐?"

"예. 형님. 병원에서 나와 회사로 출근하는 거 확인했습니다."

"저녁은?"

"지금 차리고 있습니다."

"알았다. 저녁 먹고 들려."

"예. 형님."

복수는 전화를 끊을 때도 저 혼자 양손으로 떠받듯이 공손했고, 휴대폰을 주머니에 집어넣었다. 그리고 긴 숨을 한번 내쉬고 다시 방 밖으로 나갔다.

주혁진은 담배를 입에 물고 빈 종이컵에 재를 떨었다. 복수는 어느새 커다란 크리스탈 재떨이를 주혁진 앞에 대령해주었다. 주혁진은 크리스탈 재떨이에 다시 재를 털며 눈을 치켜떴다.

"그래서..."

"네. 형사님."

"그 범인이 누군데?"

주혁진은 고개를 절레절레 저으며 머릿속을 청소했다. 그리고 다시 말했다.

"아니. 그 여자가 누군데?"

"육안으로 확인한 거여서 정확하지는 않은데..."

복수는 선뜻 답을 주지 못하고 머뭇거렸다. 그의 근질거리는 입술을 노려보던 주혁진은 속으로 안달이 났지만, 티 내지 않고 담배를 뻑뻑거렸다. 복수는 담배를 한 개비 꺼내며 주혁진에게 허락을 구했다.

"한 대..."

"어. 펴. 빨리. 내가 그 불이라도 붙여줄까. 임마."

복수는 담배에 불을 붙이며 시간을 끌다가 크리스탈 재떨이에 재를 떨었다. 그리고 크리스탈 재떨이를 손으로 문지르며 앞을 노려보았다.

"천우기업의 장녀입니다."

시간이 정지했다. 분명 꿈틀거리던 주혁진의 턱수염도 정지했고 타 들어가던 복수의 담배 끝도 멈추었다. 멀게 느껴지던 상가 밖의 소음들만이 사무실 안을 꽉 채웠다. 둘은 말을 거두고 눈빛으로 서로의 속내를 탐색했다.

이 시발. 줄이네. 스트레이트야. 레이스 치기도 애매하고 그냥 죽기는 억울한 패야. 주혁진은 담배에 다시 불을 붙였다. 이 새끼가 장난치는 새끼도 아니고, 그렇다고 내가 이 좆같이 위험한 패를 옳다구나 받을 만한 위인이 되지 못한다. 주혁진의 담배 연기가 복수의 얼굴을 가렸다.

"무슨 증거로?"

복수는 재떨이에 담배를 비벼 껐다.

"제 두 눈깔을 걸고요."

"내가 네 두 눈깔 믿고 천우기업 장녀를, 그러니까 천우물산 사장이 강도에게 납치되었다가 되려 강도를 죽여 버리고 불을 냈다는 소설을 책으로 내야 되냐?"

"저는 그저 납치당한 것을 목격한 것뿐입니다. 역시 형사님이라 추리력이 좋으시네요."

"샤킹 쓰지 마. 임마. 지금 네가 한 말 책임 질 수 있냐고."

"저는 그저..."

"그만."

주혁진이 엄한 얼굴로 복수를 다그쳤다. 복수는 턱을 내리고 눈을 거두었다.

"현장 감식반이 호구인 줄 알아?"

주혁진이 어금니를 씹어대며 헤비한 메인요리의 맛을 보느라 바빠졌을 때, 복수는 다시 턱을 들고 적기적소의 에피타이져를 대접했다.

"제가 추리물을 좋아해서 드라마도 자주 보고 영화도 자주 봤습니다. 그 뭐였더라. 제목이 나일론이 타는 냄새였던가. 그 시리즈는 아예 대사를 외워 버릴 정도였거든요. 근데 그 주인공이 그러더랍니다. 사건에 종지부를 찍는 건 사건과 현장 그리고 증인과 범인이 아니라, 수사하는 쪽의 자신이라고. 그 주인공이 탐정이었습니다."

늦은 밤까지 포커판은 계속되었지만, 복수가 내어 준 칩의 두 배로 돈을 따도 감흥이 없었다. 허기진 배를 부여잡고 주점이라도 들릴까 했지만, 기분이 나지 않아 동네 껍데기 집으로 향했다.

가게 구석에 자리 잡은 주혁진은 평소 친하게 지내던 주인장과 소주를 주고받다가 결국 인내심의 한계를 받아들이고 휴대폰을 들었다.

"고복수."

"예. 형사님."

"나 외에 또 말해 준 사람 있어?"

"없습니다."

주혁진은 껍데기를 불판에 꼼꼼하게 구우며 휴대폰을 잡은 손에 힘을 꽉 쥐었다.

"근데 왜 나냐?"

"제가 직업이 이러다 보니까 말 통하는 사람하고만 일하거든요."

주혁진은 잘 구워진 껍데기 한 점을 입에 물었다. 뜨거운 껍데기 때문에 순간 놀라서 소주를 얼른 입안으로 때려 넣었다.

주혁진은 소주에 젖은 껍데기를 꿀꺽 삼켰다.

"행여나 입조심하고 있어라."

"아무렴요. 연락 기다리고 있겠습니다."

주혁진은 휴대폰을 끊고 툭하니 테이블 위로 던졌다. 건너편에 앉아서 껍데기를 구워주던 주인장은 뚱뚱한 뱃살을 테이블에 기대고 팔을 뻗은 모습이었다. 주혁진은 테이블 위로 걸쳐진 주인장의 뱃살을 쳐다보며 말을 걸었다.

"조심해라, 야. 삼겹살은 안 시켰어. 나."

주인장은 미소 지으며 자신의 배를 내려 보았다. 주혁진은 주인장이 굽던 껍데기를 얼른 집어물고 조금은 방정맞게 입을 오물거렸다.

"오. 뜨거."

"뜨거운 줄 알면서 뭐가 그렇게 급하세요. 식혀가면서 드시지."

주혁진은 또 껍데기 하나를 입에 집어넣었다. 그리고 입안으로 껍데기를 놀리며 웃었다.

"이것도 뜨거운 게 맛있어."

***

"물었어?"

복수는 고기의 물음에 얼른 휴대폰을 집어넣고 소파로 자리했다.

"네. 형님. 일단 미끼는 던져놨습니다만 어떻게 나올지는 두고
봐야 할 것 같습니다."

고기는 인력사무소 사무실 안 책상에서 거구의 몸을 이끌고 내
려와서 복수 맞은편에 앉았다. 복수는 국밥 위의 비닐을 벗겨 주며
고기 쪽으로 밀어주었다. 고기는 숟가락을 들며 얼른 먹자는 사인
을 보냈다. 복수는 비닐을 벗기고 국밥을 호호 불었다.

"그냥 알고만 있으면 돼."

"네. 놈 혼자 할 수 있는 게 없을 겁니다."

"나중에 일 치르게 되면 그때 움직여주면 되니까 혹시나 그전에
허튼짓하는지 잘 보고."

"네. 형님."

고기가 국밥을 복스럽게 떠먹기 시작하는데 복수가 국밥에 소금
을 뿌리고 있었다.

"뭐해?"

"네?"

복수는 행동을 멈추고 고기를 쳐다보았다.

"뭐하냐고."

복수는 자신의 행동이 이해하기 어려운가 싶어서 눈알을 굴렸다.
고기는 눈알을 부라리더니 소금 통 옆에 있는 새우젓을 숟가락으
로 툭툭 쳤다. 복수는 얼른 소금을 치우고 옆의 새우젓을 국밥에
털어 넣었다.

고기가 새우젓이 들어간 복수의 국밥을 보며 끄덕이자, 복수는
기분이 좋아졌는지 피식거리며 국밥을 떠먹기 시작했다.

둘은 국밥을 싹싹 긁어먹고 담배를 태우기 시작했다. 복수가 국
밥 그릇을 대충 옆으로 치우며 물었다.

"형님. 혹시라도 국밥이 질리는 날이 오면 저한테 말씀 주세요. 제주도가서 다금바리라도 회 떠오겠습니다."

"네가 대신 먹고 무슨 맛인지 알려줘라."

"못 드셔보셨습니까?"

"어."

복수는 놀란 얼굴로 고기에게 다금바리의 기막힌 식감을 설명하기 시작했다. 고기는 관심이 없는 듯 소파에 눕다시피 등을 기댔지만 복수의 찬사는 끊이질 않았다.

결국 고기는 복수의 이야기를 들어주며 직접 술을 가지러 가야 했다. 낡은 철제 캐비닛 위에서 꼬냑 한 병을 집어 들었다. 복수는 수다를 떨면서도 얼른 소주잔을 챙겼다.

"사진은?"

"근방 CCTV를 전부 다 돌려봤습니다. 너무 낙후된 지역이라 화면이 어둡고 침침해서 건질 만한 건 없었는데, 그래도 증거로 쓸 만한 장면 몇 장 건졌습니다. 그리고 그날 찍힌 모든 영상 다 파기했습니다. CCTV 자료는 저희 쪽만 가지고 있는 셈입니다."

고기는 술을 마시고 입술을 엄지로 훔치며 눈짓을 주었다. 복수는 인력사무소 책상 밑의 금고 쪽을 쳐다보며, 품속에서 사진 몇 장과 영상이 담긴 USB를 꺼내어 갈색 서류 봉투에 넣었다. 그리고 봉투를 슥 밀어주었고 고기는 복수의 술잔에 술을 채워주었다.

고기와 복수는 서로 손을 뻗어, 고기는 증거를 복수는 술잔을 가져갔다. 복수는 입을 쩍 벌리고 술을 시원하게 털어 재낀 후 넥타이를 조금 풀었다.

고기는 책상으로 걸어가서 증거를 금고에 넣고 다시 소파로 돌아왔다.

"바쁘지?"

"눈 붙일 새가 없습니다."

"영업장에 쓸 만한 애들 좀 붙여줄게."

"감사합니다."

고기는 술병을 들었고 복수는 잔을 들었다. 적색 꼬냑이 흘러 내려와 잔으로 떨어졌다. 독한 술은 복수의 속에 불을 지르고 코와 입으로 빠져나와 다시 공기 중으로 사라졌다.

복수는 술병을 뺏어 고기에게 술을 따라주었다.

"형님."

"어."

"이런 중요한 키를 가지셨음에도 잠자코 그들의 뒤만 봐주는 이 유가 있습니까? 마음만 먹으면 형님이 얼마든지 키를 쥐고 주무를 수 있는 거 아니겠습니까. 아니면 굳이..."

고기가 무덤덤하니 말을 잘랐다.

"그들이 어디까지야?"

"저한테 한솥밥 먹었던 형님은 형님밖에 없습니다."

고기의 턱이 쭈글쭈글해지고 두 눈의 초점이 사라졌다. 한 마디 한 마디 무게를 두고 말하는 성격임을 알기에 복수는 손바닥을 비 비며 대답을 기다렸다. 근래 들어 자신이 내뱉은 말 중에 가장 위 험하면서도 가장 궁금한 질문이었다. 고기가 술잔을 툭하고 내려놓 았다.

"조직에 들지 않고 이 정도로 영업장 돌리고 이만한 애들 맘대 로 굴리는 게 가능할 것 같아?"

복수는 손바닥 비비는 짓을 그만두었다.

"그건 스폰 아니어도 가능하지 않습니까. 누가 감히..."

"말조심해. 스폰 따위가 아니야."

"죄송합니다."

고기는 뜸을 들이며 허공에서 단어를 골랐다.

"그러니까 비정한... 속세를 들먹이기보다... 한 마디로 크든 작든 의리가 생겼으면... 적어도 내 쪽에서는 먼저 의리를 팔지 못하겠다는 거야. 그냥 이거야."

언사는 서툴렀지만 어떤 마음인지 충분히 이해할만했다. 복수는 머릿속에 무수한 의문점이 있었지만 고기의 진심 어린 피력에 다음 질문은 입안으로 도로 집어넣었다.

강성이라는 이름 하에 다른 조직들을 따돌릴 수도 있었고, 일류 기업에서 뒤로 찔러주는 거액의 후원금이라든지 따라오는 이유들이야 많겠지만, 평생 남의 뒤나 닦아주며 살아갈 만한 사내가 아니었다.

복수는 눈이 깊어 때로 음침해 보이는 강성이 마음에 들지 않았다.

둘은 말없이 술을 주거니 받거니 하며 담배만 태웠다.

8. 블러드 다이빙

 늦은 밤하늘에 별이 총총 떠 있었다. 보기 드문 야경에 아침과 다르게 마음이 들떴다. 나름 빡빡한 업무처리를 쉼 없이 해냈고 거기에 따른 작은 보람을 느꼈다. 아침에 첨예한 질문들 때문에 진땀을 뺀 비서는 유난히 지쳐 보였지만, 기색을 내비치지 않으려 노력하며 하루 종일 업무처리를 지원해주었다.

 비서는 아침에 나눈 대화 외에 미처 얼굴을 마주하고는 말할 수 없는 더 커다란 음모를 가지고 있었다면, 스스로 제 칼에 찔려 회사를 뛰쳐나갔을 것이다. 선진은 적어도 비서가 밖에서 점심을 먹고 회사로 다시 돌아온 용기에 대해서는 뿌듯하게 생각했다.

 선진은 누구보다 고단한 하루를 보낸 비서를 먼저 퇴근시키기로 했다. 최현희는 유선 전화로 부름을 받고 한달음에 달려와 주었다.

 "오늘 늦었네요. 먼저 들어가세요."

 최현희는 지친 기색이었지만 마지막 힘을 쥐어짜서 얼굴에 진중함을 비추었다.

 "사장님."

 "네."

 "저 그만두겠습니다."

 최현희는 뒤로 숨기고 있었던 사직서를 내비쳤다. 그리고 책상으로 조심스럽게 다가와서 슬그머니 책상머리에 사직서를 올려놓았다.

 선진은 사직서를 쳐다보지도 않았다.

"결단력 있으시다."

최현희는 턱을 가슴팍에 붙이고 사직서만 내려 보는 짓으로 대답을 대신했다.

"여기에서 내가 할 수 있는 판단이 두 가지로 나눠지는데..."

선진은 의자에 앉아 좌우로 몸을 돌려가며 말을 이어갔다.

"당신이 그만둬 버리면 나와 회사에 대해서 너무 많이 알고 있으니까 내가 불안해서 안 되겠는데. 이미 내통한 이력도 있고 그외에 더 많은 정보를 캐냈을 수도 있으니까."

선진이 중요한 대사를 집어내듯 얼굴을 비틀었다.

"첫째로 사직서를 받고 소리소문없이 없애버리든가."

선진의 눈에 옅은 광기가 비쳤다. 최현희는 움찔했지만 절대로 선진의 눈을 바라보지는 않았다.

"둘째로."

선진이 최현희의 시선을 끌기 위해 손끝을 들었다. 그리고 책상 끄트머리에 사직서를 툭하니 밀쳐내며 바닥으로 떨어뜨렸다.

"당신이 생각지도 못한 금액의 연봉 인상으로 내 옆에 두어야겠지."

최현희는 묵묵부답이었다. 선진은 엄한 얼굴로 그의 기세를 꾹 눌러주었다.

"그런데 재미있는 건 말이에요."

선진은 이 전의 살벌한 판단들이 전부 농담이었다는 듯 미소 지으며 최현희를 바라보았다. 최현희는 결국 사직서에서 시선을 떼고 선진의 말을 두 눈으로 주워 담을 수밖에 없었다.

"결정은 내가 하는 거예요."

선진은 팔짱을 끼고 최현희의 굳은 얼굴을 빤히 쳐다보았다.

"잘못 떨어뜨린 종이 들고 퇴근하세요."

최현희는 이선진의 눈총 아래 천천히 허리를 굽히며 바닥에 떨어진 사직서를 집어 들었다. 그리고 손으로 사직서를 구기고 주머니에 집어넣었다. 몸을 돌려 당장 이곳을 벗어나고 싶은 마음에 얼른 허리를 다시 굽히고 뒤돌아섰지만, 선진의 말은 아직 끝나지 않았다.

"그 사직서에 담긴 내용이 양심의 가책이에요? 아니면 구겨진 자존심이에요?"

최현희는 즉각 몸을 돌려 대답했다. 마음에 한을 풀어내듯 얼굴은 비장했다.

"제 직업의식 때문입니다."

"앞으로 더 잘 부탁해요. 우선 그 꿀렁거리는 차부터 바꿨으면 좋겠다. 낮고 빠른 차로."

선진이 아랫입술을 내빼고 웃었다.

"더 바빠질 테니까."

보기 드문 밤하늘에 마음을 뺏겨 머릿속이 혼란스러운 와중에도 한강의 야경이 훤히 내다보이는 레스토랑을 찾았다. 비서와의 논쟁이, 끝까지 남겨두었던 체력을 다 고갈시켰는지 몹시 허기가 졌다.

선진은 이미 자정을 향해가는 시침이 야속하리만큼 그를 기다리고 있었다.

레스토랑에 드문드문 남아있는 손님들은 식사보다는 와인 잔을 기울이며 밤을 보냈고, 그는 병원에서 응급처치를 하느라 이 늦은 밤까지 거울 한 번 보지 못했는지, 머리가 산발이 된 채로 고풍스러운 테이블들을 거침없이 가로질러 왔다.

그는 손을 들어 보이며 순진한 얼굴로 마주 앉았다. 선진은 그의 얼굴을 마주 보자, 기분이 좋아졌는지 아니면 그의 행색이 재미있는 건지 웃음이 절로 나왔다. 하마터면 그가 기분 나쁠 정도로 소리 내어 웃을 뻔했다.

수호는 자리에 앉자마자 야경은 거들떠보지도 않고, 물을 벌컥벌컥 마시면서도 두 눈은 선진을 찾느라 정신이 없었다.

"왜 그렇게 급해요. 천천히 마셔요."

수호는 빈 잔을 내려놓고 웨이터를 불러 메뉴판을 선진 앞에 대령해주었다. 수호는 영문과 조그마한 한글로 쓰여있는 메뉴판을 차트 훑듯이 빠르게 해석하기 시작했다.

"한국에 있는 식당이 왜 한글이 잘 안 보이게 해 놨지."

선진은 조급해 보이기까지 하는 수호의 모습에 자꾸만 실실 웃음이 흘러나왔다.

"한국 음식 전문점이 아니니까 그런가 보죠."

"그럼 뭐 짱개집은 간자체로 표기해야 되나."

"어머."

우악스러운 그의 언사에 선진은 장난 섞인 비명을 뱉었다.

"얼마나 배가 고팠으면 이 시간에 밥 먹자고 전화했겠어요? 속 쓰릴까 봐 내가 지금 안달이 나 있단 말이죠."

"그래서 말인데 주문은 이미 시켰어요."

수호는 왜 진즉 말 안 했냐는 식의 서운한 눈빛을 보내고 얼른 메뉴판을 접더니 옆 테이블에 올려놓았다.

선진은 급작스러운 부름에 먼 거리를 달려와 준 수호가 고맙기도 하고 지금 상황에서는 귀엽기도 했다. 초면에는 무심하고 정색하던 그가 단지 배고프다는 말에 호들갑을 떨며 한달음에 달려와

물을 벌컥벌컥 마시는 모습도, 장소야 어디가 되었든 간에 얼른 음식을 시켜주고 싶은 마음에 메뉴판을 방정맞게 펄럭이는 모습을, 오로지 자기에게만 보여줄 만한 남자라고 생각하니까 너무 귀엽고 소중하게 느껴졌다.

"그런데 배는 고픈데 음식은 먹고 싶지 않으면 어떡해요?"

"음..."

선진은 팔꿈치를 테이블에 올려놓고 수호의 처방을 기다렸다.

"더 맛있는 음식을 먹든가 아니면 나랑 같이 먹든가."

수호가 어깨를 들썩이며 자신감을 내비쳤다.

"그래서 부른 거 아니에요?"

"나보다 나를 더 잘 아시네요."

수호가 장난스럽게 목을 풀며 덧붙였다.

"치료가 자꾸 진료실에서 너무 벗어나는데..."

"아, 그럼 안 돼요? 요즘 집에 가면 혼자 잠도 안 와서 좋은 데 예약해뒀는데."

수호가 겸손한 자세로 바꾸며 얼른 선진의 말을 낚아챘다.

"좋죠. 사람이 가끔은 집 떠나서 바람도 쐬고 그래야 돼요. 아니면 답답해서 협심증 와요. 근데 오늘이 그 날이네."

수호가 가슴을 꾹꾹 눌러보며 강조했다.

"오늘이 그 날이야."

선진과 수호는 농담을 주고받으며 버섯이 어우러진 스테이크와 하얀 크림에 뒤덮인 라비올리를 나눠 먹었다. 맛있는 음식에 멋진 야경은 둘에게 와인을 허락했다. 수호는 분홍빛 홍조를 띤 선진의 볼을 꼬집어 주고 싶었다. 그러나 용기가 나지 않아 수차례 손을 들어 그녀의 애꿎은 머리만 정리해주었다.

둘은 레스토랑을 나와 바람을 쐬다가 각자의 차를 몰아 도심을 조금 벗어나면 멋진 야경을 즐길 수 있는 5성 호텔로 향했다.

차 두 대가 나란히 줄지어서 이동했고 마지막 한 대는 조금 거리를 두고 살살 따라붙었다. 한강 다리를 건널 때는 차가 너무 막혀서 강으로 뛰어들어 헤엄이라도 치고 싶었다. 복수는 둘의 꼬리를 물며 차 안에서 혼자 불만을 토로하며 구시렁거렸다.

"팔자 좋다. 사람을 몇이나 잡아먹고도 저러고 다닌다니까 세상 무섭네."

앞의 두 차가 호텔 안으로 접어들었다. 복수는 호텔 밖에 차를 정차하고 창으로 호텔 안을 끝까지 지켜보았다.

"남자만 코 꼈네."

복수는 창을 열고 양팔을 창틀에 올려놓고 담배에 불을 붙였다. 연기를 길게 내뿜으며 눈살을 찌푸렸다.

"의사 선생 애인이 살인범이라..."

불씨가 담배를 점점 잡아먹었다.

"것도 대한민국 최고 기업가의 장녀 천우물산 사장. 시나리오 좋고 배우도 기가 막히네."

복수는 볼이 홀쭉해질 정도로 담배를 한껏 빨았다.

"나는 엑스트라 쯤 되려나. 이런 영화에 주인공을 맡아야 하는데."

멀리 차에서 내려 호텔 입구로 사이좋게 걸어가는 선진과 수호를 확인하고 복수는 다시 운전대를 잡았다. 그리고 다 피운 담배꽁초를 대충 창밖으로 던져버렸다. 차의 출발과 함께 라디오에서 구슬픈 사랑 노래가 흘러나오는데, 복수는 감흥이 없는지 소리를 꺼버렸다.

밤하늘이 가리기 전에는 건물이 빽빽하고 숨도 제대로 안 쉬어질 정도로 차들이 매연을 뿜어대서 멋대가리 하나 없는 서울의 도심이지만, 밤이 내려온 야경은 수많은 건물과 자동차들이 만들어낸 빛이 별처럼 어둠에 촘촘히 수놓아주었다. 선진은 높은 곳에서 서울 야경을 즐기는 짓을 좋아했다. 물론 술도 빠질 수가 없다.

수호는 이미 홍조를 띠고 있는 선진의 얼굴을 마주하고 과음은 좋지 않으니 말리려고도 했지만, 그녀의 눈에는 이미 낭만이 한가득이다.

수호와 선진은 호텔 방 창가에 걸터앉아 샴페인 잔을 들고 서울 야경을 안주 삼았다. 샴페인 한 병을 다 비우고 나서야 그녀에게 빈틈이 보였다. 수호는 서둘러 그녀를 침대로 이끌었다.

선진은 부끄러운 듯 이불을 끌어안았지만, 수호는 이불을 잡아당기고 몸을 붙였다.

수호가 손을 바삐 어깨에서 허리로, 골반에서 허벅지로 옮겨갈 때 선진은 양손에 쥐고 있던 주먹을 놓아버렸다. 침대 양쪽으로 팔을 뻗었다. 그리고 고개를 살짝 돌려 두 눈은 창밖의 밤하늘을 째려보았다.

그의 품에 안겨 가장 좋아하는 경치를 바라보고 있을 때, 불현듯 그에게 나의 불행한 사고를 알려주어야 하나 생각이 들었다.

그의 움직임에 몸이 이끌리듯 들썩거렸다. 기분 좋은 그의 몸은 나와 하나가 되어 침대 위로 유영했다.

굳이 말로 하지 않아도 되겠다. 그가 가슴까지 들어와 다시 나갈 때마다 나의 죄의식을 나눠가져갔다.

선진은 수호의 등허리를 다리로 꼭 끌어안았다.

깊은 밤. 호텔 방 안으로 달빛이 드리웠다. 깊은 잠에 빠져있는 수호는 이불을 다리로 껴안고 자고, 옆의 선진은 구석으로 등 돌리고 새우잠을 자고 있었다. 다행히 수호는 코를 골지 않았지만, 슈퍼킹사이즈의 면적도 모자라 보였다. 그 덕에 선진은 자꾸만 몸을 비틀어 자세를 바꾸어야만 했다.

툭툭. 툭툭툭. 누군가 호텔 방 문을 노크하는 소리가 들렸다. 선진은 감은 눈을 뜨지도 않고 잘못 들었는가 싶어 다시 잠이 들길 기다렸다. 그러나 조금의 시간을 두고 노크는 다시 시작되었다.

툭툭툭. 탁탁탁탁. 아까보다 훨씬 더 급한 메시지를 전하는 듯 누군가의 노크는 빠르고 간결했다.

선진은 겨우 몸을 일으켜 수호가 깰까 조심스럽게 침대를 걸어 나갔다. 그리고 가운을 여미며 호텔 방문으로 다가갔다. 노크소리 대신 복도를 다급하게 뛰어가는 발소리가 들렸다.

선진은 인상을 쓰고 문을 살짝 열어보았다. 그리고 고개를 빠끔히 내밀어 복도를 살펴보았다.

금발의 여자는 머리를 고양이가 헤집어 놓았는지 엉망이 된 채 다음 객실을 급하게 두드리고 있었다. 선진은 그녀의 맨발과 어깨가 찢어진 블라우스를 보고 사고임을 깨달았고 불길한 징조가 뒤통수를 때렸다. 그녀에게 말을 걸어 무슨 사고인지 확인해볼까, 아니면 다시 조용히 문을 닫고 들어가서 아무 일 없었다는 듯이 수호씨 다리를 덮고 잠을 청할까 고민했다.

그러나 금발의 노크는 누구도 받아주지 않았고 이내 호리호리한 중년의 남자가 금발에게 성큼성큼 다가갔다. 그의 걸음걸이에서 폭력이 예고되었다. 선진은 눈을 찔끔 감았다.

샤워 가운을 입고 목에 두꺼운 금목걸이를 찬 남자는 여자의 금발을 열무김치 들어 올리듯 움켜잡고 무식하게 끌고 갔다. 여자는 비명을 질러보았지만, 너무 겁을 집어먹어 목이라도 막혔는지 쉰 소리만 나고 그 누구에게도 도움을 청하지 못했다.

"개 같은 년. 내가 엎은 돈이 얼만데 나를 물 먹이려고."

그가 욕설을 지껄이며 여자를 끌고 갈 때 선진은 두 손으로 가운 끝자락을 꼬옥 움켜잡았다. 그 덕에 어깨로 받치고 있던 문이 뒤로 닫혔다. 선진은 가운 주머니에 양손을 꽂고 금발의 여자가 발버둥 치는 장면을 가만히 지켜보았다. 이 순간에도 여자는 머리채를 붙잡히고 점점 멀어져갔다. 여자의 비명 소리는 묵음 처리했는지 복도로 뻗어나가지를 못 했고, 발버둥 치는 두 다리는 제대로 땅을 밟지 못하고 허우적댔다.

금목걸이를 짤랑거리는 남자의 힘은 압도적이었다. 여자는 지푸라기라도 잡는 심정으로 팔을 뒤로 뻗어 도움을 유도했지만, 선진은 슬리퍼로 탁탁 바닥을 치며 고민했다. 어떤 사유인지는 궁금하지도 않지만, 여자를 짐승 취급하며 질질 끌고 가는 촌스러운 금목걸이나, 아직 온몸의 힘을 쥐어짜지도 않았으면서 그의 손길이 익숙한 듯 질질 끌려가며 남의 도움 따위를 간절히 바라는 금발이 걱정되지는 않았다.

그저 문 뒤로 수호가 잠에서 깰까 걱정되었다. 기다리고 고대하던 기회는 항상 위험이 도사리는 불길한 불 길 위에 얹어있다. 선진은 어느새 가운 주머니에 챙겨둔 군용 칼을 손끝으로 느꼈다. 피가 칼을 부르는 건지 칼이 피를 부르는 건지 두 가지는 항상 강력한 자성의 힘을 가진 듯 서로 이끌렸다.

금목걸이 남자가 복도 끝 방문을 열고 금발의 여자를 억지로 욱여넣을 때 선진은 발걸음을 뗐다.

여자는 짧은 비명과 함께 방 안으로 던져지고 남자는 호쾌하게 문을 닫으려 했지만, 문 앞까지 걸어온 선진이 그들의 개인적인 시간을 방해했다.

"저..."

남자는 기다렸다는 듯 눈을 부라리며 선진의 말을 낚아챘다.

"당신이 보고 들은 건 걱정 안 해줘도 돼."

"그게 아니라..."

돌아서던 남자가 짜증을 느끼며 선진을 아래위로 훑어보았다.

"그럼 뭐야? 너도 끼고 싶어?"

"제가 아는 얼굴을 본 것 같아서요."

남자가 순간 움찔하며 선진의 얼굴을 더 가까이 살펴보았다. 그리고 뒤늦게 생겨나는 경계심에 혀로 입술을 핥아댔다. 그는 초조한 기색이 역력했다.

국내에서 손꼽히는 중소기업의 사장 아들로서, 아버지가 정치인과의 로비 스캔들 때문에 좋지 않은 상황에 장남의 문란한 사생활이 밝혀진다면 심각해질 걸 알고 있기 때문이었다. 남자는 잔머리를 굴릴만한 시간이 필요했다.

"나?"

"아뇨. 저 안에 있는 여자요."

남자는 김이 샜다. 자꾸만 티비에서 거론되는 아버지 때문에 혹시라도 자신을 추적하는 기자라든가, 위장 수사 중인 형사라도 되는가 싶었는데, 그냥 연예인 지망생 선배쯤 되는가 싶었다.

"어쩌라고."

남자는 무섭게 인상을 쓰고 선진에게 겁을 주었다.

"내가 귀찮아할 때 그냥 네 방으로 가서 네 남자 좆이나 빨어.

무슨 깡으로 지금 가운 하나 걸치고..."

남자는 말하다가 입에 침이 고였는지 침을 꿀떡 삼키며 선진의 몸을 더 자세히 흘겨봤다. 펑퍼짐한 가운에 몸이 가려져 있지만, 얼굴도 반반하고 다리가 쭉 뻗은 게 더 선명하게 눈에 들었다.

선진은 퉁명스럽게 대꾸했다.

"내 짝은 지금 곯아떨어졌어요. 나는 지금 잠이 안 와서 한가하고요."

"하, 진짜 요즘 보기 드문 미친년일세."

"얘기만 잠깐 나누고 갈게요. 잠깐만 불러주세요."

"정 원하면 네가 들어오든가."

"그렇게는 못 하겠는데요."

남자는 눈알을 이리저리 굴렸다.

"전화기 있어? 전화로 해. 쟤는 오늘 내 거야. 네 맘대로 못하지."

선진은 주머니에서 손을 빼고 자랑스럽게 양손을 빼 보였다.

"지금 전화기가 있겠어요?"

남자는 호텔 방문을 활짝 열어 보이며 익살맞은 미소를 지었다.

"자신 있으면 들어오시든가."

선진이 천천히 방 안으로 들어서는데, 남자는 선진을 비웃으며 말을 이어갔다.

"미안한데..."

선진이 뒤를 홱 돌아봤을 때 남자가 선진의 허리를 손으로 툭하니 밀어버렸다. 선진이 방안으로 밀려 들어갔고 남자가 문을 쿵 하고 닫았다.

"너 여기에 들어온 거 아무도 몰라."

남자는 말하면서 이미 풀려 있던 허리띠를 만지작거렸다.

"내가 지금 호텔에서 여자랑 노닥거리면 안 되는 상황이라, 복도 CCTV를 좀 꺼달라고 말했거든."

"그거, 참 다행이다."

선진은 들리지 않을 만큼 대답했다. 그리고 다시 양손을 가운 주머니에 쑤셔 넣고 터벅터벅 호텔 방 안으로 걸어갔다. 같은 구조의 호텔 방이었지만 자신의 방과 모든 게 반대였다. 고개 돌려 여자를 확인했다. 여자는 흐르던 눈물을 멈추고 놀란 듯 눈이 바닥에 떨어질 것처럼 커졌다. 스스로 지옥에 왜 걸어들어왔냐는 질문이 그녀의 커다란 눈알에 쓰여 있었다.

"차라리 기절이라도 하지."

선진의 말을 들었음에도 금발의 여자는 침대 구석에 숨어서 나올 줄을 몰랐다. 먼저 말문을 여는 것은 언제나처럼 가해자 쪽이었다. 남자는 침대에 털썩 앉더니 상황이 재미있다는 듯 히죽거리며 겁먹은 피해자에게 물었다.

"아는 사람이라며?"

여자는 공포에 가득 찬 얼굴로 선진을 뚫어져라 바라만 보았다. 답을 알려달라는 듯이. 사실과 거짓 중에 어떤 것을 답해야 조금이라도 정체 모를 당신의 어떠한 계획에 동조할 수 있는 건지.

선진은 여자의 눈을 읽다 말고 제멋대로 말해버렸다.

"잘못 봤네."

벙 찐 남자와 여자는 일제히 선진을 올려보았다. 선진은 손끝으로 관자놀이를 긁었다. 남자는 범상치 않은 선진은 째려보며 아랫입술을 말았다.

"잘못 봤을 수도 있겠네."

남자의 치켜뜬 눈이 선진을 갉아먹을 듯 할퀴었다.

"그럼 나가, 이제."

선진은 요지부동으로 서서 가만히 방안을 둘러보았다. 구석구석 방값에 걸맞게 아주 깔끔하게 정돈되어 있었다. 따지도 않은 샴페인은 얼음 트레이에 담겨있었고 잔은 뒤집어 있었다. 전망을 즐길 수 있는 전면 유리창 앞의 테이블 의자는 아직 테이블 안으로 들어가 있었다. 오로지 이 방에서 지저분한 곳은 서 있는 이곳 침대뿐이었다.

침대 커버는 아무렇게나 벗겨져 있고 베개는 한바탕 치룬 몸싸움의 흔적이 되어 주었다. 그 덕에 남자 성질이 급하다 못해 멍청하다는 것까지 알게 되었다. 아무리 돈에 몸을 팔 각오가 된 여자도 그렇게 멋대가리 없게 대하다가는 뺨이 성치 못할 텐데.

지금이야 몸 성치 못하게 되었지만.

새하얀 침대 커버는 내가 예술적으로 꾸밀 차례였다. 물감으로 흉내 낼 수 없는 붉은 피로. 팔레트와 비교 할 수 없는 생명에 담긴 붉은 피로. 작은 도화지와는 대조할 수도 없는 새하얀 침대 커버 위에 붉은 피로.

선진은 남자를 뚫어져라 내려 보았다. 오른손은 가운 주머니에 담근 채. 직후 고대로 선을 따라 그림을 그릴 것처럼. 그의 외형을 눈으로 따라갔다.

풀어헤친 와이셔츠 사이로 보이는 투박한 금목걸이. 허리띠를 풀어 골반까지 내려간 정장 바지. 옷감이 좋아 보인다. 주름 잡힌 모서리로 윤기가 흐른다. 이전에는 알지 못했는데, 그는 맨발이었다.

먹잇감을 앞에 둔 선진은 아주 조용하고 너무 침착했다. 그러나 찰나에 먹잇감이 되었을지도 모르겠다는 생각이 들은 남자에게는 이 광경이 굉장히 소름 끼쳤다.

　남자는 위압감을 못 이기고 억지로 얼어붙은 몸을 일으켰다.

　"뭐..."

　이제야 공포감이 서린 그의 눈이 마음에 들었다. 선진의 입가에 미소가 돌았다.

　"완전 샌님이시네."

　남자는 전화위복을 위해 선진의 목덜미로 손을 뻗었다.

　"뭐 하는 거야... 너 뭐야? 누구야?"

　남자의 의심에 화답하듯 선진은 남자의 겨드랑이 밑을 쿡 찔렀다. 이어서 빠른 손놀림으로 배때기 옆을 또 쿡 찔러 넣었다. 피가 솟구쳐서 침대 옆 바닥에 쭈그리고 앉아있던 여자의 금발을 붉게 물들였다. 남자는 엉거주춤하며 침대로 힘없이 주저앉았고, 선진은 무릎에 군용칼을 든 손을 기대고 허리를 굽혀 남자의 슬픈 눈을 지켜보았다.

　생명을 담은 피가 쏟아지고 뭔지 모를 감정이 담긴 눈물을 쏟아냈다. 눈물 한 방울 한 방울이 뚝뚝 떨어질 때, 두려움과 공포, 분노와 시련, 서글픔과 우울함 등 수많은 감정들을 느낄 수 있었다. 선진은 그의 눈물을 빨아먹고 싶었다.

　남자가 배를 움켜잡고 눈 속에 감정들을 잃어갈 때 선진은 때를 찾은 듯 그의 금목걸이를 무릎 쪽으로 당기며 최후의 일격을 목젖으로 넣어주었다.

　날카로운 쇠붙이가 부드러운 살을 뚫어갈 때, 발끝이 짜릿했고 뼈와 부딪힐 때는 온몸에 진동이 울렸다.

　선진은 칼을 뽑지 않고 그 자세 그대로 남자의 머리에 얼굴을 기대고 볼을 비비적거렸다.

　피로 물든 금발은 얼굴을 최대한 가슴팍에 붙이고 아무것도 보지 않았다는 사실을 선진에게 보란 듯이 주장하고 있었다. 그리고 여전히 목과 어깨는 부르르 떨리는 주제에 양팔로 정강이를 묶어 몸을 둥글게 만들었다.
　선진이 살인을 만끽하는 동안 여자는 쥐죽은 듯 눈길을 끌지 않으려 노력했지만, 선진의 눈길은 이내 여자에게로 향했다. 선진이 여자의 팔뚝을 만지기 전까지만 해도 여자는 그녀가 다가온 줄도 몰랐다.
　여자는 그녀의 께름칙한 손길에 몸을 한껏 움츠리고 비명 같은 신음 소리를 흘렸다. 계속 듣다 보니까 그건 울음소리에 가까웠다.
　선진은 자상한 얼굴로 그녀의 손을 잡아 주었다. 흰 살결의 떨림이 멈추었다. 그녀는 천천히 얼굴을 들었고, 선진과 마주하고 진정하려 애썼지만 쉽지 않았다. 무슨 말이든 꺼내고 싶었는데 입을 벌리면 이가 떨려 좋지 않은 소리를 낼 것만 같았다. 어떻게든 그녀의 심기를 건드리고 싶지 않았다. 어떻게든 비위를 맞춰 이 지옥 같은 곳에서 벗어나고 싶었다.
　선진은 여자의 손을 잡고 위로해주듯 두드려주었다. 그리고 몸을 일으켜 창 앞의 테이블까지 내처 걸었다. 얼음 트레이에서 샴페인을 집어 들고 테이블 옆을 내려쳤다. 날카로운 소리가 나며 유리조각과 샴페인이 흩어져나갔다. 손에는 사선으로 깨져 뾰족한 이를 드러내고 있는 병 조각이 쥐어 있었다.
　선진은 깨진 샴페인 병을 들고 죽은 남자 앞에 섰다. 남자의 몸은 피를 다 쏟아내고 침대 위로 축 처졌다.

선진은 여자의 손을 덥석 잡고 힘을 주어 하얘진 손끝을 억지로 열어 깨진 샴페인 병을 쥐어주었다. 그리고 그의 손목을 잡아끌며 남자의 시체 앞으로 친절하게 안내해주었다.

여자는 무슨 영문인지도 모른 채 끔찍한 시체 앞에 대면했다. 이윽고 고개를 돌려버렸다. 선진이 여자의 손목을 부여잡고 남자의 시체를 찌르는 흉내를 냈다.

"해보니까 그렇게 어렵지 않더라. 할 수 있어."

낮게 깔리는 선진의 목소리가 귀에 들어오는 것조차 싫었는지 여자는 턱을 빼며 고개를 빠르게 저었다. 절대로 못 하겠다는 듯이.

"나는 그쪽이 해주는 게 좋겠는데."

여자는 아이처럼 강 같은 눈물을 흘리며 사정했다.

"못... 해요..."

여자는 두 손으로 양 눈을 빈틈없이 감췄다.

"진짜... 저는... 이런 거..."

선진이 얼음장처럼 차가운 얼굴이 되었다.

"내가 찔렀던 곳을 그대로 몇 번 찔러주기만 하면 되는데."

선진이 여자의 귀 뒤로 나지막이 이야기했다.

"못 하겠다면, 정말 큰 일인데."

사색이 된 여자는 양손을 부르르 떨어 곧 샴페인 병을 떨어뜨릴 것만 같았다. 선진은 얼른 여자의 손을 붙잡고 이미 벌어진 상처로 시간이 지나 피가 굳어가는 곳을 여러 차례 반복해서 찌르기 시작했다. 여자는 선진의 힘에 이끌려 줄에 매달린 꼭두각시처럼 휘청거렸다.

여자는 이 잔인하고도 해괴한 짓을 못 견디겠는지 양팔을 뒤로 쑥 뺐다. 때문에 선진의 팔뚝에 살짝 금이 갔다. 선진은 피가 살짝 새어 나오는 팔뚝을 쳐다보았다. 상처는 티도 안 났지만, 피가 새어 나오는 게 불쾌했다. 짜증이 났다.

여자는 어쩔 줄을 몰라 깨진 샴페인 병 주둥이를 들고 있었는데, 선진이 혀를 찼다.

"쯧. 말 좀 듣지."

선진은 자리에서 일어나 물끄러미 여자를 깔아 보더니 여자가 들고 있던 샴페인 병 조각을 툭 발로 올려 찼다. 선진의 간단한 발놀림에 여자는 스스로 샴페인 병 조각을 목에 박아 넣은 셈이 되었다.

비명이 나오기도 전에 피가 먼저 분사되었다. 여자는 놀란 얼굴보다 한없이 슬픈 얼굴로 마지막 힘을 다해 손을 뻗어 들었다. 그리고 끝이 피로 젖은 금발을 끌어내렸다.

가발이 힘없이 풀어지는 그녀의 손과 함께 바닥으로 떨어졌다. 머리핀으로 고정 한 볼품없는 흑발이 나타났다. 그녀가 죽었다.

선진은 그녀의 최후에 감동하여 그녀의 머리에 머리핀을 풀어주고 긴 흑발을 꺼내주었다. 그리고 엉켜있는 머리를 손으로 직접 풀어주며 중얼거렸다.

"이게 훨씬 잘 어울린다."

선진은 만족한 미소를 지었다.

호텔 방안은 피투성이에 엉망이었지만, 최대한 피를 닦고 침대 시트를 깔끔하게 정돈하였다. 그리고 순백색의 침대 시트 위로 남자와 여자의 시체를 나란히 눕혀주었다.

샤워를 마친 선진은 가운을 새것으로 갈아입고 더럽혀진 가운을 찬물에 헹구었다가 뜨거운 물에 적셔 샴푸로 말끔하게 지워냈다. 그리고 다시 가운은 옷장에 걸어놓았다.

침대 위에 누워 있는 두 시체는 생기는 잃었지만 눈을 크게 뜨고 있었다. 선진은 깨끗해진 몸으로 새 가운을 입고 시체를 바라보며 작품을 감상하듯 눈살을 찌푸렸다. 양손을 주머니에 꽂고 고개를 삐딱하니 비틀어 보기도 하고, 턱을 들어 깔아 보았다가, 괜히 제자리에서 천천히 한 바퀴를 돌고 다시 보기도 했다.

영 맘에 들었다. 사진이라도 찍어 남기고 싶었지만 그럴만한 여건이 안 되었다. 선진은 아쉬운 듯 문으로 뒷걸음질을 치면서까지 시체에서 눈을 떼지 못했다.

선진은 뒤로 손을 하고 벽을 더듬어 불을 끄고 그대로 방을 나갔다.

***

다시 그의 품으로 돌아왔다. 두 눈이 아주 부드럽게 감기고 숙면에 들었다. 너무 많은 시간을 자버리는 게 아닐까 싶을 정도로 몸이 침대로 꺼지고 암흑의 우주로 빠져들었다.

꿈을 꾸기도 전에 손가락을 꼼지락거리는 그의 손길에 정신이 들었다. 해가 뜨기 전에 호텔을 나가야 하는데 늦잠을 잔 것은 아닐까 하고 불안함이 생겼다.

"잠이 모자라면 아직 더 자도 돼요."

선진은 수호의 자상한 손길을 느끼며 미소 지었다.

"지금도 충분한데요."

"보아하니 그런 것 같네요."

수호는 샤워를 방금 막 마쳤는지 몸에서 김이 모락모락 피어오르고 있었다. 선진은 아직 이른 아침임을 해가 보이지 않는 창을 통해 확인하고, 다시 이불을 끌어안았다.

수호는 커피를 내리며 수건으로 머리를 털었다.

"자는데 불편하지는 않았어요?"

수호가 커피 한 잔을 내밀었고 선진은 이불을 겨드랑이에 끼고 몸을 일으켰다. 커피를 건네주는 그가 어젯밤 일을 아는지 모르는지 한없이 따뜻한 커피를 건네주는데, 본인은 이미 어젯밤 일이 영화나 삼류소설의 단편 조각들로 머릿속에 남아있었다.

선진은 커피를 받아 한 모금으로 입안을 전체적으로 적셨다. 쌉쌀한 맛과 향이 잠깐이나마 아직 남은 잠기운을 날려주었다.

"잠버릇이 고약한 편은 아니던데요."

"이전에도 같이 잤었잖아요?"

"그때는 거의 잠에 못 들었거든요."

수호는 의자로 걸어가 창 앞에 앉았다. 머리를 털던 수건을 테이블에 대충 던져놓고 해가 뜨길 기다리는 모양이었다. 선진은 마시던 커피를 선반에 올려놓고 얼른 샤워실로 향했다.

뜨거운 물을 맞으며 살을 손으로 밀어냈다. 씻은 지 얼마 되지도 않아서 오래 씻으면 몸이 팅팅 불 것만 같았다. 서둘러서 씻고 나와 바로 머리를 대충 털고 말리기를 포기했다. 얼른 옷을 챙겨 입고 백을 챙겼다. 수호는 급하게 아침을 준비하는 선진을 따라 급히 방을 떠날 채비를 하였다.

"그때도 그렇고 항상 이렇게 일찍 일어나요?"

"잠이 많은 편은 아니에요."

"잠에 드는 게 불편한 건 아니죠? 아니면 제가 조금이라도 불편하게..."

선진이 선반에 올려 두었던 커피를 들고 창가 앞으로 걸어갔다.

"의사 선생님이라 그런가."

"뭐가요?"

"걱정이 너무 많으시다."

수호가 창을 내다보며 웃음을 던졌다.

"그중에서도 가장 걱정하는 사람인데요."

수호가 선진을 돌아보았다.

"병원을 찾아오는 다른 환자들과는 다르죠."

"그 말 들으면 섭섭하겠다."

"의사도 사람이에요."

"저도 사람이라서 걱정해주는 게 싫진 않네요."

선진도 까마득한 빌딩들 사이로 옮겨 다니는 작은 자동차들을 바라보는데, 수호가 커피잔을 쥐고 있는 선진의 손가락을 살짝 건드렸다. 선진은 아직 허기를 커피로 더 채우고 싶었다만, 수호의 손길에 커피잔을 놓았다.

"정화 병원에 들러 봐야 해요."

선진은 말과 함께 수호의 손을 놓았고 백을 챙겼다. 수호도 외투를 급히 챙기며 뒤따랐다.

"언제까지 병원에 있어야 돼요?"

"오늘 퇴원할걸요."

"몸이 다 나았다 보다."

"몸은 이미 다 나았을 텐데, 병원이 마음에 들었나 봐요. 그렇게 오래 누워 있을 줄은 몰랐는데 병원 밥도 어찌나 잘 먹든지..."

"병원을 좋아하는 사람도 있구나."

"일단은 안전하니까요."

선진이 방문을 밀고 나갔다. 수호는 선진의 말을 속으로 한 번 더 곱씹어보고는 어깨를 들썩이며 따라나섰다.

수호가 벌써 지나간 하룻밤이 그리워진 듯 뒤돌아서 다시 방안을 둘러볼 때, 선진은 복도 건너편 라인의 호텔방 문을 쳐다보았다.

어젯밤의 살인이 기분 좋은 꿈처럼 가슴에 남아있었다. 그래서 악몽을 꾸지 않았나 보다. 따로 꿈이 필요 없었나 보다.

선진과 수호는 상이한 그리움을 갖고 카펫을 깔린 넓은 복도를 함께 걸어갔다.

***

금장으로 수 놓인 시계 침이 오전 열 한시를 가리켰다. 복수는 시계를 확인하고 자리에서 벌떡 일어섰다. 호텔 로비를 지나 엘리베이터에 올랐다. 엘리베이터에 비친 꾀죄죄한 행색에 머리도 만져보고 옷깃을 털었다.

복수는 영업장에서 밤을 보낸 덕에 좋아하는 사우나도 들리지 못하고 호텔로 출근했다. 때문에 엘리베이터에서 복수의 하품은 끊이질 않았다.

복도를 걸어 31평형 스위트룸 앞에 섰다. 복도 끝에서 청소도구를 가득 실은 카트를 밀던 아주머니가 소리쳤다.

"지금 청소 중이에요."

복수는 아주머니를 쪽을 보고 같이 소리쳤다.

"알아요. 놓고 간 게 있어서 그래요."

"아, 그래요."

아주머니는 다시 청소도구를 챙기기 여념이 없었다. 복수는 멀거니 아주머니의 다음 행동을 기다렸지만, 이쪽의 바람대로 움직이지 않고 다른 방으로 들어가려 했다.

"열어주셔야 좀 확인을 해보죠."

아주머니는 얼굴을 빠끔히 내밀더니 귀찮다는 듯 터벅터벅 걸어왔다. 복수는 문 앞에서 옆으로 비켜주었다. 아주머니는 방문을 능숙하게 열어 재끼더니 다시 홱 몸을 돌려가는 발길에는 무뚝뚝함이 뚝뚝 떨어졌다.

복수는 입을 비죽이며 방안으로 들어섰다.

"장사를 저렇게 하면 안 되는데 말이야."

복수는 아무렇게나 접혀있는 침대 시트를 괜히 들춰보았다. 그리고 몸은 서 있지만, 눈동자가 주위를 훑었다. 커피포트 옆의 커피잔을 지나 선반 아래의 휴지통에는 휴지와 화장 솜이 가득했다.

발걸음을 옮겨 텔레비전 맞은편의 소파로 향했다. 낮은 거실 탁상 위로 룸서비스 안내 책자와 리모컨이 정리되어 있었다. 텔레비전은 켜지도 않은 것 같았다. 복수는 소파를 지나 창 쪽의 테이블로 건너갔다. 반쯤 마신 샴페인 병이 테이블 위에 있고 샴페인 잔이 창틀에 올려있다.

복수는 다시 한번 빠르게 주위를 훑더니 중얼거리며 소파로 돌아갔다. 피곤한 듯 손으로 감은 눈을 비비며 고개를 뒤로 젖혔다.

커피 두 잔 드셨고요. 샴페인 반병 드셨고요. 쓰레기통을 보니까 진한 밤을 보내셨고요.

복수는 눈을 크게 떠보며 입을 쩌억 벌리고 얼굴 스트레칭을 했다.

꼭두새벽에 나갈 거면 뭐하러 이런 데서 자는 건지. 기집애 하나 쫓아다니는 게 왜 이렇게 힘든 건지 한탄스러웠다. 사우나가서 시원한 맥주 한 캔 마시면 딱 좋을 거라고 생각했다.

복수는 담배를 하나 꺼내 물었다. 그리고 불을 붙이려는데, 열어둔 방문 밖에서 탁한 비명 소리가 울러퍼졌다. 복수는 벌떡 일어나 빠른 걸음으로 방을 나갔다.

복도 중간에 무뚝뚝한 아주머니의 우스꽝스러운 네발 달음박질 행위를 지켜보았다. 아주머니는 방안에 괴수라도 있는 듯 눈은 앞에 못 박아두고 뒤로 기어갔다. 복수가 다가옴을 느낀 아주머니는 소스라친 얼굴을 보여주며 방 안에 손가락질을 했다.

복수는 아주머니의 네발을 밟지 않게 조심하며 방 안으로 들어갔다. 질겅이던 담배가 바닥에 떨어졌다.

"와…"

깔끔하게 정돈된 시트 위로 피가 흩뿌려진 듯 곳곳이 물들어 있고, 처참히 살해된 금목걸이 남자와 화장에 눈물범벅이 된 여자가 누워 있었다. 여자 머리 위로 금발의 가발이 덮여 있었다.

남자는 시체인 주제에 팔다리가 곧게 뻗어 침대 중앙을 차지하고 차렷 자세로 누워 있었고, 여자는 남자의 몸에 한쪽 팔과 다리를 올리고 옆으로 껴안고 있었다.

현실이라는 생각이 들지 않고 꿈처럼 몽롱해졌다. 두통 때문인지 머릿속이 찌릿하고 가슴이 쿵쾅쿵쾅 뛰었다.

"아! 깜짝이야, 진짜."

복수는 가슴을 부여잡고 허리를 숙였다. 어느새 등 뒤로 다가온 아주머니는 복수 뒤에서 몸을 숙이고 방안을 훔쳐보고 있었다.

"이게 무슨 일이에요? 예?"

복수는 한숨 돌리며 아주머니를 째려보았다.

"보면 몰라요. 얼른 신고해요. 사람을 부르던지."

아주머니는 얼른 방을 나가서 청소도구 카트에 놓아둔 휴대폰을 들고 연락하기 시작했다. 복수는 그 틈을 타 휴대폰을 꺼내 현장 사진을 찍었다.

새하얀 침대 시트 위에 시체 두 구. 바닥에는 깨진 병의 잔해들. 소파에 걸려있는 여자의 겉옷과 백. 침대 아래 놓인 남자의 구두.

복수는 사진을 다 찍고 나서 주저앉듯 쪼그려 앉았다.

"와... 기대보다 대단히 아주 상당히 굉장히 인상적인 년이네..."

복수가 넋을 잃고 침대를 바라보다가 바닥에 떨어뜨린 담배 한 개비를 발견하였다. 담배를 꺼내 드는데 뒤에서 신고를 끝냈는지 아주머니가 소리를 질러대는 바람에 심장이 터질 뻔했다. 오늘만 벌써 두 번 죽을 뻔했다.

"여기 금연이에요!"

이와 중에 금연을 강조하는 아주머니의 엄청난 직업의식에 할 말을 잃은 복수가, 담배를 귀 뒤로 꽂으며 짜증 내듯 아주머니를 옆으로 밀치며 방을 나왔다. 아주머니는 무서운지 자꾸만 복수 뒤를 쫓아오면서도 방 쪽을 흘끗거렸다.

"왜 따라와요."

"무섭잖아. 젊은이가 같이 있어 줘. 지금 다들 올라온다고 하니까 그동안만 같이 있어 줘야지."

복수는 팔을 툭툭 털어내며 아주머니를 뿌리치며 엘리베이터로 걸었다.

"다 뒤져있드만 뭐가 무서워요. 놔요. 갈라니까."

아주머니는 엘리베이터 앞에 서서 이러지도 못하고 저러지도 못하고 우물쭈물하다가, 복수가 칼 같이 도착한 엘리베이터에 올라타자 앞을 째려보다가 말을 걸었다.

"놓고 간 건 찾았어?"

복수는 엘리베이터 앞에서 짜증을 내며 귀에 꽂아 둔 담배 한 개비를 꺼내 들었다.

"아, 이거!"

아주머니는 윗입술을 들어 올리며 하찮게 쳐다보더니 엘리베이터 문이 닫힐 때 즈음에 살인사건 현장의 범인처럼 저주를 퍼부었다.

"저런 싹수없는 자식."

엘리베이터 문이 닫히고 복수는 고개를 절레절레 휘저었다.

"무섭다, 무서워. 범인이 그 년이 아닐 수도 있어. 저 아줌마가 범인일 수도 있어."

복수는 휴대폰을 꺼내 현장을 찍은 사진을 다시 확인했다. 끔찍한 사진 때문에 미간이 절로 찌푸려졌다.

엘리베이터를 내리자 옆의 엘리베이터로 뛰어오는 경비들과 호텔 관리자로 보이는 정장의 사내들이 보였다.

복수는 그들을 뒤로하고 로비를 빠져나와 밖으로 나오자마자 담배를 물고 불을 붙였다. 부스스한 머리를 긁적이며 연기를 내뿜었다. 파란 연기를 따라 하늘을 쳐다보았는데 쨍쨍한 햇살이 내리쬐었다.

분명 이선진의 짓 일 거라고 생각은 드는데 이번에는 왜... 어째서 살인을 저질렀는지 도저히 모르겠다. 사고로 살인을 한 번 저지르니까 재미가 들렸나... 말도 안 되는 소리다.

"아. 머리 아퍼, 진짜. 시팔 거."

***

타이틀 호텔 앞으로 경찰차들이 정신없이 들이닥치기 시작했다. 호텔 관계자들은 저마다 심각한 얼굴로 사복형사들을 반겨주었다.

유난히 키가 크고 혼자 호텔 유니폼을 입은 다른 직원들과 달리 색이 돋보이는, 연한 갈색 정장의 사내가 형사들 중 가장 늦게 내리는 파마 아저씨한테 달려갔다.

"호텔 점장입니다."

파마 아저씨는 봉고차에 열린 문을 보고 옆으로 앉아 점장의 말에 대충 끄덕이며 풀어진 운동화 신발 끈을 묶고 있었다.

"네. 반장 이상구입니다."

이상구는 점장과 눈을 마주치지도 않고 대답하고 지나쳤다.

"경찰차는 호텔 뒤쪽으로 좀 주차해주세요. 현장까지는 제가 직접 안내해드리겠습니다."

이상구는 호텔 입구 회전문으로 걸어가며 신발 끈이 잘 묶였는지 자꾸만 발을 들어보았다. 점장은 이상구의 무시하는 태도에 벙쪄서 우뚝 섰다가 뒤늦게 회전문 다음 칸을 돌리며 따라갔다.

"저기요. 반장님?"

"네."

"경찰차 좀 호텔 뒤쪽으로 좀 다시 주차해달라고 말씀드렸는데요."

"그래요."

이상구는 걸음을 멈추지 않고 로비를 가로질렀다. 점장은 정색하며 이상구의 앞을 막아섰다.

"저기요."

이상구는 점장의 어깨를 팔등으로 대충 치우고 비켜 가려는데 점장이 버티고 섰다. 이상구가 큰 키의 점장을 올려보는데 키 차이가 상당했다. 뺨이라도 한 대 때려주고 싶었는데 팔이 닿지 않을 것 같았다. 이상구는 대한민국 평균 키를 한참 깎아 먹는 존재였다.

이상구는 그냥 점장을 피해 옆으로 돌아갔다. 점장은 긴 다리로 한달음에 엘리베이터 앞에 나타났고 이상구의 앞을 막아섰다.

"호텔 입구에 경찰차 좀 치우라고요. 현장에 들어가고 싶으면."

"어디 이런 무식한 놈이..."

이상구는 황당해서 점장과 눈싸움을 벌이다가 이내 자신이 한심했는지, 한숨을 푹 쉬고 점장 몸 뒤로 엘리베이터 개폐 버튼을 찾았다. 점장은 버튼을 감추며 계속 차를 옮겨달라며 사정했다.

"저거 뭐야!"

점장이 날카로운 함성에 이상구 머리 위로 시선을 옮겼을 때 이상구는 살짝 옆으로 비켜서서 엘리베이터 버튼을 눌렀다.

주혁진이 급하게 정면으로 달려오며 점장을 죽일 듯 노려보았다.

"당신 뭐야? 공무집행방해죄로 끌려가고 싶어?"

"아니, 호텔 입구를 떡하니 경찰차로 막아두면 어떡합니까. 무슨 불륜의 현장 러브모텔 덮치는 것도 아니고."

"그게 백번 낫지. 지금 여기 25층에서는 무슨 사고가 났는데?"

점장이 할 말이 없었는지 딴청을 피우며 핸드폰을 확인했다. 그 사이 도착한 엘리베이터에 이상구가 올라탔고, 주혁진은 점장을 계속 갈구어 보고 있었다.

"최대한 빨리 빼주세요. 안 그래도 분위기 흉흉한데 경찰차까지 눈에 보이면 너무 안 좋잖아요."

"이 사람이 지금, 무슨 소릴 하는 거야. 살인사건이야. 살인사건. 어제는 선량한 시민 두 명이 죽었지만 그게 당신이었을 수도 있어."

점장이 앞머리를 넘기며 저 혼자 들리지 않게 구시렁거렸고, 주혁진은 점장을 째려보다가 끈이 다시 풀린 이상구의 운동화를 발견했다.

"반장님. 끈 풀렸어요."

이상구는 다시 쪼그려 앉으며 끈을 묶었다.

"이게 끈이 끊어져서 한 번 바꿨더니 계속 이러네."

주혁진은 낡은 이상구의 운동화를 보며 안타까운 마음이 드는 순간 엘리베이터 문이 닫히는데, 이상구가 신발 끈을 묶으며 지시를 내렸다.

"넌 보안팀에 가서 CCTV부터 챙겨."

엘리베이터 문이 닫히고 점장과 주혁진만이 남았다. 점장은 눈치를 살피며 자리를 피하려고 했지만 주혁진의 질문이 그의 발목을 잡았다.

"보안팀은 어디 있어요?"

"거긴 왜요?"

"반장님 말 못 들었어요?"

점장은 곤란한 듯 고개를 숙이고 대답을 끌었다. 주혁진은 답답한 마음에 점장을 무시하고 로비 카운터로 향했다.

"CCTV기록은 없어요."

주혁진이 걸어가다 말고 무섭게 뒤돌아보았다.

"왜요?"

"그게..."

말을 자꾸 머뭇거리는 점장이 답답해서 곧장 로비로 갔다. 양손을 허리 위에 모으고 친절하게 바라보는 여직원에게 단도직입적으로 물었다.

"보안팀이 있는 정보실이라든가 CCTV 확인할 수 있는 곳이 어디죠?"

여직원은 점장의 눈치를 살피다가 주혁진이 신경질적으로 꺼내든 경찰 공무원증을 보고 입을 열었다.

"저쪽 카페 옆으로 들어가시면 사무실 문이 하나 나오는데 그 문으로 들어가셔서 오른쪽입니다."

점장은 여직원을 째려보며 곤란한 기색으로 걸어가는 주혁진의 뒷모습만 바라보았다.

CCTV 화면이 벽 하나를 꽉 채웠고, 할 일 없이 그 앞에 마이크를 만지작거리는 경호원들이 앉아있었다. 주혁진은 CCTV 화면을 보며 경호원들에게 말을 붙였다. 경호원들은 주혁진의 등장부터 형사임을 알고 자리에서 일어났다.

"25층 CCTV 좀 돌려주세요."

경호원이 최대한 공손하게 말을 받았다.

"그게 어젯밤에 하필 25층 CCTV가 고장 났었습니다."

"하필 25층만?"

"네. 자꾸 화면이 나가서 설비 팀에 맡겼습니다."

"나 오기 전에 누가 왔어요?"

주혁진은 정보실 안을 둘러보려는데, 찰나에 스쳐 지나가는 사내의 어깨를 붙잡았다.

"야..."

"어? 형사님...?"

복수는 주혁진을 보고 놀란 척 능글맞은 연기를 했다. 주혁진은 복수와 마주하고 어지러움을 호소했다. 주혁진이 미간에 주름을 잡고 턱을 잡아당겼다. 뇌를 최대한으로 쓰기 위한 노력의 자세였다.

어째서 고복수가 이 호텔에 지금, 그것도 보안 실에 미리 와있는지. 하필 어젯밤에 CCTV가 고장 난 것은 이놈과 연관이 없는 건가. 아니면 혹시 일전에 말한 살인사건과 이 사건이 연계되는 것인지. 그렇다면 범인이...

주혁진이 멀뚱멀뚱 보고 있던 복수를 앞질러 보안 실을 나가며 격앙된 목소리로 말했다.

"잠깐 따라와 봐."

주혁진이 보안 실을 나가자, 복수는 깊은 한숨을 내쉬며 힘든 하루의 자신을 위로하듯 옆의 경호원 어깨를 툭툭 두드려주었다.

호텔 옆 낮은 화단으로 둘러쳐진 정원 안 흡연구역 구석에 주혁진이 먼저 돌담에 앉았다. 복수는 주혁진 맞은 돌담에 팔짱을 끼고 살짝 기대 서 있었다. 주혁진은 휴대폰을 꺼내 화면을 확인하더니 별일 없는 듯 다시 집어넣었다.

더욱이 쨍쨍해진 햇살에 복수는 눈언저리가 땅겼다. 복수는 자판기 커피라도 마시고 싶어 주위를 두리번거렸지만, 일류호텔 주위에 커피 자판기가 있을 리 없었다.

"뭐 하고 있었어?"

"CCTV가 어젯밤 하필 25층만 고장 났었답니다."

"그건 나도 들었지. 너 뭐 하고 있었냐고."

그의 불친절한 질문에 피곤함까지 더해져 몹시 불쾌했다. 복수는 기대고 있던 돌담에 앉아버리며 툭 내던지듯 말했다.

"호텔에서 자고 나왔는데 살인사건이 났다는 이야기를 듣고 호기심에 이곳저곳 돌아다닌 것뿐입니다."

"살인사건은 네가 더 많이 겪을 텐데, 뭐가 호기심이고 뭐가 구라야?"

복수는 주혁진의 취조 같은 언행에 살짝 짜증이 났다. 그렇다고 곧이곧대로 말해 주고 싶진 않았다. 이선진이 25층에 묵었다는 것. 그리고 유력한 용의자라는 것을 알면 일은 우리 쪽의 바람대로 흘러가지 않고 저쪽이 주도해 나갈 것이다. 물론 수사를 하다 보면 객실 현황도 조사를 하겠지만, 다른 형사들은 이선진을 유력한 용의자로 지목하지 않을 것이다.

그러나 이 전의 사건에 대해 들은 바가 있는 주혁진은 웬만한 확신을 가지고 강력히 주장하겠지. 이선진이 타이틀 호텔 살인사건의 유력한 용의자이며 최악의 연쇄 살인범일 수도 있다고.

아직은 이르다. 타이틀 호텔 사건에 대해 보고를 하지도 못 했는데, 경찰 쪽이 먼저 알게 되어 움직인다면 곤란한 건 나보다 형님이었다. 굳이 형님이 친절하게 설명해주진 않았지만, 강성은 이선진의 악행을 천우 기업가와 경찰 조직 사이에 떡밥을 던져주고 한강 다리만큼 기다란 낚싯대로 밀당을 할 생각이었을 것이다.

그리고 무서운 야망가인 만큼 천우 기업에서 한 자리 꿰려고 하겠지. 그의 눈을 보면 알 수 있다.

주혁진이 과하지도 않고 느긋하지도 않게 살살 보채기 시작했다. 예리하기보다 뚱한 얼굴이었다.

"지금 딱 보니까. 어떤 구라를 생각하는 얼굴인데."

주혁진은 멀리서 닿지 않는 손으로 복수의 얼굴을 어루만지듯 휘저었다.

"꿀 먹었어?"

복수는 그의 바아냥에 못 이기고 자리에서 일어섰다.

"거짓말 아니에요. CCTV는 제가 그런 게 아닙니다."

"그럼?"

복수는 목을 가다듬고 적당한 떡밥을 골랐다.

"지금 25층 위에 살해당한 건지 제 손에 뒤진 건지 모르는 시커먼 시체가 글쎄, 알아봤더니 건진테크 사장 아들이랍니다. 워낙 사생활이 문란한 놈이라 제 아비한테도 감시를 받는 놈인데 흔적을 남기기를 싫어해서 요새는 어디를 가나 CCTV부터 끄고 다닌답니다."

"그럼 CCTV 자료는 어디에도 없다?"

"네."

"그럼 기내동 근처 CCTV는?"

복수는 답답한 듯 하늘을 올려보았다. 쨍쨍한 날씨에 몸은 처지고 양복 안쪽은 땀으로 축축했다. 복수는 주혁진과의 설전을 다음으로 미루기로 했다.

"범인이 보통내기가 아니니까 미리 수거해갔거나 했겠죠."

복수는 손으로 퀭한 눈을 마구 비비며 말을 이었다.

"제가 지금 한숨도 못 잤거든요... 다음에 연락 주세요, 형사님."

복수는 자연스럽게 돌아서서 작고 조악한 정원을 빠져나왔다. 그가 자신을 불러 세우지 않길 바랐는데, 다행히 큰 소리로 부르기에는 호텔로 드나드는 많은 동료들이 신경 쓰였나 보다.

복수는 지친 발걸음을 더욱 과장되게 질질 끌었다.

복수의 뒷모습을 지켜보던 주혁진은 바지 주머니에서 담배를 꺼내 들며, 피식거리며 중얼댔다.

"호텔에서 묵었다는 놈이 왜 저렇게 피곤할까나."

주혁진은 구둣발로 바닥을 탁탁 가볍게 내리치며 박자를 탔다.

"그래, 그래. 너희가 한발 빨랐다만 우리도 박차를 가해야겠다."

담배 연기가 몽글몽글 허공을 유영하며 복수의 미간을 찌푸리게 했던 햇빛을 가득 담았다.

25층 복도 끝 오른편 마지막 객실 앞에 복도 전체가 수사 중 테이프로 둘러쳐 있고, 경찰들이 객실 문과 수사 중 테이프 앞을 지키고 서 있었다. 이제 막 도착한 현장 감식반팀이 복도를 바삐 걸었고, 형사 몇몇은 현장의 객실에서 아예 나올 생각을 하지 않고 두 발을 파스텔조 꽃문양 카펫에 붙박아두었다.

예술적으로 방치되어 정돈된 호텔 객실 안을 꽉 채우고 있는 시체 두 구의 부패한 냄새가, 실외로 빠져나가지 못하고 형사들의 코 언저리를 맴돌았다.

이상구 반장을 포함한 형사들이 방 곳곳을 슬슬 돌아보는데, 주혁진은 침대 정면에서 움직이지 않았다. 아니 움직일 수 없이 목과 허리가 그대로 얼어버렸다.

무참하게 당한 몸의 상처와는 달리 부자연스럽게도 반듯하게 누워 있는 금목걸이 남자와 금발의 여자. 새하얀 시트 위로 이미 시체가 되어버린 남녀의 진한 피가 사방에 튀었고, 시체 주위로 얼룩 졌는데 피가 아니라 유화 같은 기름진 물감처럼 느껴졌다. 덩어리 졌으며 분무 된 피의 느낌이 거칠었다.

이... 이 난해한 살인현장을 꾸민 장본인이...

오히려 그녀가 범인일 것 같다는 예감이 머릿속을 스쳤다. 주혁진은 홱 몸을 돌려 객실을 나갔다. 그리고 건너편에 선진이 묵었다는 객실로 다가갔다.

근처 객실에 묵었던 손님들에게 사건조사를 위해 협조를 부탁하겠지만 이선진에게는 말도 못 붙일 것이다.

그리고 그녀가 범인일 거라는 생각은...

나도 이제 막 들기 시작했다.

이선진이 묵었던 객실 문 앞을 노려보고 있는 주혁진은 코가 닿을 만큼 가까이 다가가 냄새를 맡듯 킁킁거렸지만, 노크를 하거나 문고리를 돌려보지는 않았다.

***

비서 최현희는 연봉 인상보다 보너스가 마음에 들었는지, 세단 스포츠카만큼 빠른 업무처리로 무거운 결재서류들을 상신 했다. 하루 종일 컴퓨터 화면만 보고 있으니까 천장이 노랗게 울렁거렸다.

손은 자꾸만 마우스 커서를 인터넷 창의 뉴스란을 가리켰다. 어제의 사건을 어떤 기자가 되도 않는 글재주로 기사를 올리고, 티브이를 켜면 뉴스 내용과 전달력을 위한 발음보다 치장에 중심을 둔 아이돌같은 여자 앵커가 타이틀 호텔 사건을 세상에 알렸으면 좋겠다.

그리고 난해한 작품을 헤아리듯 제멋대로 어리석은 해석을 해주었으면 했다.

선진은 문득 허리를 세우며 책상에 팔을 기댔다. 그리고 사장실 문을 뚫어져라 바라보았다. 희마하게 들리던 정박의 소음은 점차 거리를 좁혀오자 굽이 단단한 발걸음 소리로 변했다.

벌컥. 문이 열리고 정화가 들어왔다.

"싸장님."

그녀의 첫마디가 복잡했던 심경을 싹 청소해주듯이 그저 웃겼다.

"뭐야. 뭐 팔러온 사람처럼."

정화는 소파에 제대로 앉지 않고 두터운 팔걸이에 걸터앉았다. 그리고 빈티지한 가죽의 질감이 좋아 보였는지 천천히 쓰다듬기 시작했다.

"아침에 들렀다면서요. 싸장님?"

"누가 병원에서 아침 조깅을 나가. 완전 제멋대로야. 병원 사람들 얼굴에 아예 써있더라. 빨리 데려가든지. 아니면 손발을 묶어 놓든지 해야 한다고."

"몸이 근질근질한데 샤워를 몇 번 해도 가시지가 않아."

"그래서 개운한 아침 되셨어요?"

"지금 딱 한 대 피우면 개운하겠다."

선진이 엄한 얼굴을 짓고 경고했다.

"내 사무실에서는 안 돼."

선진이 자리에서 일어서고 전화기의 비서 호출 버튼을 눌렀다.

"현희씨. 커피 좀."

선진은 소파로 걸어가면서도 창밖 도시풍경에서 눈을 떼지 못했다.

"직급마다 지켜야 할 도리가 있어요. 어떤 경호원이 싸장님 앞에서 담배를 물어?"

정화는 뻑뻑한 듯 눈을 끔뻑였다.

"그럼 커피는 나가서 마셔야겠다."

선진이 정화를 째려보다가 책상으로 다시 돌아가서 서랍을 열어 크리스탈 재떨이 하나를 집어 들었다. 정화는 벙찐 얼굴로 중얼거렸다.

"그건 또 누구를 때려잡으려고 그런 아파 보이는 흉기를 가지고 계세요?"

선진이 입을 쪼그리며 말했다.

"아버지."

"아아."

선진과 정화가 마주 앉고 정화는 소파 사이 탁상에 담배와 지퍼 라이터를 올려놓았다. 선진은 다리를 꼬며 정화의 담배 위에 얇은 일본도 모양의 음각이 새겨진 독특한 지퍼 라이터를 쳐다보았다.

"그 주위 인물들 찾아보고 있어. 곧 알 수 있을 거야."

"누가?"

선진은 팔짱을 끼며 목을 움츠렸다. 당연하다는 듯이.

"우리 커피 타주는 사람."

그때 최현희가 문을 노크하고 커피를 들고 왔다. 정화는 의아한 얼굴로 최현희와 커피를 번갈아 보는데, 선진이 탁상 위로 커피를 하나씩 놓아주고 나가려는 최현희를 불러세웠다.

"커피, 같이 해요."

최현희는 아주 잠깐의 갈등 중에 정화의 뚱한 얼굴을 보고 정중히 거절했다.

"아, 그냥 토 안 달고 좀 앉았으면 좋겠다."

가시 같은 말과는 상반되는 자상한 얼굴로 쳐다보았다. 최현희는 자연스럽게 정화 옆으로 자리했고 쟁반에 남은 커피 한잔을 자기 앞으로 가져갔다. 선진은 참지 못하고 냉소를 흘렸다.

"처음부터 커피를 세 잔 타오셨구나."

선진과 최현희가 눈짓과 미소를 주고받고 있을 때, 정화는 어리벙벙한지 손가락에 끼워둔 담배가 타들어가는 지도 모르고 담뱃재가 탁상에 그대로 떨어지자 낮은 비명을 질렀다.

"뭐야?"

정화는 둘의 표정을 읽으며 돌아가지 않는 짱구를 굴려 보아도 이해할 수 없었다. 제 직원이랑 친구 하자고 드는 애가 절대 아닌데. 비서를 불러서 같이 티타임을 갖는다고? 것도, 내 옆에 앉혀서?

양손을 모아 커피를 우아하게도 마시고 있는 최현희를 쳐다보며 대뜸 선진에게 물었다.

"입원한 사이에 둘이 많이 친해졌나 봐?"

"친해졌다기보다 서로의 입장을 바로 잡았지."

"어떻게?"

선진이 머리를 쓸어 넘겼다. 정화와 최현희가 선진의 풍성한 흑발에 시선을 뺏길 때, 커피를 한 모금 마셨다.

"우리가 또 애매한 건 싫어하잖아."

정화는 끄덕이며 담배를 재떨이에 비벼 껐다. 아무래도 둘 사이에 위기가 있었고 청개구리 같은 선진이가 또 오기가 생겨서 그녀를 꾀어냈나보다 싶었다. 그래도 웬만큼 마음에 들지 않으면 남에게 아쉬운 소리 절대 못 하는 성격인데, 진심인지 장난인지 분간할 수 없었다.

"현희씨, 나 커피 한 잔만 더 줄 수 있어요?"

선진이 눈을 흘겼고 최현희는 친절한 얼굴로 한 치의 망설임도 없이 벌떡 일어나 커피 리필을 위해 밖으로 나갔다. 정화는 주문을 끝내고 지퍼 라이터를 손에 가지고 놀다가 카드를 긁듯 탁상을 긁어댔다.

"저기."

"응."

"그런 일을 비서한테, 아니, 현희씨한테 맡겨도 돼?"

"알게 모르게 내 사정이라면 다 알고 있을걸."

정화는 지퍼 라이터를 딸깍거리며 시선을 떨구었다.

"나 지금 진지한데."

선진도 질세라 과장 된 진지함으로 미간을 찌푸리고 입을 오므리며 대답했다.

"나도."

순간 정적이 흘렀다. 이어서 방문이 열리자 둘 다 얼어있던 몸을 움직일 수 있었다. 정화가 커피를 배달해주는 최현희에게 고개를 돌렸다. 우아하고 친절하게도 커피를 아주 빨리도 가져다주었다. 그렇게 눈치 없는 편이 아니었을 텐데. 그리고 자연스럽게 다시 옆자리로 앉아서 커피잔을 만지작거렸다.

"세영이한테 꼬였는데 내가 다시 꼬셨어. 나도 내 편을 좀 늘렸으면 해서. 그래야 죽다 살아난 너도 좀 더 안전할 것 같았어. 다트판에 레드불이 많으면 날카로운 다트 핀을 나눠 맞을 수 있잖아."

최현희는 분위기를 직감하고도 자리를 뜨지 않았다. 선진은 팔짱을 풀고 정화에게 눈짓을 했고, 정화는 장고 끝에 담배 연기를 시원하게 내뱉으며 지퍼 라이터의 일본도를 뒤집었다.

"현희씨."

최현희가 새초롬하게 정화와 마주했지만 긴장한 티가 역력했다. 거기에 정화는 눈썹을 들어 올리며 화답해주었다.

"커피 고마워요."

"아, 네."

"혹시 그 돼지 새끼는 섭외됐어요?"

"네?"

최현희가 돼지 새끼가 누구인지 이해하지 못하고 되물었을 때, 선진이 기다렸다는 듯이 대신 알려주었다.

"오전에 부탁했던 거."

"아, 네. 알아봤습니다."

최현희는 커피잔을 얼른 내려놓고 말을 이어갔다.

"전략실장이 유일하게 자주 만나는 인물이라서 추적하는 일이 그렇게 어렵지 않았습니다. 그 외에는 주기적으로 만나는 사람이 없었습니다. 그의 이름은 최보길. 나이 서른다섯. 수원이 고향이고 중학교 중퇴입니다. 그 후로 상경해서 아주 어렸을 적부터 건달 행세를 한 모양입니다만 딱히 제대로 된 조직에 발 담근 적도 없고 전과도 없습니다. 현재는 아예 이름을 내걸고 인력사무소를 하고 있는데 그 외에 개인적인 흥신소 역할도 하고 있는 것 같습니다. 그의 인력사무소나 자주 다니는 사우나를 찾아가면 바로 볼 수 있을 정도로 행동반경이 좁습니다."

최현희는 한 번이라도 말을 더듬거나 토씨하나 틀리지 않고 완벽한 발음을 구사했다. 그녀의 브리핑은 깔끔하게 핵심만 전달하였고 목소리 톤의 높낮이가 듣기 좋아 듣는 쪽도 집중이 잘되었다.

정화는 최현희가 앉아있는 소파를 앞뒤로 찾아보며 빈정거렸다.

"뭐 숨겨놓고 읽은 거 아니죠?"

"제가 아나운서 준비를 했었거든요."

"그런데요?"

"견학 가보니까 너무 학교생활의 연장선 같아서 하기 싫었어
요."

최현희와 정화가 커피를 마시며 수다를 떨고 있을 때 선진은 손
가락으로 말랑거리는 입술을 말아 올리며 생각에 잠겼다.

"그런데..."

선진이 고개를 삐딱하니 기울이고 최현희를 쳐다보았다.

"난 이 정도까지는 기대하지 않고 하루의 말미를 준 건데. 짧은
시간 동안 어떻게 그렇게 자세히 알아냈어요?"

"제가 직업이 직업인지라 믿을 수 있는 인맥을 많이 만들어 놨
습니다."

정화가 허공을 검지로 때리며 격하게 맞장구를 쳤다.

"그럼. 아무나 할 수 있는 일은 아니지. 그리고 싸장님이 또 평
범한 싸장님이 아니잖아."

최현희의 명쾌한 대답과 정화의 농담에도 선진은 의심을 접지
않은 얼굴이었다. 정화는 선진의 눈치를 보며 어깨를 들썩였다.

"왜 그래?"

선진은 갸우뚱한 고개를 고치지 않고 아랫입술을 깨물었다. 최현
희는 선진의 시선이 부담스러운 듯 커피잔만 만지작거리며 입을
다물었다. 어색한 침묵을 참지 못한 정화가 나섰다.

"내가 알아차리지 못한 함정이 있는 거야?"

정화가 대답 없는 선진은 채근했다.

"말 좀 해봐. 뭐가..."

선진이 팔을 들어 정화의 말을 끊었다.

"잠깐, 내가 사람을 너무 잘 골라서 감탄 중이니까."

정화는 다시 어깨를 들썩여 보이더니 자리에서 일어났다. 선진은 그제야 자세를 풀고 일어서는 정화를 바라보았다.

"어디가?"

"출근 도장 찍었으니까 일해야지. 현희씨는 사우나 위치 좀 내 폰으로 찍어줘요."

선진과 최현희를 뒤로하고 정화는 뚜벅뚜벅 문으로 걸어갔다. 그리고 뒤도 돌아보지 않고 말을 툭하니 던지듯 남기더니 문을 나가버렸다.

"돼지 머리에 도장 찍으러 간다."

선진이 자리에서 벌떡 일어나며 소리쳤다.

"벌써? 야! 잠깐...!"

최현희도 덩달아서 자리에서 벌떡 일어났고 선진의 다급한 외침에 정화를 부르기 위해 달려나가려고 했지만, 선진이 만류했다.

"됐어요. 벌써 차 빼고 있을 거예요. 인사하러 가겠다는 얘긴데..."

선진이 허리춤에 양팔을 올리며 최현희를 바라보았다.

"괜찮을 거예요... 그죠?"

퇴색되어버린 주택가 사이의 좁은 길로 저녁 어스름이 드리웠다. 골목 사이로 삐뚤빼뚤하게 주차되어 있는, 자동차들을 천천히 피해 가는 오래된 세단이 대로로 접어들었다.

낡은 상가 빌딩 옆에 작은 사우나 굴뚝에서 연기가 피어오르고 갈라진 흰색 페인트 벽 한쪽으로 입구인지 아닌지 문도 없는 통로가 있었다. 복수는 통로 안으로 내처 걸었다.

열쇠도 없는 나무 캐비닛이 미로처럼 줄지어 있는 탈의실에서부터 습기가 가득했다. 복수는 대충 옷을 벗어 재끼고 눌린 머리를 벅벅 긁으며 탕이 있는 유리문을 밀고 들어갔다.

김이 피어오르는 탕의 물 위로 둥둥 떠 있는 형광색 바가지로 물을 떠서 몸을 몇 차례 적시고, 욕탕 오른편에 온도 차에 따른 세 개의 사우나실이 있는데 복수는 가장 온도가 높은 사우나실로 들어갔다. 매끈거리는 나무로 만들어진 문을 툭 하니 무심하게 잡아당기더니 발이 멈칫거렸다.

검게 그을린 다부진 몸에 팽팽한 잔 근육이 자리 잡고 있으며 더욱이 흐르는 땀 때문에 근육이 부각 되어 보였다. 머리에는 흰 타월을 뒤집어쓰고 있어서 얼굴은 보이지 않았지만, 그의 몸 주위로 흐르는 게 사람의 강기인지 사우나의 수증기인지, 머리끝까지 열이 전해져 안으로 들어서기가 머뭇거리게 되었다.

복수는 조심스럽게 걸어 벽과 일체형으로 만들어진 각진 편백나무 의자에 앉았다.

옆의 심상치 않은 분위기의 사내 때문인지 사우나 안은 평소보다 답답하고 좁게만 느껴졌다. 복수는 목을 큼큼거리며 사내를 흘끗거렸지만, 그는 몸 하나 까딱하지 않았다.

처음엔 조는가 싶었더니 느닷없이 흰 타월 밖으로 말을 걸어왔다.

"자네도 이곳에 다니나?"

"네..."

복수는 자기도 모르게 대답이 먼저 나와 버렸다. 목소리를 듣자마자 알 수 있었다. 그가 누구인지.

강성은 흰 타월을 머리에서 끌어 내리며 목을 풀었다.

"이만한 곳이 없지."

"맞습니다."

짧은 대화를 끝으로 복수에게는 불편한 침묵이 흘렀다. 복수는 사우나 안을 두리번거리며 모래가 다 떨어진 모래시계를 발견하고 뒤집으려고 하는 순간, 그가 일침 했다.

"그냥 둬."

"아, 그냥 두겠습니다."

복수는 모래시계를 다시 내려놓고 민망해진 손으로 땀이 흐르는 가슴을 쓸어내렸다.

"저걸 뒤집으면 시간도 그렇고 내 안의 정신이 오로지 저 모래 시계에 모조리 빼앗겨 버리니까."

복수는 다소 격하게 끄덕이며 수긍했다.

"너무 말랐네."

"그렇습니까. 살 좀 찌워야겠습니다."

"음, 마른 편이 나아."

"아, 네."

복수는 마른 몸에 살짝 튀어나온 자신의 배를 내려 보다가, 근육이 보기 좋게 자리 잡고 있는 강성의 복근을 비교하여 보았다.

"저도 운동 좀 해야 되겠습니다."

"그런 거 필요 없어."

강성이 입을 비죽거렸다.

"항상 긴장하고 있으면 돼."

그의 말을 끝으로 또다시 무겁고 사우나의 열기를 더해주는 침묵이 찾아왔다. 복수는 어떻게든 대화를 이끌어 보려고 했지만 그의 말 한마디 한마디가 쉽게 대답을 찾지 못하게 만들었다.

강성은 자세를 바꿔 흰 타월을 양손으로 잡아당기며 몸을 스트레칭했다. 동시에 근황을 물어왔다. 그녀에 대해서.

"소식 없어?"

단숨에 그녀에 대한 질문이라는 것을 알아차렸다. 보고할 만한 엄청난 소식이 있었지만, 그에게 단번에 전해도 될지 고민되었다. 이번에는 살인을 증명할 만한 증거도 없고 심증만 있을 뿐이었다. 마음속에 확신은 있었지만 형님을 거치지 않고 그에게 알리기가 곤란했다.

복수가 대답을 찾지 못하자 강성은 손을 들어 복수의 허벅지를 탁하고 때렸다. 그 바람에 화들짝 놀랄만했지만, 간신히 방정맞지 않을 정도로 몸이 움찔했다.

강성이 씨익 웃었다.

"편하게 해. 소식 없냐고."

"제 확신은 있는데 아직 확실한 물증이 없습니다."

강성이 대답도 하지 않았기 때문에 대화를 이쪽에서 끊을 수가 없었다. 복수는 결심한 듯 본능적으로 주먹을 말아 쥐고 호기를 담아 말을 뱉었다.

"형님과 확인 후에 정확한 소식 전해드리겠습니다."

강성이 복수를 위아래로 관찰하였다. 복수는 끝까지 말아 쥔 주먹을 풀지 않았다.

"허."

강성은 헛웃음을 터뜨렸다.

"너 고기랑 몇 년이냐?"

"8년쯤 됐습니다."

"꽤 멀리 왔네."

강성이 일어서서 모래시계를 뒤집었다. 그리고 무거운 문을 슥 밀고 나가며 덧붙였다.

"주말에 저녁이나 하자."

복수는 벌떡 일어서서 허리를 굽혔다.

"예. 주말에 뵙겠습니다."

문이 닫혔다. 복수는 깊은숨을 크게 들이마시고 천천히 내뱉기를 반복했다. 쇳소리가 날 만큼 숨소리가 거칠었다. 그가 나가니까 사우나 안이 텅 비어 보였고 긴장했던 몸이 풀리며 온몸에 순간 땀이 식었다. 그가 뒤집은 모래시계는 이제 막 모래가 조금씩 쌓이기 시작했고, 복수는 딱딱한 나무 의자에 편히 기대었다.

***

한산한 2차선 도로를 지나 골목 안쪽으로 대충 차를 세우고 내렸다. 사우나 건물을 앞에 두고 밤하늘을 찌르듯 솟아있는 굴뚝을 바라보았다. 사우나 굴뚝으로 새하얀 솜사탕 같은 연기가 피어오르고 있었다.

정화는 입구처럼 생긴 콘크리트 벽 안으로 들어갔다. 카운터는 나오지 않고 계속 막다른 콘크리트 벽을 만났다. 막다른 벽을 피해 오른쪽으로 유턴해서 들어가면 신발장이 먼저 나오고, 그 안에 카운터가 있었다. 정화는 굽 낮은 구두를 벗지 않고 그대로 앞으로 다가섰다.

카운터에서는 사우나 탈의실이 살짝 보이는데, 사람은 한 명도 없었다. 정화는 카운터 안을 훔쳐보았지만, 유리막 안의 커튼 사이로 사우나 주인장으로 보이는 턱수염 할아버지는, 자기 손만 한 책에 정신을 뺏겼는지 입장료를 요구하지 않았다.

정화는 슬그머니 탈의실 안으로 걸어갔다. 나무로 된 캐비닛들이 오른편으로 층층이 쌓여있고, 욕탕은 캐비닛을 넘어 왼쪽으로 몸을 돌려야만 들어갈 수 있었다. 손님도 없고 이 커다란 부지에 굳이 미로처럼 꼬아 놓은 통로가 평범하게 생각되지 않았다.

정화는 욕탕에 들어서기 전에, 옆에 쌓여있는 타월들 중에 하나를 집었다. 아주 낮은 강도의 지진에도 모두 무너져 내릴 것 같은 낡은 사우나 주제에 타월은 상당히 부드러운 고급이었다. 정화는 타월을 목에 걸치고 욕탕 안으로 들어갔다.

정면에 커다란 탕이 세 곳인데 저마다 온도 차도 있겠지만 물의 색이 달랐다. 그리고 탕 주위로는 샤워기들이 몇 개 걸려있었다.

정화는 사우나실을 찾아 욕탕을 쭉 둘러보았다. 먼저 욕탕 한쪽 구석에 나무로 만들어진 사우나실이 눈에 들어왔고, 그곳으로 즉시 걸음을 옮겼다. 정화는 사우나실 안으로 들어서기 전에 나무의 결을 느끼기 위해 손으로 더듬어 봤는데, 역시 촉감이 부드러웠다.

범상치 않은 사우나실 안에 꼭 놈이 앉아 있을 것 같다는 생각이 들었다. 정화가 사우나실을 단숨에 들어갔다.

빼빼 마른 몸에 속옷 대신 타월을 두른 웬 놈팽이 하나가 인상을 긁고 있었다. 그의 맞은편 의자에는 모래시계가 있었는데, 모래가 아직 반밖에 내려가지 않았다.

정화는 예상과 달리, 찾던 돼지가 보이지 않아 짜증이 났다. 그 덕에 앉아 있는 놈팽이 같은 놈에게 화가 미쳤다. 놈팽이는 땀을 뻘뻘 흘리며 호흡이 거칠었다. 사우나실에서 족히 한두 시간은 보낸 것 같이 보였다.

"누구세요?"

"뭐?"

"혹시 살이 출렁거리는 돼지 같은 놈 하나 못 봤어요?"

"뭐야? 맛이 갔나, 이게..."

복수는 모래시계를 노려보았다. 사실 강성이 나가고도 시간이 한참이 흘렀는데, 저놈의 모래시계는 모래가 한 알갱이씩 떨어지는지 도무지 사우나 시간을 끝낼 줄을 몰랐다. 그가 남긴 난제 같아서 오기로 버티고 있었는데, 현기증이 나기 직전에 어떤 미친년이 정장을 입고 목에 타월을 걸친 채 떡하니 앞에 나타나서 야지를 주고 있다.

복수는 어처구니가 없는 상황이 귀찮아서 여자를 다시 돌려보내고 싶었다.

"야. 여탕 없어. 여기."

"어. 있어도 안가."

"약 먹었냐?"

"안 그래도 한동안 병원에 있었는데. 입에 안 맞더라고."

복수가 여자를 내쫓기 위해 자리에서 일어섰지만 여자 키가 만만치 않았다. 복수와 정화는 서로 키가 같았다.

"상당히 기다란 약쟁이네."

"대답이나 해. 돼지 못 봤냐고 물었잖아."

"무슨 사우나를 와서 자꾸 돼지를 찾아."

복수가 정화를 때리는 시늉으로 팔을 들었는데, 순식간에 팔이 꺾이며 우스꽝스럽게 코브라가 춤이라도 추는 자세가 되었다.

복수와는 달리 여유 있는 정화가 으름장을 놓았다.

"내가 감이 좋아. 정말이야."

"이거 안 놔? 내가 지금 이거 못 풀어서 지금 이러고 있는 줄 알아?"

복수는 당황했지만 기세는 꺾이지 않았다. 다만 현 상황을 비웃는 정화가 약쟁이가 아니라 형사일지도 모른다는 불안감이 생겼다.

"내가 진짜루 감이 좋아서 말인데, 너 돼지 아는 놈이야. 그치?"

"자꾸 뭔 헛소리야!"

복수는 소리치며 꺾인 팔을 돌리려 했지만, 정화가 힘을 더 주는 바람에 짧은 비명을 지르게 되었다.

"어디 있어? 최보길이."

정화의 감은 그가 최보길의 부하쯤 된다고 지적했다. 이 평범하면서도 전혀 평범하지 않은 사우나는 양아치 소굴이고, 여기 있는 모두가 최보길을 모를 리 없었다.

가뜩이나 사우나실이 덥고 찝찝해 죽겠는데 놈팽이가 입을 열지 않으면 팔 한쪽이라도 부러뜨릴 생각이었다.

"아!"

복수는 온갖 얼굴 근육을 찌부러뜨리며 간신히 다리를 뻗어 정화의 발을 차려고 했지만, 눈치 빠른 정화가 먼저 구두 앞코로 정강이를 때렸다. 그리고 이어서 그의 옆구리를 주먹으로 치고 발로 배를 밀어 차버렸다.

복수는 비명을 지를 틈도 없이 날아가서 편백나무 의자에 어깨를 처박았다. 정화는 자연스럽게 뒤 돌더니 목에 걸친 타월로 얼굴을 한번 닦아냈다. 그리고 개운한 얼굴로 욕탕 입구 쪽을 쳐다보았다.

"오랜만이다?"

입구로 들어오는 고기는 온몸이 이무기로 빽빽이 뒤덮여 퉁퉁한 살이 보이지도 않았다. 고기는 자전거 체인 같은 금목걸이를 짤랑이며 문을 열고 들어왔다. 그리고 굳은 얼굴로 정화와 대면했다.

"여기서 뭐 합니까?"

고기는 굴뚝같은 자신의 배를 쓰다듬었다.

"도망갔어야 했습니다."

정화는 고기에게 한걸음 다가갔다.

"누가?"

"당신 얘깁니다. 내가 어디에 있는지 알았으면 최대한 그곳에서 멀리 도망갔어야지요."

"누가 네 당신이야. 이 돼지 새끼야."

정화는 벌써 달아올랐는지 열 받아서 고기 얼굴에 삿대질을 해댔다.

"그리고 도망이란 건 내 일생 통틀어서 행해본 적이 없어. 남의 물건에 몰래 손대는 쥐 같은 돼지 새끼야."

정화의 격앙된 목소리가 욕탕 안으로 울려 퍼졌다. 겨우 정신을 차린 복수는 고기와 기 싸움을 벌이고 있는 정화에게 빠르게 접근했고, 그녀의 앞을 막아섰다.

복수는 홀로 심각한 얼굴이 되어 정화를 죽일 듯이 노려보았다.

"야."

고기의 음성에 복수는 정화를 막는 시늉을 하며 고기를 보호하기 위해 자세를 취했다.

"예. 형님."

고기의 무표정은 바뀌지 않았다.

"나와."

복수는 고기의 일언에 당장 태도를 바꾸어 정화와 고기 사이에서 한 층 떨어졌다.

고기는 허리춤을 두르고 있던 커다란 타월을 풀러 재꼈다. 그리고 나체의 고기는 한 점의 창피함도 없이 무덤덤하게 말했다.

"용건이 뭡니까?"

정화는 피식 웃으며 고기의 나체를 노골적으로 훑어보았다.

"그 디룩디룩 살찐 배때기 때문에 족발도 안 보이는데 직립보행이 가능해? 그리고 쥐 좆 만한 건 왜 잎사귀를 쳐 달았어. 쌍팔년도도 아니고."

복수는 정화의 우악스러운 멘트에 치를 떨었다. 반면 고기는 조금도 표정을 바꾸지 않고 배만 쓰다듬었다.

정화는 옆에서 어금니를 씹어대며 고개를 삐죽하니 내밀고 되도 않는 위협을 하고 있는 복수는 철저하게 무시하며, 고기를 아래로 깔아보며 눈썹을 치켜 올렸다.

"여기서 한 판 할래?"

"아끼는 곳이라 물이 더러워지면 싫습니다."

정화는 욕탕 세 곳을 번갈아 보며 비아냥거렸다. 그가 약이 바짝 올라서 주먹이라도 내질러줬으면 좋겠다.

"여기는 뭐 육수 뽑아내는 곳이야? 응?"

"별 용건 없는 것 같은데 그만 돌아가시죠."

정화는 습기 찬 얼굴을 다시 타월로 닦아냈다. 돼지 새끼가 뱀 새끼 마냥 눈치도 빨라요. 정화는 들고 있던 타월에 반동을 주어 불량한 얼굴을 들이대고 있는 복수를 강하게 후려쳤다.

복수는 양손으로 얼굴을 잡더니 달려들 기세로 욕지거리를 해댔다. 그러나 고기의 일언이 또다시 그를 얌전하게 만들었다. 정화는 고기의 인내심에 감복하여 감탄의 탄식을 내뱉었다.

"와아. 역시 만만치 않네. 지금은 나도 좀 그래. 눈도장 찍으러 온 거야. 근데 너무 역겨운 걸 봐버려서 삼일은 밥이 목구멍으로 안 넘어가겠다. 대단한 공격이었어."

고기는 대답도 하지 않고 배를 계속 쓰다듬었다. 복수는 분을 참지 못하고 저 혼자 우물쭈물하며 욕지거리를 해댔다.

정화는 고기 앞을 슥 비켜가며 복수를 타월로 또 후려갈기는 시늉을 하며 경고했다.

"너 다시 한번 나 만났을 때도 그런 얼굴 하면 진짜 죽여 버린다."

정화는 복수에게 몇 번이나 타월로 때리는 시늉으로 위협을 하더니 욕탕을 나가버렸다. 나가는 길에 카운터의 할아버지가 소란을 듣고 나와 잔소리로 배웅을 해주었지만, 정화는 무시하고 신발장 앞에서 침을 탁 뱉더니 나가버렸다.

복수는 몸이고 마음이고 엉망진창이 되어 얼이 빠진 채 정화가 남기고 간 강렬한 여운에 갇혀 있었다. 그를 심연의 최면상태에서 깨워준 것은 언제나처럼 고기의 무덤덤한 일언이었다.

"가자."

고기는 워낙 표정이 변화가 없는 편이라 티도 나지 않았지만 그녀의 앞뒤 없는 구석이 싫지 않았다. 평생 자기 앞에서 저렇게나 멍청하고 신경질적인 여자는 처음이었다.

당장 머리끄덩이를 잡고 욕탕에 머리를 처박기를 수십 번 수백 번이나 반복하고 싶었지만, 그의 허락 없이 함부로 굴 수가 없었다. 그녀 또한 같은 입장인 것 같았다.

고기는 정화와의 기 싸움에서 오히려 에너지를 얻었는지 탕 속으로 몸을 던졌다. 넘치는 물이 한강 같았고 들어가는 동시에 자동차 타이어 펑크나는 소리가 들렸다.

　복수는 들어오라며 손짓하는 고기가 있는 탕으로 줄레줄레 따라
들어갔다.

　***

　비서를 보내고 밤에 혼자 사무실에 남아 야경을 안주 삼아 보내
는 시간이 하루 중에 가장 좋았다. 보슬보슬 내리던 실 같은 비는
마셔버린 위스키의 양만큼 취할수록 빗발이 거세졌다. 가끔 창을
때릴 때 퉁 하는 베이스기타 같은 소리가 좋았다.

　술에 긴장한 몸이 풀리고 내리는 비에 서울 야경도 젖어 한층
차분해졌다. 아랫배가 근질거렸다. 한 자세로 오래 있을 수 없게
되었다. 얌전히 즐기던 술 한 잔의 여유가 사라졌다. 발끝을 세워
빌딩 아래 깨알 같은 행인들을 내려 보았다. 껌딱지만 한 자동차들
을 쫓아 보았다.

　그들을 거리에서 꺼내고 차 안에서 끄집어내서 사무실에 한 사
람 한 사람 세워보았다. 언더락 잔을 돌리며 얼음이 부딪치는 소리
가 비명이 될 때, 한 명씩 지워나갔다.

　살이 연한 뺨과 목에 한 방. 근육을 찢고 들어가 북북거리는 느
낌이 좋은 배때기와 가슴에 한 방. 두툼한 허벅지에 한 방. 다시
잔뼈가 걸리는 목에 한 방.

　모두 사라졌을 때 선진은 아련한 그리움을 느꼈다. 정화가 사무
실 안으로 들어온 것도 느끼지 못하고, 정화의 쪽 뻗은 다리를 보
며 눈을 가늘게 회 떴다. 쟤는 다리가 예쁘니까 바로 들어가지 않
고 종아리를 좀 긁어줘야겠다. 그리고 두툼하니 튀어나온 엉덩이와

살이 부드러운 옆구리에...

"선진아...?"

정화는 술잔을 들고 허공을 투영하듯 째려보는 선진의 상태가 온전치 않음을 느끼고, 그녀의 정상적인 의식을 찾기 위해 이름을 불렀다. 선진은 줄이 끊긴 꼭두각시 인형처럼 팔이 뚝 떨어졌다. 그 바람에 선진이 들고 있던 언더락 잔이 바닥으로 곤두박질치면서 박살이 났다.

정화는 놀랐지만 선진은 고개를 떨군 채 묵묵부답이었다.

"선진아, 괜찮아...?"

정화는 선진 앞으로 조심스럽게 접근해서 그녀의 눈을 바라보기 위해 고개를 비틀었다. 그러나 선진은 눈을 마주치지 않고 계속 땅 아래를 굽어보았다. 정화는 손바닥을 펴 보이며 천천히 선진의 어깨를 만졌다.

선진은 고개를 퍼뜩 들고 눈을 번뜩이며 정화와 눈을 마주쳤다.

정화는 찰나에 선진이 가슴 깊이 가지고 있는 것인지 아니면 잠깐 눈을 뜨고 악몽을 꾼 것이었는지 잘 모르겠지만, 그 안의 공포와 시련, 혼란과 광기, 살기와 절망 같은 음지의 어둠과 처절한 본능이 느껴졌다.

선진은 발아래 산산조각이 난 언더락 잔의 잔해들을 찔러보며 아쉬운지 탄식을 내뱉었다.

"아, 아끼는 잔이었는데."

"무슨 일 있었어? 괜찮은 거지?"

선진은 아쉬움을 표정으로 말하며 정화를 바라보았다.

"아니야. 잠깐 다른 생각을 좀 했었던 것 같아."

선진이 눈이 정상적으로 돌아온 것 같기에 정화는 한 발치 물러서서 잔해들을 발로 슥슥 모았다.

"조심해. 내가 내일 말해서 치울게."

"그래."

선진은 책상으로 돌아가 가방과 차 키를 챙겼다. 정화는 그런 선진의 뒤를 따라다니며 행동을 감시하듯 어깨너머로 눈을 치켜떴다. 선진은 신경도 쓰지 않고 불을 껐다. 사무실 안이 어두워졌을 때 정화를 쳐다보았다. 아니, 쳐다볼 수 있었다.

"힘껏 달릴 수 있는 곳이 있을까?"

정화는 어둠 속에서 선진을 찾아 헤맸지만, 그녀의 음성만이 확실했다.

"그럼."

"어디야?"

선진은 먼저 걸어가서 사무실 문을 열었다. 옅은 빛이 문틈으로 새어 들어와 선진의 반만 비춰주었다. 그 경계가 분명하여 어느 쪽이 진짜인지 오랜 고민을 빚었다.

쿵. 쿵쿵. 어두운 체육관으로 둔탁한 소리가 울렸다. 바닥은 색색들이 두꺼운 매트들이 바닥 타일처럼 깔려있고, 천장에는 직접 줄을 잡아당겨서 불을 켜는 전구들이 드문드문 달려 있었다.

드넓은 체육관 구석에만 불을 켜고 한창 매치기를 당하고 있는 선진의 모습이었다. 정화는 사정을 봐주지 않고 선진을 바닥에 꽂아버렸다.

선진은 벌겋게 상기 된 얼굴로 비틀거리며 다시 자세를 잡았다. 이어서 걸리적거리는 정장 상의를 벗어 던졌다. 정화는 이미 와이셔츠 단추를 몇 개 풀어헤치고 있었다.

"괜찮겠어? 난 운동을 가르칠 줄은 몰라."

정화가 머리를 다시 묶었다.

"그러니까 나를 보고 나를 배워. 최대한 나와 비슷하게 하라고 할 수밖에."

선진은 자기 차례에 흥분했는지 입을 다물고 세차게 머리를 흔들었다. 둘은 눈빛을 주고받으며 준비와 시작을 알렸다.

정화가 손을 뻗었다. 선진은 당한 대로 되갚아 주기 위해 정화의 팔 안으로 오른쪽 어깨를 집어 넣고 있는 힘껏 정화의 다리를 후려쳤다.

쿵. 자빠진 건 선진의 쪽이었다. 어안이 벙벙해서 잠깐 누워서 생각을 해보았다. 분명 있는 힘껏 종아리를 후려쳤는데 정화는 꿈쩍도 하지 않은 상태에서 자세만 살짝 비틀어 간단하게 자신을 눕혀버렸다.

정화는 호신술 및 낙법에 대해 몸소 직접 체험하게 해주었고, 체육관 안에서는 절대로 선진의 사정을 봐주지 않았다.

선진이 또다시 자빠지고 힘에 겨워 일어서지 못할 때, 정화는 선진 옆으로 양반다리를 하고 앉았다.

선진은 어딘가 모르게 개운해진 얼굴로 높은 체육관 천장에 시선을 못 박았다.

"어땠어?"

정화는 힘든 기색 하나 없이 발가락을 꼼지락대고 있었다.

"형편없었어."

선진이 오늘 처음으로 웃었다. 그리고 툭하니 손등으로 정화의 허벅지를 쳤다.

"아니, 오늘 돼지 멱따는 소리 듣고 왔을 거 아니야."

"한국에서 보니까 감회가 새롭더만. 사우나 가서 한 방 먹여주고 왔지."

"진짜?"

정화는 대답 대신 벌러덩 누워버렸다. 그리고 천장에 사냥감을 그리듯 얼굴을 찡그렸다.

"화를 좀 돋궈주고 온 거지. 별일 없었어."

"잘 했어. 위험한 일은 네가 하지 말고 부탁할 만한 사람들을 좀 찾아보자."

"위험한 일을 나보다 더 잘해 낼 사람이 있을까 모르겠네."

선진이 고개만 돌려 정화에게 말했다.

"넌 내 사람이니까 그래. 문제가 될 수..."

"알아."

선진과 정화는 다시 천장을 처다보았다. 선진은 연이어 매치기를 당하는 바람에 먼지를 들여 마셨는지 목이 칼칼해서 침을 꼴깍 삼켰다.

"너는?"

"세영이?"

"응."

"뭐 줘 패주고 싶어도 실제로 그럴 수는 없잖아. 걔가 날 죽이려고 했다고 해서 똑같이 죽이겠다 협박하는 것도 유치하고."

"그럼?"

"다 생각이 있지. 요새 큰 프로젝트 하나를 맡았더라고."

"어떤 거? 약쟁이가 하는 거니까 마약밀수 프로젝트쯤이나 되려나."

선진이 입술을 얇게 말며 말을 이어갔다. 천장 위로 숨어가는 쥐를 몰아가듯이.

"엇비슷해. 내가 이번에 지방에 방치되고 있는 골프장 몇 개를 레저 휴양지로 재개발하는 프로젝트를 진행 중인데, 나를 견제하는 건지 아니면 지가 약 빨러 갈 생각인지, 미친놈이 아예 섬 하나를 통째로 관광지를 만들려고 하더라고. 좀 알아보니까 카지노사업도 진행 중이라고 한다는데?"

"그게 가능해?"

"일단 이사회에서는 승인이 난 모양이야. 섬이 위치도 좋고 입지가 괜찮아서 꼭 그 프로젝트가 잘 안된다고 해도 어느 정도 회수가 가능한가 봐. 아니면 큰 오빠가 플랜 b를 가지고 있겠지. 다들 당연히 세영이 하나 믿고 진행하는 사업은 아니잖아."

정화는 머리가 복잡해졌다. 차라리 업어치기를 몇 번 당하는 게 쉽지. 이런 건 영 머리에 안 들어왔다. 그래서 쉽게 핵심만 다시 물었다.

"그럼 프로젝트가 망한다고 해도 본부장은 괜찮은 거야?"

선진이 회심의 미소를 지으며 상체를 일으켰다. 그리고 양팔로 매트 바닥을 지지하고 천장 위를 노려보았다.

"그럴 리가. 완전 나가리지."

정화와 뜨거운 밤을 보내고 집으로 돌아와 샤워를 마친 선진은 바로 침대로 달려들었지만 쉽게 잠이 들 수 없었다. 억지로 잠을 청하자 구슬땀이 나기 시작했고 찝찝해진 선진은 부엌의 술 장에 눈이 갔지만, 눈을 질끈 감으며 술을 참고 서재로 들어갔다. 그리고 컴퓨터 책상 앞에 앉았다.

인터넷 뉴스 란에 타이틀 호텔 살인사건 기사가 올라왔다. 기사를 쭉 읽어 내려가는데 두 개의 단어가 뇌리에 박혔다.

동기와 메시지.

살인 동기와 살인을 통한 메시지는 지금의 나로서는 전혀 이해조차 할 수 없다. 그를 죽이고 또 왜 그녀를 죽였는지. 이제는 그때의 기억이 가물가물해져 갔다.

그나마 머릿속에 남아있던 기억의 장면 장면들이 희뿌연 안개 속으로 빨려 들어갔다. 더 이상 보려 해도 보이지 않고 들으려 해도 들리지 않았다.

살인은 머릿속에 기록될 뿐 어떠한 이미지도 남겨두지 않았다.

그럼 또 그 기록의 이미지를 찾기 위해 안개 속을 돌파해야 한다고 생각하니 등골이 오싹했다. 그리고 흥분되고 들뜨기까지 했다.

선진은 책상머리에 뺨을 붙이고 눈을 감았다. 하염없이 눈물이 흘렀다.

뜬눈으로 밤을 새웠다. 씻기 위해 몸을 일으켰는데 머리가 띵했다. 움직이는 동시에 허기는 졌는데 식욕이 없었다. 간신히 에소프레소를 한 모금 삼키고 욕실로 향했다.

차가운 물에 몸을 적셨다. 민감한 몸 구석구석을 타고 흐르는 찬물이 잠을 깨워주었다.

선진은 머리도 말리다가 귀찮아서 그만두고 화장도 옷도 대충하고 입었다. 마지막으로 집을 나서기 전 남겨두었던 에소프레소를 깔끔하게 비웠다. 세상에 커피가 없었다면 평생의 수백 시간은 더 잠들어야 했겠지.

날씨가 많이 풀리고 마당을 두르고 있는 화단의 풀이 하늘로 쭉 뻗었다. 감각이 돋보이는 와인색의 널찍한 철문을 밀고 나가면 꺼진 땅 위로 정화가 차를 대고 기다리고 있었다.

선진은 계단을 훌쩍 뛰어 내려가 차의 조수석에 올라탔다. 정화는 화창한 날씨를 반기듯 선글라스를 꺼내 썼고 핸들을 돌렸다.

"잘 잤어?"

선진은 조수석 천장에 붙어있는 햇빛 가림막을 내리며 창문에 기댔다.

"아니. 한숨도 못 잤어."

"잠이 안 왔어?"

"아니. 몸이 쑤셔서."

정화는 운전을 하며 흘긋 쳐다보았다. 선진은 찢어진 눈으로 대응했다.

"원했던 거 아니었어?"

"맞는데, 내가 누군가를 신나게 패대기치고 싶었지."

선진은 정화의 팔을 꼬집었다.

"내가 당하는 게 아니라."

정화는 화들짝 놀라 오른팔을 들면서 방어태세를 취하며 히죽거렸다. 서울의 숨 막히게 꽉 찬 출근길 덕분에 회사까지 가는 길에 둘은 투닥거리며 장난을 칠 수 있었다.

며칠간 날씨가 맑았다. 따뜻한 바람이 불어오고 시원한 바람이 되어 나갔다. 혹독했던 지난겨울을 비웃기라도 하듯 봄의 시작은 화창하기 그지없었다. 봄 가을용 정장이 가벼워서 경쾌함을 더했다. 발을 훤히 내보여도 되는 샌들을 신을 수 있어서, 소매가 짧은 블라우스를 입을 수 있어서 상쾌했다.

선진은 최현희와 커피를 나눠 마시며 하루를 시작했다. 창으로 들이닥치는 쨍쨍한 햇볕이 얼굴을 태워도 어느새 코앞까지 다가온 봄이 싫지 않았다. 비서가 나가고 책상 앞에 허리를 펴고 앉았다.

봄의 시작은 선진에게도 따뜻했다. 얼굴에 남아있는 햇볕의 온기를 얼굴 전체에 펴 발랐다. 그리고 기합을 넣듯 유쾌하게 숨을 크게 내쉬었다.

유난히 느낌 좋은 하루가 꼭 어젯밤의 살인 때문은 아니었다.

***

특급 회원제 리벌티 클럽. 일부의 젊은 상류층들의 파티장이다. 간판도 없고 외관 또한 겉으로 드러나 있지 않으며 비밀스러운 엘리베이터를 통해 올라가야만 클럽의 문지기들과 만날 수 있다.

기다란 타원형의 빌딩 겉으로 각진 홀라우프를 돌리고 있는 듯한 특이한 외관. 흔히 간판 하나 달려있지 않았다. 주위로 다른 빌딩들이 가깝지 않아서 커다란 나무들이 빙 둘러처져 있었다. 그 덕에 완전한 요새같이 보였다.

빌딩 옆으로 키 큰 나무들이 가리고 있는 샛길이 하나 있었는데, 샛길 앞뒤로 수사 중 테이프가 길을 가로막고 있었고, 피해자의 시신이 있었던 곳은 아직까지 혈흔이 낭자했다.

주혁진은 혈흔 앞에 쭈그려 앉아서 무릎에 팔꿈치를 기댔다. 연쇄살인이라고 당정 짓기 어렵다. 이전의 살인과 전혀 다른 방식이다. 난해한 현장의 메시지도 남아있지 않았고 상처 입힌 흉기도 완전히 다르다.

주혁진은 고개를 들어 샛길 건너를 바라보았다. 피해자는 샛길을 통해 지상 주차장으로 가는 길이었을 것이다. 뒤에서 습격을 받기 좋은 곳이지만 흉기는 정면으로 들어왔다.

건장한 성인 남자였는데 이토록 쉽게 살해당하다니, 상대는 아무래도 기선을 완전히 압도해버릴 만한 덩치라든가 인상이 무지막지하게 험악했었나 싶었다. 그러나 주혁진은 본능적으로 그녀의 흔적을 찾았다. 부러진 손톱이라던가 샛길 옆 커다란 나무 밑에 떨어진 귀걸이 따위를 찾아보았다.

열과 성을 다해 찾아보아도 범인이 한 톨의 흔적도 남기지 않는 것은 마찬가지였다.

주혁진은 한숨 돌리기 위해 하얀 시멘트를 발라놓은 화단에 걸터앉았다. 그리고 자연스럽게 옆에서 내미는 담배 한 개비를 받아 들었다.

"우리 관할에만 일주일에 살인사건이 두 건이라..."

주혁진은 볼을 씹으며 옆을 돌아보았다.

"어쩌면 세 건이겠고."

구두 밑바닥에 피가 묻었는지 확인하던 복수는 대충 끄덕였다.

주혁진은 현장 수사가 끝나고 복수와 다시 찾아왔다. 아직 반장이나 상부에 보고하기에는 증거가 턱없이 부족하고, 게다가 상대가 국내 최대기업 중 하나인 천우기업의 장녀였다. 그래서 답답한 마음에 복수 연락처로 자꾸 손이 갔다. 놈은 귀찮아도 부르면 나올 수밖에 없다. 떡밥을 던진 것도 본인이고 놈과의 관계는 생각보다 깊고 오래되었다.

"이것도 확신하냐?"

복수는 능청을 떨며 물끄러미 바라보았다.

"확신한 적은 없습니다."

"알았어. 그러니까 이것도 같은 범인의 소행이라고 생각하냐고."

"네."

"왜?"

"여기도 cctv가 없지 않습니까."

주혁진이 김이 샌 듯 콧방귀를 꼈다.

"당연하지. 임마. 여기 함부로 조사하기도 힘들어. 날고 기는 불나방들 여기 다 모여서 육갑하는 거야. 주차장 가면 아주 보기 드문 범버카 컬렉션이여."

복수는 문득 고개를 쳐들고 샛길 뒤에 희미하게 보이는 지상 주차장의 차를 노려보았다. 수풀에 가려졌지만 운 좋으면 블랙박스를 건질 수도 있겠다고 생각했다.

"뭐? 블랙박스?"

주혁진의 독심술에 이번엔 복수가 김이 샌 듯 담배꽁초를 휙하니 바닥에 던졌다.

"이미 다 조사 중이지. 그런데 할 수나 있을지 모르겠다. 다 대한민국에서 한몫하는 놈들이라."

복수는 몸을 일으키고 현장 주위를 천천히 둘러보며 슬슬 헤어질 준비 운동을 시작했다. 몸을 풀며 주위를 끌었다. 주혁진은 여전히 혹시나 하는 마음에 계속 떠보는 것 같았다. 혹시 더 확실한 증거를 가지고 있는지 때가 되면 목격을 진술할 수 있는지 등등 질문은 점점 취조 같이 느껴졌다.

복수는 기내동 첫 살인사건 때부터 이선진의 뒤를 쫓고 있었고, 타이틀 호텔에서도 이곳에서도 이선진을 목격한 사실이 있음을 굳이 알릴 필요는 없었다. 분명 어젯밤 이선진은 이곳 소문이 자자한 리벌티클럽에서 밤을 보냈으며 샛길을 통해 주차장으로 이동하여 귀가했다. 미행이 발각될까 봐 먼 골목에서 지켜봤기 때문에 샛길로 귀가하는 그사이 살인이 일어난 건, 보지도 듣지도 못했지만, 확신이 있었다.

그녀는 살인을 즐기는 살인마다. 건달은 아니지만 음지에서 살아오면서 살인현장을 많이 목격했다. 양아치들의 유치한 싸움부터 건달들의 무식한 자리싸움까지. 그러나 살인을 찾아다니는 자는 보지 못 했다. 가난하고 거칠고 막장으로 산다 한들 남의 목숨을 빼앗는 일은 피할 수 있다면 모두가 피했다. 그중 상대 조직의 간부를 셋이나 봐버린 친한 선배에게 들은 말이 생각났다.

세 번째 살인 때는 자기도 모르게 아직 헤지지 않은 살을 찾아 몇 번이나 더 찔렀다고. 상대가 이미 죽었음에도.

복수는 주혁진에게 일부러 말을 걸며 현장을 빠져나왔다. 피비린내가 진동하는 현장에서 살인에 취해 핏발이 서는 살인마들의 입장을 생각하니까 헛구역질이 나올 것 같았다.

"복수야."

복수는 이름을 부른 주혁진을 의아한 얼굴로 돌아보았다. 둘은 주혁진의 허름한 차를 서로 건너보았다.

"네. 형사님."

"이게 진짜라면, 응?"

주혁진은 말까지 더듬었다.

"이게 만약 진짜라면 말이야. 나나 너나 바르게 아주 번듯하게 살고 있지는 않지만 말이야."

주혁진은 오랫동안 보지 못 했던 진지한 얼굴로 차 천장을 손바닥으로 가볍게 내리쳤다.

"걔는 정말 나쁜 년이라고 말해도 되지 않냐?"

살결이 푸딩처럼 부드럽고 피인지 육즙인지 와인색 액체가 접시에 흘렀다. 고급 레스토랑의 내실은 커다란 내부에 떡하니 고딕 양식의 테이블이 놓여있고 족히 열 명은 들어와도 여유 있을 것 같이 넓었지만, 등받이가 요란하게 구부러진 의자는 여섯 개뿐이었다.

강성은 고기와 복수를 건너편에 앉혀놓고 스테이크를 제일 먼저 썰어 먹기 시작했다. 이어서 고기도 큼지막하게 스테이크를 썰었고 복수는 입맛이 없는지 투명한 와인 잔에 담긴 물만 축냈다.

강성은 질경질경 스테이크를 씹으며 나이프를 들었다. 그리고 쭈뼛거리는 복수를 가리켰다.

"나도 흥신소 국밥 쪽이 훨씬 맛있는데 이런 것도 한 달에 한 번쯤은 사 먹여야 형 소리 듣지 않겠어?"

복수는 얼른 나이프를 집고 스테이크를 노려보았다. 강성은 그제야 견주던 나이프를 접었고, 대신 고기가 엄한 얼굴로 복수를 쳐다보았다.

"딸내미 하나 따라다니는 게 만만치 않지?"

복수는 재빨리 스테이크를 씹던 입을 손으로 공손하게 가리고 대답을 준비했다.

"아닙니다. 사실 이제는 취미가 붙었습니다. 홀아비 냄새나는 영업장에만 있다가도 바람 쐬러 나간다고 생각되니까요. 그리고 웬만한 영화나 드라마 저리가라입니다."

고기는 복수의 말에 강성을 쳐다보았다. 강성은 말없이 스테이크 옆의 찐 감자와 길쭉하게 생긴 아스파라거스를 한쪽으로 밀어냈다. 이어서 스테이크 반쯤 먹고 접시를 테이블 중앙 쪽으로 밀었다. 하얀 천으로 입을 닦아내고 높은 천장에서 길게 늘어뜨린 샹들리에를 쳐다보았다. 저게 아름다운 건지 얼마나 비싼 건지는 모르겠다만, 쳐다보고 있으면 이곳에 아무나 올 수 없는 곳이라는 건 알겠다.

"안달 내지 마라."

강성의 단언에 둘 다 눈길을 돌렸다. 강성은 자리에서 일어나서 내실 한쪽에 비치되어 있는, 높은 협탁 위에서 병이 네모나게 각지고 색이 투명한 위스키를 집어 들었다.

그리고 잔을 세 개 꺼내어 얼음 트레이에서 얼음을 퍼 날랐다. 그 위로 병당 이백만 원이 넘는 술을 부었다.

강성은 테이블로 돌아와 고기와 복수에게 술잔을 돌렸다. 둘은 엉덩이를 떼며 술잔을 받았다. 강성은 자리에 다시 앉아 술잔을 돌리며 둘의 모습을 찬찬히 둘러보았다.

"이게 맛이 어떤지는 잘 모르지. 뭐 얼마나 대단한 과정을 가진 술인지는 관심도 없어. 소주가 이만큼 비쌌으면 난 소주만 마셨을 거야. 흔히 마실 수 없는 술이 되어버리니까. 나는 과정이나 맛이 중요하지 않아. 취하면 그만이고 모양새가 좋으면 그만이야."

강성은 술잔을 들어 올리며 진지한 듯 웃음기가 도는 얼굴로 말을 이어갔다.

"이렇게 가치를 인정받을 때까지 기다리자고."

강성이 술잔을 들이키자 고기와 복수가 따라서 시원하게 술을 들이켰다. 강성은 술잔을 내려놓고 담배를 꺼내 테이블에 올려놓았다. 그리고 담배 한 개비를 손으로 가지고 놀며 남은 스테이크를 째려보았다.

한 놈으로는 빈틈이 충분하지 않다. 두 년 놈을 보내버려야 비집고 들어갈만하지. 고맙게도 본부장은 커다란 실적을 내기 위해 무리해서 나지도 프로젝트를 진행 중이고, 사장님의 전폭적인 지원을 받고 있다. 물론 이사 회의에서 각광을 받은 만큼 성공할 가능성이 있었지만, 프로젝트 보고서를 훑어본 결과 흠결을 남길 만한 구석이 너무 많았다. 어떻게든 숨기고 감추겠지만 밑바닥부터 관철해온 바로는 건설업이 그렇게 간단한 게 아니다. 천우그룹이라면 대한민국 내에서 손이 안 뻗치는 곳이 없지만, 너무나도 고마운 건 이선진 사장이 두고 보고 있지 않을 것이었다.

본부장이 무너진 상황에 이선진 사장까지 보내버리면 커다란 구멍을 메우기 위해 나도 한몫해야 할 것이다.

그때까지 말미를 줄 터이니, 많이 죽이고 많은 죄를 지어라. 더 즐기고 더 악랄해지길.

강성의 입가에 미소가 맴돌았다. 고기는 강성이 남긴 스테이크를 억척스럽게 포크로 찍어 가져갔다. 그리고 큼지막하게 썰기 시작하더니 날름 입으로 가져갔다.

강성은 고기가 귀여워서 웃었다.

"몇 개 더 시켜줄게. 많이 먹어라."

복수는 느끼해서 배가 더부룩했는지 고기의 눈치를 살피는데, 고기는 아직 몇 번 씹지도 않은 스테이크를 술로 넘기며 씩씩하게 대답했다.

"감사합니다."

강성은 만족스러운 듯 끄덕이며 복수에게 손짓을 했다. 복수는 내실 벽에 붙어있는 전화기로 향했다.

강성은 술로 입술을 적시며 저 혼자 계속 끄덕였다.

모든 상황이 퍼즐처럼 들어맞고 있다. 아니, 상황들을 직접 갈고 닦아서 내가 퍼즐에 꼭 맞은 조각들로 빚어 큰 그림을 맞추고 있다.

본부장은 계집애처럼 겁이 많고 성급해서 실수를 남발해주고 이선진 그 년은 역시나 흉악한 취미가 있을 줄 알았다. 둘 다 알아서 나자빠질 것이니 적기만 기다리면 되겠다.

그때 가장 기뻐할 만한 사람은 나도 아니고, 내 앞에 있는 둘도 아니고 바로 내가 따르는 우리 사장님 되시겠다.

복수가 주문을 끝내고 얼음 트레이 옆으로 가서 너무 두꺼운 술병을 어떻게 잡을지 몰라 손을 머뭇거리며 물었다.

"한 잔 더 하시겠습니까?"

강성은 상념 속에서 덜 빠져나왔는지 문득 복수를 돌아보며 엉뚱한 대답을 했다.

"어. 그것도 내 거야."

복수는 무슨 말인지 몰라 눈치를 살폈고 고기는 말없이 나이프와 포크를 쥐고 스테이크에 코를 처박고 있었다.

강성이 환하게 웃었다.

***

'이어지는 살인사건, 범인의 그림자도 못 밟은 경찰' '서울의 치안은 이대로 괜찮은가' '또 언제 일어날지 모르는 살인' '서울 시민들 길거리에 나가기를 꺼려하다' '처참한 현장에서 증거를 하나도 남기지 않는 범인'

뉴스는 이제 굳이 찾아보지 않아도 살인사건 기사로 도배가 되어있었다. 선진은 휴대폰을 긁으며 조수석에서 정화를 기다렸다. 기다리던 뉴스에 혼이 빠져 있을 때 정화가 운전석에 힘차게 올라탔다. 그리고 곧바로 시동을 걸며 흘끗거렸다.

"뭘 그렇게 봐?"

"그냥 이것저것."

"너도 핸드폰 없으면 못 살지?"

"지금은 못 살지."

"예전에는?"

"없었으면 했지. 이딴 게 왜 생겨나서 사람 더 피곤하게 만드나 싶었지."

선진은 휴대폰을 집어넣고 양발을 올려 쭈그리고 앉아 창밖을 바라보았다. 비라도 쏟아질 것 같은 우중충한 하늘에 소리라도 질러주고 싶었다.

나 혼자만의 개인적인 고독을 통한 고통과 잠깐의 희열, 잠깐의 평화, 아주 잠깐의 무아경을 위한 영원한 죽음들을 감상하고 인터넷에 떠도는 졸필의 기사가 사람들에게 자각시켜주었으면 했다. 누구든지 영원한 죽음이 통할 수 있다는 것을.

"야?"

선진은 적당히 굴곡진 이마에 구슬땀을 흘리며 정화의 부름에 몇 번이나 대답하지 못했다. 정화는 운전대를 선진의 몸쪽으로 힘껏 돌리며 의아한 눈을 크게 떴다.

"어... 어."

"무슨 생각을 그렇게 해?"

"아니야. 그냥."

"요즘 이상하게 낯설어 보이네."

정화는 툭 내던진 말이었지만 선진은 뜨끔해서 창문을 내렸다.

주위 소음들이 차 안으로 스며들자 자연스럽게 대화가 끊겼고 정화에게 대답을 하지 않아도 되었다.

서울의 도심을 빠져나가는 중에 정화가 갑자기 차선을 바꾸며 좌회전 차선으로 끼어들었다. 몸이 심하게 흔들리며 하마터면 정화의 어깨에 코를 박을 뻔했다. 선진이 놀라서 쳐다보았는데 정화의 예리한 두 눈은 백미러를 가리켰다. 고개를 쭉 내밀어 백미러로 뒤의 각설탕같이 각진 오래된 모델의 세단을 확인하였다. 썬팅을 얼마나 진하게 했는지 운전자의 윤곽도 확인할 수 없었다.

"뭔데?"

정화가 전방 신호등을 주시하며 백미러와 사이드미러를 번갈아 보았다. 팽이 돌아가듯 빠르게 뒤의 세단을 따돌리기 위한 정화의 고갯짓은 멈추지 않았다. 덩달아 들떴지만 굳이 같이 현기증이 날 정도로 목을 돌리고 싶지는 않았다.

정화는 신호가 바뀌자마자 속력을 냈고 앞의 차를 따라 좌회전 하는가 싶더니 직진 차선으로 끼어들어 알 수 없는 존재의 미행에 훼방을 놓았다. 덕분에 주위 차들의 클락션 소리가 전쟁을 묘사하는 팡파르처럼 울려퍼졌다.

선진은 흘끗 사이드미러를 확인했다. 미행하던 세단이 브레이크에 올려놓은 발로 탭댄스라도 추는지 연신 멈칫거리며 하는 수 없이 좌회전하는 모습이 보였다.

한시름 놓았는지 정화가 백미러의 위치를 고치며 말했다.

"그동안 눈치 못 챘어?"

"전혀..."

"하긴 이런 건 영화에서나 볼 법한 일이지. 보통 미행한다고 해도 뒤차 번호판 일일이 외우는 취미가 있는 거 아니면 절대로 알 수 없지."

"넌 어떻게 알았는데?"

"감이 좋다니까."

정화의 흐뭇한 얼굴에 바닥에 떨어진 홍시라도 던져버리고 싶었다. 농담할 기분이 아니었다. 그리고 정화만큼이나 감이 탁월하지 못했던 자신이 모자라게 생각되었다. 얼마 동안이나 따라다녔을까. 나에 대해서 무엇을 봤고 어떤 목적을 이루었을까. 혹시 불행한 취미를 목격하거나 카메라로 찍거나 하진 않았겠지. 불안감이 엄습했다. 선진은 초조함에 못 이겨 껌을 꺼내 씹었다.

차는 원을 그리며 몇 바퀴 빙빙 돌더니 고속도로를 빠져나가 비교적 차가 한산한 국도로 접어들었다. 도로 양옆으로 길쭉한 다리를 뽐내는 소나무들이 천천히 지나갔다.

"꼭 이렇게까지 해야겠어? 어려운 일은 내가 알아서 한다니까..."

"방금까지 미행당한 사람한테 그게 설득이 되겠어?"

"사람을 하나 둘씩 쓰다 보면 프락지가 꼭 하나씩 나온다니까."

"믿을 만한 사람이니까 그래."

정화는 속도를 줄이며 낙후된 민가의 넓은 골목으로 들어갔다. 그리고 주위를 두리번거리며 목적지를 찾았다. 폐관된 체육관 앞에 차를 세우고 마치 고향이라도 찾아온 것처럼 홀가분한 얼굴로 지하로 향하는 문을 열어 재꼈다.

정화를 따라 지하 체육관으로 걸어 들어갔다. 장소는 정화에게 제공받았지만 좁고 가파른 계단을 불편하게 내려갈 때에는 섭외가 잘못됐다고 느꼈다. 그러나 체육관 안으로 들어섰을 때는 칙칙하고 음산한 기운이 이런 만남의 적격이라고 생각되었다.

정화는 고깔을 뒤집어쓴 것 같은 주광색 전등을 켜고 그 밑의 테이블에 앞에 앉았다. 선진이 체육관의 내부 광경을 찬찬히 둘러보는데, 먼지 쌓인 트로피도 거미줄 때문에 건곤감리가 제대로 보이지 않는 태극기도 옆구리가 음푹 패인 샌드백도 으스스했다.

선진은 천장을 직접 손끝으로 가리키며 물었다.

"여기는 등이 저것밖에 안 들어와?"

"응."

"공포영화라도 찍으려고?"

"밝으면 청소해야 되잖아."

"켜도 안 하면 되잖아."

정화는 등의 주광색 빛을 얼굴로 받으며 웃어 보였다.

"그냥. 이게 좋은데."

선진은 팔짱을 끼고 냄새를 맡듯 코를 찡그리며 바닥을 슥슥 긁어보았다.

"좋은 집, 좋은 체육관 놔두고 여기는 왜 가지고 있어?"

정화는 허공에 추억하듯 바라보며 눈살을 찌푸렸다.

"그냥... 나한테 여기 관장님이 가족 같았는데 재작년에 돌아가시고 나서 어쩔 줄 모르겠더라고. 그래서 건물 허물기 전에 아예 사버렸지 뭐야."

"아예 여기를 산 거야? 돈도 많다."

"너만큼은 아니지만, 경호원 월급치고는 상당하지."

둘의 시시콜콜한 잡담은 스산한 체육관에 온기를 불어넣었다. 훈훈해지는 주위에 선진은 이야기를 하면서도 테이블 주변을 정리했고, 정화는 담배를 꺼내 피웠다. 정화는 두 개비째의 담배꽁초를 바닥에 비벼 껐다.

"근데 얘는 언제 와?"

"이제 다 왔을 거야. 답답하면 나가 있을래?"

정화는 물끄러미 선진을 쳐다보았다.

"남자라며?"

"응."

"안 돼."

"괜찮아. 서로 잘 알아. 예전에 만났던 사람이야."

정화는 기가 찬 듯 헛웃음을 터뜨렸다.

"허, 사귀었던 사람이야?"

선진은 그녀의 반응에 대응하기 위해 어색한 미소를 머금었다.

"아니. 익스 사람이야."

"익스?"

"익스트림 스포츠. 그리고 몇 번 잤는데 얼마 안 돼."

정화는 벌떡 테이블을 박차고 일어났다. 그 덕에 가벼운 플라스틱 테이블은 핑그르르 중심을 잃고 넘어질 뻔했다.

"더 안 돼."

"만나면 알아. 그만한 사람이 없을걸?"

벌컥. 계단에서 체육관으로 통하는 문이 열렸다. 모자이크 유리 뒤로 얼굴을 드러낸 그는, 짧은 포머드 머리에 깔끔한 캐쥬얼 복장 이었다. 아직 완전한 여름이 오지도 않았는데 짧은 반바지와 카라 티에 깃을 세웠다. 양손을 주머니에 꽂고 정화와 선진을 한참이나 바라보더니 다시 돌아나가는 시늉을 했다.

"여기가 아닌가 봐."

선진은 뒤돌아선 그의 목덜미를 가리고 있는 뻣뻣한 옷깃에 왠 지 웃음이 났다.

"자기야, 어디가?"

정화는 뜨악해서 선진을 쳐다보았다. 선진은 테이블 앞에 접이식 간이 의자를 가리키며 자리를 안내했다. 선진은 아직 앉지도 않은 빈자리를 정화에게 보여주며 소개했다.

"본명은 알려줬는데 웃기지도 않아서 그냥 호칭으로 말할게. 여긴 존이고. 대단한 신체 능력의 소유자야."

선진이 정화를 가리키며 소개를 시작하려 할 때 그가 손을 가로저었다.

"됐어. 관심 없어."

정화가 황당해서 선진에게 표정으로 위협하자, 선진은 어깨를 들썩였다.

"존은 무슨. 아마존도 아니고. 본명이 뭔데? 난 아주 궁금하네. 초면부터 이 예의 없는 남정네가."

"박대정인데 그냥 존이 편하잖아."

"아이... 씨..."

박대정은 짜증이 났는지 자리에서 일어나려 하는데, 선진이 어깨를 꽉 잡고 다시 앉혔다. 그 덕에 정화와 박대정의 눈싸움은 시작되었다. 선진은 둘의 치열한 첫인사가 재밌는지 자꾸만 입꼬리를 꾸물거렸다.

두 사람의 견제를 비집고 들어가 물렁하게 풀어주려 하지는 않았다. 오히려 첨예한 양측의 대립이 앞으로의 삭막한 이야기에 분위기를 조성해준다고 생각했다. 박대정은 아니, 존은 매사에 진지하지 못한 성격이고 정화는 매사에 다소 과격한 면이 없지는 않았다.

선진은 껌을 씹으며 딱딱 소리를 냈다. 정화와 박대정은 선진을 모아보았다.

"자기소개는 이쯤이면 됐고, 일 얘기를 하자."

선진은 간이 의자가 불편했는지 자세를 고쳐 앉고 다리를 다시 꼬며 말을 이어갔다.

"존. 자기는 천우건설 전략실장 강성과 그 예하의 최보길 인력 사무소의 주 업무와 모든 실황을 파악하고 온갖 비리와 불법적 근거를 찾아와야 해. 건설업이라는 게 도저히 깨끗할 수가 없는 사업이거든. 그 더러운 일면을 전략실장이 도맡아서 해결해주고 가려주고 있어. 생각보다 똑똑하고 발 빠른 사람이야. 그를 상대하기보다 최보길을 상대로 작업하는 게 훨씬 수월할 거야. 아무튼 물증을 가져오면 그중에 써먹을 만한 것을 내가 추려내고 넘길 거야."

박대정은 사뭇 진지해진 얼굴이 되었다. 그러나 정화는 아직 의심 가득한 눈길을 주고 있었다. 박대정은 이야기를 시작하자 정화에게 관심을 끊고 집중했고 정화는 다리를 흔들거리며 담배를 물고 껄렁거렸다. 마치 박대정이 계속되는 시비에 인내심의 끝을 보이고 흥분하기를 바랐지만 그럴 리 없었다. 남자치고 도도하고 말투는 까칠했다. 웬만하면 끝을 보여주지 않는 항상 매사 여유 있는 성미였다. 이름 빼고는.

정화가 다리를 꼬고 흔들던 발끝으로 박대정을 쿡쿡 가리켰다.

"박대정씨."

박대정은 애써 무시하려 했지만, 약 올리듯 또박또박 이름을 읽는 정화의 비아냥거림에 힘겨워 보였다.

"왜요?"

"방금 얘기 다 이해했어요?"

"쪽지시험이라도 보게요?"

정화는 실없이 웃었다.

"할 수 있겠어요? 혼자?"

"도와주시게요?"

"뭐, 역부족이라면 얼마든지."

박대정도 따라 웃어주었다.

"죄송해요. 여자랑 일해 본 적은 없어서."

박대정의 한 마디가 정화에게 웃음기를 싹 빼앗았다. 흔들거리던 정화의 발끝도 멈추었다. 정화가 자리를 박차고 일어나려는 순간, 짧은 코미디는 끝났다.

결국 선진이 나섰다.

"이제 그만해."

정화는 일어나서 아랫입술을 입안으로 말아 넣으며 주머니에 양손을 꽂았다. 그리고 뚱하니 올려보고 있는 박대정을 고깝게 깔아보더니, 이내 몸을 돌려 테이블을 빙 돌아가며 라이터를 꺼내 작은 불을 만들었다. 그리고 라이터 불을 눈앞에 갖다 대며 염불을 외우듯 구시렁거리며 문을 나갔다.

박대정은 정화의 뒷모습을 보며 어이없어하는데 선진은 귀여워서 헛웃음을 터뜨렸다.

"웃겨?"

"귀엽잖아."

"저게?"

"응. 난 이제 그렇게 됐네."

박대정은 절레절레 고개를 저었다. 그리고 체육관 문을 흘겨보았다.

"미션은 마음에 드는데, 쟤 끼면 안 해."

"신경 쓰지 마. 쟤는 저게 일인데."

"얼굴에 써 붙이고 다니네. 나 경호원이라고. 누구든지 덤벼보라고."

선진은 테이블에 노크를 툭툭 쳤다.

"보수는 원하는 대로 줄게."

"그건 사이즈 나오면 얘기하자."

끄덕이는 선진의 얼굴에 윤기 나는 머리칼이 내려왔다. 박대정은 선진을 지그시 바라보며 손을 꼼지락거렸다. 누가 봐도 느끼한 눈빛이 작업의 연장이었다. 선진은 웃을 듯 말 듯 입꼬리를 망설였다.

"숙제가 하나 있는데."

"숙제?"

"여기 도착하기 전에 뒤로 껌딱지가 붙었었어. 그것 좀 떼 줘. 아마도 계속해서 나를 미행할 것 같아서."

박대정은 흔쾌히 승낙했다. 마치 숙제를 풀어내면 포상이 있을 것만 같아서.

"오늘은?"

"나도 한잔하고 싶은데 요즘 내가 정신이 하나도 없어서."

박대정은 아쉬운 표정을 숨기고 맥 빠진 기합 소리와 함께 자리에서 일어섰다. 그리고 문을 열어 선진이 나오길 기다려주었다. 선진은 일부러 천천히 걸었다.

왠지 모르게 그와의 순간순간은 여운이 남았다. 살아오면서 지금까지 잠자리를 같이한 남자는 여럿 있었지만, 대부분 끝이 너저분했고 남길만한 추억은 없었다. 그러나 존은 아니, 박대정은 언제든 생각이 나면 추억을 붙잡고 찾아가 답답한 일상을 잊게 해주었다.

사람과 사람 간의 오가는 감정을 조율할 줄 아는 남자였고 순간의 감정에 휩쓸리지 않을 정도로 의연한 구석이 있는 남자였다. 더해서 평소에는 침착하고 느긋한 성미지만 익스를 즐길 때에는 그만큼 호쾌한 남자가 없었다.

선진은 그의 품을 지나 문을 나갈 때 잠깐 눈을 마주쳤다. 박대정은 뚱한 표정으로 문을 닫았다. 조금은 차갑고 까칠하게 느껴질 수 있지만 사실 불타는 속마음을 순간을 위해 숨기고 사는 남자이다.

그 점이 선생님과 많이 닮았다. 전혀 다른 부류이지만.

선진은 계단을 올라가 차를 대기하고 있는 정화와 만났다. 뒤이어 올라오던 박대정은 선진 옆으로 비켜서며 차를 구경했다. 정화의 덩치 큰 suv를 슬쩍 둘러보던 박대정은 선진에게 의외의 구석을 발견했는지 눈썹을 치켜올리며 말했다.

"이런 차를 탈 줄은 몰랐네."

"내 차 아니야. 그리고 이제는 올라타기 편한 차가 좋아졌어."

"사람 마음이란 게 그렇지."

선진은 박대정에게 짧은 인사를 끝으로 차에 올라타려 했지만, 가던 길을 돌아선 박대정이 무언가 생각 난 듯 급하게 말을 붙였다.

"아, 맞다."

"응."

"그거 알아? 우리 오랜만에 만났던 리벌티에서 살인사건이 일어났었대."

선진은 조수석에 올라타길 머뭇거리다가 결국 올라탔다. 그리고 창문을 열었다. 여유를 내비치고 싶었지만 이미 얼굴 근육은 한데 뭉친 듯 말을 듣지 않았다.

"그래?"

"몰랐어?"

"몰랐어."

"것보다 문제는 클럽이 문 닫지는 않을까 걱정이었지. 우리가 자주 만나는 곳이고 또 처음 만난 곳인데 말이야."

박대정은 주억거리던 목을 좌우로 스트레칭하더니 계속 말을 이어갔다.

"자기는 그때 잘 들어갔지?"

선진은 입을 꾹 다물었다. 저 남자에게 한순간의 의심도 사면 안 되겠다는 판단이 들었다. 그때 분명히 술을 주거니 받거니 하며 밤을 보내고 그와 주차장까지 술을 들고 나가서 담소를 즐겼다. 그리고 그가 스포츠카를 타고 휑하니 주차장을 빠져나가는 것까지 지켜봤으니, 그가 그 후에 주차장으로 연결되는 아주 좁은 골목에서 일어난 살인을 아는 것은 불가능했다. 뉴스에서 소식을 듣고 당시에 살인사건이 일어난 현장에서 가까운 곳에 남아있었던 나의 안부를 묻는, 아주 단순히 지나가는 인사라고 판단되었다.

그러나 그는 한 번 호기심이라도 발동되어 집중하기 시작하면 끝을 봐야 하는 사람이었다. 모든 것에 관심이 없다가도 어느 한 것에 관심이 생기면 누구보다 돌파력이 무서웠다. 그런 성질을 알기에 선진은 마음을 한 번 더 가다듬었다. 그에게서 관심을 빼앗고 살인사건을 관심도 없는 하찮은 일로 만들어야 했다.

"그러니까 여기 있지. 그리고 그때 클럽에 사람이 많아져서 주차장까지 나가야 했잖아. 우리가 만남의 장소를 옮겨야 할 때인가 봐."

"그럴까? 다음을 기대하게 되겠는데."

"비행기 표를 끊어야 될 수도."

그가 슬슬 걸어가던 걸음을 순간 멈췄음을 알아차렸다. 속으로 쾌재를 불렀겠지만 점잖은 손 인사를 남기고 길을 떠났다.

정화가 운전석에 올라타고 출발하기 전에 그가 사라진 골목에서 번쩍거리는 클래식 바이크를 끌고 나와 굉음을 흘리며 앞질러 갔다. 정화는 혀끝을 찼고 선진은 열린 창문으로 팔을 기대고 아슬아슬하게 붙어있는 체육관의 간판을 쳐다보고 있었다.

"간판부터 다시 거는 게 어때?"

정화는 차에 시동을 걸고 기어를 중립에 놓았다. 그리고 차의 예열을 잠깐 기다리며 대답했다.

"저러다 떨어지겠지. 말라버린 낙엽처럼."

"뭐?"

정화는 그리움 가득한 눈으로 간판을 같이 올려보며 중얼거렸다. 노인네가 인사도 없이 떠났다면서. 집도 절도 없는 어린애를 돌봐준 주제에 더럽게 무뚝뚝하다면서. 자기가 번 돈은 한 번도 받은 적이 없는 최씨 똥고집이라면서.

선진은 얼른 간판이 떨어지길 바랐다. 떨어지면 추억으로 남지만 위태롭게 붙어있으면 진행 중인 위기로 남아있는 것이라고 생각했다.

정화는 차를 출발했다. 선진은 차가 달리는 동안 팔을 창밖으로 뻗어 바람을 느꼈다.

"그런데 클럽에서 그런 사고가 있었어?"

"그렇다네."

"하필 그때 내가 따라가지 않아서 또 그런 일이 일어난 것만 같

단 말이야. 거 한시도 방심을 하면 안 되겠다니까. 세상이 흉흉해
서."

정화는 습관처럼 한 손으로 담배를 찾다가, 이내 조수석에 앉아
있던 선진을 방금 발견한 것처럼 쳐다보더니 한숨을 내쉬며 그만
두었다. 선진은 자연스럽게 정화의 손에 담배를 쥐여주고 라이터를
챙겼다. 정화는 의아했는지 담배를 쉽사리 입에 물지 못했는데 선
진은 이미 라이터로 작은 불을 만들고 기다리고 있었다. 정화는 앞
의 신호에 차를 세우고 얼른 고개를 쭉 내밀어 불을 빨아들였다.
그리고 뻐끔거리며 씨익 웃었다.

"웬일이야?"

"근심 가득해 보이네."

"당연하지. 우리 싸장님이 수상한 놈을 자기라고 콧소리를 내질
않나. 존인지 따이정인지 촌스러운 바이크족한테 일을 맡기질 않
나. 밤에 몰래 나가서 클럽을 쏘다니질 않나."

선진은 라이터의 숫돌을 칙칙거리며 돌렸다.

"몰래는 아니고."

"어디 간다고 언질은 해줘야지."

"언제는 귀찮아했으면서 그래."

정화가 운전하다 말고 엄한 얼굴로 선진을 위협했다.

"아, 위험했다잖아."

정적이 흘렀다. 정화는 오늘 밤 유난히 예민했고 유독 지쳐 보
였다. 그런 그녀가 잔소리 끝에 고함을 질렀다고 해도 불편하거나
화가 나진 않았다. 그저 안쓰러워 보일 뿐이었다.

선진은 까마득한 밤하늘의 어둠 속에 숨어있는 달을 꺼내어 보
았다. 은은한 달빛은 욕심도 허영도 미련도, 감정도 표정도 없다.

오히려 따뜻하게 느껴졌다.

집착을 버리고 잠이 들게 해주소서. 아득한 안개 한 무리를 끌고 내려와 머릿속 공상들을 전부 지워주소서. 제발 날카로운 것으로 살을 가르는 끝없는 상상을 멈춰주소서. 오늘 하루만 잠들게 해주소서. 제발 하루만 참고 지나가기를 바라오니...

기도가 얕았는지 하늘에 닿지 않았나 보다. 악몽은 꿈을 꾸지 않아도 이어졌다.

시발. 진짜.

쨍하고 꽃을 담은 얇은 유리병이 단단한 벽에 가서 깨졌다. 와인병과 와인 잔도 경쾌한 소리와 함께 벽에 몸을 던지고 으스러졌다.

쿵. 선진의 두 발이 침대 옆 바닥으로 무겁게 내려왔다. 얼굴을 마구 비비기 시작한 손을 멈추었을 때는 양쪽 눈이 시뻘겋게 충혈되어 있었다.

암막 커튼 사이로 새어 나오는 칼날같이 밝은 빛을 보고 소리라도 지르고 싶었지만, 몸 안 깊은 곳에 묵혀두었던 것들이 소리와 함께 삐져나올까 봐, 혹은 누가 듣고 느낄까 봐서 그러지도 못하겠다.

병이 들었는지 식욕도 없었다. 잠 못 들고 피폐해지는 생활에 더 이상 몸이 버티질 못하는 것 같았다. 커다란 충격을 받아서 다른 사람이 되고만 싶었다. 또는 그만 죽고 싶었다. 또는 죽이고 싶었다.

대물림 되는 생각에 꼬리를 물고 공상이 찾아와 눈을 감으면 망상 속으로 빠져든다. 빠져들기 시작하면 이미 잠을 자기는 글렀다. 글러버린 잠을 아예 포기하고 똑같거나 비슷한 장면의 조각들을 한데 모아 테이프를 만들어 커다란 극장에 혼자 앉아 있는 것처럼 반복되어 재생된다.

선진의 움푹 패인 뺨을 타고 눈물이 흘렀다.

응급처치가 필요했다.

커튼을 조금만 쳐도 눈이 너무 부셔서 머리가 아팠다. 하루 휴가 내고 수호병원으로 입실하고 싶었지만 이미 책상에 산적해 있는 업무가 눈앞에 선했다. 벌려놓은 일이 너무 많았고 진행 중인 프로젝트도 이제 막 발걸음을 떼는 중이었다.

선진은 물을 찾기 위해 비틀거렸다. 안방을 나가 넓디넓은 거실에 접어들었다. 광활한 거실이 한순간 너무나도 쓸모없게 느껴졌다. 차가운 대리석 거실 바닥에 자빠져서 잠이나 질펀하게 잤으면 싶었다.

투덜거리며 거실을 지나 부엌의 냉장고까지가 가는데 그 거리가 또 얼마나 먼지. 물 한잔 시원하게 마시고 싶은데 그 과정이 길고 험난해서 뭐 이따위 집이 다 있나 싶을 정도로 넓고 휑한 집이 짜증만 났다.

컵을 들고 냉동고에서 얼음을 꺼냈다. 한데 뭉쳐 있는 얼음 조각들을 서로 떼어내려다가 왼손에 들고 있던 컵을 놓쳤다. 오늘 아침에만 깨 먹은 게 벌써 네 개째다. 냉장고 안에 있는 모든 것들을 다 집어던지고 싶은 욱하는 성질이 울대에서부터 북받쳐 올랐지만, 공기주입 펌프를 누르듯 꾹꾹 억눌렀다.

선진은 오른손에 쥐고 있던 얼음 조각을 입안으로 가볍게 집어넣었다. 그리고 우걱우걱 얼음을 씹으며 자리에 쭈그리고 앉았다.

밤의 외로움은 그 누구도 이해하지 못해.

선진은 고개만 돌려 쨍쨍한 햇볕을 눈으로 쫓으며 중얼거렸다.

"갑자기 되게 보고 싶다. 우리 선생님."

***

그녀를 생각하면 시야가 흐려진다. 옆에 서 있는 간호사도 코앞에 앉아 있던 환자도 어젯밤 교통사고로 입원한 중상의 환자도 까맣게 잊혀진다. 떠올리는 순간. 그 찰나에 가장 중요한 건 극히 보고 싶고, 보자마자 껴안고 울고 싶을 정도로 애절하다.

하루 종일 이것을 참기 위해 가슴을 몇 번이나 두들겼다.

"선생님. 속이 불편하세요? 안색도 안 좋으시고 진찰에 집중을 못 하시네요."

수호는 오전 진료를 끝내고 데스크로 나와 뉴스를 보며 병원 내의 자판기에서 청량음료를 꺼내 마시고 있다가 하수연에게 한 소리 들었다.

"컨디션이 많이 안 좋으신가 봐요."

네. 청량음료를 마시니까 그 사람이랑 나눠 마셨던 스파클링와인이 생각이 나네요. 왜 방까지 그녀를 들였는지 잠깐이라도 들릴 때면 침대만 바라보고 있고요. 지금 보고 있던 구식 텔레비전 앞에 앉아 있으니까 그녀가 병원으로 찾아왔던 날이 생각이 나요. 지금은 여자라고 생각되는 사람들만 봐도 그녀 생각이 나네요. 텔레비전 속 망할 정치인들을 봐도 그녀 생각이 나요. 모든 게 그녀를 생각하게 만들어요. 그게 컨디션이 안 좋아서 그랬으면 좋겠는데 오히려 온몸이 불끈거려서 안절부절못하겠네요. 그러니까 그런 뻔한 질문은 좀 집어치우세요. 한 번 더 생각나게 만들지 말아요.

수호의 따가운 눈총을 받던 하수연은 의아한지 고개를 삐죽이 내밀었다.

"네? 뭐라고 하셨어요?"

"아뇨."

하수연은 멋쩍은 듯 다시 데스크에 앉아 옆의 간호사와 이야기를 나누기 시작했다.

수호는 텔레비전을 꺼버리고 턱하니 의자에 앉았다. 그리고 청량음료를 단숨에 비워버렸다. 그리고 시원하게 트림을 했다. 청량음료가 답답한 가슴을 청소해주기에는 도움이 하나도 안 된다고 생각했다. 그의 트림소리에 하수연과 옆의 간호사가 눈치를 살폈고, 수호가 다 먹고 찌그러진 캔을 쓰레기통에 던져 넣었을 때는 짧은 웃음을 터뜨렸다.

하수연은 간호사와 키득거리며 수호의 눈치를 살피며 배달음식 전단지를 살펴보고 있었다.

"선생님. 식사는 어떻게 하시겠어요?"

수호는 의자 등받이를 겨드랑이에 끼고 옆으로 돌아앉아서 손을 들어 훠이훠이 휘저었다.

"전 괜찮아요."

간호사들이 주문을 하려고 전화기를 들었을 때, 다소 요란하게 수호가 자리에서 벌떡 일어났다. 그리고 밖을 보며 피사의 사탑처럼 몸을 앞으로 기울였다.

병원 입구를 향해 기세 좋게 달려오는 터프한 자동차 전면에 빛이 반사되어 반짝거리는 엠블럼이, 튀는 모래알 속에서 하이라이트를 연출했다. 차가 고꾸라질 것처럼 정차되고 한순간이 열 순간처럼 느껴졌다.

회사에서 바로 왔는지 기장이 약간 짧은 듯한 정장 바지에 얇은 바람에도 하늘거리는 와인색 블라우스를 걸치고 어떻게 운전이 가능할까 싶은 아찔한 구두를 신었다.

그녀가 걸어온다. 걸음걸이는 느렸지만 점점 다가오는 자태가 크게 느껴졌다. 가까이서 얼굴을 마주하니까 마치 거울을 보는 것처럼 하수연의 말대로 안색과 컨디션이 좋아 보이지 않았다.

선진은 방긋 웃으며 인사를 건넸다.

"아직 점심 안 했죠?"

"허기질 때 누군가가 식사 안부를 물어 준다는 게 이렇게나 고마운 일인지 몰랐네요."

"밥 좀 해줄래요?"

선진은 쓰러질 듯한 자세로 의자에 팔을 걸치고 버텼다. 수호는 부축해 주려다가 간호사들의 눈치를 살폈다. 어정쩡하게 버티고 서 있는 수호를 선진이 앞질러 갔다.

둘이 애매하게 거리를 두고 복도로 나갈 때까지 하수연은 간호사와 잡담을 나누다가도 두 눈을 치켜뜨고 쨰려보았다. 그러다가 복도로 나가기 직전 수호가 뒤돌아보며 어색하게 웃어 보이는 바람에 하수연도 모자란 미소로 대응할 수밖에 없었다.

수호가 문고리를 돌리며 슬쩍 말을 건넸다.

"그런데... 제가 잠깐 먼저 들어가 있어도 될까요..."

"네?"

"방이 너무 엉망이라서 그래요."

수호가 문을 살짝 열고 방 내부를 가리며 몸을 비집고 들어갔다. 선진은 문이 닫히고 잠깐 복도에 기대서 기다리고 있었다. 방 안에서는 급히 정리 정돈하는 소리가 들렸고 침대 끝에 발이라도 찧었는지 낮은 비명도 희미하게 들려왔다.

선진이 피식거렸다. 이럴 수도 있구나. 그냥 만나는 것만으로도 웃음이 나올 수가 있구나. 몹시 지쳐 있던 몸도 마음도 그의 말 한마디에 그의 바보 같은 행동 하나에 거짓말처럼 나아질 수 있구나.

괜히 눈물이 핑 돌았다. 그의 존재가 고마웠다.

선진은 눈물을 흘리지 않기 위해 뒤통수를 벽에 붙이고 천장을 쳐다보고 있는데 눈치 없는 문이 벌컥 열렸다.

"미안해요. 앉을 자리도 없을까 봐서."

수호는 문에서 몸을 비키면서도 미처 치우지 못한 테이블 위의 그릇들을 포개어 부엌으로 바삐 가져갔다. 선진은 방 한가운데의 테이블 앞 의자에 앉으려다가 구석에 침대를 발견하고는, 그대로 의자를 떠나 침대로 누워버렸다.

수호는 가운을 벗으며 부엌을 나오다가 누워 있는 선진을 발견했다.

"밥하는 동안 좀 누워 있을래요?"

선진은 쳐다보지도 않고 허공을 보며 대답했다.

"그래요 돼요?"

"조금 자도 돼요."

선진은 고개만 살짝 비틀어 그윽한 눈으로 수호에게 말했다.

"밥은 됐고 같이 잠깐 누워 있을래요?"

수호가 침대 끝에 걸터앉았다. 가운을 대충 의자에 던지고 선진의 양발을 살짝 잡아 주었다.

"둘이 같이 눕기에는 좁잖아요."

"그럼 거기 앉아 있어요."

수호가 몸을 슬쩍 엎드리며 선진의 얼굴을 찾았다. 눈은 반쯤 감겨 있고 혈색이 좋지 않았다. 어젯밤 술을 많이 마셨는지 잠을 못 잤는지 알 수 없었다.

"어디 아파요? 안 좋아 보여요."

선진은 당장이라도 때늦은 겨울잠에 들 것처럼 몸을 웅크렸다. 그리고 아이처럼 옹알이를 했다.

"...당신도요..."

수호는 뒤에서 웅크리고 있는 선진의 허리로 손을 집어넣어 껴안았다. 좁은 침대에 둘은 군인들이 좁은 내무반에서 칼잠을 자듯 옆으로 누워 있었다. 선진의 목덜미에 입술을 비비던 수호는 불타는 욕정이 일었지만, 그녀의 숙면을 위해 눈을 질끈 감고 참았다.

그녀는 며칠이나 잠을 못 잔 사람 같았다. 수면이 부족하면 몸이 차고 말이 어눌해진다. 신체와 심리의 기복이 심하고 예민해진다. 두통과 현기증이 찾아오고, 중심 잡고 버티고 서 있는 능력조차 떨어진다. 이러한 증상들을 직접 진찰하고 목격하지 않아도 알 수 있었다. 그냥 처음 눈을 마주친 순간부터 알 수 있었다. 그녀를 안고 그녀의 상처를 느낄 수 있었다.

그녀보다 그녀의 분위기가 먼저 느껴진다. 이렇게 안고 있으면 그녀의 속마음마저 읽을 수 있을 것 같다.

수호가 뒤에서 선진의 머릿결을 코로 만지며 두 눈을 감았다.

내 모든 것을 모조리 그녀에게 빼앗겨버렸다.

그는 나를 한눈에 알아보았다. 단숨에 내 정신적 고통과 육체적 상처를 흡수해버린다. 그가 뒤에서 나를 안아 줄 때에는, 그와 몸의 모든 끝부분에 연결된 호스로 혈액이라도 공유하는 것 같았다.

그에게서 편안함과 안도감 같은 평온함을 느낀다. 나 같은 년의 모든 허점과 실패와 실수를 전부 덮어 줄 정도로 커다란 사람이다. 나를 안아 줄 때 역시도 커다란 품이 따뜻한 사람이다.

뇌는 더 이상의 상념을 허락하지 않고 휴식을 위해 비명을 질렀고 침대 가운데 커다란 구멍으로 빨려 들어가듯 온몸이 축 처졌다. 마치 적색 고무 대야 안에 쪼그리고 쏙 들어가 있는 것 같다.

선진은 웃음이 지어질 만큼 기분이 좋아져서는 수줍은 마음으로 잠에 빠져들었다.

목 뒤로 땀이 느껴지고 몸을 몇 번이나 뒤척였다. 세 번 정도 몸을 반대로 뒤집었을 때 아차 싶어 눈을 번쩍 뜨고 싶었지만, 달라붙은 눈꺼풀은 손을 대지 않으면 자력으로 떼어지질 않았다.

어두운 실내에 제일 먼저 그가 없다는 사실을 인지하였다. 몇 시간이나 잠이 들었는지는 몰라도 그는 이미 몇 발자국의 일터로 돌아간 것 같았다.

휴대폰을 꺼내 시간을 확인했다. 세 시간을 넘게 잠들었다. 아주 잠깐 자신을 깨우지 않고 저 혼자 일터로 돌아간 수호를 원망했지만, 그가 아니었다면 근래 이 정도의 숙면을 취하지 못했을 거라고 생각했다.

한창 진료 중인 병원으로 다시 들어가서 푹 잘 잤다고 명랑하게 인사는 못하겠다. 나갈 채비를 하고 쪽지라도 남길까 하는 참에, 식탁 위에 한복의 저고리라도 잘라 만든 것 같은 소재의 밥 상보가 있었다.

밥 상보를 들추자 시루떡 같은 흑미 밥에 견과류가 묻어있는 멸치 볶음, 침이 고일 정도로 짭조름할 것 같은 젓갈들. 계란 후라이와 김. 단출한 식단이 더 정겹게 다가왔다.

선진은 의자를 천천히 빼며 문 너머로 그를 생각했다. 이어서 정갈하게 놓인 젓가락을 집고 밥과 반찬을 먹기 시작했다.

미각은 둘째 치고 세상을 다 얻는 맛의 밥상이었다.

***

차체가 높고 매끈하게 빠진 라인이 멋들어진 선진의 SUV가 4차선 도로를 쏘아져 갔다. 차체가 높은 탓인지 앞으로 무게가 쏠려 고꾸라질 것만 같아 보였다. 선진은 백미러와 사이드미러를 정신없이 번갈아 보며 사방을 주시했다.

병원 주차장에서 차를 뺄 때 혹시 인사도 없이 나왔지만, 뒤늦게나마 내가 간다는 소식을 듣고 그가 나와 주지 않았을까 하는 마음에 잠깐 차를 세우고 뒤를 돌아봤는데, 그는 온데간데없고 오른쪽 끝의 골목에서 움찔하던 세단을 발견했다.

미행이 틀림없었다. 서서히 뒤따라붙다가 갑자기 정차하는 바람에 브레이크를 밟고 움찔거리던 그 세단이 그때의 낡은 세단과는 모델이 달랐지만, 사람은 같을 거라고 희미한 실루엣이 말해 주었다.

아마도 껌딱지는 정화가 따돌렸을 때 정체가 탄로 난 것을 알고 차를 바꾸었을 것이다. 그리고 사람도 바꿔가며 미행했을지도 모르겠다. 분명 나에 대한 질투와 시기를 넘어서 암살시도까지 했던 이

세영이 미행을 붙였을 수도 있고 아니면 강성이 독단적으로 미행을 붙였을 수도 있다. 그는 뱀같이 우리 천우 일가족의 모든 것을 속속들이 알고 싶어 하니까.

그런데 가장 찜찜한 것은 이세영이나 강성이 아니라면... 지난 곡예에 따른 수사로 경찰일 가능성이 하나 남아있었다. 수사에 난항을 겪고 있는 걸로 아는데 미행까지 붙였다면 심증만 가지고 있다는 셈이었다. 게다가 설령 경찰이 심증을 가졌다고 해서 내게 미행을 붙일 만한 배짱도 없을 것이다.

휴대폰이 거치대에서 진동이 울렸다. 손을 뻗어 확인해보니 정화의 부재중 통화가 밀려있었다. 하긴 입도 짧은 사람이 점심을 네 시간이나 먹었으니 정화가 안절부절못할만했다.

선진은 정화에게 전화를 걸었다. 정화는 신호 연결 음으로 넘어가는 동시에 전화를 받아버렸다.

"외근이야? 나한테 그런 말 없었잖아. 어딘데 지금?"

"아니야. 지금 회사로 가고 있어."

"어디서 뭐 했는데?"

"몸이 안 좋아서 좀 잤어."

"집에서 오는 길이야?"

"아니. 병원에서."

안 돌아가는 머리 굴리는 소리가 여기까지 난다. 병원이라면 한 곳뿐인데. 선진은 잠자코 그녀의 이해를 기다려주었다. 그리고 백미러를 통해 미행범을 한 번 더 훔쳐볼 때 그녀의 질문은 끝이 났다.

"알았어. 나 회사니까 와서 얘기해. 할 말 있어."

"내가 먼저 얘기하면 안 될까?"

"급해? 뭔데?"

"뒤에 껌딱지가 붙어있는데 회사 도착할 때 즈음에 확인 좀 해 줘."

"그때 그 차야?"

"아니. 차는 다른데 사람은 같은 것 같아."

"알았어. 그냥 평소대로만 주행해. 너무 많이 의식하고 확인하지 말고. 네가 걱정 안 해도 그놈은 네가 회사까지 들어가는 걸 확인할 거니까. 회사까지만 무사히 와. 내가 알아서 할게."

전화를 끊고 백미러를 한 번 더 확인했다. 옆 차선 뒤로 따라붙고 있는 검은색 그랜저는 적당한 거리를 두고 감쪽같이 따라오고 있다. 병원에서 차를 뺄 때 멈춰 서서 그의 배웅을 기대하지 않았다면 골목에서 움찔하던 그랜저를 눈치채지 못했을 것이다.

너의 정체를 밝히고 그 배후를 알아내면 해고까지는 아니어도 징계 사유는 충분해. 그거면 이미 회사에서 나가리야. 나에게 적대주를 우호주로 바꿀만한 계기를 준 거지. 강성이나 이세영이나 큰오빠 줄이니까.

선진은 엑셀을 세게 밟아 멀리 터널을 지나기 전에 정모 다리 위로 질주했다.

돈과 권력이라는 건 깎은 사과만큼이나 변색이 빠른 거야. 한 꺼풀 벗겨내면 내 손에서 다시 새 열매로 맺히는 거지.

끼이이이익. 타이어 미끄러지는 소리가 먼저 났다. 그리고 삼 초정도 후에 콰아앙. 강한 폭발음이 두 쪽 귀를 때렸다. 이어서 차가 미세하게 흔들리는 것을 느꼈다.

운전석과 조수석 그리고 뒷좌석의 창문 네 곳이 전부 닫혀 있었는데도 충격을 고스란히 느낄 수 있었다. 백미러와 사이드미러로 주위 차들이 멈추거나 아주 천천히 서행하는 것을 확인했다. 선진은 비상등을 켜고 브레이크를 밟으며 차를 다리 왼쪽으로 치웠다. 그리고 몸을 창문으로 빼고 정모 다리 밖을 바라보려 했지만, 다리 아래쪽이 잘 보이지 않았다.

사람들이 다리 한쪽으로 하나둘씩 몰려들었고 선진도 차에서 내렸다.

아파트 건물 3층 높이의 교각 아래로 드넓은 주차장이 있고, 전방이 두터운 벽으로 막혀 있었는데 미행범의 그랜저가 다리에서 떨어지며 그대로 벽으로 돌진한 모양새였다.

2미터 높이의 외벽은 주택이나 낮은 상가 건물을 철거하면서 남아있는 잔해 같았다. 벽 한쪽이 완전히 무너져 내렸고 불타고 있는 그랜저 위로 벽의 잔해가 쏟아져 있었다.

주차장에는 차도 몇 대 있지 않았고 주위로 지나다니는 사람도 몇 없었다. 불타는 그랜저를 경계하며 천천히 접근하고 있는 주차장 관리인 정도로 보이는 사내뿐이었다. 그는 더욱 성질을 내는 불길에 놀라며 뒤로 자빠져 버렸다.

선진은 옆을 확 돌아보았다. 2차선에서 1차선을 지나 다리 밖으로까지 이어진 스키드 마크를 확인하였다. 직진대로의 다리에서 무엇 때문에 핸들을 왼쪽으로 두 바퀴 이상 꺾었는가. 타이어가 펑크 난다고 해도 아주 속력을 내지 않는 이상 이렇게까지 차가 돌지는 않는다. 게다가 다리 다음에 바로 터널이기 때문에 속력을 많이 내지는 않았을 것이다. 그건 나도 마찬가지였다. 미행하는 차가 내

차를 앞지를 경우는 없지 않은가.

선진은 주위의 많은 사람들을 의식하고 다시 차로 돌아갔다. 곰곰이 생각에 빠져 시동을 거는 동시에 휴대폰이 울렸다.

'면접치고는 너무 스펙타클 했다. 놀랐으면 미안.'

존이다. 한시름 놓았다. 그가 한 것을 알고 난 다음에야 의심을 거두었다. 그러면 바퀴를 아작 냈는지 핸들을 꺾어놨는지 운전하던 미행 범의 양팔을 절단했는지 따위는 중요하지 않았다. 게임 같았겠지. 자기한테는.

선진은 다시 차를 몰아 군데군데 다리 위에 서 있는 차들을 피해 갔다. 선진은 왼손으로 핸들을 꽉 잡았다. 그리고 오른손으로 껌 통에서 껌을 하나 꺼내 씹었다. 껌을 씹을수록 통쾌한 웃음이 백미러와 사이드미러로 번져갔다.

선진의 차는 빠르게 터널 안으로 사라졌다.

회사에 도착했을 때는 벌써 해가 뉘엿뉘엿 지고 있었다. 회사 정문을 지날 때 정화를 찾아보았지만 보이지 않았다. 미행하는 차가 중간에 터져버렸으니 헛수고였지만 전화를 받지 않으니 별수가 없었다. 그렇다고 아무 차나 의심하고 허튼짓할 사람은 아니었다.

선진은 차에서 내려 사무실에 가 있으면 정화가 미행하던 차의 행방을 물으며 사무실을 찾을 거라고 생각했다.

어떻게 알았는지 최현희가 로비에 마중을 나와 있었다. 덕분에 조용히 올라가고 싶은 생각이 무리수가 되어버렸다. 주위로 지나가던 직원들이 하나둘씩 알아보고 인사하기 시작했고 선진은 허리를 꼿꼿이 펴고 걸을 수밖에 없었다.

최현희와 엘리베이터에 올랐다.

"사장님이 점심에 나가시고 전화가 두 통 왔습니다."

"어딘데요?"

"하나는 천우건설 사장님께서 하셨고, 하나는…"

선진은 앞의 닫혀 있는 문만 바라보고 최현희가 말을 끌어도 기다려주었다.

"하나는 저에게 온 전화입니다."

선진이 고개를 삐딱하니 돌렸다.

"세영이가?"

최현희는 눈을 보고 똑바로 말해 주었다.

"저한테 건 전화였습니다. 이 전과 같이 기본적인 동태를 묻고 진행하고 있는 레저산업에 대해서 물었습니다. 물론 답은 의심 사지 않게 해두었습니다. 그리고 동태에 대해서는 일반적인 스케줄만 말해 주었습니다."

"다른 건 없었어요?"

"네. 이상입니다."

최현희는 보고가 끝난 듯 양손을 아랫배 앞에 모았다. 선진은 엘리베이터의 닫힌 문에 비친 최현희를 살피며 다시 물었다.

"내가 말해둔 건?"

최현희가 양손을 다시 뒤로 빼고 열중쉬어 자세를 취했다. 그리고 선진의 오른쪽 귀를 보며 대답했다.

"녹음해두고 있습니다."

엘리베이터 문이 열리고 선진과 최현희가 내려섰다. 선진은 끄덕이며 혼자 앞서나갔고 최현희는 뒤를 졸졸 따라가서 사장실의 문을 열어주었다. 최현희가 열어 준 문을 부여잡으며 미소 지었다.

"고마워요. 그런데 이런 건 그냥 놔둬요."

최현희는 고개를 숙여 보였고 선진은 사무실 안으로 들어섰다. 책상에 최현희가 정리해준 레저산업부지에 대한 증빙서류들과 결재서류들이 쌓여있었다. 선진은 한숨을 내쉬며 책상으로 걸어가다가 이내 발걸음을 바꿔 소파 쪽으로 방향을 바꾸었다. 소파에 편히 앉아 천장을 보며 한숨 돌리는데, 주머니에서 휴대폰이 울렸다.

　"어. 나 사무실이야."

　"껌딱지 있잖아. 간만 보려고 했는데 일이 커져 버렸네."

　"아. 전화가 안 돼서 말을 못 했는데 그거..."

　"알고 있었어?"

　"응. 존이야. 아니, 박대정. 그가 처리해준 거야. 아니 조금은 즐긴 것 같기는 하지만."

　"뭐?"

　선진은 자세를 바꿔 앉았다. 정화는 그의 게임 같은 파격적인 일 처리에 대해 납득을 하지 못 할 수도 있을 것 같았다.

　"미행하던 차를 다리 밑으로 떨어뜨려 버린 거. 그 사람이 좀 오버했어. 오랜만에 만나서 들떴나 봐. 아무튼 내가 일 처리에 대해서 다시 한번 언질을 해 놓을게. 조금은 조심성이 필요하다고. 그렇게까지 할 필요는 없었는데 말이야."

　"무슨 소리야?"

　선진은 머리를 넘기며 몸을 앞으로 숙였다. 정화는 말을 이어갔다.

　"내가 지금 미행하던 차를 쫓아서 여기까지 왔는데."

　"어딘데?"

　"여기 지금 상시동이야."

　"거긴 왜?"

"미행범을 쫓았다니까."

선진이 눈을 부릅떴다.

"미행범이 또 있었어?"

"내가 묻고 싶은 말이야. 어떻게 된 거야? 박대정이 처리한 사람은 누군데?"

"그런 사고가 났으니까 곧 알 수 있겠지. 분명 실장이나 최보길이 붙인 사람이겠지."

"이거 대체 어떻게 돌아가는 거야..."

"네가 쫓은 사람은 누군데?"

"..."

선진은 마른 입술에 침을 묻히고 정화의 대답을 기다렸다. 정화는 평소와 다르게 뜸을 들였다.

"빨리."

"이 새끼, 형사야."

쿵. 그랜저가 다리 아래로 떨어져 두터운 외벽에 머리를 처박은 소리보다 더 굉장한 소리가 가슴에서 났다. 심장이 발 옆으로 떨어지는 것 같았다.

형사라니. 내 곡예에 있어서 관람객이 아니라 무대로 난입하는 사람이 생겼나. 어디부터 어디까지 알고 무엇을 쫓은 거지. 정화와 지금도 같이 있는 건가. 그렇다면 정화에게 나에 대한 수사 내용을 이야기할 셈인가.

선진은 입술을 깨물었다. 정화는 의심조차 품게 하고 싶지가 않다. 침착을 되찾기 위해 주먹을 꼭 쥐었다.

"그래서?"

"끝까지 미행하는 거 아니라고 잡아떼는데 별수 있나. 깡패 새

끼 끄나풀이면 붙잡아다 고문하기라도 쉬운데. 형사라고 하니까 할
말이 없네."

"보냈어?"

"좀 아까 갔어. 강남경찰서 강력반 형사야. 이 새끼들이 형사를
껌으로 붙인 거야?"

"별말 없었어?"

"끝까지 잡아떼더라니까."

"알았어. 일단."

선진은 전화를 끊자마자 참았던 가쁜 숨을 몰아쉬고 침을 꿀꺽
삼켰다. 그럼 그 형사는 진짜 미행 범이 다리 너머로 떨어진 것도
봤을까. 언제부터 어디서부터 따라온 거지. 형사 위로 누군가 알
고 시킨 일인가. 강력반 전체가 나를 쫓고 있는 건가. 그 형사는
사건에 대해서 얼마나 알고 있기에 나를 미행했을까. 나의 범행을
증명할만한 증거가 나왔나. 아니면 용의자 선상에서 나를 포기하지
못한 걸까. 분명 호텔에서나 클럽에서나 나는 용의자 선상에 충분
히 오를만하다. 항상 현장 주위에 존재했으니. 그러나 웬만한 물증
이 아니고서야 나를 미행하지는 않았을 것인데... 확실한 증거를 잡
았는가.

선진은 두 눈을 질끈 감았다. 살인을 복기하고 또 복기했다. 그
들이 무엇을 찾고 무엇을 아는지에 대해 아무리 고민해보아도 살
인을 저지른 사람 입장에서는 도저히 예상하기가 힘들었다.

불안감이 온몸을 휘감았다. 극도의 초조함이 복숭아뼈를 타고 올
라와 치마 속으로 들어갔다.

선진이 깨문 입술에서 피가 새어 나왔다.

앞으로의 나의 곡예는 막을 내려야 하는가.

* * *

땀이 목을 타고 내려가 등줄기를 지날 때면 서늘해짐을 느꼈다. 등 뒤를 돌아보면 아무도 쫓는 사람이 없었지만, 경찰서 코앞까지도 전속력을 다해 차를 달렸다. 속도를 낼 줄 모르는 고물 승용차는 힘겨운 듯 굉음을 내기도 했다.

주차장에 미끄러지듯 주차를 했지만, 막상 내려서기가 망설여졌다. 잠깐 차에서 보고할만한 내용을 추려보았다. 터무니없는 사건이니만큼 그만한 신빙성이 있어야 한다. 대물이니만큼 그만한 근거가 뒷받침해줘야 내 말이 개소리로 들리지 않는다. 놈들이 선수를 치기 전에 먼저 보고가 올라가야 한다. 반장님이 기다리고 있다.

주혁진은 결심한 듯 차 문을 밀어 재끼며 빠른 걸음으로 주차장을 걸었다. 경찰서 건물 안으로 들어서서 2층 왼쪽으로 꺾으면 강력 1반인데, 주혁진은 지체 없이 오른쪽으로 몸을 틀었다.

방문 위로 취조실 1번이라는 푯말을 확인하고 안으로 들어섰다. 음식 냄새가 진동을 했다. 반장 이상구는 꽉 막힌 취조실 안에서 커다란 은색 쟁반에 갖가지 반찬과 쌀밥이 차려진 백반을 먹고 있었다.

주혁진은 방문을 굳게 닫고 반장 맞은편에 앉아서 침을 꼴깍 삼켰다.

"왜 맨날 밥을 여기서 드세요."

"여기서는 배가 안 고픈가."

이상구는 능청스럽게도 밥을 야무지게 다시 먹기 시작했다. 주혁진은 그동안 생각을 정리하고 말을 준비했다. 이상구가 밥그릇을 거의 다 비웠을 때 식당에서 쓰이는 쇠컵에 물을 따라주었다.

이상구는 물을 마시다가 게걸스럽게 입을 헹구었다.

"치워?"

이상구는 쟁반 양쪽을 잡는 시늉을 해 보였다. 주혁진은 심호흡을 한 번 하고 말을 시작했다.

"반장님."

"어."

"제가 조사할 수 있는 용의자가 어디까지 됩니까?"

이상구의 눈빛이 변했다.

"나까지."

주혁진은 눈썹에 힘을 주고 입술을 오므렸다.

"그럼 거기에 천우그룹 장녀도 포함됩니까?"

진중했던 이상구의 얼굴이 풀렸다. 남은 반찬을 집어 먹으며 애써 끌어 올렸던 긴장감을 내려놓았다. 오히려 주혁진이 추적하고 있는 용의자를 듣자마자 관심이 사라진 것 같았다.

주혁진은 냉소적인 이상구의 반응에 당황했고 수사에 대해 설명하려 했다.

"천우물산 장녀가 연쇄 살인범이라고 하면 믿으시겠습니까? 기내동부터 타이틀 호텔, 그리고 얼마 전 리벌티 클럽까지 천우물산 사장 이선진이 전부 유력 용의자에 해당됩니다. 제가 이미 전부 조사해보았고, 기내동 사건은 화재사건을 둔갑한 살인사건임을 증언받았고 타이틀 호텔 건은 사건이 일어난 25층에 이선진이 숙박했음을 확인했습니다. 그리고 리벌티 클럽 역시 이선진이 존재했고요."

주혁진은 스스로 사건에 빠져들며 얼굴이 상기되었다. 반장이 무관심해 보여도 귀담아듣고 있음을 안다. 성격이 무덤덤해서 그렇지 사건 사고라면 깨끗하게 비운 쇠 밥그릇을 보면 알 수 있듯이 한 톨의 밥알도 놓치지 않는 사람이다.

주혁진은 의자를 당겨 앉아 반찬만 집어 먹는 이상구의 입이 짜지 않을까 싶어 다시 물을 따라주었다.

"근래 일어난 사건, 사건들이 전부 연계된 연쇄살인이라고 생각합니다. 조사해 본 결과 범인은 그 수사에 혼동을 주기 위해 증거는 물론 흔적도 남기지 않았고 피해자의 흉터에 같은 곳을 몇 차례나 흉기로 다시 찔러 훼손시켜놓았습니다. 물론 리벌티 클럽 사건에서는 흉터를 훼손시키지 않았지만 그것 역시 범인이 혼동을 주기 위함이라고 생각합니다. 같은 살해 방식을 피하는 거겠죠. 제 판단하에 기내동 화재사건도 동일범인데 화재 역시 칼부림을 숨기기 위함입니다. 만약 다음 사건이 또 발생한다면 그것 역시 새로운 방식일 거라고 예상됩니다. 그 전에 막아야겠지만요. 그러나 수사의 난관은, 우리가 알 수 있는 사건의 명백한 동질성은 범인의 동기를 파악하지 못했다는 겁니다. 피해자는 의문사를 당했으며 의문의 범인에게서 동기를 찾지 못했죠. 한 마디로 동기가 없기에 사건마다 연계성이 사라지게 만드는 겁니다."

이상구는 아삭거리는 오이 김치 반찬을 다 비우고 나서야 쟁반을 테이블 한쪽으로 치우고 물을 마셨다. 그리고 담담하니 되물었다.

"그러게."

"네?"

"네가 범인이라고 생각하는 이선진은 살인 동기가 뭔데?"

주혁진은 긴말을 곱씹는지 입을 오물거렸다. 그리고 확신에 찬 듯 주장을 좀 더 강력히 피력하기 위해 두 눈을 크게 떴다.

"말씀드렸잖습니까. 동기가 없다고."

이상구의 눈살이 찌푸려졌다. 취조실에 들어와서 처음 보인 반응이었다.

"사이코패스라고?"

"네. 살인을 취미처럼 즐기는 인격 장애자입니다."

"왜 그렇게 확신해?"

"근래 일어났던 사건 현장에 모두 용의자로 꼽히는 단 한 명입니다. 기내동 화재사건부터 시작해서요."

"그건 사건들이 연쇄살인이라고 확정되었을 경우만 해당되는 거지."

"오히려 이렇게나 동질성이 없는 살인사건이 연달아 일어나는 경우가 있었습니까? 세 개의 사건이 모두 이선진과 관계되는 부분이 전혀 없습니다. 피해자들과의 관계도 없고 무엇인가를 뺏기 위함도 없습니다. 단지 살인만 저질렀습니다. 오히려 공통점을 찾자면 우발적 살인이라는 겁니다."

반장은 담배를 꺼내 피우기 위해 주머니에 손을 넣었다. 반사적으로 주혁진도 같이 담배를 꺼내 피웠다. 시퍼런 담배 연기가 취조실 안을 꿈꿈하게 가득 채웠고 테이블 한쪽에 있던 작은 사기 재떨이를 끌어다가 재를 털었다.

"게다가 이선진의 유일한 취미는 익스트림 스포츠였답니다."

"익스... 뭐?"

"위험을 무릎 쓰고 스피드와 스릴을 만끽하는 스포츠들을 말합니다. 왜 폴리스 스토리 보면 위험천만한 액션들 나오지 않습니까? 그런 거 하는 겁니다. 그게 또 제 머리를 땅하고 때렸다는 거 아니겠습니까."

주혁진은 말하고 나서 검지로 머리 옆에 대고 허공을 돌리며 이선진이 제정신이 아님을 표현했고, 이상구는 담배를 비벼 끄며 입바람으로 연기를 방 한구석으로 내몰았다.

"괜찮네."

드디어 이상구가 관심을 표현했다. 주혁진은 만족하는 미소를 띠며 담배를 하나 더 꺼냈다.

"그리고 조금 전까지 이선진을 미행하고 오는 길입니다."

주혁진의 미행이 이상구의 심기를 건드렸는지 이상구는 쓰읍하고 숨을 얕게 들이마시며 주의의 눈길을 주었다.

"독단적으로 결정해서 죄송합니다만, 오늘이 처음이었습니다. 그런데 미행하던 도중에 무슨 일이 있었는지 아십니까?"

주혁진이 담배를 쥐고 있는 주먹으로 툭하고 가볍게 테이블을 때렸다.

"이선진을 미행하던 사람 저 하나가 아니었습니다."

"그럼? 그놈은 누구야?"

"그건 곧 알게 되실 겁니다. 아무래도 이 사실을 알고 있는 또 다른 누군가가 아니겠습니까."

이상구가 문득 짧은 다리를 들어 운동화 끈을 확인했다. 그리고 다시 묶지 않아도 되는지 양쪽 날개만 세게 조였다. 이어서 운동화 코를 탁탁 털더니 무심코 말을 툭 던졌다.

"기내동 화재사건이 이선진의 소행이라고 제보한 놈이겠네."

이상구는 예리했다. 그러나 주혁진은 아직 제보자의 정체를 밝히기 어려웠다. 사건이 마무리되는 시점이라면 몰라도 아직 의문투성이인 상황에서 제보자를 밝히고 문제를 만들고 싶지 않았다. 아무리 반장님이라고 해도 제보자의 익명성은 정보의 생명이었다.

"그럴 수도 있겠죠. 그런데..."

이상구는 티를 내지 않았지만 이미 주혁진의 다음 말 때문에 배를 테이블에 붙이고 상체를 바짝 당겨 앉아 있었다. 주혁진은 취조실의 닫힌 문을 힐끗 쳐다보았다.

"이선진을 미행하던 또 다른 미행 범이 또 죽었습니다."

"어떻게?"

"갑자기 다리 아래로 떨어져서 차와 함께 박살이 났습니다."

"피해자는?"

"알아봤습니다만 제보자는 아니었습니다."

"그럼 냄새를 맡은 게 너뿐만이 아니라는 얘기야?"

"그걸 잘 모르겠습니다."

이상구는 심각한 얼굴이 되어 양손에 얼굴을 기대었다. 주혁진은 이상구의 눈치를 살피며 재떨이를 자신 쪽으로 가깝게 끌어당겼다.

또 다른 미행 범은 고복수의 부하였다. 고복수가 관리하는 업소 중 하나를 맡아 관리하던 놈이고 폭력 전과가 있었기에 신원을 확인하기 쉬웠다. 그는 미행을 붙였는데 발각되어서 청소 당한 건지 아니면 정말 말도 안 되게 직진대로의 다리 위에서 운전 부주의로 맨땅에 헤딩한 건지는 정확히 모르겠지만, 후자일 경우는 확률이 희박했다.

주혁진은 모든 걸 말하고 나니 속이 다 시원했다. 이제 눈앞에 두 눈을 감고 양손으로 얼굴을 일그러뜨리며 명상하듯 고민하고 있는 불상 같은 남자의 결정만 기다릴 뿐이었다.

"이거 우리 사건이다. 뒷북치지 말자."

이상구는 자리에서 벌떡 일어섰다. 그 바람에 의자가 벌렁 뒤로 넘어갈 뻔했다.

"네가 말했던 것들 전부 확실한 것들만 모아서 서면으로 준비해놔. 그리고 물증이 없으니까 정황을 증명해 줄 만한 cctv 자료라도 전부 다 모아놓고 블랙박스도 전부 다 찾아봐. 방금 전에 말한 미행 범 사건까지. 만약 보고가 올라가서 승인이 난다고 해도 수사는 난항일 거다. 완전한 전담팀이 꾸려질 때까지 너 혼자 애 좀 써야 될 거야. 다른 수사에서는 대충 핑계 대서 전부 빼줄 테니까 그건 걱정하지 말고."

주혁진도 자리에서 일어섰다. 그리고 대답 대신 고개를 세차게 끄덕였다. 반장이 문고리를 잡기 전에 홱하니 뒤를 돌아봤다. 그 덕에 다시 자리에 앉던 주혁진은 어정쩡한 자세로 구부정하니 서서 바라보았다.

"네가 미행한 거 그쪽에서 알고 있어?"

주혁진은 대답을 못 하고 고개를 푹 숙였다. 이상구는 문고리를 만지작거리며 혀로 볼을 밀어냈다.

"좋은 상황은 아니지만 뭐 괜찮다. 네가 말 한대로 범인이 사이코패스라면 살인을 멈출 일은 없으니까."

반장이 취조실을 나가버리고 주혁진은 우중충한 취조실에 혼자 남았다. 주혁진은 뒤로 넘어가지 않을 정도로 의자에 눕다시피 앉아서 천장에 매달려 있는 전등을 노려보았다.

양손을 모아 아랫배를 가리고 눈을 감았다.

괜찮다니요. 반장님. 사건은 계속되겠지만 오늘 미행하다가 어떤 답도 없는 년한테 발각돼서 나는 목숨이 위태로운 것 같은데 말이에요.

시팔. 내 차 본네트 위에 올라와서 앞 유리를 구두 굽으로 깨려던 그 또라이 같은 년이 꿈에도 나올 것 같은데 말이에요.

내가 볼 땐 그 년도 사이코패스에요.

주혁진은 한참이나 취조실에 안에서 나오지 않았다. 당분간은 그곳이 가장 안전하게 느껴질 터였다.

한낮의 높은 하늘에서 여우비가 내렸다. 작고 실 같은 빗줄기가 장례식장을 드나드는 사람들의 어깨를 적셨다. 로비를 지나 지하로 내려가면 장례를 치르고 있는 유가족들이 보이고 초라한 화환들이 줄지어 있었다.

키가 큰 화한들 중간에 유독 문상객들의 발길이 적은 빈소에 걸터앉아 있는 복수는 머리가 땅에 떨어질 만큼 다리 사이로 처박고 있었다. 유족들이 영정사진을 바라보며 눈물을 흘릴 때 복수는 부하를 사지로 내몰았다는 자책감에 숨이 막혔다. 미행이 들통 난 것 같아서 며칠만 땜빵으로 보냈는데 반나절 만에 찌그러진 시신으로 돌아왔다.

택진이는 동생들 중에서도 가장 똘똘하고 귀여워서 많이 아끼고, 저도 좋다고 잘 따르던 놈이었는데. 사우나는 같이 하지 못 했지만, 가끔 가게에서 술도 한잔하고 농담도 주고받는 사이였는데.

가장 아픈 손가락이었는데.

복수는 몸을 힘들게 일으켜서 빈소를 나와 장례식장 밖으로 터덜터덜 걸어갔다. 복수는 차마 소식을 듣고 달려올 만한 부하들을 마주할 면목이 없었다. 장례식장 뒤 텅 빈 주차장으로 향했다.

비는 내리는데 몸이 완전히 젖기에는 모자라다. 목은 메이는데 눈물을 흘리기에는 지나온 길이 너무 멀다.

복수가 비에 안 젖을 만큼 건물에 붙어서 쭈그려 앉아 하늘에서 콘크리트 바닥에 떨어져서 부서지는 빗방울을 감상하고 있을 때, 자연스럽게 주혁진이 옆으로 다가와서 말을 붙였다.

"네 부하 맞냐?"

복수는 턱을 쳐들고 뒷주머니에 꽂혀 있는 수갑의 체인을 쳐다보았다. 그가 주혁진임을 알고 냉정을 되찾기 위해 허벅지를 손바닥으로 때리며 자리에서 일어섰다. 어떻게 주혁진이 여기까지 찾아오게 되었는지 모르겠지만 택진이의 죽음에 대해 의심을 갖고 있을 것이었다. 그리고 어쩌면 이선진을 미행하던 중이었다는 걸 알고 있을 지도 모르겠다.

형사들의 질문은 신중하게 생각해 볼 필요가 있다.

"맞습니다."

인정하는 대답에 그의 감정이 고스란히 담겨있었다. 주혁진은 복수의 안색을 살피며 조심스럽게 물었다.

"누가 이랬어?"

주혁진은 복수에게 애도를 표하듯 눈을 내리깔았다. 복수는 옆에 붙어있는 주혁진이 불편했다.

"이미 누군지 염두하고 물으시는 거 아닙니까?"

"네가 말해줬지만 아직 추측뿐이지. 말 그대로 망상이 될 수도 있는 거니까. 우리 관할이 아니라 깊이 관여하기가 뭐해서 그래. 부하니까 전후 사정을 잘 알 거 아니야."

"장례라도 좀 다 치르면 물어보시죠."

주혁진은 눈꼬리를 올리며 다시 물었다.

"그래?"

"네. 저도 좀 알아봐야겠죠. 이래 봬도 동생 놈 먼저 보내놓고 속이 많이 쓰리니까요."

"그래 보여."

주혁진은 양손을 색이 바랜 청바지 주머니에 꽂고 복수 옆으로 지나쳤다. 동시에 천천히 복수를 위아래로 훑으며 말을 덧붙였다.

"난 또, 우리가 같은 입장인 줄 알았지. 충분히 그럴 수 있다고 생각했지."

주혁진이 등을 보이며 걸어 가버리는데, 건물 모퉁이를 돌 때 복수가 소리쳤다.

"식사는요."

주혁진이 손을 들어 절레절레 흔들었다.

"옷이 이래가지고."

주혁진이 가버리고 복수는 다시 제 자리에 쪼그려 앉았다. 담배를 꺼내 물어 불도 붙이지 않고 질겅거렸다.

여기 찾아온 뜻은 수사를 슬슬 시작해 볼 만하다고 판단하는 것이겠고, 이미 상부에 보고를 마쳤다면 확실한 물증을 잡기 위해 네 발로 뛰겠지. 이선진 같이 나라 꼭대기에 있는 년들은 우리와 같은 땅으로 끌어 내리기가 보통 일이 아닐 테니. 일단 위치가 같아야 심판을 내릴 것 아닌가. 지난 사건의 증거도 해결도 무의미할지 모른다.

그 악마 같은 년을 멈출 수나 있겠나.

복수는 주머니에 손을 집어넣어 일회용 플라스틱 라이터를 꺼냈다. 칙칙거리는 라이터는 가스가 모자랐는지 불이 들어오지 않았다. 가스가 없는가 하고 허공에 형광색 라이터를 비춰보는데 내리는 비 때문에 가늠이 되질 않았다.

복수는 순간 이를 꽉 깨물고 얼굴 근육을 찢으며 라이터를 바닥에 던져버렸다.

다시 빈소로 돌아왔을 때, 업소를 돌보는 아우들과 택진이의 사적인 지인들도 하나둘씩 모이기 시작했다. 아우들에게 일하는 아줌마를 불러 밥을 챙겨주었고 술을 따라주기 위해 소주 냉장고로 걸어가는데, 구석에 앉아서 육개장에 밥을 말고 있는 덩치가 산 만한 사내를 발견했다.

복수는 소주 몇 병을 꺼내 아우들이 밥을 먹는 좌식 테이블에 내려주고, 한 병을 집어 구석에 처박혀 침대만 한 등판을 들리고 앉아 있는 고기에게 다가갔다.

"형님..."

고기는 육개장을 한술에 퍼먹으며 대답도 하지 않았다. 간이 용기는 그의 손에 들려 있으니까 룸빵 대기실에서 가시나들이 손가락에 끼우던 분첩 같았다. 상황에 어울리지도 않게 실소가 나왔다.

깔끔하게 국물까지 비워버린 고기는 종이컵에 복수가 가져온 소주를 따랐다. 콜콜콜 거침없이 비워지는 소주병이 가여워 보일 정도였다. 얼른 양손을 들어 소주병 뒤를 받쳐주었다.

고기는 종이컵째로 씹어 먹을 듯 소주를 입에 털어 넣고 복수에게 잔을 권했다. 복수는 옆에 편히 앉아서 잔을 받았다. 고기가 술을 따라주며 입을 열었다.

"쓰리냐."

복수는 들고 있던 컵이 소주를 흡수해버렸는지 축축하게 느껴졌다.

"네. 형님."

복수는 받은 술을 들이켰고 동시에 고기는 병에 남아있는 소주를 비웠다.

"정택진이였지."

"네. 맞습니다. 제 바로 아래 아우였습니다."

"몇 번 본적이 있었어. 아마. 그렇지?"

"네. 제가 자주 달고 다녔으니까요."

고기는 팔꿈치로 살짝 복수의 어깨를 쳤다.

"안경잽이였는데 생각보다 호기가 있는 친구였어. 그렇지?"

"네. 형님. 쬐깐한 게 얼마나 깡다구가 있었는지 모릅니다. 일도 빠릿하니 잘했고 그 누구한테 얕보이지 않을 만큼 똑똑한 놈이었습니다. 예의도 바르고 정도가 있는 놈이라 쉽게 거짓말을 하지 않는 놈이었습니다. 근데 또 저를 많이 따라서 정이 많이 간 놈이었습니다. 그런데... 그래서 가장 큰 업소를 맡겨놓었는데, 아무 문제 없이 일만 열심히 하는 놈이었는데, 제가 오늘 아침에 보내버리는 바람에... 저 대신 가버린 것 같아서 그게... 그래서..."

"미안하지만 난 그게 네가 아니라서 다행이다."

고기의 비수 같은 말이 더 마음을 찢어놓았다. 태산 같은 고기 앞에서 소주 한 병에 속마음을 털어놓다 보니 복수는 감정이 북받쳤다.

고기는 술이 모자랐는지 빈 종이컵을 자꾸만 만지작거렸다. 육개장이고 소주고 모두 비워버린 고기는 손을 어디에 둘지 모르다가, 결국 복수의 팔꿈치를 움켜쥐었다.

허벅지를 쥐어 잡은 손이 하얘졌다. 온몸과 얼굴에 너무 힘을 주고 있어서 잠깐이라도 힘을 풀면 모든 게 무너질 것만 같았다. 복수가 빨갛게 충혈된 눈알 뒤로 눈물을 삼키며 말했다.

"불 있으십니까?"

"불만은 없습니다."

선진은 회의 중 전무이사의 프로젝트 브리핑에 유난히 회의적인 반응을 보이는 사내를 꼬집어 반응을 묻자 '불만은 없습니다'라고 대답한 그 사내는 당당하게 가슴을 펴지도 않았고 정중하게 고개를 숙이지도 않았다.

세상에서 가장 편해 보이는 구부정한 자세로 책상을 끌어안고 앉아서 똑바로 정면을 쳐다보았다. 각진 반테 안경이 가뜩이나 날카로운 인상을 더 예리하게 더해주었다.

마케팅부의 정부장은 젊은 나이에 놀라운 실적을 쌓아 초고속 승진을 한, 사내에서 소문이 자자한 사람이었다. 그는 이례적으로 부장이 사장과 대면 할 수 있는 운영 회의에서도 말 한마디로 주위 상급자들의 집중과 주목을 시킬 줄 알았다. 그는 부장의 직급으로 사장이 추진하는 성천시 관광지 개발사업에 대해 반기를 들 수도 있다는 것을, 감히 불만은 없다고 말하여 선진의 관심을 사는 동시에 말을 시작했다.

"성천이 접근성이 좋고 유적지가 많아서 볼거리가 많지만 효과적인 홍보를 못하고 있는 실정입니다. 재래시장과 연꽃 축제 때 말고는 너무 한산해서 젊은이들은 구경도 할 수 없습니다. 골프장과 그 옆의 신식 리조트를 운영하고 있지만, 일부 고정 고객들 아니고서는 유동인구가 너무 적어 회사 워크샵을 억지로 끌어당기는 수준입니다. 성천시의 특성은 역사적으로 토속적인 이미지가 강해서 관광지라면 빠질 수 없는 패션 아울렛 역시 들어서기 쉽지 않을 겁니다. 게다가 청천강에 레저스포츠를 접목시키는 것은, 사업 유치한다고 해도 일부 레저스포츠를 즐기는 고객 외에는 찾지 않을 것입니다."

정부장은 숨을 몰아 내쉬고 곧장 다른 시각의 가능성을 발표했다.

"그러나 곳곳에 숨어있는 음식점들이 맛과 특색이 상당히 뛰어나다는 것. 유적지가 타 지역의 유적지보다 훨씬 광활하고 비교적 깔끔하여 요즘 젊은이들은 원하는 쉼터 역할 즉, 힐링여행으로 상당히 적합하다는 점. 그리고 청천강은 역사가 깊은 강이기에 홍보를 통해 재 조명을 한 후, 아주 짧게라도 교통수단으로 만들면 누구나 타고 싶은 관광명소로 만들 수 있다는 강점들을 가지고 있습니다. 레저스포츠는 오히려 성천 시의 강점을 깎아먹는 사업이라고 생각됩니다. 더하여 한옥과 현대를 조화로이 조합하여 외국인 관광객을 부르는 것도 상당히 중요하다고 생각됩니다. 예를 들어 한옥으로 만들어진 패션아울렛이나 기존 신식 리조트를 한옥 양식으로 리모델링하는 것. 또는 한국전통문양을 기존의 대중교통에 접목시키거나 외국인을 위한 관광 패키지를 만드는 것도 간단한 예 중 하나겠습니다."

정부장의 편안하고도 침착한 어투가 회의장을 싸늘하게 만들었다. 그의 발표는 다른 부장들과 이사들을 상당히 불편하게 만들었다. 사장 이선진이 직접 추진한 프로젝트 내용 중 일부를 비판하였으며, 자신이 생각한 새로운 사업 영역을 긍정적으로 대놓고 제시하였다.

전무이사가 정부장에게 어떻게든 따끔한 언질을 주어야겠다고 나서기 전에 선진이 손을 슬쩍 들어 올렸다. 전무이사가 선진을 돌아보자 선진은 고개를 까딱거리며 정부장의 남은 말을 유도했다.

"가장 중요한 건 지역홍보입니다. 국내외는 물론 주민들까지도 성천시의 매력을 모르고 살고 있습니다. 지방 방송 광고보다 유명한 티비 쇼 프로그램 홍보가 효과적이고 신문이나 버스광고보다 sns나 인터넷광고 쪽이 훨씬 효과가 좋습니다. 홍보에 더 많은 개발을 아끼지 않는다면 충분히 대단한 관광지로 발전할 수 있는 곳이라고 생각합니다."

이제야 어젯밤까지 묵히고 묵혀두었던 프로젝트에 대한 신랄한 비평을 턱밑으로 다 쏟아내었는지, 개운해 보이는 하얀 얼굴을 내리깔았다.

"이상입니다."

정부장은 얼굴을 만지는 습관이 있는지 발표 중에도 손가락을 가만두지 못했고, 발표를 끝내고서도 반응을 살피기 전에 물 없이 양손으로 세수를 하기 시작했다.

선진은 전무이사 자리 앞에 올려있는 프로젝트 보고서 중 하나를 집어 들어 정부장 앞으로 휙하니 던졌다. 보고서는 책상을 미끄러지듯 정부장 쪽으로 쏘아져 갔다.

정부장은 얼른 몸을 일으켜 보고서를 낚아챘다.

"정신 사나운 손버릇만 빼면 가히 인상적인 발표였어요. 검토하고 직접 서면보고 하세요."

"최선을 다하겠습니다."

정부장은 주위로 빗발치는 따가운 눈총에 아랑곳하지 않고 선진이 자리에서 일어설 때까지 두 손을 모으고 꼿꼿이 버텼다. 선진은 그가 안쓰럽진 않았지만, 힘을 실어 주기로 한 듯 전무에게 가능한 한 그의 팀에게 지원을 아끼지 말라고 선언하고 회의장을 떠났다.

정부장은 사장이 자리를 회의실을 나가자마자 팔등에 이마를 붙이고 엎드려서 오만상을 쓰고 안도의 긴 숨을 내뱉었다.

선진은 운영 회의를 마치고 사업예정지 현장답사를 위해 성천시로 떠나야 했다. 사장실로 들어서는데 최현희가 자연스럽게 따라 들어왔다. 옆에서 뭐라고 떠드는데 배가 고파서인지 집중력이 급격히 떨어져서 귀에 들어오지도 않았다. 본부장의 이름과 이사단 회의라는 단어 빼고는.

선진은 책상에 앉자마자 컴퓨터를 켜고 전자 결재 창을 열었다. 공문을 살펴보며 동시에 최현희의 보고를 들었다.

"이사단 회의가 길어졌나 봅니다. 낮부터 시작해서 조금 아까 끝이 났습니다. 본부장의 아일랜드 개발사업에 대다수의 이사들이 손을 들어줬습니다. 물론 천우건설 사장님도 긍정적으로 검토하셨고요. 사업 진행은 현재 국토부에서 개발허가를 따냈고, 조건부로 현지인들과 해당 시의 시민들을 중점으로 리조트에 고용하기로 약속했습니다. 확정 취직률을 40퍼센트 전후로 흥정 중이랍니다. 그리고 중요한 건 카지노사업 추진인데, 과정이 쉽지는 않겠지만 카지노사업 부분은 천우건설 사장님께서 직접 팔 걷어붙이고 나선다고 합니다."

최현희는 선진의 눈을 찾아 말을 이었다.

"곧 사단장 회의가 열릴 것으로 생각됩니다."

선진은 마우스를 딸깍딸깍 누르며 모니터에 성천 시의 지도를 모니터 화면 꽉 차게 당겼다. 오른손으로는 결재서류를 뒤적거리며 펜을 찾았다. 최현희는 얼른 한걸음에 다가가 책상 끄트머리에 펜꽂이에서 펜을 집어 주었다.

선진은 눈을 바삐 굴리며 결재서류에 펜을 끄적였다. 최현희는 결재서류를 받으며 선진이 찾은 오류들을 다시 확인하고 허리 뒤로 숨겼다.

"아울렛에 들어가는 브랜드는 우리 회사 브랜드와 국내 하우스 브랜드가 들어갑니다. 이미 인기 많은 해외 브랜드는 외국인 관광객이나 국민들의 눈에 전혀 신선하지 못할 겁니다."

최현희는 허리춤에 숨겼던 서류를 꺼내 보고 선진이 체크 해 둔 부분을 기억했다.

"네. 하우스 브랜드를 검토하라고 지시하겠습니다."

"하우스 브랜드도 하나하나 해당 브랜드의 아이덴티티와 사업 목적을 설명하라고 하세요. 그냥저냥 비슷한 의류 브랜드는 안 됩니다."

"네. 사장님."

이선진은 컴퓨터를 끄며 차 키를 찾았다. 최현희는 조심스럽게 그녀의 저녁을 물었다.

"오늘 식사 한 끼도 안 드셨습니다."

이선진은 차 키를 손에 쥐며 최현희를 물끄러미 바라보았다.

"배가 고프긴 한데..."

"성천 시에 식사할 만한 곳을 예약해 두겠습니다."

"그럴 필요 없어요. 정 힘들면 알아서 먹을게요."

"네. 사장님."

선진이 자리에서 벌떡 일어나 세차게 사무실을 걸었다. 문을 잡아당기고 졸졸 따라오던 최현희를 돌아보았다.

"정화는요?"

"아까 회의 들어가실 때 보고 못 봤습니다."

선진은 잠시 생각하는 듯 천장을 쳐다보다가 이내 몸을 획 돌려 엘리베이터로 향했다.

"내려가는 동안 정화한테 연락 좀 해주세요."

"네."

선진이 사무실을 떠나고 최현희는 비서실로 들어가 결재 서류철을 툭하니 책상에 던지고 내선 전화기를 들어 정화에게 전화를 걸었다.

"네. 경호실장님. 사장님 지금 현장답사 떠나신답니다."

정화는 차를 크게 돌려 가까스로 유턴을 했다. 그 덕에 주위 차들은 경적을 울리며 피해 가야만 했다.

정화는 박대정이 미행 범을 처리했다는 말을 듣고 처음에는 어떻게 겁을 주었는가 하는 호기심에 사건을 알아보았는데, 미행 범이 죽었다는 것을 알고 소스라치게 놀랐다. 첫째로 박대정이라는 놈이 단칼에 사람을 죽일 수 있는 용병이라는 것. 둘째로 사건에서 놈은 초소형 폭탄을 사용했으나 직접 죽이지 않고 핸들 조정 축을 망가뜨렸다. 그만큼 숙달되고 전문적인 솜씨라는 이야기였다. 그리고 마지막으로...

정화는 운전하던 손을 바꿔 잡고 창문에 왼팔을 기대고 엄지를 이로 물었다.

마지막으로... 선진이 그와 상당히 친밀한 관계라는 것은 그렇다 쳐도 그의 성미와 해결 방식을 진즉에 알고 있었으며 미행 범을 살인한 후에도 너무나도 태연한 태도였다.

고작 미행범이었다. 선진이 정도의 위치라면 미행 정도는 얼마든지 생길 수 있고 이미 경험도 많이 있었다. 잡지사의 파파라치라든지 신문사의 기자들 덕분이었다. 그런데 아무리 미행 범을 직접 죽인 건 박대정이라지만, 선진이도 공범이다. 오히려 이 사실을 토대로 재판을 받으면 선진이의 죄가 훨씬 크다고 판결이 날 것이다.

그러나 지금 선진이의 태도로 보아하니 살인죄로 법정에 선다고 해도 표정 하나 바뀌지 않을 것 같다. 적어도 고인이나 유가족에 대한 죄책감의 아주 작은 불씨라도 마음에 남아있다면, 그때의 그 전화 통화나 그 이후에 절대로 그런 얼굴을 할 수 없다. 아주 담담한 얼굴. 우직하니 회사로 걸어가는 발걸음. 오히려 불안했던 선진이가 조금은 들뜬 것처럼 보이기도 했다.

이런 못된 의심이 제발 헛다리였으면 좋겠다.

정화는 앞의 차 뒤로 브레이크를 밟고 담배를 꺼내 물었다. 머리가 지끈거려서 이마를 손등으로 눌러주다가 이내 머리를 묶은 고무줄을 풀고 다시 짱짱하게 묶었다.

정화는 앞을 가로막고 있는 차가 조금만 더 있어 주기를 바랐다. 당장 선진의 얼굴을 마주할 자신이 없었다. 머리와 가슴에 응어리가 진 핏덩어리가 불타는 듯했다.

그것은 두려움과 공포라기보다 염려와 조바심에 가까웠다.

시원하게 트인 8차선 대로에 차 키를 손에서 허공으로 가지고 놀며 정화를 기다리고 있는 선진이 지루한 듯 멍을 때리고 있었다. 하나둘씩 지나가는 직원들이 부담스러웠고 직접 차를 몰아갈까 하다가 심심한 마음에 전화기를 들었다. 상대는 전화 건 사람이 무색해질 만큼 빨리 받았다.

"네. 선진씨."

"아, 지금 혹시 진료 중이신가요?"

선진은 그와 통화 할 때만큼은 소녀 같았다. 공손히 두 손을 모아 휴대폰을 쥐고 고개를 갸우뚱하니 젖히고 눈을 빛냈다. 그의 진료가 끝났기를. 우연을 계기로 그와의 데이트가 시작되기를 간절히 바랐다.

"진료는 끝났는데요. 병원 일이 진료가 다가 아니라서요. 봐야 하는 진료기록 일지가 산더미네요. 오늘 밤까지 천천히 훑어볼 작정이에요. 그렇다고 또 시간에 쫓길 만큼 바쁜 건 아니거든요. 혹시 잠깐 만날 수 있을까요?"

그의 다급한 청이 피식 웃게 만들었다. 선진은 때늦은 고민을 하는 듯 대답을 끌었다. 좀 더 그의 애절한 청이 듣고 싶었다.

"음..."

그러나 그는 말이 없었다. 괜히 상황을 무안하게 만들었나 싶어 얼른 무마하려 했다. 말을 꺼내려는 순간, 차에 시동 걸리는 소리가 들려왔다. 잘 못 들었나 싶어 도로 주변을 둘러보았지만 전부 시동이 걸려있어 달리는 차들뿐이었다.

"바람 쐬러 가요. 우리."

"그러게요."

"뭐가요?"

"마침 바람이나 쐬러 나갈까 하는 참이었거든요. 이미 차를 몰아가고 있고요. 차 안이라서 바람은 느낄 수 없네요."

"한적한 곳으로 가야겠죠. 제가 마침 괜찮은 곳을 알고 있어요."

"그럼 제가 그쪽으로 갈게요."

"어딘 줄 알아요?"

"삭막한 사무실에서 일은 산더미고, 근데 또 데이트는 하고 싶고. 뭐 대충 그런 상황일 것 같은데."

"회사 앞에서 기다리고 있을게요."

선진은 전화를 끊고 나서도 머금은 미소가 터질까 입을 오물거렸다. 쌩하니 지나가는 차들 중에 기다릴 만한 구석이 있다는 건

참 뿌듯한 일이었다.

유난히 우울한 오늘 하늘에서 낭만이 느껴졌다.

기다리던 차가 아닌, 다른 차가 눈앞에 섰다. 그러나 운전석 문을 열고 내려서는 발은 단호하고 땅을 딛는 모습이 날렵했다.

정화는 한참이나 늦은 주제에 표정이 좋지 않았다.

"많이 기다렸어?"

"응. 그래서 차를 바꿨어."

정화는 차 문을 열어 둔 채 닫지도 않고 자연스럽게 다시 올라타려다가 뒤를 돌아보았다.

"무슨 소리야?"

"말 그대로 차를 바꿨어. 넌 먼저 퇴근해도 돼."

"뭐?"

"뭘 자꾸 되물어."

정화는 짜증이 났는지 코를 찡그리며 허리춤에 팔을 기대고 섰다. 그리고 따질 듯이 노려보다가 이내 한숨을 내쉬더니 다시 도끼같은 눈을 떴다.

"성천으로 가야 한다며? 직접 가?"

"그럴 수도 있고. 아닐 수도."

"내가 좀 늦어서 그래? 왜 그래?"

"아니야. 늦을 수도 있지. 난 괜찮은데..."

정화는 분이 쌓이는지 한숨을 폭폭 내쉬었다. 그리고 회심의 말을 꺼내려고 입술에 힘을 주었다.

"죽을 고비 좀 넘겼다고 해서 많이 깡깡해지셨네."

짜증이 가늘고 끝이 짧은 입술을 타고 전해져왔다. 나로서도 더 이상 참기가 힘들었다. 둘의 성격은 극과 극이라기보다 극장 바로 옆자리에서 서로 다른 영화를 보고 있는 것과 같다. 똑 부러지는 성격의 정화는 시시비비를 따지며 때리고 싸우고 결판이 나야 속이 편해지는 사람이었다. 그 반대로 나는 칼을 감추고 사람들에게 쉽게 내비치지 않는 성격이다. 허나 한 번 칼을 휘두를 때는 그 반경이 넓다. 정화와 만나기만 하면 틱틱거리면서도 같이 지낼 수 있는 건 적어도 서로에게 거짓말을 하거나 위선을 떨 만한 성격이 아님을 알기 때문이었다. 그래서 극장 안 바로 옆자리라고 생각했다. 그러나 보고 느끼는 영화는 달랐다.

선진은 머리를 넘기며 정화를 노려보았다. 네가 원하는 게 복수극이라면 그걸 위해서 뛰어. 내 영화는 정확히 장르를 판단할 수 없는 것 같으니까.

"딴지 걸지 마. 싸우고 싶지 않으니까."

정화는 먹이를 찾은 듯 이빨을 드러냈다. 마치 한 대 때릴 것처럼 팔과 다리를 스트레칭하며 말했다.

"너. 안 그래도 할 얘기가 있었어. 너..."

"한 대 맞겠다."

"너. 박대정이 미행범을 죽인 거 알고 있지?"

선진은 뜨끔했는지 말 대신 고개만 연신 끄덕였다. 정화가 이번에는 팔을 붕붕 돌리며 어깨에 뭉친 스트레스를 풀면서 물었다.

"너..."

정화가 눈을 회 떴다.

"너... 박대정이 미행범을 죽일 거라는 걸 알고 있었지?"

심장 박동이 빨라졌다. 정화는 질문이라기보다 확신을 갖고 취조를 하듯이 압박했다. 선진은 정화의 의심으로 불타는 두 눈을 날카롭게 째려보았다.

"한 대 맞겠다."

퍽. 선진은 정화에게 뺨을 때리기 위해 손바닥을 휘둘렀지만, 정화의 본능이 막아냈다. 선진의 손바닥은 정화의 팔등에 막혀 힘을 써보아도 부들부들 떨릴 뿐이었다. 선진이 입술을 깨물고 무서운 얼굴을 짓자, 정화는 스스로 팔등을 내렸다. 그 덕에 세기는 다소 약해졌지만, 뺨을 때리는 선진이 손이 날카로운 마찰음을 냈다.

정화는 뺨을 맞고도 턱을 뻣뻣이 들었다. 선진이 주위를 둘러보며 말했다.

"다시는... 그딴 질문 하지도 말고, 그딴 식으로 묻지 도 마."

정화는 오히려 기가 살아서 눈을 내리깔아 보았다. 하긴 뺨 한 대에 기죽을 인간은 아니었다.

때마침, 정화의 차 뒤로 귀 따가운 급브레이크 소리를 내며 요란하게 수호의 차가 섰다. 선진은 그대로 정화에게 등을 보이고 수호의 차로 향했다. 정화는 멀어져가는 선진의 당찬 걸음을 지켜보고 있었다.

선진은 운전석에 들려 내려서려던 수호를 다시 집어넣고 조수석으로 빠르게 탔다. 수호는 의아한 얼굴로 고개를 쭉 내밀어 전방을 살폈지만, 선진이 손짓을 하자 슬슬 운전대를 돌리며 정화의 차를 피해 갔다.

둘이 떠나버리고 정화 홀로 숨 막히는 현장에 남아있었다. 차 문은 아직도 열려 있었고 정화는 쉽게 다시 차로 올라타지 못했다. 손을 들어 뺨을 만졌다. 아직도 얼얼한 게 자국이 남았을 것 같았다.

참 쉽다. 아무리 경호원으로써 도를 넘었다 하지만 퇴근하면 수

년 지기 친구인데. 아니 나는 출근과 퇴근 개념 없이 일했는데. 너 하나만 지키면 되는 아주 단순한 일이지만 그게 나한테는 쉽지 않았는데.

참 쉽게 돌아선다. 것도 저 의사 양반 차를 타고 그냥 가버리다니.

정화는 담배를 꺼내 물었다. 불을 붙이고 멀리 퇴근하기 시작하는 천우물산의 직원들을 바라보았다.

정화의 눈이 빨갛게 물들었다. 덩치가 산 만한 선배한테 당했던 주짓수 기술보다 가슴이 답답했고 격투기 선수들의 주먹보다 뺨이 아팠다.

정화는 담배를 끼운 손으로 눈을 막았다.

그리고 무너질 것처럼 차에 등을 기대고 무릎을 살짝 굽혔다.

지금도 가장 걱정되는 건 네가 어느 한 사람을... 아니, 술집을 운영하는 아주 양아치 같은 놈이라도, 앞날이 창창한 젊은이를 계획 살인했다는 거다.

정화의 엉덩이는 서서히 내려가 차바퀴를 기대고 앉았다. 흐를 것 같은 눈물을 막기 위해 눈을 세게 짓눌러 보았지만 자꾸만 틈이 생겼다. 눈물은 정화의 턱을 타고 내려와 색색들이 보드 블록에 검정색 잉크처럼 떨어졌다.

그런데 넌 그것을 숨기기 위해 나를 때렸어.

눈물이 멈추지 않자 정화는 포기하고 양손을 무릎 위로 올리고 울분의 담배 연기를 뱉어냈다.

차라리 실수라고 말해 주지. 하다못해 나를 위해 거짓말이라도 해주지.

오래된 세단은 공사를 했는지 울퉁불퉁한 콘크리트를 만나면 춤을 추듯 덜컹거렸다. 그 덕에 적어도 화기애애한 분위기가 이어졌다.

수호는 덜컹거릴 때마다 운전대를 한 손으로 돌리며 오히려 더 여유를 내비쳤다.

"졸음운전 방지 기능입니다."

"그냥 껌 하나 씹는 게 나을 것 같은데요."

"선진 씨는 껌을 좋아하지만 저는 별로 좋아하지 않네요."

"창문을 열어 바람을 맞는다는가."

"정신 사나워요. 창문 열면 시끄럽고."

선진은 운전석을 흘끗 구경하며 약점을 찔렀다.

"버튼이 안 먹는 건 아니고요?"

"돼요. 창문이 안 열리면 그건 차도 아니죠. 그리고 위험해서 안 되는 거예요."

선진은 잔인하게도 수호의 말을 받아 확인해 보기 위해 조수석 창문 옆의 버튼을 꾹 눌러보았다. 창이 잘 내려갔다. 선진은 호기심이 생겨 운전석의 버튼을 손가락질하며 버튼을 누르라고 시켰다. 수호는 엄한 얼굴을 하더니 으름장을 내놓았다.

"의심하는 거예요?"

괜히 정화 생각에 몸이 쿡하고 따가웠다. 수호는 어울리지 않게 투덜대기 시작했다.

"운전 중에 자꾸 다른 짓 하면 안 돼요. 사고는 방심하는 순간 일어나는 거니까요. 저는 경쟁하는 다른 병원에 입원하고 싶지 않거든요."

"의사라고 해서 아프면 다른 병원으로 안 가요?"

"창문만 열지 않으면 안 아플 건데요."

선진은 수호와의 농담 따먹기에서 완전히 두 손 두 발을 들었다. 이렇게나 말이 많은 남자였던가 싶다가도 과하지 않은 소소한 말솜씨로 그나마 불편했던 마음을 편하게 만들어주는 구석이 좋았다.

선진은 좌석 밑을 잡아당기며 뒤로 점점 눕기 시작했다. 수호는 시야에서 선진이 사라지자 섭섭한 표정을 지었다.

"반 넘게 왔는데 잘 거예요?"

"잠이 오면 잘게요."

"영 의리가 없네요."

선진이 눕다시피 좌석을 재끼고 운전하는 수호의 팔을 바라보았다. 덤프트럭 한 대만 지나가도 휘청거리고 작은 웅덩이에도 덜컹거리는 차가 이렇게나 편하게 느껴질 수가 있나 싶었다. 눈을 지그시 감았다. 운전대를 부드럽게 감는 그의 손이 어둠에 그려졌다.

그가 날 편안하게 해줘. 행복하다는 건 아직도 어떤 건지 잘 모르겠지만 그는 날 아주 조금이라도 행복하게 해주는 것 같아.

선진은 몸을 수호 쪽으로 틀고 몸을 웅크린 채 잠이 들었다.

수호는 운전을 하며 잠깐잠깐 곤히 자고 있는 선진을 돌아보며 흐뭇한 미소를 지었다. 따뜻한 미소. 세상에 만족하는 미소. 나에게만 보여준다는 확신이 드는 그 미소.

선진은 실눈을 뜨며 수호의 미소를 훔쳐보았다. 그러다가 느닷없는 질문을 꺼내었다.

"왜 우리 회사를 떠났어요?"

수호는 자는 줄 알았을 텐데도 갑작스러운 질문에 놀라지 않았다. 그리고 한참이나 앞차의 후미 등을 노려보았다. 이내 운전대를 꽉 잡은 두 손이 생각의 끝을 말해 주었다.

선진은 기다렸다. 두 번 반복해서 묻지 않았다. 처음에는 그가 어째서 창창한 앞날을 생각지 않고 대항하는가에 대해 멋대로 판단했던 바가 있었기에 대답을 강요하고 싶지 않았다. 내 판단은 세상 누구나가 할 수 있는 판단이었고 비밀스러운 일생일대의 커다란 결정은 개인만이 간직하여도 되었다.

선진은 다시 눈을 감았다. 이대로 다시 잠이 들면 질문은 없었던 걸로 될 수 있으니.

"아시다시피 나 혼자 지친 거예요."

수호는 백미러를 거울삼아 이마의 잔주름을 손으로 문지르더니 말을 이어갔다.

"다 알고 있었어요. 당연히. 그런데 그냥 나 혼자 지쳐서 못 버틴 거예요. 거대 병원의 시스템이나 카다란 집단이나 조직이 돌아가는 순리를, 다시 거창하게 말하면 사회 구조에 대해서 전부 다 어떻게 돌아가는지 알고 있었다구요. 몰랐는데 들어가서 실상을 보니까 실망하거나 열정이 꺾인 게 아니에요. 알고 들어갔는데 적응을 못 하니까 자신이 더 무기력하게 느껴지는 거예요. 더 혼자가 되고. 더 숨고 싶은 거예요. 쉽게 얘기해서 내가 설 만한 자리를 못 찾은 거예요. 실패한 거예요. 죽어라 했던 공부를 써먹지 못해서 실패했고, 어렵게 입사한 회사에 자신을 맞추지 못해서 실패했어요. 마지막으로 나 스스로 양심이나 정의 따위는 오글거려서 입 밖에도 못 내는 인간이에요. 그런 건 관심도 없고 그저 내가 살아갈 터를 찾는 것 뿐이라구요."

선진은 되묻지도 않고 캐묻지도 않았다. 그러나 수호는 혼자 말하고 답하듯 독백을 쏟아내면서 얼굴까지 앞차의 후미등처럼 빨갛게 달아올랐다.

선진은 그냥 잠들기로 했다. 더 이상의 이야기는 데이트에 방해될 것 같았고 당장 피곤하기도 했다.

고층 빌딩이 사라지고 저층 빌딩들이 옹기종기 모여 있었다. 시내에 모여 있는 중저가 패션 브랜드 상점들과 전국 어디서나 볼 수 있는 프랜차이즈 음식점이 몇 개 있었다. 시내는 아주 아담했으며 이름 붙이기도 민망할 정도로 사람이 없었다. 수호는 시내를 돌파하여 성천 시의 명소로 향했다.

푸른 산속에 묻혀 있는 백제 시대의 산성은 낮은 산책로를 대신하기도 좋았고 전설이 남아있는 바윗덩어리도 구경할만했다. 수호는 한적한 주차장에 차를 세우고 주변을 살피다가 자판기에서 음료수를 뽑아왔다. 그리고 조수석으로 돌아가서 선진을 잠에서 깨우기 위해 문을 열었다.

"어디에요?"

"성천 산성이에요. 역사적으로 재미있는 일화가 가득한 곳이라네요."

수호는 팜플렛을 흔들며 이야기했다. 선진은 눕혔던 좌석 등받이를 일으켜 세우며 낮은 신음을 흘렸다.

"아. 저는 사업부지를 보기 위해 모자란 시간을 쪼개고 쪼개서 온 건데..."

"도움이 안 되려나..."

수호는 멋쩍은지 애꿎은 팸플릿만 종이접기처럼 접기 시작했다. 선진은 기지개를 켜며 차에서 내려섰다.

"도움은 될 거에요. 난 여기 처음 오거든요."

"다행이네요."

"동네 구멍장사 하는 거 아니니까, 시 전체에 대한 견학도 필요하겠죠."

선진은 수호의 목적지가 틀리지 않았다는 것을 강조하기 위해 구태여 견학의 필요성을 강조하였다. 잠도 깰 겸 산책이 필요했고 산에서 도움을 받은 적도 있으니 기분전환도 될 거라고. 그러나 수호는 매표소에 들려 티켓을 끊으려고 했지만 영업시간이 끝이 났는지 짧은 설전을 등 뒤로 보여주었다. 선진은 팔짱을 끼고 산 깊은 곳을 계속 들여다보았다. 어두운 밤에 산으로 들여보내 줄 것 같지 않았다. 원래 산행은 5시에서 6시쯤이면 모두 하산하거나 대피소에서 숙박을 정해야 하는 걸로 알고 있다.

아무래도 수호는 산보다 훨씬 낮은 산성이라 해서 생각이 미치지 못한 것 같았다. 힘없이 돌아오는 그의 걸음걸이가 귀여워서 마시던 청량음료를 바닥에 뱉을 뻔했다. 히죽거리는 선진을 보고 수호는 피식 웃었다.

"바로 출발할까요?"

"그래도 왔는데 옆에 있는 공원이라도 걷죠."

어디서 누가 관리하는 건지는 몰라도 인적 없는 공원까지 깔끔하고 듬성듬성 자리하고 있는 조각들 주위로 조경이 깔끔했다. 알 수 없는 해석의 조각들을 대충 훑으며 공원을 걸었다. 둘은 서로 나란히 걸으며 손을 잡거나 어깨를 기대지는 않았지만, 어두운 밤하늘 아래 드넓은 조각 공원을 같이 걸으니 한결 따뜻해진 밤바람이 불어와서 서로의 온기를 느끼는 듯했다.

공원 끝까지 걸어가자 좁은 1차선 도로가 나타나고, 그곳 너머로 언덕이 솟아있었다. 그 언덕 다음에 무엇이 있는지 궁금해서 둘은 한달음에 언덕 위로 올라갔다.

강인지 밤하늘인지 분간이 안 갔다. 지리적으로 청천강이 흐르는 것이 맞는데 그것을 확인할 수 없었다. 가끔 반짝이는 물결만이 강이라는 것을 확인시켜주었고 너머로 얼마나 강이 넓은지 그리고 얼마나 깊은지 따위는 알 수 없었다.

시원한 강바람에 선진은 머리를 넘겼다. 수호는 선진을 옆으로 돌아보며 부러운 듯 손을 꼼지락거렸다. 그리고 용기 내어 손을 천천히 뻗어서 선진의 머릿결을 손가락 사이사이로 느끼며 넘겨보았다.

선진이 눈을 감았다.

수호는 천천히 선진의 부드러운 목덜미를 손끝으로 느끼며 그녀의 코에 가까이 다가갔다.

서로가 코로 볼살을 느끼며 입술을 탐했다.

선진은 감은 두 눈에 물이 가득함을 느꼈다. 꿈같은 입맞춤이 끝나면 둘 다 저 어둠 속으로 바스라질 것만 같았다. 그는 언제가 나를 떠날 것이고. 끝은 언제나 그랬듯 비참하겠지. 그게 내일이 될 수도 있고 다음 주가 될 수도 있겠다.

그와의 행복한 시간이 벌써부터 아득했다.

물을 더 마셨다가는 배가 터질 것만 같았고 허기를 채우려 음식물을 먹는 생각만 해도 상상되는 냄새 때문에 구역질이 올라왔다. 아무것도 안 하고 시체처럼 누워있어도 금세 목덜미가 축축해지고 이마에 땀이 맺혔다.

갈증이 났다. 목이 까슬까슬한 톱밥으로 틀어 막힌 것 같았다.

신경질적으로 목을 긁으면 피부만 상할 뿐 효과가 없었다.

선진은 결국 할퀸 자국이 선명한 목을 부여잡고 침대에서 쓰러지듯 빠져나왔다. 성천에서 돌아올 때 다시 잠이 들어서인지 오늘은 불면증이라기보다 정신이 또렷하고 갈증이 심했다.

침실을 빠져나와 부엌의 아일랜드 바 옆의 술 장으로 향했다. 그리고 움직임에 지체 없이 가장 독한 타원형의 꼬냑 병을 꺼내 들었다.

뚱뚱한 꼬냑잔이 머리 한쪽에 생각났지만 챙길 겨를이 없었다. 식탁 위에 물컵으로 사용했던 두터운 크리스탈 잔에 술을 따르고 허겁지겁 목으로 때려 넣었다. 목을 꽉 쥐고 있던 가고일의 손아귀에서 벗어난 느낌이었다. 작은 불구덩이가 가슴을 때리고 몸 구석구석으로 고열이 전달되며 피의 흐름이 느껴지고 불안이 가셨다.

이러한 갈급증을 잘 알고 있었다. 술과 살인. 해갈과 해소. 답과 결과.

연거푸 세 잔을 들이켜고 식탁 앞 의자에 털썩 주저앉았다. 외로움이 사무쳤다. 누구든지 붙잡고 이야기를 털어놓고 싶었지만 할 이야기가 없었다. 세상과 터놓고 감정을 공유하고 싶었지만 그딴 감정이 존재하지 않았다.

살인을 위해, 밤의 어둠에 나를 숨겨줄 수 있는 검정색 블라우스를 입었다. 치마도 역시 검정색. 무릎까지 덮어주는 비대칭 재단의 치마를 입었다. 그리고 선글라스를 꼈다. 신발장을 좀도둑처럼 급하게 헤집어서 간신히 굽 낮은 단화를 골랐다. 역시 검정색. 눈에 띄지 않으며 그렇다고 너무 은신을 위한 티가 나지 않은 옷들로 챙겨 입었다.

집을 나설 때에 깜빡 잊었던 꼬냑을 병째로 들고 차로 향했다.

차로 향하는 도중에도, 여느 집들과는 달리 거리가 꽤 되어서 설레임에 술을 한입 두입 가져갔다.

차를 몰아 골목을 빠져나가 대로로 접어들었다. 운전을 하는 도중에도 핸들을 양손으로 잡을 수가 없었다. 한 손은 술병에 있었고 정신은 딴 데 팔려있었다. 먹이를 찾듯 고개를 비틀어 전방에 움직이는 사람을 찾았고 코를 움찔거리며 살 냄새를 쫓았다.

시내로 접어들기 전에 거리 도입부의 높은 빌딩 옆 주차장에 차를 세웠다. 본능적으로 cctv를 찾았지만 밤하늘이 어두워 육안으로 확인하기가 힘들었다. 선진은 머리를 내리고 주차장을 가로질러 가며 비어버린 꼬냑 병을 툭 내던졌다. 병은 둔탁한 소리를 내며 아스팔트 위에서 데굴데굴 굴러갔다.

빌딩 구석으로 병을 발로 가볍게 차버리고 거침없이 짧은 계단을 올랐다. 꼬냑 반병을 단숨에 비웠으면 취기가 올라와서 눈앞이 몽롱해지고 발끝을 가누기가 힘들어야 하는데, 또렷했다. 계단의 날카로운 끝이 또렷했고 눈앞에 투명한 유리문이 또렷하게 구분되었다.

피에 물을 섞어 묽게 희석한 빛이 다찌에서 은은하게 퍼졌다. 넓은 바의 내부는 고급스러운 가죽 소파와 테이블이 즐비해 있고 자리마다 크리스탈 얼음트레이가 자리했다.

선진은 조명과 가장 먼 곳. 붉은빛이 가장 피와 닮은 부스로 향했다. 터질 것 같은 가죽 소파는 뽀드득 소리를 냈고 차가운 대리석 테이블은 우주와 같은 패턴으로 마음을 차갑게 만들어주었다.

이어서 단정한 차림의 젊은 웨이터가 커다란 메뉴판을 들고 다가왔다.

"어서 오세요."

선진은 메뉴를 쳐다보지도 않고 주문했다. 자주 오던 바였기에 어떤 술까지 가지고 있는지 알고 있었다.

"그렌피딕 주세요."

"네. 감사합니다."

웨이터는 공손히 메뉴판을 도로 접어가며 머리를 조아리고 자리를 떠났다. 선진은 웨이터 술을 다시 가지고 오기까지 점점 더 또렷해지는 시야가 싫었다. 이가 근질근질해서 껌을 씹는데 별안간 낯선 얼굴이 스쳐갔다. 분명 손가락을 가만히 두지 못하는 습관을 가진 안경잡이. 회의 때 나를 똑바로 쳐다보던 검은 색 반테 속의 그 두 눈을 기억한다. 그가 쓰고 있는 반테가 꼭 짙은 눈썹 같았다. 정부장은 다찌에 혼자 앉아 술병을 쥐고 청승을 떨고 있었다. 그거야 이쪽도 마찬가지지만.

"실례하겠습니다."

웨이터는 술과 기본 과일을 가져다주고 안주가 더 필요하면 언제든지 무료로 제공된다며 활짝 웃어주었다.

선진은 웨이터가 잔에 채워준 얼음 위로 술을 시원하게 부었다. 그리고 차가운 술을 마시기 시작했다. 과일을 몇 개 집어먹을까 했지만 그만두었다. 체리와 메론의 달고 상큼한 맛이 지금은 별로였다. 독한 술이 충분히 달았고 마음이 들떠있었다.

술 한 잔씩 비워 나가고 다시 술을 채울 때마다 새로운 살인에 몰두했다. 대상을 찾는 도중에 이미 심장이 쿵쾅거리고 또렷했던 시야가 사라졌다. 다시 희뿌연 안개 속에 갇혔다. 손을 휘젓거나 빠르게 달려보아도 안개가 걷히지 않는다는 것을 알고 있었다.

습기 차고 차가운 기운의 안개 속은 조금은 답답했으나 세상에 단 하나 독립적인 공간이 나에게만 허락된 것 같아서 싫지는 않았다.

'처클'이라 이름 지은 바 안에는, 재즈 연주곡이 고딕 양식의 고풍스러운 느낌의 가구들 위에 적당한 음량으로 잔잔하게 흘러 다녔다. 손님들 역시 한여름 바캉스 가는 차림으로 찾는 사람이 없었다. 비싼 재단의 양복은 저마다 한 곳에서 맞춤 제작했는지 누구하나 색이 튀거나 스타일이 나눠지는 개성이 없었다. 오히려 돈 많고 여유 있는 작자들은 적당한 고귀함 이상으로 튀는 것을 싫어한다. 적당히 잘 입고 적당히 잘 먹고 잘 산다. 그들에게 개성은 가지고 있는 건물의 크기였고 요트의 속력이었다. 그들은 한데 모여술을 나눠 마시지도 않고 저마다 넓은 테이블을 잡았으면서도 하나둘씩 여유롭게 손목시계를 확인해가며 술을 마셨다. 가끔 제 얼굴을 다 가릴 정도 크기의 시가를 꺼내 멋드러짐을 보여줄 때면코에서부터 웃음이 새어 나왔다.

이런 것들 전부 다가 고작 50만원 남짓 하는 술들이 이곳에서는두 배 이상으로 가격을 둔갑하기 좋은 분위기였다. 언제든지 퇴근하고 사적인 시간을 보낼 수 있는 사장은, 다찌 끝에 엉덩이만 살짝 걸치고 앉아서 여유롭게 휴대폰이나 만지작거리며 이따금씩 가게를 훑었다. 여름이 다가오는데도 롱코트 카라깃을 턱까지 올려치고 주위로 삼류 느와르 영화 주인공처럼 분위기를 풍겼다.

그는 무드를 파는 장사치였다. 연기하듯 가게 안의 술 꼬린내를마치 감미로운 향을 음미하는 듯이 짓는 표정이 실소를 유발했다.이곳 안에서 누구 하나를 골라서 죽인다면 그를 선택하고 싶었다.부조금은 이미 몇백 배 이상은 술값으로 치렀기 때문에 죄책감은가질 필요가 없었다. 롱코트의 끝자락이 무릎 위로 올라오는 큰 키와 다부진 체격이 탐났다.

그가 투박한 양손으로 내 목을 졸라올 때 카라깃에 감추고 있는 그의 목을 후비고 싶었다. 그가 피 냄새를 맡고 코를 킁킁거리면 코를 베어버리고, 있는 힘을 다해 휴대폰을 향해 기어간다면 그 손목을 잘라버리고 싶었다.

그에게서 여유와 인위적인 싸구려 무드를 빼앗고 진실한 피비린내와 진정한 고통을 주어, 실제 같은 연기를 펼칠 수 있도록 도와주고 싶었다.

선진은 그가 자리에서 일어나는 바람에 엉덩이를 들썩였다. 그런데 그가 움직일 때 시야를 가린 건 뿌연 안개가 아닌 정부장의 강줄기처럼 정갈하게 가르마를 탄 정수리였다.

"안녕하십니까."

"네?"

정부장은 씩씩하고 호방한 기운을 담아 인사했지만, 선진은 그와 눈을 마주칠 만한 겨를이 없었다. 사장이 가게를 나가는 걸 끝까지 확인하고 나서야 정부장의 인사를 받아주었다.

"아. 그래요. 우리 회의 때 봤었죠?"

"네. 혹시 방해될까 봐 고민하다가 인사는 해야 될 것 같아서..."

고민했다는 표현으로 정부장은 비어있는 손을 비벼댔다. 선진은 그의 손을 보며 말을 이었다.

"여기 자주 와요?"

"아니요. 저번에 한 번 상무님 따라 와보고 처음입니다."

선진은 아직도 허리를 구부정하니 서서 대답하는 정부장에게 앉으라며 손짓했다. 정부장은 입맛을 다시며 공손히 두 손을 쭉 뻗어 잔을 받았다. 선진은 술을 따라주며 피식 웃었다.

"그렇게 받지 않아도 돼요."

정부장에게 격려와 맞지 않는 동문서답이 나왔다.

"감사합니다."

방향을 살짝 틀어 술을 시원하게 들이킨 후, 정부장은 잔을 공손하게 다시 내려놓고 술병을 집어 들었다. 그의 움직임에 조금의 소음도 나지 않았다. 물론 그의 노력이 있었다. 침착한 성미와 적당히 지키는 예의. 그가 따라주는 술이 나쁘지 않았다. 직원 중 그 누구와 술을 나눠 본 적이 없는 선진은 자꾸만 실소가 입 밖으로 나왔다.

"프로젝트는 어때요?"

"회의 끝나고 오로지 성천 시에만 열중하고 있습니다."

"그래요. 좋은 성과 있기를 바래요."

선진이 정부장에게 불편한 자리를 적당히 인사만 나누고 떠날 수 있게 여지를 주었지만, 그는 자리를 뜨지 않고 오히려 먼저 말을 붙이기 시작했다.

"사장님은 혼자 오셨습니까?"

선진은 자리를 지키고 있는 정부장을 뚱하니 쳐다보았다. 어엿하기는 하나 눈치가 없는 편인가 싶었다. 회의 때에도 지금도. 그의 패기가 간신히 쥐어짜 낸 기개임을 느꼈지만 흥미로 다가왔다.

"일행이 늦네요."

"저는 일행이 먼저 떠났습니다."

그는 애써 밝은 표정을 지었다. 그리고 그렌피딕을 병을 다시 잡고 라벨을 자세히 살펴보며 상사가 마시는 술을 외우기라도 하듯 중얼거렸다. 그리고 다시 정면을 바라보았다.

"한 잔만 더 드리고 돌아가겠습니다."

선진이 술잔을 슥 앞으로 밀었다. 정부장은 정확히 영점을 맞추

고 사장님의 귀중한 술이 한 방울이라도 낭비되지 않도록 최선을
다했다. 열은 미소를 머금은 입과는 달리 이마와 구레나룻 밑으로
땀이 흘렀다. 선진은 눈을 흘기며 그의 경직된 목을 훔쳐보았다.

"고마워요."

"아닙니다."

정부장이 다시 허리를 굽혀 인사를 할 때 선진의 호기심이 일었
다.

"무료한데 앉아서 일 얘기 좀 할래요?"

순간 당황한 정부장은 허리를 폈다가 다시 구부렸다. 그리고 쉽
게 대답을 이어 가지 못 했다. 그는 일개 직원에게 합석을 요하는
사장님의 제의를 물리칠 만한 잔머리를 굴러봤지만 용한 아이디어
가 떠오르질 않았다. 적당히 인사 올릴 겸 눈도장 찍기 위함이었는
데 대화가 길어진다면 손해 볼 것만 떠올랐다. 상대는 천우기업의
장녀이자 천우물산의 사장님임을 다시 한번 자각했다.

"그럼. 실례 하겠습니다."

정부장은 다시 선진을 마주하고 소파에 앉았다. 얄미운 웨이터는
눈치가 빨라서 다찌에서 아껴 마시던 싱글톤을 둘 사이에 다시 세
팅해 주었다.

선진이 눈을 흘기며 말했다.

"취향이 좋으시네요."

"아는 술이 몇 개 없어서 그렇습니다."

정부장은 겸손한 표현 뒤로 흠결을 감추기 위해 노력했다. 최대
한 예의를 갖추고 그녀의 심기를 건드리고 싶지 않았다.

"성천에는 가봤어요?"

"물론 가봤습니다. 될 수 있으면 휴일에도 들리고 출장도 때마

다 나서고 있습니다. 평일 맛있는 저녁을 먹어도 그곳에 들려서 먹으려고 노력합니다."

선진은 술잔을 돌리며 물었다.

"어땠어요?"

불과 하루 전에 사장님을 뵀어요. 사장님이 현장답사 겸, 성천 시에 들른다는 소식을 듣고 저도 부랴부랴 달려갔습니다. 점수를 따기 위해서요. 오늘도 역시 같은 속셈이었습니다. 이곳이 사장님께서 자주 오는 바라고 하기에 수소문해서 사장님께 인사 한 번 올리기 위해 감당되지 않는 술을 시켜놓고 매일같이 눈금을 표시하며 아껴 마시고 있습니다. 미리 소주를 두 병 정도 들이키고 들어온답니다.

성천 시가 어땠냐고 물으신다면 감히 충격적이었다고 말씀드리겠습니다. 훤칠해 보이는 남녀가 다정하게 어깨를 붙이고 성천의 아름다운 산성 주위를 거니는 모습을 보았습니다. 산성 주위로 수 놓은 밝은 등들이 두 분 뒤로 길을 안내해주었지요. 그래서 조금 따라가 보았습니다. 작은 언덕을 넘어가니까 건너편에 거대한 강줄기가 흐르고 어두운 밤하늘에 가려 잘 보이지 않던 기암절벽이 로맨틱했습니다.

정부장은 절대로 입 밖으로 꺼내면 안 되는 기억들을 추스르느라고 대답이 늦었다.

"질문이 어려웠나 보다."

정부장이 얼른 자세를 고쳐 않고 진중한 얼굴을 보였다.

"아닙니다. 너무 느낀 바가 많아서 생각을 정리하고 있었습니다. 일로써 다가갔지만 성천은 저에게 더 많은 걸 보여주었습니다. 사업부지를 보고 몇 곳 핵심적인 유적지만 돌아보는데 생각보다 너무 시간이 오래 걸렸습니다. 그 이유는 그런 곳이기 때문이죠. 발이 떨어지지 않는."

정부장은 술잔을 놓고 표현을 더하기 위해 손가락 검지와 엄지를 어떤 옷감 재질을 확인하듯 비비적거리며 말을 이었다.

"같은 하늘을 올려 봐도 더 깊습니다. 어디서나 볼 수 있는 강이라 해도 훨씬 더 청초해 보입니다. 고리타분한 유적지들이 성천에서는 기분 좋은 산책로로 느껴집니다. 왜 나는 성천에서 그것을 느끼는가. 하고 생각해보았더니... 바로 그 도시의 분위기 때문이었습니다."

정부장은 쑥스러운 듯 저 혼자 미소를 삼켰다.

도시의 분위기라는 것. 직접 살아보거나 도시를 커다란 생명체라고 여기지 않으면 느끼기 힘들다. 외관상 보여지는 것들만 받아들여서는 그 도시의 진정한 멋을 알 수 없다. 선진은 정부장의 솔직한 답사기가 상당히 마음에 들었다.

둘은 부드럽게 건배를 나누고 그의 싱글톤까지 바닥냈다. 선진은 넓적하니 빈 싱글톤 병을 테이블에 편히 눕혀주고 싶었다. 심장 박동이 손끝까지 전해질 정도로 두근거리고 배가 나올 정도로 알코올이 몸에 꽉 채워졌다. 몽롱하니 시야가 흔들리기 시작했다. 곧추세우고 있는 허리도 뻐근하고 꼬아 있는 다리로 저리기 시작했다. 지금 침대에 쓰러지면 잠이 올 것만 같은데. 꼭 잠이 들 것만 같은데... 확실하게 잠이 들기 위해 해야만 하는 것이 있다.

선진은 마지막 잔을 따랐다.

"술 다 됐어요?"

정부장은 앞뒤로 흔들리는 몸을 멈추기 위해 이마에 힘을 바짝 썼다. 그리고 침착하게 호흡을 가다듬었다.

"괜찮습니다. 오늘 사장님과 격 없이 대화 나눌 수 있어서 영광이었습니다."

"일 얘기만 잔뜩 했는데요."

"그것도 영광이었습니다."

선진은 쓴웃음을 지었다.

"바람 쐬고 싶은데. 경호를 받고 싶지는 않네."

"네?"

"술 괜찮으면 코에 바람 넣으러 갈까요?"

"어디로요?"

선진이 검지로 허공을 때리자 정부장이 선진의 손끝에서 목적지를 찾은 듯 깨달았다.

이어서 정부장은 차 키를 찾기 위해 급히 주머니를 뒤졌다.

정부장의 검은색 세단은 흑색 아스팔트에 쉽게 은신했다. 일탈 같은 둘의 드라이브는 네온사인이 밝은 시내에서 정전된 듯 깜깜한 고속도로로 향했다. 달리는 중에도 둘의 이야기는 끊이질 않았다.

기어코 우연을 가장한 만남으로 기회를 맞이한 정부장은 행여나 사고라도 날까 운전에 집중했고, 선진은 아무 생각 없이 즉흥적인 수다만 떨었다.

선진이 수다에 지칠 때쯤 정부장이 차를 세웠다. 시동이 꺼졌다. 둘은 가만히 앉아서 흐르는 정적 속에 까마득한 어둠 속에 아스라이 빛나고 있는 커다란 달을 바라보았다. 달은 말을 빼앗고 시선을 붙박았다.

둘은 차에서 내리고 보이지 않는 강을 느끼기 위해 걸었다. 잔

물결이 달빛에 은은하게 빛났다.

정부장은 눈 속에 달빛을 담고 나지막이 옹알거렸다.

"사람들이 많아지지 않았으면 좋겠다."

선진은 껌을 꺼내 씹기 시작했다. 그리고 정부장을 흘끗거리다가 말을 이어받았다.

"사업수완에 안 맞는 말씀을 하시네."

정부장은 몸 하나 까딱하지 않았다.

"안타까운 기분이 드는 건 왜일까요."

선진은 자리에 쭈그려 앉았고 정부장은 꼿꼿이 서서 한참이나 강바람을 맞았다.

다시 차로 돌아와서 자리에 앉았을 때, 선진이 품속에서 술병을 꺼내 들고 넌지시 말했다.

"정부장님은 좋겠다."

선진이 술을 한 모금 입에 담고 목에 힘을 주어 꿀꺽 삼켰다.

"뭐가요?"

선진이 왼손을 턱하고 정부장의 오른쪽 어깨 위로 올렸다.

"여러 가지 의미로."

"오늘은 참 여러 가지로 뜻 깊은..."

정부장은 웃는 얼굴로 선진을 돌아보다가, 일순 움직임을 멈추었다. 그리고 흰자위를 까뒤집으며 최대한 눈동자를 바닥에 깔고 자신의 어깨에 올라와 있는 선진의 손을 쳐다보았다. 시야 끝에 날카로운 쇠붙이가 보였다.

목 옆을 따갑게 찌르고 있는 칼. 짧고 뭉툭하지만 예리하게 서 있는 날. 얼어붙은 몸. 귀라도 쫑긋거렸다가는 목에 구멍이 날 것 같았다. 정부장은 의미 불명의 군용 칼을 목에서 떼어내려고 하는 순간, 폭하고 칼이 살갗을 뚫고 들어왔다.

피가 물 새듯 뿜어 나오는데 용암처럼 뜨거웠다. 정부장은 남은 힘으로 간신히 선진의 어깨를 붙잡았다.

"좋겠다... 너무 좋겠다..."

선진의 서글픈 두 눈이 당구공만큼 커진 정부장의 두 눈을 갈구했다.

"커... 컥..."

정부장은 선진의 어깨를 짓누르며 벗어나려고 발버둥 쳤지만, 손 끝에서부터 전기가 끊기며 힘이 전달되지 않는 느낌이 들었다.

선진은 정부장의 마지막 숨이 끊길 때까지 눈을 마주쳤다. 살기 위해 발버둥 치는 정부장의 목에서 끝까지 칼을 빼지 않고 기다렸다. 마지막 숨을. 생명의 끝을.

폭포처럼 쏟아지는 피가 시트를 흠뻑 적시고 축 처진 손이 경련을 일으키며 꿈틀거릴 때, 칼을 뺐다.

온 사방에 피가 튀고 정부장의 몸이 옆으로 고꾸라졌다. 선진이 정부장의 몸을 받아주며 좌석 옆의 등받이 레버를 당겼다. 편하게 정부장을 눕혀주며 두 눈을 감겨주었다.

선진은 피칠 된 얼굴을 손으로 쓸어 닦으며 죽은 정부장을 지그시 바라보았다. 그러다가 자신의 좌석도 뒤로 넘기며 정부장과 눈 높이를 맞췄다. 그리고 쓸쓸한 눈으로 정부장에게 다가갔다. 그리고 귓속말을 하듯 속삭였다.

"너무 좋겠다..."

밤하늘에 붉은색 반딧불이가 떼 지어 날았다. 차 위로 솟구치는 불길이 따뜻하게 느껴졌다.

선진은 넋 놓고 보다가 이어지는 폭발에 언덕 뒤로 넘어갈 뻔했다. 떨어지는 발을 다시 딛고 천천히 뒷걸음질 치며 불타는 차에서 멀어졌다. 아쉬움이 남아 계속 뒤를 돌아보는데, 어둠 속에 짐승처럼 몸을 은신하고 살기를 정면을 향해 집중시키는 정화를 만났다.

정화는 가만히 서서 불길을 뒤로하고 가볍게 발을 굴리는 선진을 마주했다. 선진은 정화임을 알고 뛰는 걸 멈추었다. 그녀의 영역에 들고 싶지 않았다.

정화의 참담한 얼굴에서 눈물이 뚝뚝 떨어졌다. 선진은 가서 안아주고 싶었지만 한 발자국이라도 옮겼다가는 정부장의 처지가 될 것만 같이 느껴졌다.

더 이상 잃을 것도 없고 더 큰 무언가를 얻고 싶은 것도 없다. 무서울 것도 없고 설명할 필요도 없다. 이해해주길 바라지도 않는다. 그저 당장 정화의 손에 붙잡혀가고 싶지가 않았다.

선진은 천천히 정화 앞으로 다가갔다. 정화는 몸을 움직여 달려들거나 비명을 지르지도 않았다.

가까이에서 정화와 대면하자, 그녀의 흐르는 눈물에 멀리 타오르는 불길이 투영되어 보였다. 눈물을 닦아주고파서 팔을 들었다. 그리고 슥슥 정화의 얼굴을 문질러주었다. 손에 묻어있던 피가 정화의 얼굴에 묻어났다.

"미친년..."

선진은 말없이 눈물을 닦아주고 정화의 얼굴을 쓰다듬었다. 새는 바가지처럼 커다란 눈에서 뜨거운 눈물이 점점 더 많이 흘러나왔다. 선진은 눈물을 닦고 또 닦다가, 이내 입을 열었다.

"미안해. 하나뿐인 친구가 미친년이라서..."

정화는 멀리 불길로 시선을 돌렸다. 활활 타오르는 불길이 밤하늘에 묻혀 더욱 돋보였다. 언젠가 선진의 방문을 열었을 때, 목격했던 칼부림과 자해의 흔적들이 떠올랐다.

정화는 절망했다. 어째서 그때 말리지 못했을까. 왜 나는 그 날을 그리 쉽게 보냈을까. 선생님에게 가서 따질 것이 아니라 선진이에게 직접 따지고 묻지 않았을까. 현실이 두려웠을까. 아니면 애써 모른 척하고 싶었나. 찰나의 방심이 끔찍한 재앙이 되어 돌아왔다.

선진이 비스듬히 정화의 옆을 스쳐 지나갔고, 정화는 끝끝내 선진의 손을 붙들지 못했다.

***

세간에 계속되는 살인사건에 소란이 일었지만, 선진은 며칠간의 안정을 선물 받았다. 그 덕으로 업무에 열중하여 정부장의 서면 보고서를 면밀히 검토하고 구두로 나눈 아이디어들과 그 감성들을 한데 더하여 성천 시 프로젝트에 가미시켰다. 프로젝트는 점점 구체적인 사업계획을 갖춤으로써 이점이 드러나고 단점은 하나씩 지워나갔다.

선진의 프로젝트는 순탄했지만, 틈틈이 정보를 뺏어오는 이세영의 아일랜드 프로젝트는 무리한 사업 확장이라며 구설수에 오르기 시작했다. 사단장 회의를 위해 세영의 프로젝트 파일을 검토해 보았지만 허점이 많았다. 유기적이지 못 하고 계열사 간의 사업계획이 주체 없이 모래알처럼 사방으로 튄다고 판단되었다.

그 덕에 출발은 세영이가 끊었지만, 프로젝트를 직접 진두지휘하지 못할 것이다. 방대한 사업 규모만큼 손 벌릴 곳도 많을뿐더러

뿌리를 내리기에는 아직 지반이 얕다. 지금까지 별다른 실적이 없어 이사단에게 신뢰가 없는 탓이었다.

구설수에 올라 여론이 들끓고 언론이 시끄러워진다면 합수단이 조직되고 감사원 등 정부기관에 향응 공여 등으로 표적수사에 오른다 해도, 이 또한 성가시긴 하지만 절차상 거쳐 가야 할 단계일 뿐 커다란 문제를 낳지는 않을 것이다.

그러나 박대정이, 아니 존이 시들어가는 여론을 다시 불 지를 만한 증거를 제보한다면 문제는 달라질 것이다.

선진은 존에게 기대를 걸고 차분하게 계획했다. 섣불리 먼저 연락하지 않고 기다렸다. 존은 충고를 잔소리로 받아들이는 사람이었다. 그를 믿고 기다리면 만족할만한 결과가 나올 것을 의심치 않았다.

세영이를 무너뜨리면 정화의 분이 조금은 풀릴까 생각이 들었다. 그리고 고기를 먹이로 던져주면 정화의 스트레스를 조금이라도 날려주려나 생각이 들었다. 아니면 전략실장 강성까지 세영이와 세트로 싸잡아 나락으로 보내버리면 정화가 내 편이 되어주지 않을까 생각이 들었다.

불가능했다.

성질이 불같고 몸은 강철같이 단련했으며 발차기는 쏜살같고 달리기가 흡사 범 같은 정화라고 할지라도. 정화는 인간다웠다. 사람이었다. 법에 저촉되지 않더라도 자기 기준에 조금이나마 어긋나는 행위를 할 시에는 양심에 칼을 찔리는 평범한 시민이었다.

정화는 출근도 하지 않고 잠적해버렸다.

선진은 몰려드는 업무에 두 손을 들고 건물을 빠져나와 대로를 맞이했다. 시원하게 달리는 차들을 보며 물에 젖은 저녁 하늘을 감상했다. 차 안에서 보는 저녁 도심 풍경이 썩 마음에 들지는 않았지만 빠른 차들이 머릿속의 잡념들을 치고 나가주었다. 수백 대의 차들이 빠르게 머릿속을 관통하는 느낌이 들었다.

술이 필요했다. 더욱이 완벽한 순간. 점점 완성되어가는 조건들. 술을 찾아 밤거리를 어슬렁거리는 선진을 차에서 내리게 만든 것은 어느 화백의 전시회 포스터였다.

질감이 두텁고 입체적인 게 꼭 유화 같은데 그 내용은 전통미술이 아닌 현대미술인가 싶었다. 칼이 꽂힌 배꼽 옆으로 흘리는 피는 녹색이었다. 피가 길게 늘어져 포스터 아래 발 옆으로 흘러내렸다.

선진은 깜짝 놀라서 반사적으로 발을 떼었지만 실제로 구두에 녹색의 피가 묻지는 않았다.

선진은 눈을 다시 떴다. 그리고 휴대전화를 들어 수호를 찾았다.

콘크리트 벽에 얼마나 많은 페인트를 쏟아부었는지 몇 겹은 되어 보이는 페인트칠에 눈이 다 아팠다. 빨리 그림들을 구경하고 싶은데 입구의 얇은 유리문이 잠겨 있었다.

수호는 주위를 둘러보며 중얼거렸다.

"잠깐만 열어달라고 하면 안 되려나. 이런 건 누구에게 말해야 하지?"

선진은 휴대전화를 열어 입구 옆 안내문의 전화번호로 전화를 걸었다. 아직 초저녁의 시간이기 때문에 상대가 전화를 받았다. 수호는 안내문을 가리키며 주억거렸다.

이어서 관리인이 카드 키를 가지고 부랴부랴 뛰어왔고, 친절하게도 두 사람이 나올 때까지 사무실에서 졸지 않고 기다리겠다고 했다.

열린 문으로 선진은 자연스럽게 걸어 들어갔지만 수호는 어리둥절한지 느슨한 걸음걸이로 쉽게 들어서지 못했다. 그러나 그림들이 걸려있는 전시회장을 걸을 때는 누구보다 걸음이 빨랐다.

"음. 독특하네요. 이런 게 요즘 잘 팔리는 가 봐요?"

그의 천덕스러운 질문에 웃음이 났다. 선진은 걸음을 멈추고 메인 작품 앞에 섰다. 깊은 배꼽. 날카로운 식칼. 배꼽 아래로 흐르는 진한 녹색의 피. 완전히 매료되었다.

녹색의 피를 흘리는 이 정체 모를 사람은. 사람이 아닐 수도 있지만, 배꼽이 깊은 걸로 보아 꽤나 뚱뚱하다고 그려지는 이는. 한눈에 보아도 남들과 다른 피가 몸속에 흐르고 있다.

그것은 저 하얀 속살을 가르거나 저 깊은 배꼽을 열어보지 않으면 확인 불명이었다.

선진은 그림 속의 식칼을 꺼내고 싶었다.

"선생님."

수호는 다른 방향으로 돌아가던 고개를 획하니 돌아 세웠다.

"네?"

선진은 그림에 시선을 박아두고 나지막이 그리고 또박또박 말했다.

"사람들이 자꾸 죽어요."

"네?"

선진은 그림이 투영되는 녹색의 눈물을 흘렸다.

"하..."

높은 천장까지 세영의 한숨이 닿았다.

전략기획실은 여타 다른 부서와는 달리 사무실이 독립되었고 보안이 철저했다. 한정식 과장은 세영이 가끔 휘두르는 오른팔이었으며 젊고 똑똑했다. 한과장은 아일랜드 프로젝트의 난관을 아주 조심스럽게 세영에게 고했지만, 해결책보다는 깊은 탄식이 되어 돌아왔다.

세영은 짜증이 났는지 이를 잘근잘근 씹으며 손으로 머리를 쓸어 올렸다.

"꼭 거기여야 한다고. 그래. 꼭."

세영은 유리 테이블 위에 펼쳐 놓은 서지도 섬의 조감도를 손으로 콕콕 찌르며 말을 이어갔다.

"여기로 유람선이 떠야 한다니까."

"안 그래도 협상을 수차례 시도해봤지만, 오히려 반감이 심해졌는지 개발사업에 반대하는 시위에 참가하기 시작했습니다."

세영은 한과장의 말은 듣지도 않는 것 같았다. 양팔을 쉴 새 없이 허공을 가르며 답답함을 호소했다.

"가두린지 그거 때려치우라고. 아니면 그렇게 만들어."

세영이 얼굴을 한껏 찡그렸다.

"지금 이만한 사업에 고작 양식장 때문에 애를 먹고 있다는 게 말이나 돼?"

"저로서는..."

한과장이 고개를 푹 숙였다. 세영은 답답한 마음에 한과장의 어깨를 붙들었다. 그리고 진지한 눈빛이 마구 쏘았다.

"가서 양식장에 상어 새끼라도 풀어 놔!"

"그거 건드리면 일이 더 커질 겁니다. 안 그래도 분위기 안 좋은 데 양식장까지 손대면 일파만파로 커지는 여론과 언론의 비판을 막을 수 없을 겁니다. 그저 유람선 선착장의 위치를 조금 바꾸는 게..."

"안 돼. 리조트 근처란 말이야. 이런 양식장이 있으면 안 되지. 해가 지는 서해바다를 이딴 비린내 나는 양식장이 가리면 안 된다고."

"그거야 그렇지만..."

"한과장."

세영의 부름에 한과장은 허리를 펴고 다시 앉았다. 그리고 눈을 마주쳤다. 세영은 다리를 꼬고 앉아서 단발머리를 몇 번이나 뒤로 넘겼다.

"한과장이 이런 거 잘 하잖아. 그러니까 이것 좀 끝까지 신경 써."

한과장은 테이블에 두 손을 올려놓고 고민에 빠졌다. 물론 세영의 말을 못알아 먹은 건 아닌데 본부장뿐만 아니라 회사 전체가 힘들어질 수도 있는 일이었다. 무식하게 시공사에서 휘두르는 건달들을 데려가 협박할 수도 없는 노릇이고, 거액의 보상금을 내밀어도 싫다고 하니까 현실적인 방법은 딱 하나 남았다.

양식장을 망치는 것. 의도적으로. 무참하게.

그가 양식장을 잃고 악에 받쳤을 때 구세주처럼 나타나서 처음 약속했던 보상금에 위로금을 조금 더 얹어주면 된다.

그가 현명하다면 아무리 섬 안에서 큰손이라 할지라도 심증만으로 일개 양식장 사장이 천우그룹과 싸우지는 않을 것이고, 그가 똑똑하다면 변호사를 선임하거나 시위대를 이끌고 서울 본사로 건너오지는 않을 것이다.

그러나 항상 이런 일이 틀어질 때면 책임이 따른다. 한과장은

- 409 -

팽하기 쉬운 상대였고 본부장은 그것을 마치 합리적이라고 강조하고 있었다.

한과장이 심각한 얼굴이 되었다.

"예. 제가 해보겠습니다."

세영은 내색하지 않았다. 대신 한과장의 뭉뚝한 코 위로 손가락을 놀리며 만족한 듯 끄덕였다. 그리고 짐만 떠넘긴 채 사무실을 나가버렸다.

한과장은 세영이 나가는 바람에 몸을 일으켜 인사를 드리기는 했지만, 다시 의자에 앉아 호기 있게 대답한 자신에게 꾸지람을 주었다. 자책하는 길어지는 사이 광기를 발견했다.

테이블 위에 펼친 손바닥을 천천히 힘주어 모았다. 그리고 주먹을 꽉 쥐었다.

한과장은 양식장을 완전히 무너뜨리기로 마음먹었다.

세영은 사무실을 빠져나와 급하게 시계를 확인하며 엘리베이터에 올랐다. 사장실 앞에 선 세영은 옆의 사장실을 안내해주는 비서에게 몇 시 인지 물었다. 비서는 친절하게 알려주었지만 세영은 듣지도 않고 문을 열어 들어가 버렸다. 비서는 민망해도 꿋꿋이 문을 닫아 주었고 세영은 세차게 발을 저어 소파로 향했다.

의자를 뒤로 재끼고 사색에 빠져있던 이배용은 벌써 소파에 앉아 있는 세영을 보고 천천히 일어났다.

"왜 이렇게 늦어? 너 때문에 저녁 약속 캔슬 났잖아."

이배용은 소파에 앉자마자 수면 부족을 표현하듯, 두 눈을 손가락으로 꾹꾹 누르는 세영을 보고 피식 웃었다.

"며칠째 제대로 잠을 잔 적이 없어."

"엄살은..."

"진짜야. 내가 직접 해결해야 하는 일들이 너무 많아."

"제대로 하는 거 이번이 처음이니까 그래. 자리 좀 잡으면 괜찮아질 거야."

"제대로 하고 있는 건지 모르겠다."

세영은 어깨를 과장되게 들썩이며 이배용을 바라보았지만, 그의 눈이 변했다. 지금은 동생을 대하는 눈길이 아니었다.

"제대로 못하고 있는 거야."

세영은 머리를 넘기며 정신을 차리고 표정을 진지하게 바꾸었다. 그리고 제대로 하지 못한 자신을 반성하며 고개를 끄덕였다.

"까딱거리기는."

세영이 대리석 바닥으로 눈을 깔며 다시 앉았다. 형이 심상치 않았다.

"네가 윗선에 손이 안 뻗치는 건 알지만, 내가 대신 막아주는 것도 한두 번이지. 안 그래?"

"맞아. 내 능력 밖의..."

"당연히 능력 밖이지. 이만한 일을 추진하는 놈이 언론사에 미움을 사는 놈이 어디 있어."

"너무 심하게 왜곡된 보도를 하잖아. 내 사업이 왜 지들을 잡아먹어. 원시인들처럼 사는 놈들 사람답게 사는 거 도와주는 거지. 게다가 지역신문일 뿐이야. 그런 놈들 상대해주기에는 나도 몸이 모자라."

이배용의 얼굴에 표정이 없어졌다.

"펜대 무서운 걸 모르는구나."

"안 그래도 독립 일보 성사장도 침을 질질 흘려. 정영 일보도

- 411 -

그렇고."

"사업 하나 추진하는 게 간단한 게 아니야. 전반적으로 케어할 줄 알아야지."

"맞아. 그래서 내가 몸이 두 개라도 모자라."

"너 이번에 넘어지면 위험해."

세영이 눈을 흘겼다. 형의 충언이 개인적인 경고인지 아니면 대외적인 사실인지 구분이 안 갔다. 확실히 이번 프로젝트가 엎어지면, 자리만 차지하고 출근 도장 찍던 천우그룹의 차남은 그나마 본부장이라는 직함도 내려놓고 누이가 쓰던 도심 외곽의 별장으로 들어가야 할지도 모른다. 세영은 호시탐탐 자신의 목을 노리고 있을 누이를 생각하자 더욱 기분이 착잡해졌다.

"잘해 볼게."

"그래. 내가 뒤 봐주는 것도 적당히 해야지."

세영은 침을 꿀꺽 삼켰다.

"잘할게."

기죽은 세영의 어깨를 다독이며 이배용이 일어났다. 그리고 말없이 몸을 돌려 창밖을 바라보았다. 세영은 형의 건장한 어깨를 흘끗거리며 사무실을 나가다가 용기 내어 한 마디 덧붙였다.

"누이는 이대로 괜찮을까?"

세영의 조심스러운 물음에 이배용의 등이 꿈틀거렸다. 그리고 돌아볼 듯 말 듯 시선을 애매하게 사선으로 깔았다.

"착각하지 마라. 선진이는 너처럼 실수 잘 안 해. 그냥 그렇게 태어난 것뿐이야."

세영은 문 앞에 서서 형이 돌아 봐주길 기다렸지만, 끝내 돌아 봐주지 않았다. 세영이 차가운 문고리를 잡았을 때 타이르듯 나지막한 이배용의 질책이 들려왔다.

"허튼 생각하지 말고 네 사업에 몰두해라."

세영은 문을 박차고 나갔다. 당분간 형의 따뜻한 위로의 말을 받기는 글렀다.

나처럼 안 하겠지. 취미가 조금 유별나고 언행이 괴팍해도 회사일에 대해서는 완벽에 가깝도록 빈틈이 없으니까. 이사단에서 완전한 미움을 사지 않는 거다. 오히려 존재감이 뚜렷해서 냉정하게 따지고 들면 실적만은 뛰어났다. 나는 아직까지도 실적으로 따지면 누이의 그림자도 따라가지 못한다.

그 빈 공간에 내 자리는 없다. 애초에 천우그룹의 가문에서 모자란 놈이 나타난 거야. 당연히 씨는 같으나 밭을 일군 땅이 다르니까.

세영은 개인 주차장의 널찍한 주차공간을 삐뚜로 주차된 차를 한 바퀴 빙 돌아 차에 올랐다. 이어서 시동을 걸기도 전에 휴대폰을 꺼내 들었다.

"형."

"그렇게 부르지 마시라니까..."

세영은 그대로 핸들을 끌어안고 상체를 기댔다. 이어서 팔을 들어 머리칼을 손가락 사이로 넘기다가 힘주어 잡았다. 한과장 데리고 일 하나만 완벽하게 해결해주었으면 싶었다.

"나 한 번 도와줄 수 있을까?"

"어떤 일입니까?"

"바다 막고 있는 양식장 있잖아. 그것 좀 해결해 줘. 이 새끼들이 너무 꼬장 죽이네. 돈도 안 먹히고 말도 안 들어. 그래서 일단

한과장한테 맡겼는데 불안해서 말이야. 알다시피 난 다른 일들 때문에 너무 바빠서 그래. 방금 사장님 만나고 가는 길인데 한 번 더 찍히면 안 될 것 같아서."

"안 그래도 방금 사장님 전화 받았습니다."

세영이 놀라서 몸을 일으키다가 모르고 클락션을 살짝 눌렀다. 그 바람에 공허한 주차장에 경적 소리가 울렸다.

"왜?"

"여기 서지도입니다."

"거긴 왜 갔는데?"

"사장님이 부지 미는 것 좀 도우라고 하셔서요."

"방금은?"

"그 얘깁니다. 아무래도 사장님 지시가 먼저 있어서 제가 돕기에는 상황이 어려워질 것 같습니다. 안 그래도 사장님이 같이 일하는 거 별로…"

세영은 굳은 얼굴로 말을 끊어 버렸다.

"알았어. 끊어."

세영은 휴대폰을 폭신한 조수석 좌석에 던져버리고 다시 핸들에 머리를 처박았다. 고개만 비틀어 멍하니 조수석 창문으로 보이는 회사 엘리베이터를 보았다. 견고하게 닫혀 있는 엘리베이터 머리 위에 전광판은 숫자를 계속 바쁘게 갈아치웠다.

사업 전반적으로 난관이 너무 많았다. 형이 팔 걷고 서포트 해주는 동안에도 고비는 계속되었고 완주를 해내기에는 함정이 너무 많았다. 그중에 두어 개는 우리 누이 작품이겠지. 아니면 앞으로 아찔하니 더 깊은 함정을 준비해 놓았겠지. 누이는 내가 음모를 꾸몄다는 사실을 알고도 그냥 넘어갈 리가 없는 여자다. 이런 데에서

만큼은 철두철미한 기질을 발휘해서 꼭 갚을 건 갚아주는 여자다.

세영은 지칠 대로 지친 심신으로 함정에 빠져 험난한 앞으로의 과정을 감당할 수 없을 것만 같았다.

세영은 시동도 켜지 않고 한참이나 핸들에 머리를 박고 한숨을 푹푹 내쉬었다.

***

무더운 날씨에 가슴이 답답해지면 하늘을 올려다보는 것조차 현기증이 날 정도로 태양이 이글거렸다. 대기는 습기로 가득했고 상점 곳곳에서 흘러나오는 음식 냄새에 속이 메스거렸다.

그 덕에 창문을 올리고 찬바람이 시원찮은 차 에어컨을 손바닥으로 툭툭 치며 운전을 하던 주혁진은 결국 에어컨을 망가뜨려버렸다. 올라오는 짜증에 에어컨을 주먹으로 때릴 뻔했지만, 손을 식혀주던 희미한 냉기에 금방 누그러져서 손바닥을 펼쳐 에어컨에 붙여놓았다.

"아, 이대로 손끝부터 머리끝까지 얼어붙었으면 좋겠다."

주혁진은 핸들을 돌리며 눈썹을 꿈틀거렸다. 차는 서울지방검찰청 안으로 부드럽게 미끄러져 들어갔다.

빙그르르 돌아갈 것만 같은 육중한 의자에는 사람이 앉아 있지 않았다. 주혁진은 바람맞은 것이 민망해져서 주위에 자신을 도와줄 만한 사람을 찾았지만, 수사관들은 문밖에서 서류를 쌓아놓고 분주하게 자판이나 두드리고 있었다.

눈을 마주칠 틈이나 말을 걸만한 여지를 주지 않았다. 벌써 네 번이나 찾아온 덕에, 아는 얼굴임에도 전부 다 냉대했다.

주혁진은 자리에 없는 검사를 기다려야하나 싶어서 소파에 엉덩이를 살짝 걸치려는데 그제야 여자 수사관 하나가 툭하니 말을 던졌다.

"검사님이 책상 위에 수사보고서 다시 가져가라고 하셨어요."

주혁진은 엉거주춤한 자세로 여자 수사관에게 되물었지만 친절하게 똑같은 말을 두 번 해주지는 않았다. 주혁진은 쭈뼛거리며 책상에 가까이 다가갔다. 책상 여기저기 서류 뭉치가 산처럼 산적해 있는데, 그중 수사보고서를 찾는 것은 그다지 어렵지 않았다. 자신이 네 번이나 고쳐서 보고한 수사보고서이기 때문이었다.

주혁진은 두꺼운 수사보고서를 집어 들고 첫 장을 넘겨보는데, 빨간 펜으로 사선을 교차시킨 커다란 엑스가 보고서의 시작을 망쳐놓았다. 검사는 뒷장은 읽지도 않고 똑같은 짓을 되풀이했다.

"하... 진짜 씨발..."

주혁진은 답답한 마음에 책상을 내려치고 싶었지만, 차라리 차에어컨을 부시고 나올 걸 하고 생각하며 후회했다.

"네?"

여 수사관은 어느새 한걸음 뒤에 서서 양손을 뒷짐 지고 있었다. 주혁진은 무게가 상당한 수사보고서를 들고 뒤돌아보았다. 여 수사관의 주근깨를 책상머리 연필꽂이의 볼펜으로 다 뽑아주고 싶었다.

"아니에요. 그런데 검사님은 늦게 오시나 봐요?"

"저야 모르죠."

퉁명스러운 그녀는 뻔히 사람을 앞에 두고도 딴 곳을 보며 대답했다. 주혁진은 그녀의 시선을 집중시키기 위해 보고서를 얼굴만큼 들어 보였다.

"혹시 보고서에 대해서 말씀하신 건 없었어요?"

"네. 그냥 도로 가져가라는 말만 전하라고 하셨어요."

"그럼 그냥 다시 가져가면 되는 겁니까?"

"네."

"이번에 수사보고서 수정할 때 성천 시 살인사건도 추가되었는데 혹시 검사님이 알고 계실까요?"

"그걸 왜 저한테 물어보세요?"

그럼 누구한테 물어보냐? 검사님은 매일같이 안 계시고 수사보고서 올려 두고 가면 첫 장부터 나가린데. 도로 가져가라 그러면 밤새 수정해서 다시 올려놓고. 그러면 또 나가리고. 수사보고서 올린 이래 얼굴 보고 말 한마디 걸어 보지를 못 했는데. 내가 그럼 도대체 어디 가서 누구한테 물어봐야 되는 거냐고. 검사 새끼가 보고서를 보긴 보냐.

수사관은 붉으락푸르락한 주혁진의 얼굴을 빤히 쳐다보았다.

"뭐라고... 하셨어요?"

"아닙니다. 이번에는 보고서 그냥 두고 갈 테니까 꼭 좀 잘 봐 달라고 말씀 좀 전해주세요."

"제가요?"

"부탁 좀 드리겠습니다."

수사관은 머리를 긁적이며 난감한 입장을 몸소 표현했다. 그리고 짧고 무성의한 대답과 함께 자리로 돌아갔다.

"그러세요."

주혁진은 검사실을 나오며 수사관들에게 인사를 했지만, 그 누구도 받아주지 않았다.

차에 다가가기 전에 담배 연기 때문에 차 반대편에 누가 있는지 후각으로 먼저 인지했다. 검사실을 나오면서부터 차 앞까지 오는 동안 담당 검사에 대한 분노가 앞을 가려 시각을 잃었던 것 같다.

"너 나 마킹하냐?"

머리가 떡지고 짧은 수염이 푸르스름한 복수가 퀭한 눈으로 돌아보았다. 주혁진은 복수의 처참한 꼴이 동병상련의 위로가 되었다.

"에어컨이 왜 저럽니까."

주혁진도 차에 기대어 담배를 꺼내 물었다.

"왜 갔다 팔아먹으려고?"

"팔리겠습니까?"

"성질이 나빠서 그래 임마. 틀고 조금만 기다리면 선선해져."

"이미 에어컨 필터가 덜렁거리던데요. 뭘."

주혁진은 담배 연기를 길게 내뱉으며 차 안을 살펴보았다. 복수는 창문을 노크했다.

"어떻게 됐습니까?"

주혁진은 얼굴을 찌푸렸다.

"네가 수사반장이야 뭐야."

복수가 대답에 실망을 하며 담배를 휙 내던졌다.

"그만큼이나 갖다 줬는데도..."

"그러게 말이다. 확실한 물증도, 확신이 드는 정황도, 책상에 점점 쌓이는데 본 척도 안 해. 꿈쩍도 안 해."

주혁진은 말을 끝내고 차를 빙 돌아 운전석 쪽으로 걸어왔는데 복수가 차 문 앞에 버티고 서서 비켜주지 않았다. 그의 충혈되고 움푹 패인 눈자위를 보아 하자니 좀 더 비참한 현실을 말해주는 게 좋을 것 같았다.

"꽤 친한 기자들 불러 놓고 밥 처먹이면서 절실하게 언질을 주어도 지금까지 어느 한 곳의 신문에서도 기사를 내지 않았다. 아니 못 냈겠지. 기피신청까지 생각해봤는데 그건 나 같은 일개 경찰서 형사는 절대로 불가능해. 그런 케이스도 없고. 반장님은 증거자료가 생각보다 두둑하니까 광수대로 보내자고 하는데, 광수대에서 받으면? 수사 진행될 것 같아? 받기야 받겠지. 근데 그냥 그대로 서류 창고행이야. 그래서 무협지에나 나올만한 의협심 강한 검사를 찾고 싶었어. 대기업의 눈치를 보지 않고, 재벌들의 손이 뻗치지 않는 그런 대단한 검사님을 찾아도 보았지. 그리고 용의자를 고발할까도 했지."

주혁진이 입을 벌리고 입속에서 커다란 테니스공을 토하듯 뱉었다.

"없어."

복수의 참담한 얼굴에 대고 다시 한번 더 침을 뱉었다.

"없어, 없어, 없어!"

주혁진이 복수의 몸 옆으로 손을 끼워 운전석의 차 문을 열려고 낑낑거렸다. 복수는 요지부동이었다.

"모든 게 갖춰진 세상인데! 미친 사이코패스 살인자에게 벌을 줄 만한 멀쩡한 사람 하나가 대한민국에 없다고, 이 자식아!"

주혁진이 복수의 몸을 밀쳐버렸다. 복수는 한두 걸음 밀려나더니 몸을 홱 하니 돌렸다. 주혁진은 운전석 문을 열다 말고 복수의 불끈거리는 등을 바라보았다.

"안 타?"

복수는 그대로 걸어서 검찰청을 빠져나갔다. 주혁진은 그의 빠르고 넓은 보폭의 호쾌한 걸음걸이가 무언가 결심을 보여주는 듯해서 불안했다.

"야! 어디가!"

결국 주혁진은 담장 너머로 사라져 버린 복수를 포기하고 차에 올랐다. 문을 쾅 닫았다. 더웠다. 바람 날개가 덜렁거리는 에어컨을 손가락으로 누르며 신경질을 냈지만, 에어컨은 아예 켜지지도 않았다.

손바닥을 펼쳐 성질나는 대로 힘껏 내려쳤다. 애먼 라디오가 켜졌다.

'저를 찾으셨습니까? 청취자 그루잠님 안녕하세요. 너무 더워서 알래스카로 피신을 가고 싶으시다구요. 후후후. 막상 알래스카가면 추워서 다시 오고 싶을 겁니다. 사는 게 그래요. 가고 싶고 되고 싶고 하고 싶은 것들이 전부, 오고 싶고 안 되고 싶고 안 하고 싶어지는 게 순식간입니다. 조금만 참으세요. 여름도 금방 지나갈 겁니다. 더위를 즐기라고는 양심상 차마 말 못 하겠고, 대신 신청곡 시원하게 볼륨 높이세요. 신청곡 나갑니다. 윈디의 여름보내기.'

***

무더운 여름 무서운 겨울 나는 봄이 좋아 너무 좋아요
무더운 여름 무서운 겨울 나는 봄이 좋아 너무 좋아요
쨍쨍한 햇빛 피할 수 없어 매일 옷을 홀렁 다 벗어도 너무 더워요
찡그린 얼굴 축 처진 어깨 푹푹 찌는 여름밤은 잠도 안 와요

그래도 여름에는 차가운 아이스크림 팥빙수가 기다려져요
그래요 여름에만 입을 수 있는 짧은 치마 예쁜 다리 자랑할게요
여름이 가면 시원한 바람에 노래를 불러요 나나 난 나나
절대로 이별하는 슬픈 노래 아니에요 그리워지는 마음이죠

거리로 흘러나오는 밝은 노래가 더욱 짜증을 유발했다. 보드블럭을 색깔 별로 건널 때마다 걸음이 점점 빨라지고, 횡단보도를 건널 때는 하얀색을 밟지 않았다. 복수는 세워져 있는 택시에 올라타자마자 목적지를 말했다. 택시기사는 퉁명스럽게 대답하며 목적지를 짓누르듯 복창했다.

빌어먹을 택시가 사방팔방 창문을 열어 놓고 에어컨을 틀지 않아서 그런지. 아니면 주형사가 병신같이 CCTV 증거자료까지 넘겼음에도, 범인을 범인이라고 수사하지 못해서인지 몰라도 이마에 땀이 송골송골 맺혔다.

여름은 그냥 더럽게 찝찝한 계절일 뿐이고 여기 이곳 대한민국은 연쇄 살인범을 방치하는 좆같이 불쾌한 나라다.

복수는 이를 빠드득 갈며 스쳐 가는 창밖의 비참한 풍경을 바라보았다.

최보길 인력사무소의 사무실을 발 앞에 두고 이성을 찾기 위해 지끈거리는 머리를 주물렀다. 팔다리가 저려오고 가슴은 금방 욱하고 터질 것처럼 두근거렸다. 복수는 홧김에 문을 벌컥 열었다.

"점잖은 애들 열댓 명 정도로 꾸려. 옷 좀 입히고 말끔하게."

"예. 형님."

강성의 지시에 사무실 전화를 들던 고기가 들이닥친 복수를 쳐

다보았다. 소파에 빈 국밥 뚝배기 위로 담뱃재를 털던 강성은 테이블 위로 다리를 쭉 뻗고 있었다.

복수는 고기에게 허리를 숙였다. 고기는 수화기를 든 채 복수를 째려보았다. 강성은 둘 사이에 심오한 묵언의 살기가 흐르는 것을 흥미롭게 구경하였다.

"다녀오겠습니다. 형님."

고기의 입이 씰룩거렸다. 복수는 그대로 사무실 안으로 들어가 강성이 자리하고 있는 소파 옆의 캐비닛에서, 다소 소란스러운 연장 부딪히는 소리를 내며 캐비닛 상단에 날카로운 사시미와, 허리를 숙여 하단의 금고에서 묵직한 리볼버를 챙겼다.

사시미는 헝겊으로 둘둘 말아서 허리춤에 넣었고 리볼버는 정장 재킷 안쪽 주머니에 찔러 넣었다.

복수가 강성은 쳐다보지도 않고 뒤돌아섰을 때, 고기가 나직하게 불러 세웠다.

"복수야."

복수는 뒤도 돌아보지 않았다. 출구만 바라보았다.

"예. 형님."

"나한테 등지는 거냐?"

"그 전에 먼저 간 동생을 등질 수 없습니다."

"숨 한 번 쉬고 뒤돌아봐라."

복수의 등이 무너질 듯 움찔거렸다. 허나 두 다리에 힘을 꽉 주고 버티고 서서 고기의 부름에 항명했다.

당장 가서 이선진이라는 살인마의 목을 따고 아구를 벌려 총알 여섯 알을 박아주고 싶다. 당장 이선진의 모가지를 대롱대롱 뜯어내어 인질로 잡고 그 주위로 모여드는 날 파리들을 싹 다잡아 죽이고 싶었다. 네놈들의 방식으로 한 번 좌절 했다만 나에게 아직 두 팔과 두 다리가 붙어있다. 나도 내 방식대로 싸울 만한 여력은 남겨두었다.

"죄송합니다. 형님."

복수는 강성을 무시하고 고기에게 등을 지고 인력소를 나갔다.

고기의 수화기를 잡고 있던 손이 불끈거렸고 플라스틱 재질의 수화기는 부서질 듯 빠득거렸다.

복수는 밤을 꼬박 새웠음에도 조금도 졸지 않고 밤이 되기를 기다렸다. 언젠가 강성이 비릿한 웃음과 함께 이선진이라는 살인마가 연애를 하고 있다고 비웃었다. 이선진은 항상 경호실장과 붙어 다니는데 그를 만날 때만큼은 경호실장과 동행하지 않는다고 했다. 분명히 그 말을 기억하고 있었다. 그리고 타이틀 호텔에서 그녀와 함께 있는 그 남자를 실제로 목격한 경험도 있다.

의사라는 남자는 제압하기에 어렵지 않을 것이고 경호원도 없다면 이선진은 필시 내 손에 죽는다.

***

더위가 차츰 물러가고 어스름한 저녁에는 선선한 바람이 불었다. 이렇게 바람이 좋을 때는 한산한 동네가 참 좋았다. 가끔 지나가는 동네 사람들과 주고받는 인사와 적적히 주고받는 일상 속의 말들이 뿌듯했다. 수호는 주차장 끝 나무벤치에 앉아 옆 골목에 새로 생긴 카페에서 사 온 커피를 음미하고 있었다.

시골같이 후줄근한 골목에서 무슨 감성을 팔겠다고 흰색 페인트를 잔뜩 묻힌 벽에 꽤나 유행하는 실내 인테리어로 선반 위로 꽃병이나 아무도 펼쳐 보지 않을 디자인 서적들을 진열해 놓았다. 직접 커피를 정성껏 내려주는 젊은 사장은 깨진 얼음 한 조각도 신경 쓰였는지 얼음을 고르고 우아하게 커피를 따랐다. 뜨거운 커피를 권했지만, 입안을 차게 적시고 싶어 정중하게 거절했다. 인테리어는 심심했어도 커피 맛은 일품이었다.

잠시 내려 놔둔 일회용 커피잔 옆으로 나무토막만큼이나 두꺼운 경험과학 백과사전을 잡으려다가 다시 내려놓았다. 조금만 더 바람을 맞고 머릿속의 상념들을 흘려보내야겠다. 책의 내용을 완전히 흡수할 수 있을 때까지.

사실 이미 선진의 증상에 대한 명백한 해설을 찾을 때까지 책을 몇 번이나 정독했다. 그러나 딱히 명쾌한 답변이랄 것은 없었고 답답한 마음에 주위 동문 이하 심리학 박사들에게 전화를 돌릴까도 했지만 그만두었다.

혹시라도 선진과의 연애사가 노출될까 봐서. 만에 하나 병이 심각할까 봐서.

수호는 다리를 꼬고 앉아서 휑한 주차장 너머로 동네를 구경하였다. 수호는 코언저리를 꾸깃꾸깃 힘주어 찡그렸다.

대체 주위 사람들이 죽어 나간다는 이야기는 실화인지 가설인지 구분이 안 갔다. 그림 앞이라 그런지 당시에는 전자라고 생각했지만 아무리 재벌가의 삶이 세상에서 가장 높은 산에 깃발을 꽂아야만 하는 고지전만큼이나 치열하다고 해도 쉽게 공감이 되지 않았다.

정말로 주위 사람들이 다치고 죽는 건지, 상상 속에서 사람들이 죽어 나가는 건지 구분이 되지 않았다.

그녀의 뜨악한 고백에 진단을 위한 질문 몇 개를 해볼까 하다가 그만두었다. 그림 속에 그녀가 보였다. 피를 대신 흘리는 것 같은 처참한 얼굴. 그녀의 무너진 어깨. 부들거리는 종아리가 그림 속에 파묻혀 이질감이 들었다.

현실감각을 멀리 바다 너머로 던져버리는 차원이 다른 세계관의 새로운 종족 판타지 영화 포스터를 마주하는 기분이었다.

결국 그녀는 어색한 정적 속에서 그림에게서 등을 돌렸고 데이트는 시시하게 끝이나 버렸다.

수호는 그녀를 온전히 이해하고 싶었다.

"여보세요."

"네. 수호씨."

"아직 회사인가 봐요."

"회사에요. 일이 좀 있어서."

"많이 바빠요?"

"...잠깐 볼까요?"

"그럼 여기 괜찮은 카페가 하나 생겼는데 늦게까지 일을 봐야 한다면 커피 한 잔 사드릴까요?"

"커피 한 잔 때문에 가기에는 너무 멀고 수호씨 얼굴 보러 가는 거면 많이 멀지는 않네요."

"무리하는 거 아니죠?"

"그 질문만 아니었으면 좋았을 텐데."

"그럼 눈썹 휘날리게 얼른 와요."

감성이 넘치는 작은 카페는 둘이 테이블을 하나 차지하니까 다음 손님이 오는지 눈치가 보일 정도였다. 카페 주인은 카운터에 서서 책을 읽고 있었고 점점 어두워지는 하늘은 폐점을 예고해주었다.

선진은 커피를 두 모금 마시고 거리를 걷고 싶다고 말했다.

길을 인도해주는 벽돌담은 군데군데 무너져 내려서 벽돌 세 개만한 구멍으로 고양이가 들락거리고 가로등 아래에는 집집마다 내놓은 쓰레기 더미가 쌓여있었다. 수호는 코를 찡그리며 선진의 걸음을 보챘다.

"그냥 서울 꼭대기에 호텔 로비로 가서 커피 마실 걸 그랬어요."

선진이 가로등의 은은한 빛을 받으며 대답했다.

"자주 가는 곳인데 거기는 걸을 만하지 못해요. 그리고 사무실이나 그 호텔 로비나 비슷하거든요. 오히려 지금 여기가 회상하기 좋은데요."

"어떤 일을요?"

"보통 이렇게 하릴없이 거리를 걸을 때면 회상하기 십상이지 않아요?"

"그런가요. 저는 회상하기보다는 전망을 생각하는 편인데."

"전망은 높은 곳에서 생각하셔야죠."

수호는 이런 추잡한 골목에서 꺼내고 싶지 않은 말이었지만 이야기 방향이 자연스러울 것 같아서 홧김에 내뱉었다.

"저요."

이어서 수호는 걸음 속도를 조금 늦췄다.

"네."

선진이 걸음을 맞추며 고개를 돌아보았다. 수호는 진중한 얼굴로 섰지만 눈부신 가로등 불을 손으로 가리느라 부산스러웠다. 선진이 피식 웃고 수호가 한 걸음 나아갔다.

"저 다시 돌아가기로 했어요."

"네? 어디를요?"

선진이 의아한 얼굴로 수호를 바라보았다. 앞으로 꺼낼 병원 이름이 코앞에 둔 그녀의 얼굴을 마주하니까 여간 부담스러웠다.

"서울 천우 병원으로요."

선진이 미간을 찌푸렸다.

"왜죠?"

"그쪽과 더 오랫동안 떳떳하게 만나고 싶어서요."

"그게 무슨..."

수호가 걸음을 멈추었다. 그리고 선진을 똑바로 쳐다보고 말했다.

"내 기준이고 자존심이고 뭐고 다 모르겠어요, 이제는. 하나도 중요한 게 아니에요, 지금은. 그냥 선진씨와 이렇게 계속 만날 수 있다면 아무것도 필요 없어요. 오늘같이 바쁜 날에는 커피 사 들고 직접 찾아가서 힘이 돼주고 싶어요. 선진씨가 일하는 곳도 구경하고 싶고 주말마다 호텔로 퇴근하는 것도 싫증 나요. 선진씨가 살고 있는 집 안에서 라면도 먹고 싶고 동네에 위험한 사람들은 없는지 한 명 한 명 인사도 나눠보고 싶고요. 어떤 풍경을 지나며 회사로 출근하는지 몇 개의 신호등을 지나야 회사에 도착하는지 다 알고 싶어요. 전부 알 수 있는 건 모두다."

저도 모르게 흥분했는지 끝에는 목소리가 떨렸다. 그러나 눈물이 그윽하게 차오른 건 선진 쪽이었다.

선진은 눈물이 차올라 손도 대지 못 하고 살짝 벌어진 입술 사이로 따뜻한 입김만 불어댔다.

수호가 손끝을 들어 살짝 볼을 만지자 눈물 한 방울이 툭하고 떨어졌다. 댐이 무너진 듯 눈물이 왕창 쏟아지기 시작했다. 선진은 아무 말도 잇지 못했고, 수호는 선진을 말없이 꼬옥 안아주었다.

노을 같은 가로등 불빛 아래로 두 사람의 몸이 합하였다.

사각사각. 칼끝으로 차 내부의 고급 소파를 긁어댔다. 사시미는 어떠한 살갗도 베고 뚫어버릴 만큼 날카로웠고 오른손에 든 리볼 버는 금방이라도 총알을 쏠 것처럼 장전되어 있었다.

복수는 차 뒷좌석에 완전히 몸을 뒤로 뉘어 인기척을 숨기고 무기를 준비했다. 이선진이 김수호와 헤어지고 차를 몰아 대로로 나가기 전에, 지나가야 하는 음산한 골목에서 칼로 옆구리를 쑤시고 장전한 총을 머리에 붙이고 죽이기 전에 한 가지만 물어야겠다.

무엇 때문에 내 아우를 죽였느냐고.

살인이 취미라든가 네 삶의 목적이라든가 그냥 태생이 살인귀 같은 년이든가 뭐든 상관없다만 내 아우는 무엇 때문에 죽은 거냐고.

만약 나로 착각해서 내 아우를 죽였다면... 택진이가 정말 나를 대신해 죽은 거라면... 그게 사고가 아니라 네년이 손을 써서 죽인 거라면.

네 목숨 줄 끊기 전에 애인이든 친구든 가족이든 네 두 눈앞에서 싹 다 죽여주마.

살인귀가 이 세상에서 누군가 죽으면 가슴 아파할 사람이 존재하는가조차 의심스럽지만, 네가 죽기 전에 네가 안고 갈 수 있는 모든 고통과 절망을 안겨주겠다.

복수는 총칼을 들고 어둠 속에 몸을 구기고 이를 잘근잘근 씹었다.

별안간 구두굽이 자갈을 으깨는 소리가 들리고 알아들을 수 없는 사람의 음성이 들렸다. 몸을 더 잔뜩 움츠렸다. 이어서 둔탁한 소리와 함께 운전석의 문이 열렸다.

"당장 회사로 가서 급한 일만 보고 집으로 가서 밥을 해줄 거예요. 제 사무실에는 아주 편안하고 안락한 소파가 있어요. 거기에서 조금 쉬고 있어요. 그리고 집으로 가면 당신은 이제껏 본적 없을만큼 거대한 침대에서 함께 잘 수 있어요. 아무리 뒹굴어도 떨어질 염려가 없죠. 다음 날 아침에는 내가 일찍 일어나서 커피콩을 갈면 기분 좋은 향에 잠을 깰 수 있을 거예요. 당신에게 더치커피를 내려주고 출근도 같이할 거예요. 물론 동네 사람들과 중간에 만나면 생전 처음 이웃과 인사도 나눠보고요. 다 할 수 있어요. 마음만 먹으면 당장 할 수 있는 일이에요. 수호씨가 마음 굽히지 않아도 될 일이에요. 대단할 것도 전혀 없고 어려울 것도 없어요. 가서 너무 별거 없다고 실망하지나 말아요."

예상과는 달리 비어있어야 할 조수석에 수호가 올라탔다.

"그래도 평생의 반려자로서는 무리가 있겠죠."

선진이 스티어링 휠 옆의 동그란 버튼을 누르자 차는 부드럽게 시동이 걸렸다. 그리고 선진이 옆을 돌아보았다.

"지금 프로포즈 하는 거예요?"

"그건 제가 진급이 빠를수록 당겨지겠죠. 당장은 지나가는 푸념으로 생각하세요."

"뭐가 그렇게 복잡해요."

"그러게요."

수호는 몸이 찌뿌듯한지 기지개를 켜며 장난스럽게 말했다.

"일단 천우물산 사장실에서 볼만한 만화책이나 사러 가볼까나."

선진이 피식 웃으며 차를 슬슬 몰아갔다.

"요즘 누가 책으로 봐요. 다들 스마트폰으로 보는데."

"핸드폰은 영 정이 안 가서."

"저도 정 붙인지 얼마 안 됐어요."

"요즘은 정 붙일게 너무 많죠. 핸드폰을 쓸 때도 한참 배워야 되고 컴퓨터도 배우고 텔레비전은 리모콘 버튼 하나만 잘 못 만져도 저는 다시 원상복귀가 안 돼요. 차트도 아직 컴퓨터보다는 종이에 손으로 쓰는 게 편한데. 자판으로 옮기면 정성이 안 담긴다고나 할까."

"다 편해지자고 만드는 건데, 불편해하는 사람이 이 차에 둘이나 있네."

"불행하지만 않으면 됐죠."

"그런 것들이 불행하게 만들 수도 있는 거잖아요."

"엄연히 다르죠. 지금 우리가 만나는 데에 있어서 조금은 불편해도 불행하지는 않은 것처럼요."

선진은 수호의 말에 잠시 생각에 빠지더니 이내 가늘게 뜬 눈으로 옆을 흘끗거리며 말을 이어갔다.

"저 때문에 직장을 바꾸면 불행해지는 거고요. 저는 이미 불행했던 사람이에요. 불행이라는 얼룩은 한 번 물들면 지워지지 않아요. 그래서..."

끼이이이이익. 폐허 같은 집들과 사람이 없는 멈춰진 공사현장 창문 밖으로 스쳐 지나갔다. 차는 급작스럽게 비틀어진 스티어링 휠 때문에 옆으로 고꾸라질 듯 골목을 미끄러져 갔다.

선진은 오른쪽으로 몸이 크게 쏠리며 수호의 어깨에 머리를 박고, 수호는 문손잡이에 머리를 찧었다.

차가 정지하기 전에 흐트러진 몸을 바로 세웠다.

복수는 순식간에 오른손에 든 사시미로 선진의 옆구리를 노렸고 왼손의 리볼버로 수호의 머리통을 겨눴다.

선진은 뜨끔한 옆구리를 느끼고 미동도 하지 못 했다.

"기분이 어때?"

선진은 굳은 얼굴로 백미러를 째려보았다. 암흑 속에 복수의 얇은 입술만 보였다. 숨 막히는 정적 속에 수호가 몸을 살짝 비틀려 하자, 복수가 리볼버 총구로 수호의 관자놀이를 꾹 눌렀다.

수호가 선진의 눈치를 살피며 조심스럽게 복수에게 말을 걸었다.

"누구시죠...?"

"너한테 물은 거 아니야. 한마디만 더 했다가는 바로 머리통에 구멍 내줄게."

수호가 어금니를 꽉 잡고 입을 열지 않았다. 대신 선진이 대답할 차례임을 알고, 진한 립스틱을 발라서 그런지 쩍하고 소리가 날 것만 같은 입술을 떼었다.

"의외로 담담한 것 같네."

복수가 선진의 성의 없는 대답에 치밀어 오르는 분노를 간신히 삼켰다.

"밤낮 못 가리는 싸이코패스 살인범주제에 유언 한 번 무난하네."

백미러를 통해 복수의 칼날 같은 두 눈이 불타올랐다. 마지막 질문을 던졌다.

"겨우 미행이나 하던 택진이는 왜 죽였어?"

"내가 안 죽였는데."

"수작 부리지 마."

선진의 입가에 옅은 미소가 번졌다.

"대신 죽이라고 시켰지."

순간 얼굴 전체가 벌겋게 과열된 철근처럼 달아오른 복수의 팔꿈치가 움찔하는데, 수호가 자기 관자놀이를 짓누르고 있는 리볼버는 까맣게 잊은 채, 선진을 향해있는 사시미를 제압하기 위해 양손을 뻗었다.

탕. 복수는 방아쇠를 당겼고 순식간에 총열이 달궈졌다. 따가운 총성이 차 안에 가득 차고 선진은 비명을 질렀다.

수호는 어깨를 관통당했으면서도 사시미를 끝까지 저지하려 남은 힘을 쏟아부었다. 복수가 리볼버로 다시 수호의 머리통을 겨냥하는데 쨍하고 뒷좌석 창문이 깨졌다. 이어서 앙칼진 손아귀가 튀어나와서 복수의 목덜미를 잡아끌었다.

복수는 엄청난 힘에 차 천장을 난사하며 깨진 창문 쪽으로 끌려갔다. 머리통을 깨부술 듯이 내려치는 삼단봉은 복수가 정신을 잃자 잠깐 멈추었다. 그리고 차 문이 열리며 복수는 바닥으로 나자빠졌다.

겨우 정신을 차린 복수는 두 눈을 번쩍 떴다. 머리에서 피가 마구 쏟아져 시야를 가렸다. 재빨리 몸을 일으켜 운전석에서 문을 닫은 채 창문을 내리고 깔아보는 선진의 목을 노리고 달려들었지만, 땅이 울렁거렸다. 제대로 걸어 지지가 않고 자꾸만 빌어먹을 육신이 왼쪽으로 기울었다.

복수는 정화를 본 척도 하지 않고 남은 힘을 다해 사시미를 꼭 쥐고 운전석 창문을 깨려고 했다. 그러나 그는 곧 자신이 일생을 지키며 갈고 갈았고, 끝에 살인귀의 살인을 끝낼 만한 사시미를 허무하게 떨어뜨렸다.

정화가 뒤에서 비틀거리는 복수의 어깨를 내리쳤다. 그리고 인정사정없는 매타작을 시작하였다.

복수가 몸을 웅크리며 본능적으로 치명상을 막아보려 했지만 정화는 그의 갈비뼈며 척추를 개 잡듯이 망가뜨렸다. 복수는 다리가 많은 돈벌레처럼 바닥을 엉금엉금 빠르게 기었지만, 끝끝내 손가락을 지르밟는 정화의 날카로운 구둣발에 뼈가 다 아작났다.

이제 온몸에서 자력으로 움직일 수 있을 만한 건 혀와 이밖에 남지 않았다.

"저년을 죽여... 나... 난 괜찮으니까..."

복수는 꿈틀거리며 옹알이하듯 중얼거렸다.

"저년을 죽여야 돼..."

복수가 힘겹게 말끝을 붙잡고 얼굴을 맨땅에 처박았다. 정화는 삼단봉을 들어 복수의 머리를 내려치는 짓을 그만두었다. 정화가 선혈이 방울방울 튄 얼굴을 손으로 슥슥 닦아냈다. 그리고 차 안을 빤히 쳐다보았다.

수호의 구멍 난 어깻죽지에서 쏟아지는 한 바가지의 피를 어쩔 줄 몰라 하며 외투와 휴지 따위로 지혈해보려는 선진의 필사적인 모습이 보였다.

부아아아앙. 차가 성질을 내며 무서운 기세로 전진했다. 그 바람에 복수의 정강이가 바퀴에 밟혀 부러지는 소리가 났다.

정화는 멍하니 멀어져가는 차를 바라보았다.

이세영은 선진이 심각한 정신병을 가지고 있으며, 은밀한 정신과 상담을 위해 의사를 구했고, 그 의사와 지금은 연애 중이라는 떡밥을 던질 준비 중이었다.

양식장 때문에 애를 먹던 이세영은 손아래 한과장을 시켜서 양식장 디지털 수온계를 망가뜨렸다. 그 덕에 양식장의 모든 어종이 폐기처리 되었고 막대한 손해를 입은 양식장 사장은 가업을 이은 한평생 이런 적은 처음이라며 천우 기업가에서 꾸민 음모가 틀림없다고 메스컴에 대문짝하게 보도했다.

밤늦게 양식장을 염탐하던 한과장이 노출된 터라 발 뺄 틈도 없었고 수온계를 만진 건 사실 한과장이 아니고 박대정이었다.

모든 혐의를 뒤집어쓴 한과장은 검경에서 조사받고 있으며 이세영까지 수사 진행이 어렵다고 하더라도 이런 커다란 실수에 책임자는 나와야 할 것이었다.

그리하여 이세영이 모든 것을 덮을 만한 이슈로 한과장은 평소 이선진과 친분이 두텁다고 인터뷰를 했으며, 인터뷰 기사가 보도될 때 이선진의 정신병 이력과 의사와의 스캔들을 터뜨릴 준비를 하는 것이다.

이것을 준비하기 위해 비서 최현희에게 뒷받침해줄 만한 자료를 넘겨받았으며 그동안의 수고를 치하해서 비밀계좌로 거액의 돈을 보냈다.

최현희는 선진의 지시대로 세영과 통화했던 내역을 모조리 저장해두었다. 게다가 계좌로 돈을 건네준 확실한 증거가 남아있기 때문에 모든 상황이 세영에게 너무 불리했다.

선진은 서지도 양식장 테러범 한과장 담당 검사의 친형 같은 부장검사에게 압박을 넣어 한과장의 자백을 받아내는 것으로 마무리

지었고 마지막으로 박대정에게 양식장 주인의 살인을 청부했다.

돌아가는 꼴이 가관이었다. 궁지에 몰린 이세영은 누이의 약점을 가지고 딜을 해보겠지만 거기에 응대해 줄 선진이가 아니다. 마지막 발악을 한다고 해도 세영이 선진을 암살하려 했다는 USB를 찾으면 당장 쇠고랑 행이다.

선진은 이세영을 따라서 강성과 그의 부하 고기도 다 같이 몰살당하는 그림을 그렸다. 완벽한 작전이었고 실행에 빈틈이 없었다. 세영은 선진을 당해낼 수가 없었다.

그리고 그 작전을 바로 어젯밤 전해 들었다. 성천에서의 그 날과는 완전히 딴 사람처럼 말투가 아주 침착했고 안부까지 물어주는 목소리 톤은 더럽게 차분했다.

정화는 신물이 났다. 그녀의 변화무쌍한 잔인함에.

머리통이 깨지고 정강이뼈가 으스러진 고복수는 아직 발밑에서 아주 희미하게 숨을 헐떡거렸다.

공은 공이고 사는 사다. 공과 사는 구분해야지. 나도 내 것 좀 챙겨야지. 다들 서로 물어뜯으며 사리사욕을 채우는데, 나도 고기 맛 좀 봐야지.

공은 USB고 사는 고기 육식이지.

정화는 뒷발로 툭툭 땅을 차며 양팔을 허공에 휘두르며 몸을 풀었다. 여름의 이른 새벽 아침은 환한 대낮 같으면서도 사람이 하나도 보이지 않아서 어색했다. 굴뚝에 쓰여 있는 용천탕. 촌스러워서 웃음이 났다.

정화는 익숙한 사우나 입구로 가볍게 뛰어들어갔다.

타월로 몸을 착착 때리는 소리가 욕탕 밖까지 울려 퍼졌다. 정화는 타월 소리에 리듬을 맞추며 고개를 까닥거리며 걸었다.

유리문을 장롱문 열 듯이 양쪽으로 쑥 잡아당기며 몸을 안으로 던졌다. 그리고 재빠르게 욕탕 안과 사우나 안을 탐색했다.

물이 차 있는 온탕 위로 플라스틱 바가지 하나가 둥둥 떠다니고 왼쪽으로 고개를 돌려 사우나를 바라보는데, 고기덩어리가 아니라 핏불같이 빳빳해 보이는 하체 근육이 눈에 들어왔다.

정화는 고개를 삐딱하니 세우고 사우나 안을 쳐다보는데, 사냥개가 짧은 타월 하나 걸치고 문을 열었다.

"너도 여기 다니냐?"

"이제 말도 놓네?"

강성이 웃음을 지으며 작은 바다를 표류하는 바가지를 집어 들었다. 그리고 물을 어깨로 몇 번 견지더니 욕탕 앞의 난간에 걸터 앉았다.

"다 벗고 무슨 존대를 찾아."

정화가 한숨처럼 말을 뱉었다.

"너 좆 된 건 알고 있어?"

"내 좆이 큰 건 알지."

"그래. 그렇게 하고 있어. 오늘은 번지수가 틀렸다."

정화가 뒤돌아서 나오는데 강성이 소리치며 말했다.

"가지 마라!"

정화가 우뚝 멈춰 섰다.

"가지 마. 걔한테 너 죽어."

"겁주는 거야? 아니면 파이팅하라고 위로해주는 거야?"

강성은 들고 있던 바가지를 어깨 뒤로 던져버리고 다리를 더 크게 벌리고 앉았다. 그리고 굳은 얼굴로 그 어느 때보다 진지함을 내비쳤다. 물론 정화가 등을 보이고 있어서 서로 마주 보지는 못했다.

"걱정해주는 거야."

"오뉴월 개팔자가 진짜 상팔자네. 심심한가 모르겠는데 괜히 사람 흉내 내지 마. 입 돌아간다."

정화가 그대로 사우나 탈의실을 가로질러 나가버렸다. 강성은 쓴 표정으로 온탕으로 천천히 들어갔다. 그리고 머리끝까지 물에 담그고 한참을 나오지 않았다.

이어서 아주 천천히 머리부터 수면 위로 빠져나오며 두 눈을 감고 중얼거렸다.

"아. 쪽팔려."

***

"새벽 아침부터 이게 무슨 종족 반역자 같은 해괴한 밥상이야."

정화는 삼단봉을 펼쳐 들었고, 고기는 빈 국밥 그릇을 테이블 한쪽으로 치우고 일어섰다.

고기는 휴지로 입을 우악스럽게 닦으며 트림을 꺼억 내뱉었다.

"복수는."

"국밥은 잘도 처먹는 새끼가 내 얼굴 보고 나서야 제 동생 소식이 궁금한가 보네."

"살아 있냐."

"더 늦으면 뒤질 수도 있어."

"넌 사람 죽일 년이 아니다."

고기는 말을 끝내고 자연스럽게 캐비닛 하나를 열어 나무 야구배트를 꺼내 들었다.

"USB는?"

고기가 야구배트로 사무실 정면에 책상을 가리켰다. 정화는 끄덕이며 휴대폰을 소파 위로 던졌다.

"고복수 모셔 놓은 위치를 친절하게 사진첩으로 옮겨 났다. 돼지도 스마트폰은 쓸 줄 알지?"

고기는 입을 비죽거리며 야구배트를 휘둘러보았고 정화는 삼단봉을 손에 다시 잡았다.

정화의 눈빛이 변하고 둘은 서로 사인도 없이 스파크처럼 번쩍였다. 고기의 야구배트는 허공을 휘둘렀고 정화의 삼단봉은 고기의 무릎을 간결하게 때렸다. 고기가 다시 자세를 잡을 때 배를 발로 밀어 차서 중심을 무너뜨리는 동시에 삼단봉으로 머리를 노렸지만, 고기는 육중한 몸임에도 얼른 균형을 잡고 날아오는 삼단봉을 막아냈다.

고기의 반격이 시작되었다. 바윗덩어리 같은 주먹과 부채만 한 손아귀가 지나갈 때마다 바람이 크게 불었다. 놈의 공격을 한 끗 차이로 피할 때마다 간담이 서늘했다.

그러나 한 대도 맞지 않았다. 고기는 정화의 빠른 움직임을 따라잡을 수 없었으며, 옷깃을 잡으려 팔을 뻗으면 어김없이 딱딱한 삼단봉이 손목과 팔꿈치를 때렸다.

고기는 맞을 때는 꿈쩍도 하지 않았지만 서서히 데미지가 쌓여갔다. 정화는 관절과 급소만을 노렸고 삼단봉은 후두부와 옆구리, 정강이와 무릎만 겨냥했다.

가끔 고기의 주먹이나 날아오는 손아귀를 미처 피하지 못하고 막아낼 때는 몸이 풍선처럼 붕 뜨고 높은 파도가 일렁이듯 가슴이 철렁였다. 고기는 잡힐 듯 잡히지 않는 정화의 움직임에 사무실 안의 애꿎은 가구들만 박살 내기 십상이었다.

이십 년을 정신을 수련하고 몸을 단련했다. 제아무리 실전에서 굴러먹은 싸움꾼이라 할지라도 선수는 당해내지 못한다. 정화는 갈수록 싸움을 즐겼고 고기는 체력이 빠지며 무기력하고 무리한 주먹을 내질렀다.

고기가 완전히 체력을 다했을 때 턱이 벌어진 것을 확인한 정화는 국밥 그릇을 발로 차고 삼단봉으로 고기의 머리통을 갈겨 버렸다. 중심을 잃고 갸우뚱하다가 다시 쿵하고 발로 땅을 차며 버티던 고기는 이어지는 매질을 버티며 삼단봉을 휘어잡았다.

그대로 정화의 몸을 당기며 처음으로 목을 쥐어 잡았다. 정화는 고기의 손에 목을 졸리며 경악했다. 그의 악력은 웬만한 사람 머리는 그냥 터뜨릴 것 같았다.

정화는 버둥대며 발로 고기의 급소를 차려 했지만 고기는 악착같이 버티며 행여 또 놓칠까, 양손으로 정화의 목을 조르기 시작했다. 목뼈가 먼저 부러질 것 같았고 이 정도의 악력이면 눈알이 튀어나올 것 같은데, 이와 중에 희미하게 보이는 천장은 평소에 남모르게 좋아했던 오렌지색이었다.

검은 정장. 검은 구두. 검은 머리. 검은색에 가까운 곤색 추리닝. 검은색과 회색이 섞인 운동화. 검은색 무광 래핑의 차. 검은색... 시팔. 내 인생을 거꾸로 털어 봐도 뭐하나 뚜렷한 게 없다.

적갈색의 비옥한 땅. 진한 녹색의 이파리들. 믿음을 뿌리내리고 자라나는 두터운 나무의 보석 같은 오렌지들.

그게 그렇게 예뻐 보였어. 비행기에서 잡지를 꺼내 읽는데 나도 모르게 그 사진을 찢어서 챙기고 있더라니까. 언젠가 선진을 따라서 캘리포니아에 따라간 적이 있었는데, 사진을 보여주니까 남쪽에 있는 프레즈노라고 했었지.

가끔 사진을 보고 오렌지를 바구니에 가득 담는 상상을 하고 한다니까 당장 오렌지 나무를 쇼핑하러 가자며 우스갯소리를 했어. 농장은 상상을 초월할 만큼 규모가 방대했고, 선진은 아주 열심히 일을 하다 보면 은퇴하고 농장 하나 정도는 살 수 있지 않겠냐고 말했지.

그 말을 믿었어. 선진이는 허튼소리 안 하거든. 당시에 내가 받는 연봉이 오렌지 농장을 살 만큼은 아니었지만, 평생 샛노란 오렌지를 배불리 먹을 정도는 됐으니까. 그건 지긋지긋한 가난에서 벗어나려고 한평생 운동만 해 온 나에게는, 선진이를 만나고 나서 가능해진 일이었으니까.

그런데 일을 하다 보니까 오렌지의 환상은 생각도 나지 않고 당장에 중요한 것들이 생겨나기 시작했어. 그것들을 열과 성을 다해서 지켜내다 보니까 남은 건 아무것도 없고, 텅 빈 가슴 한편에 오렌지 나무 한 그루만 덩그러니 쓰러져 있다는 거야.

어느 순간부터 네가 나의 오렌지 나무가 되어버렸어. 그 외에는 아무것도 중요하지 않아.

그래도 숨이 끊이기 직전이라서 그런지, 감은 두 눈이 너를 대신해 보석 같은 오렌지를 찾나 보다.

나는 어쨌든 너를 가질 수 없으니까.

탕. 드디어 피가 꽉 차서 머리통이 터지는 소리인가 싶었다. 그리고 몸이 무너져 내렸다. 정화는 사무실 한가운데 쓰러져서 딸꾹질처럼 올라오는 숨을 내뱉고 들이마셨다.

고기가 머리에 총을 맞고 쓰러지고 강성이 총을 바닥에 툭하니 던졌다.

정화의 희미한 시야 속에 강성의 얼굴이 가까워졌다.

"이 시발, 싸우기 전에 체급을 좀 맞추란 말이야."

눈에 초점이 없는 정화가 중얼거렸다.

"미친 새끼..."

"또라이 같은 년..."

강성은 숨을 헐떡이는 정화를 안고 사무실 한가운데 절명한 고기를 바라보며 눈물을 글썽였다.

"그러니까 둘 다 왜 말을 안 들어..."

***

대한민국 세계 최고의 의학병원의 서울 천우병원에 수호를 VIP실로 안내했다. 어깨를 관통당했음에도 팔을 조금도 불편하지 않게 쓸 수 있도록, 수술을 해내겠다는 병원 내 최고 의료진의 확신을 받아내고 한숨 돌리기 전에 병원을 빠져나왔다.

정화를 찾아가는 차 안에서 강성의 전화를 받게 되었다.

"USB는 유정화를 통해 전해드리죠."

"무슨 말이에요?"

"그렇게 갖고 싶어 하던 것 아니었습니까. 그러니까 유정화가 반죽음이 되도록 싸운 거고요."

"정화는요?"

"치료 중입니다."

"이쪽 병원으로 보내세요."

"근처 응급실인데 곧 그렇게 할 겁니다."

"총 들고 찾아온 놈은 지금 어디 있어요?"

"사진을 보니까 집은 아닌 것 같고... 무슨 복싱 체육관 같은데."

"그쪽 식구 아니에요? 남 말하듯이 말 하시네."

"그럼 USB는 왜 넘기겠습니까? 이래 봬도 계산 빠른 놈입니다."

선진은 전화를 끊고 단숨에 엑셀레이터를 힘주어 밟았다. 고르게 깔린 아스팔트의 광활한 병원 주차장은 속도를 높이기 좋았고 그 체육관과 거리가 얼마 되지 않았다.

막히지만 않는다면 한 시간 남짓한 시간 안에 놈의 숨통을 직접 끊어 줄 수 있다. 선진은 글러브 박스에서 군용칼을 꺼내서 체육관으로 가는 내내 한 손으로 운전하며 다른 한 손으로는 군용칼을 주물렀다.

아침부터 서울의 도로 사정은 불같은 선진의 마음을 받아주지 않았다. 차는 찔끔거리며 브레이크에 제동되었고 차선을 거칠게 침범하며 옮겨 타도 상황은 나아지지 않았다.

애가 탔다. 체육관에 놈이 없어질까 봐서. 혹은 그가 이미 죽었을까 봐서.

이글거리는 햇볕에 울퉁불퉁한 아스팔트에서 김이 모락모락 올라와서 숨이 막혔다. 후미진 동네에 적색 벽돌담들이 다닥다닥 붙어있는 주택의 유일한 경계가 되어 주었고, 주차공간에는 저마다 의자나 주차금지 고깔을 세워놔서 주차할 공간이 모자랐다.

선진은 조금의 망설임도 없이 차로 의자를 밀어버리는 동시에 주차했다.

체육관으로 내려가는 계단은 좁고 가팔랐다. 계단 모서리의 금색 논슬립 부분을 구두 앞코로 딛으며 천천히 내려갔다.

먼지가 뽀얗게 쌓인 철제 유리문을 손으로 만질 수는 없어서 발로 툭툭 쳐서 열었다. 찰 때마다 먼지가 휘날리고 소리가 계단을 가파른 계단을 오르지 못하고 웅웅거렸다.

괴이한 소리를 내며 열린 문 안으로 들어서자 전등에 희미한 불이 들어와 있었다. 그 덕에 건너편 단상에 진열해 놓은 거미줄이 만연한 트로피들을 확인할 수 있었다. 왼쪽으로 사용했던 책상과 간이 의자들이 있고 그 옆으로 기다란 가죽 소파가 있었다.

선진은 소파까지 걸어가서 휴대폰 플래시를 켜고 이리저리 살펴보았다. 소파 팔걸이와 등받이와는 달리 쿠션에 먼지가 부자연스럽게 닦여있었다. 그리고 넓은 팔걸이 위에 혈흔이 낭자했다.

선진은 놈의 흔적을 알아차리고 체육관 안을 천천히 휴대폰으로 비춰가며 탐색했다.

링 옆으로 녹슨 철제 캐비닛이 줄을 서 있고 왼쪽으로 작은 공간이 어둠에 가려 있는데, 플래시를 비춰보니까 미닫이문이 하나 보였다. 그 문을 천천히 열어보았다. 작은 샤워실은 수도꼭지가 세 개와 아무렇게나 널브러진 고무 다라이 몇 개 그리고 벽에 박은 철제 선반 위로 두둑이 쌓여있는 오이 비누뿐이었다.

선진은 샤워실을 나와 링을 건너서 트로피가 쌓여있는 곳으로 향했다. 거미줄에 엉켜있는 트로피는 체육관에 세월이 흘러도 남아있는 선수들의 땀 냄새를 풍겨주는 향로 같았다.

선진은 코를 찡긋거리며 벽을 타고 플래시로 이곳저곳 훑어보았다. 다시 소파로 돌아왔을 때 그가 이미 체육관에서 빠져나갔다고 판단했다. 강성이 빼주었나. 기껏 USB까지 넘기고 백기를 흔들며 죽어가는 제 부하 놈의 목숨을 넘긴 놈이...

둘 중 하나다. 정화가 그 새 정신을 차리고 살인을 막았던가 놈이 미꾸라지처럼 엉금엉금 기어서 계단을 올랐던가. 그런데 계단에는 혈흔이 묻어있지 않았다.

정화가 손을 쓴 게 틀림없었다.

선진은 일순 눈 밑에 그늘이 지고 이를 빠드득 갈며 혈흔이 낭자한 소파 팔걸이를 군용칼로 퍼억 내리찍었다. 그리고 연이어 오래된 소파의 가죽이 세절기에서 나온 종이처럼 갈갈이 찢겨져 나갈 정도로 난도질을 해댔다.

선진은 플래시를 끄고 어금니를 씹으며 체육관을 떠났다.

전운이 감돌았다. 선진이 나가고 한 참 후에도 체육관에는 아직도 살기가 가득했다. 링을 건너 샤워실 문으로 가기 전에 왼쪽으로 꺾으면 어둠 속에 암막 커튼 하나가 존재했다.

커튼 속에는 삼지창 같은 옷걸이 두 개와 터진 글러브 몇 개가 버려져 있는 탈의실 공간이 있었다.

그 안에서 작은 철제 의자에 앉아 있던 강성은 벽에 등을 기대고 숨을 몰아쉬는 복수와 눈을 마주쳤다.

강성이 담배를 두 개 꺼내 물고 불을 붙여서 하나를 복수에게 건네주었다. 둘은 담배를 나눠 피우며 선진의 소름 끼치는 살기가 체육관을 완전히 빠져나가기를 기다렸다.

강성의 휴대폰이 진동했다.

"어... 복수는 살아 있다."

강성은 꼼짝도 안 하고 숨죽여 있는 동안 굽힌 다리가 저려서 살짝 다리를 펴고 앉았다. 전화를 끊고 옆에 거의 반죽음 상태로 팔도 올리지 못하고 입으로만 담배를 뻐끔거리는 복수를 쳐다보았다. 강성은 손을 뻗어 복수의 입에 담배를 제대로 물려주었다. 담배 연기가 몽글몽글 피어올랐다.

"어... 어떻게... 된 겁니까..."

강성은 커튼 밖을 훔쳐보다가 뒤를 돌아보았다.

"뭐?"

"형님이 어떻게 알고 여기 오셨습니까... 고기형님은요...?"

강성이 커튼을 확 치고 밖으로 걸어갔다. 그리고 천장에 매달려 있는 샌드백을 툭툭 치며 말했다.

"죽었어."

복수가 담배 연기가 목에 걸렸는지 켁켁거리며 몸을 일으키려 바둥거렸다. 강성은 아랑곳하지 않고 샌드백에만 집중했다. 복수는 벽에 기대어 제대로 나오지도 않는 목소리로 소리쳤다.

"왜요! 누가요!"

강성은 흔들리는 샌드백을 양손으로 잡았다. 그리고 숨을 한 번 고르고 굵은 목소리로 일갈했다.

"네가 죽인 거야. 이 멍청한 건달 새끼야."

***

여름의 더위가 가시기도 전에 저마다 상처를 안고 전능하신 아버지의 부름에 만찬으로 모였다. 역시나 오고 싶어 하는 사람 하나 없는데도 거대하고 광활한 식탁 위를 갓 요리한 고급 음식들이 가득 채웠다.

정중앙에 감투를 쓰고 앉아 계신 아버지는 운이 정말 좋은 사람이거나 여기 있는 그 누구보다도 싸움을 잘하는 사람일 것이다. 천연덕스럽게도 게 요리를 발라먹고 계시네.

그 왼쪽으로 우리 큰 오빠 이배용씨. 당신 사냥개가 물어다 준 USB를 보니까 세영이 머리 꼭대기에서 신선놀음하셨더라고. 본인은 손에 때도 안 묻히고 세영이 이용해서, 매사에 불편한 나 재끼고 쓸모없어진 세영이까지 재끼면 자기한테 복종하는 사냥개로 득실거리겠지.

전략실장은 그나마 똑똑한 개새끼라서 컨트롤이 안됐나 봐. 저 살겠다고 USB를 넘겼으니. 그래도 그 USB덕에 나도 오빠도 건드리지 못하게 됐으니까 제 입장에서는 최선의 카드였지. 나는 큰 오빠가 시킨 것을 알고 건드리기 힘들어졌고 큰 오빠는 세영이 병신 만들어 놓고 같이 일 할 사람이 없으니까.

타이밍 좋고 초이스 좋았지. 똑똑한 개새끼야. 팽 당하기 십상이었는데.

그나저나 내가 아무리 풍파를 겪으며 살아왔지만, 큰오빠가 그럴 줄은 생각 못 했네. 뭐 그렇게 놀라울 것도 없지. 아버지를 가장 닮은 사람이 큰 오빠라는 걸 알고 있었으니까.

이세영이 이 새끼는 한과장이 양식장 망가뜨린 후로 나한테 떠넘기려다가 안 되니까 자폭한다고 도와달라며 지랄지랄하더니, USB 뺏긴 거 알고 몇 번이나 징징거리며 회사를 찾아왔는지 셀 수도 없고.

선진은 화이트 와인을 마시며 눈을 흘겼다. 그리고 만찬의 한 명 한 명 쳐다보았다.

다 죽어 버렸으면 좋겠다. 진짜 다...

"술 그만 마시고 밥 좀 먹어라."

아버지의 일언에 앞과 옆으로 시선이 쏠렸다. 선진은 와인 잔을 돌리며 빙긋 웃었다.

"지금 밥 먹는 사람 아버지밖에 없어요."

아버지는 우울한 두 아들을 보며 식사를 채근했다.

"왜들 그러냐? 좀 들어라."

보란 듯이 트러플을 올린 스테이크를 하마처럼 입을 쩌억 벌려 입안에 처넣고, 고개를 끄덕였다. 이어서 큰 오빠가 먼저 젓가락을 들었고 세영이도 그 뒤를 따랐다.

셋이 요리들을 먹어치우는 솜씨가 꽤나 게걸스러웠다. 만찬은 언제나 지켜보고 있자면 휴전 협정 같은 분위기가 가관이었다.

선진은 피식하고 웃음이 나왔다. 그리고 깔깔대며 웃으며 머리를 뒤로 재꼈다.

기괴한 웃음소리와 함께 만찬은 끝이 났다.

회사로 돌아와서 늦은 저녁을 시켜 먹었다. 도시락을 시켜달라는 부름에 비서는 손사래를 치며 아직 영업 중인 레스토랑을 알아보겠다고 했지만, 간만에 유학시절에 자주 시켜먹었던 벤또가 생각났다. 정말 배고픈 시절에 먹었던 음식. 기름진 배때기에 가식과 허영이 떠다니는 밥상 말고 정말 배를 채워줄 만한 도시락이 필요했다.

와인으로 부족해서 위스키도 한 병 새로 땄다. 뚜껑을 접시 삼아 술과 술잔을 올려놓고 창틀에 앉았다. 그리고 잔에 술을 따랐다.

한 잔 마시면 수호의 얼굴이 떠올랐고, 한 잔 더 마시면 큰 집 쥐 한 마리는 들락날락할 수 있는 수호의 뻥 뚫린 어깨가 생각났다. 수술은 잘 끝나서 일상생활에는 지장이 없지만 의사 자격은 박탈당했다. 더 이상 날 치료해주는 의사선생님으로서의 수호씨가 아니다.

이제 치료받으러 갈 병원도 없어졌고 치료받을 의사도 없다. 그때의 사건에 대해서는 꼬치꼬치 캐묻지는 않았지만 내심 내가 직접 죽이진 않았어도 살인 교사쯤 되는 짓을 했다고 짐작하는 것 같았다.

한순간에 실직자가 되어버린 그는 내색은 하지 않았지만, 상실감이 대단했는지 어울리지도 않는 독한 술병을 별장 안 가득 쌓아놓고 지냈다. 그를 별장 안으로 들이는 데에 얼마나 많은 노력과 설전이 오갔는지 모른다. 그는 수술 연습을 위해 집에 있는 종이란 종이는 전부 다 뜯어서 이어 붙이며 쓰러지기 직전까지 술로 배를 채웠다.

선진은 술을 한잔 더 들이켰다. 향이 입안 가득 퍼지며 심박수를 촉진했다.

오늘은 그의 인생을 송두리째 앗아간 놈을 복수 해주는 날이다. 자정이 다가오면 존은 놈이 누워 있는 병실의 위치를 정확하게 전달해 줄 것이고, 나는 놈의 살갗을 갈기갈기 찢으며 아직 남아있는 생령을 한 톨도 남김없이 빨아먹어 줄 테다.

생각만 해도 짜릿했다. 이 순간을 고대하며 감당하기 힘든 시간들을 보냈다. 세영이와 큰 오빠와의 관계. 서지 아일랜드 리조트 계열에 투자하고 지원하는 동시에 성천 시 재개발 사업의 안정적인 추진을 위해 힘썼다.

그리 많고 많은 사건들로 인해 살상과 혼전이 따르고, 잡다한 구설수에 오르내리며 특정 언론사의 공격을 받았음에도 회사는 끄떡없었다. 문제 될 만한 건 아무것도 없었다.

마지막 잔을 술잔을 따르는데, 감히 사장실 문을 거칠게 밀치고 들어오는 경호실장이 주저 없이 한 치 앞으로 다가왔다.

정화는 비어있는 벤또와 술병을 쳐다보았다.

"배가 많이 고팠나 보다."

선진은 희미한 미소를 지으며 응대했다. 정화는 쓴웃음을 지으며 선진을 바라보았다.

"네가 건강을 되찾아서 너무 기뻤는데, 악마한테 혼을 팔고 건강을 되찾았나 보다."

"생각보다 표현이 나쁘진 않네."

"재밌어?"

"아니. 따분해."

정화는 심각한 표정으로 아직 자국이 선명한 목덜미를 만졌다. 죽음이 눈앞에 다다랐을 때, 한없이 무기력해진 사람은 미련이 앞선다. 삶에 미련. 놓아주고 가야 하는 것들.

"다음은 누구를 죽일 거야?"

선진의 눈초리가 변했다. 정화는 꿋꿋했다.

"먼저 고복수씨를 죽일 거야? 아니면 네 동생? 아니면 정황, 증거, 심증, 물증 다 모아도 수사보고서 하나가 검사한테 통과 안 되고, 홀로 고군분투하다가 징계받고 강제로 퇴직을 준비 중인 주형사? 그것도 아니면 길을 걷다가 눈 밟히는 사람 아무나 쫓아가서 죽일 거야?"

정화가 매서운 눈으로 선진의 눈을 쫓았다.

"거기에 나는 없어?"

"아쉬워서 그래?"

"너무 무서워서 더 멀리 도망가려고 그래."

정화가 툭하니 창틀에 사직서를 던졌다. 선진은 태연하게 마지막 술잔을 들어 보였다.

"붙잡아도 돼?"

"왜? 네 말 안 들으면 사직서도 유서로 만들어 버리려고?"

선진은 시무룩하니 고개를 떨구며 술잔만 만지작거렸다. 연기를 하듯이 혼자 중얼거렸다.

"그러지 말지..."

"그러게. 그러지 말지. 제 목숨 가지고 노는 것까지는 말릴 수 없었는데..."

유정화는 바지에 양손을 꽂고 쓸쓸한 등을 보여주며, 칼날 같은 말만 남긴 채 유유히 술잔 위로 사라졌다.

"이제 너 말고 다른 사람을 지킬 거야. 세상에 널 막을 수 있는 사람은 많지 않으니까."

선진은 정화의 여운을 담아 마지막 술잔을 쭉 들이켰다. 그리고 사직서를 안주 삼아 뜯어보았다.

봉투 안에는 어떠한 내용도 들어있지 않았다.

***

약속의 시간이 되었고 개인 주차장에 차가 버젓이 자리를 지키고 있었다. 존은 놈의 위치를 쉽게 타 들어가는 종이에 남기고 차

운전석에 올려놓았다. 그리고 차 트렁크에 요구했던 각종 장비들을 채워놓았다.

병문안을 왔다고 하면 의심을 사지 않을 만한 작은 의원은 서울 외곽에 위치해 있었다. 그는 아직 제대로 몸을 가눌 수 없을 정도로 기력을 찾지 못했고 수차례의 수술이 남아있다고 했다.

그의 목숨은 온전히 나의 것이다. 두근거리는 마음을 다잡고 차에 시동을 걸었지만, 술을 먹어서인지 힘 조절이 잘 안 되었다. 차는 꿀렁거리며 광활한 주차장을 빠져나갔다.

차로를 쏘아져 갔다. 도시풍경은 꼭대기에서 내려 보거나 빨리 달리는 차 안에서 봐야 마음이 편했다. 세상은 많이 생각하는 쪽이 지는 거야. 수호씨도 그렇고 정화도 그래. 그렇게는 더 큰 것을 가질 수 없어. 전부를 볼 수 없어. 그게 내가 유일하게 배우고 갈고 닦은 길이야.

선진은 앞길을 막는 차들을 거칠게 재치며 질주했다. 난 적어도 내가 무엇을 원하는지 알고 있어. 그 본능은 그 무엇보다 순수하다고.

복잡하고 좁은 골목을 한 바퀴 돌아 병원 뒤편에 차를 세웠다. 정면은 대로였기에 주차장이 골목 안쪽에 있었는데 병원 주말이라 꽉 찬 주차장 말고 근처 문 닫은 상가 앞에 정차했다.

주말이라서 그런지 밤늦게까지 영업 중인 음식점에서는 손님들이 들락거렸고 거리에도 행인들이 있었지만, 병원 주위에는 비교적 한산했다.

선진은 일차선 좁은 골목을 가로질러 병원 주차장으로 걸어갔다. 주차장 건너 정면에 공사 중인 듯 어수선한 입구가 보이고, 들어가서 왼쪽으로 돌아서 간이 입구로 들어가면 엘리베이터가 있었다. 엘리베이터를 타고 4층으로 향했다.

병문객처럼 보이기 위해 음료수 한 박스를 들고 병실로 이어진 복도를 자연스럽게 걸어갔다. 중앙에 데스크를 건너가야 하는 위치였는데, 멀리서부터 낯익은 얼굴이 보여서 잠깐 걸음을 멈추었다.

그 덕에 종이박스 안의 음료수 병들이 서로 부딪히며 요란스러운 소리를 냈다. 선진은 침착하기 위해 노력했다. 우선 저 여자가 이 의원에 있는 이유를 찾아보았다. 수호병원이 폐업하고 새 직장을 찾는데 대학병원이나 큰 병원으로 취직하기에는 능력이 부족하여 엇비슷한 규모의 의원으로 취직했을 것이다. 그나저나 빨리도 취직했다.

선진은 다시 걷기 시작했다. 간호사 둘이 수다를 떨고 있는 데스크를 지나 자연스럽게 병실로 향했다.

휴대폰을 만지는 간호사와 이야기를 나누던 하수연이 선진의 뒷모습을 발견하였다. 그리고 고개를 갸웃거리다가 이내 머리에 불이 들어온 듯 자리에서 벌떡 일어났다. 그리고 데스크를 빠져나오며 선진을 불러세웠다.

"저기요. 무슨 일로 오셨어요?"

선진이 자리에 섰다. 그리고 뒤돌아보며 여유있게 웃어 보였다.

"병문안 왔어요."

"어디에요?"

선진이 앞의 문을 툭툭 노크했다.

"여기요."

선진이 문을 열고 병실로 들어갔고 너무 자연스러운 선진의 태도에 하수연은 그대로 얼어붙은 듯 벙쪘다.

병실 안은 소박하지만 현대적으로 잘 꾸며 놓았다. 다른 병실보다는 넓고 1인실인 것으로 미루어 보아 이 병원에서 가장 좋은 병실 같았다. 선진은 한 걸음 더 들어갔다.

병상 위에 누워 온몸을 붕대로 칭칭 감은 놈은 깊은 잠이 든 것 같았다. 불을 켜지 않아 어둠 속에 선진은 한 걸음 더 다가갔다. 주머니 속에 군용칼을 꺼낼 차례였다.

그러나 암흑 속에 익숙한 음성이 들려왔다.

"돌아가."

선진은 놀라서 뒤를 홱 돌아보았다. 순간 하수연이 따라왔는가 싶었지만 이내 누구의 목소리인지 인지할 수 있었다.

방구석에 의자에 다리를 꼬고 앉아 팔짱까지 끼고 있는 정화의 두 눈이 번갯불처럼 번뜩였다. 선진은 두 다리에 힘이 풀릴 것만 같았다.

"새로 취직했나 봐."

"어."

"나가줄래?"

정화가 화가 난 듯 이를 꽉 다물었다.

"어림없어."

둘은 병상 위의 고복수를 사이에 두고 기 싸움을 벌였다. 암흑 속에 어느 움직임도 소리도 없었지만 서로 뿜어내는 치열한 강기에 병실이 후끈거렸다.

먼저 움직인 건 선진이었다. 군용칼을 주머니에서 뽑아 들며 누워 있는 복수의 가슴을 정확히 겨냥했다. 그러나 재빠른 움직임으로 선진의 몸을 어깨로 들이받은 정화는 벽에 등을 부딪치고 쿨럭거리는 선진의 멱살을 꽉 쥐어 잡았다.

"어림없다니까."

"이건 별개야. 너도 알겠지만 나와 수호씨를 죽이려고 했어."

선진이 정화의 눈을 집어삼킬 듯이 입을 벌렸다.

"그리고 수호씨는 지금 완전히 폐인처럼 변했어."

"그건 고복수씨 때문이 아니지. 고복수를 죽이면 저 사람 탓으로 돌릴 수 있을 것만 같아서 그래?"

"취직을 잘 못 한 것 같은데. 일자리 다시 알아봐 줘?"

"얻어맞고 싶지 않으면 당장 나가는 게 좋을 텐데."

"건방진...!"

쫘악. 정화가 선진의 뺨을 갈겼다. 정적이 흐르고 선진이 고개를 숙였다. 정화는 쓴 얼굴로 뒤로 주춤 물러서며 손을 꼼지락거렸다. 마음이 아팠는지 눈살을 찌푸렸다.

"그래..."

선진이 고개를 숙인 채 나지막이 중얼거렸다.

"한 번 그렇게 해 봐."

선진은 보란 듯이 군용칼을 꺼내어 쏜살같이 복수에게 달려들었다. 그 찰나에 정화가 경악하며 몸을 날려 선진을 막았다.

잠에서 깬 복수는 커다란 눈알을 굴리며 상황을 살피는데 손에 축축한 느낌이 들어 손을 들어보았다. 손을 타고 뚝뚝 떨어지는 피가 환자복 상의에 빠르게 번져갔다.

복수는 자신의 몸을 막고 있는 정화를 내려 보았다. 칼끝이 정화의 배를 찔렀는지, 정화는 양손으로 선진의 손을 저지하고 있는데 선진은 온 힘을 다해 아직도 칼을 찔러 넣고 있었다.

복수를 노리고 칼을 찌른 게 아니라, 막아서는 정화의 배를 정확히 노리고 칼을 찌른 것이었다. 선진은 날카로운 송곳니를 보여

- 454 -

주며 악을 쓰며 힘을 주었고, 정화는 비릿한 미소를 지으며 살갗을 파고드는 군용칼을 바라보았다. 정화는 선진의 얼굴을 어루만졌다.

복수는 광기 어린 둘의 모습에 넋을 잃었고 선진은 칼을 빼더니 다시 정화에게 한 방 더 찔러 넣을 기세였다.

복수는 몸을 일으키며 선진에게 주먹을 날리는데 정화가 어깨로 복수의 주먹을 막아섰다. 그리고 푸욱. 정화의 배로 다시 선진의 칼이 들어갔다.

주륵. 정화가 병상 밑으로 주저앉아버리고 생생한 새빨간 피가 묻은 칼은 복수에게로 향했다. 그때 정화가 손을 뻗어 선진의 손을 붙잡았다.

"선진아... 오늘은 나 하나로 끝내자."

쿠와아아아. 쿠르릉. 쾅. 창문 밖으로 하늘이 찢어지는 소리가 났다. 건물은 금방이라도 삭아 무너져 내릴 것만 같았고 천둥 번개의 진동에 병실 전체가 흔들리는 듯했다.

선진의 안색이 바뀌었다. 바닥에 흥건한 피를 따라 시선을 옮겨갔다. 정화의 찢어진 배로 피가 자꾸만 넘쳐흘렀다. 줄줄 새는 피를 양손으로 받치며 눈을 마주쳤다. 정화가 금방 선진을 알아보고 피식 웃었다.

"괜찮아. 네가 한 거 아니야."

선진이 경악하며 벌어진 입을 두 손으로 막았다. 비명이 새어 나오는 걸 간신히 참았다. 온몸이 부르르 떨리며 제어가 되지 않았다. 눈과 가슴이 너무 뜨거워서 몸 안이 화재현장처럼 불과 검은 연기가 자욱했다.

"어아... 야... 아이에..."

선진은 알아들을 수 없는 옹알이를 했다. 복수는 이를 빠득빠득 갈며 부서진 정강이를 질질 끌고 엉금엉금 침상을 기어 비상벨을 눌렀다.

하수연이 기다렸다는 듯이 병실 문을 열어 재끼고 들이닥쳤다. 그리고 선진이 정화를 껴안아 들어 올리는 장면을 목격하고 달려들었다.

"무슨 일이에요?"

선진은 축 처지는 정화의 무게를 감당하지 못하고 엉거주춤 거렸다. 하수연이 선진을 도와 정화를 일으켰다. 선진은 하수연의 손을 뿌리치며 어린아이처럼 신경질을 냈다.

하수연은 주춤 뒤로 물러서며 복수와 무언의 눈빛을 교류하고 사태를 파악하기 위해 빠르게 참혹한 현장을 훑어갔다.

선진은 피를 흘리는 정화를 질질 끌며 병실을 빠져나가기 시작했다.

복수가 선진을 가리키며 소리쳤다.

"의사는!"

하수연이 곤란한 기색으로 복수를 돌아보았다.

"지금..."

"의사 어디 있어! 저 미친년이 데려가지 못하게 해!"

하수연이 절망스러운 얼굴이 되어 발만 동동 굴렸다.

"지금 병원에 아무도 없어요."

복수가 침상에서 몸을 던져 바닥을 질질 기었다. 그리고 무서운 속도로 양팔로 땅을 짚어가며 선진을 따라잡기 시작했다. 하수연은 어쩔 줄을 몰라 선진을 살살 따라가는데, 선진은 이로 군용 칼을 물고 늘어진 양팔로 정화를 질질 끌며 복도를 지나고 있었고 소란에 달려온 동료 간호사는 복도 한쪽에 몸을 바짝 붙이고 겁부터 집어먹고 말도 걸지 못하고 있었다.

하수연은 바닥을 기고 있는 복수를 보고 악에 받쳐 선진에게 달려들었다. 선진은 피로 물든 무서운 눈으로 하수연을 쫓았다. 입에 문 군용칼 때문에 발음이 제대로 되지 않았다.

"아어아. 더 우리으 건드여 주어어인아."

하수연은 그대로 분노의 폭풍 속에 얼어버렸다. 복수는 손바닥으로 바닥을 때리며 울부짖었다.

"막아! 저 미친년을 막으란 말이야!"

선진은 악착같이 정화의 몸을 이끌고 의원 복도를 빠져나갔다.

그의 지친 기색의 얼굴은 간만에 맞이한 환자가 반가웠는지 눈물을 흘렸다. 처음 보는 그의 눈물이 소리가 없어서 그런지 더 처참했다.

선진은 정화를 등에 업은 채 그와 마주했다.

"선생님... 살려주세요..."

별장에서 싸구려 와인을 두 병이나 먹어치운 그는 애써 흐르는 땀을 닦으며 호흡을 고르며 술기운을 몰아내고 정화를 소파에 기다랗게 눕혔다. 밤새 안주 삼아 연습하던 종이 봉합술의 흔적을 테이블 위에서 싹 치우고 직접 수술 바늘을 소독하고 수술 봉합 준비를 시작했다.

선진은 수술 과정을 숨죽여 지켜보았고 수호는 그 어느 때보다 집중했다. 내가 만든 정화의 상처를 수호씨가 치료해주는 것이 굉장히 이상적으로 느껴졌다. 이상하리만큼 이 광경이 따뜻하게 느껴졌다.

응급처치를 끝낸 수호는 날이 밝으면 병원으로 데려가야 한다고 말했다. 그건 자기가 알아서 할 테니까 방에 들어가서 좀 자라며 휴식을 권했다. 선진은 자상한 그의 태도가 위선적으로 느껴졌다.

"제가 어떤 짓을 하고 왔는지 알아요?"

수호는 모른 척 주변 정리에 힘썼다. 잠이 든 정화에게 담요를 덮어주고 산더미처럼 쌓인 피가 묻은 거즈와 소독제, 수술용 봉합 바늘 등 수술의 흔적이 현장에서 사라지고 있었다.

선진은 조급한 마음에 다시 한번 더 물었다.

"수호씨. 내가 어떤 인간인지 알아요?"

"알아요. 대충."

"얼마나 알아요?"

"대충이라고 했잖아요. 당신에 대해서 공부할 마음은 없어요."

"나..."

"나는요."

수호가 말을 가로채 갔다.

"나는 있잖아요. 그냥 부자가 되고 싶어서 의사를 했어요. 선진 씨가 초면에 따지고 물었듯이 대단한 정의감이나 뚜렷한 가치관 따위는 없었어요. 치열한 대기업 병원에서 나온 건 열등감이었어요. 그게 가장 컸어요. 아무리 생각해 보아도. 그런데 계기가 어찌 됐든, 나와서 자기 병원을 가지고 주민들의 치료에 힘쓴다는 것에 보람을 느꼈어요. 비교적 어려운 사람들이었죠. 병들고 몸이 아프기 전에 삶에 상당히 지쳐 있는 사람들. 생각보다 환자 수가 상당하더라고요. 치료하고 치료해도 환자가 끊이질 않아요. 이 사람이 아프면 저 사람이 아프고, 또 치료하면 그 사람이 또 아프고. 그래서 곰곰이 생각해봤어요. 아픈 사람들에 대해서. 그리고 결론을 내렸어요. 나는 사람들에게 있어서 한낱 육체적 고통을 덜어주는 사람이에요. 그런데 이 사람들의 불행을 치료할 수는 없어요. 불행은 치료할 수 없어요. 목숨이 끊어져도 사라지지 않고 전염병처럼 옮겨붙거든요."

선진은 멍하니 말을 잃고 전염병을 손에 쥔 것처럼 꼭 말아 쥐고 방으로 들어갔다. 페인트 냄새가 진동을 했다. 선진은 용기 내어 방의 불을 켰다.

별장에서 지낼 때 밤마다 술에 절어 벽지를 칼로 찢고, 단단한 벽에 머리를 박거나 주먹을 휘둘렀다. 벽지와 침대는 피로 물들었고 바닥은 엎어진 술로 찌들어있었다.

그런데 지금은 마음이 편해질 만한 그레이톤의 색지로 둔갑했다. 벽지는 와인 색이고 침대 커버는 새하얗다. 바닥은 얼마나 손에 힘을 주어 비벼댔는지 몰라도 기름지고 광이 났다.

선진은 차마 침대로 들어가지 못하고 한참이나 그곳 그 자리에 서 있었다.

"우리 선생님 힘들었겠다..."

수술이 끝나고 지친 의사와 환자가 모두 잠들었을 때 선진은 별장을 나섰다. 유난히 밝은 달을 더 가까이서 보기 위해 높은 곳으로 가야했다. 일생 동안 사력을 다해서 쌓아 올린 회사 빌딩으로 향했다.

엘리베이터가 상승하는 동안 묘한 인위적인 힘에 구역질이 났다. 빌딩 옥상 테라스에 도착했을 때 달빛을 받으니까 울렁거리는 속이 차분해졌다.

음악이라도 듣고 싶었는데 가진 것이 아무것도 없었다. 대신 선진은 옥상을 걸으며 팝송을 흥얼거렸다. 제목도 모르고 가사를 하나도 알아먹지 못하는 주제에 취향은 괜찮았다. 비행기에서 줄곧 어느 영화의 유명한 배경음악 노래를 흥얼거렸던 정화였다.

선진은 난간에 팔을 걸치고 담배를 꺼내 물었다. 그리고 힘껏 빨며 불을 붙이는데 급작스럽게 목을 타고 몸 안으로 들어오는 연기 무리에 콜록댔다. 이어서 기절할 것처럼 온몸이 무기력해지며 붕 떴다.

선진은 피식거리며 어색하게 담배를 말아 쥔 손을 내려다보았다.

"거기 서."

뒤를 돌아보았다. 언젠가 본 적 있는 얼굴이 총을 들이대고 있었다. 대한민국에서 총을 당당하게 들이댈 수 있는 사람은 어릴 적에는 군인이고 지금은 형사뿐이겠지.

"왜 그렇게 불행한 얼굴을 하고 있어요."

선진은 담배를 뻐끔거리며 목을 큼큼거렸다. 주혁진은 울상이 되어 선진에게 총을 겨누는데 그 가늠쇠가 자꾸만 선진의 머리통을 피해 갔다. 쏴버리고 싶다는 생각은 들지 않고 직접 저 옥상 난간 밖으로 밀어버리고 싶었다. 그러나 난 내 직업을 잃을 수 없어. 혹여나 내 처와 자식이 나 때문에 밥줄이 끊긴다면 어쩔 수 없어. 혹시나 하는 나 외의 주위 사람들에게 돌아갈 불이익에 난 방아쇠를 당길 수 없어.

주혁진이 겨누는 총 끝이 부들부들 떨렸다. 선진은 태연하게 난간에 양팔을 벌려 등으로 기댔다. 그리고 주혁진을 똑바로 마주 보았다. 그는 담배 연기 속에서 입술을 떨었다.

"제발..."

주혁진이 힘없이 총을 떨구고 눈을 내리깔았다. 그리고 한없이 갈라지는 목소리로 울부짖었다.

"제발 사람을 그만 죽여주세요..."

선진은 담배를 마지막 한 모금 빨고 연기를 길게 내뱉었다. 안개 속에 그가 숨었다.

"재산은 눈사태처럼 되 물림 되고 불행은 불에 타면 더 큰불을 만들어내요. 죽음에도 불행은 옮겨가는 거예요."

선진이 뒤돌아서서 난간 밖을 바라보았다.

"그게 난 지금 참 슬퍼요."

선진은 새벽 밤 야경을 감상했다.

"내려가요. 얼른 내려가서 제자리로 돌아가세요. 불행이 옮겨붙기 전에."

주혁진이 터덜터덜 뒤돌아서 옥상을 걸어갔다. 선진은 가만히 기다려주었다. 그가 CCTV가 만연한 곳으로 나가 블랙박스를 설치한 차를 타고 집으로 돌아갈 때까지. 그의 알리바이가 그를 구해줄 때까지.

선진은 난간에 올라섰다. 난간 끝에 발끝을 맞추고 고개를 들었다.

"꼭대기에서 내려 보는 서울 야경은 질리지가 않네."

피를 씻지 않은 군용 칼을 꼭 쥐고, 입술에는 수호를, 왼손에는 정화를 담았다. 그녀가 평생 고대하던 다이빙이었다.

그녀는 낙하산 없는 다이빙을 즐겼다.

블러드 다이빙

지은이 : 손건일

펴낸이 : 이제현

발행일 : 2023년 08월 10일

ISBN : 979-11-93256-04-6(03810)

펴낸곳 : 창작공간 잇스토리

마케팅 : 매드플랙션

출판신고 : 제 2023-000021호

이메일 : it-story@b-camp.net

잇스토리는 영상 IP 전문 프러덕션입니다.

영화/드라마와 소설의 경계선에서 이야기를 찾아가고 있습니다.

문을 두드려 주세요. 문의와 제안은 언제나 즐겁습니다.

홈페이지 : http://itsastory.modoo.at

인스타그램 : http://instagram.com/it_story.kr

블로그 : http://blog.naver.com/it-story